Jenni Fletcher
WER BRAUCHT SCHON EINEN EARL ZUM GLÜCK?

JENNI FLETCHER

# WER BRAUCHT SCHON EINEN EARL ZUM GLÜCK?

Aus dem Englischen
von Bettina Obrecht

Wir reduzieren und vermeiden die Emissionen, die an unseren Produkten entstehen, fortlaufend und gleichen die verbliebenen Emissionen über ein Klimaschutzprojekt aus. Weitere Informationen zu dem Projekt: www.ClimatePartner.com/14044-1912-1001

Penguin Random House Verlagsgruppe FSC® N001967

Der Verlag behält sich die Verwertung der urheberrechtlich geschützten Inhalte dieses Werkes für Zwecke des Text- und Dataminings nach § 44 b UrhG ausdrücklich vor. Jegliche unbefugte Nutzung ist hiermit ausgeschlossen.

1. Auflage
Erstmals als cbt Taschenbuch Juli 2023
© 2023 für die deutschsprachige Ausgabe
cbj Kinder- und Jugendbuch Verlag in der
Penguin Random House Verlagsgruppe GmbH,
Neumarkter Str. 28, 81673 München
Alle deutschsprachigen Rechte vorbehalten
© Jenni Fletcher 2021
Die Originalausgabe erschien unter dem Titel
»How to Lose an Earl in Ten Weeks« bei Penguin Books, London,
in der Verlagsgruppe Penguin Random House UK
Aus dem Englischen von Bettina Obrecht
Umschlaggestaltung: Marie Graßhoff
unter Verwendung einer Illustration von Marie Graßhoff
und AdobeStock/lumerb
Lektorat: Julia Przeplaska
kk · Herstellung: UK
Satz: KCFG – Medienagentur, Neuss
Druck: GGP Media GmbH, Pößneck
ISBN 978-3-570-31546-0
Printed in Germany

www.cbj-verlag.de

*Liebste Cousine,*

wenn Du diesen Brief liest, dann bedeutet das, dass mein Plan aufgegangen ist. Du ahnst sicher schon, wohin ich verschwunden bin und mit wem.

Bitte glaube mir, dass ich mir diese Entscheidung nicht leicht gemacht habe. Ich hoffe, dass gerade Du mich verstehst. Ich wünschte, ich hätte Zeit, Dir ausführlicher zu schreiben, aber die Kutsche wartet und ich muss los. Ich bitte Dich, denk nicht schlecht über mich, aber falls Du es doch tust, dann vergiss nie: Ich bleibe für immer Deine Dich liebende Cousine C

15. Mai 1816

## Plan A: Anständig Fragen

*Liebes Tagebuch,*

*heute war ein schlechter Tag. Der Earl von sowieso und seine Frau waren zu Besuch und haben ihren grässlichen Sohn mitgebracht. Er ist der widerlichste, abscheulichste Junge auf der ganzen Welt. Ich wollte im Wald spielen, aber er bestand auf Federball, also habe ich gesagt, er sei kein Gentleman, und er hat gesagt, ich sei keine Lady, weil Ladys fügsam sein müssen. Fügsam! Er hat mich so an Vater erinnert – am liebsten hätte ich ihn mit meinem Federballschläger gehauen. Und dann hat er auch noch das letzte Stück Mohnkuchen aufgegessen. Ich hasse ihn, ich hasse ihn! Zum Glück ist er jetzt wieder weg und hoffentlich werde ich ihn nie mehr wiedersehen. Wenigstens kann ich meinen Geburtstag morgen genießen.*
   *Übrigens ist mir wieder ein Zahn ausgefallen. Jetzt sind es schon acht.*

Essie Craven an sich selbst, 28. Februar 1806

# Kapitel 1

1. MÄRZ 1816
NOCH ZWÖLF WOCHEN BIS ZUR HOCHZEIT VON
MISS ESSIE CRAVEN UND DEM EARL OF DENHOLM

Wenn die ehrenwerte Essie Craven einmal einen Entschluss gefasst hatte, dann wich sie keinen Millimeter mehr davon ab. Essie war, in den Worten ihrer Tante Emmeline, das dickköpfigste, aufsässigste, ja das hemmungsloseste Mädchen in ganz England. Unglücklicherweise geriet sie gerade durch diese Eigenschaften immer wieder in Schwierigkeiten. Wenn weitreichende Entscheidungen anstanden, zwang sie sich deswegen, geduldig zu sein und alles erst einmal gut zu durchdenken.

An Geburtstagen allerdings war mitunter schlagartig alles klar. Manchmal musste man nur ein Jahr älter werden und zehn Stunden lang tief schlafen und plötzlich ergab die Welt wieder einen Sinn. Und so geschah es, dass Essie am Morgen ihres achtzehnten Geburtstags unmittelbar nach dem Aufwachen eine spontane, folgenschwere Entscheidung traf: Niemals würde sie ihren Verlobten heiraten.

Jetzt, wo diese Frage geklärt war, wenn auch vorerst nur in ihrem eigenen Kopf, musste sie sich eingestehen, dass die Saat ihrer Rebellion weit früher gesät worden war – und zwar ebenfalls an einem Geburtstagsmorgen, an dem man ihr ganzes zukünftiges Leben vor ihren entsetzten Augen ausgebreitet hatte wie einen Schlachtplan. Hätte ihr Vater Napoleon in einem Kampf Mann gegen Mann besiegt, dann hätte er nicht stolzer aussehen können als in jenem Augenblick, in dem er Essie verkündete, dass sie den zukünftigen Earl of Denholm heiraten würde. Also ausgerechnet den widerlichsten Menschen, dem man sie hätte versprechen können.

Und als sie sich Hilfe suchend an ihre Mutter wandte ... Essie war erst acht Jahre alt, aber diesen Ausdruck im Gesicht ihrer Mutter kannte sie. Die Mutter hatte sich nicht durchsetzen können. Essies Mutter war von der ganzen Sache derartig überrumpelt, dass sie nicht einmal Widerstand leistete, als sie sich eine Woche später im Regen eine leichte Erkältung einfing. Sie gab Essie eines Abends einen Gutenachtkuss, zog sich in ihr Schlafgemach zurück und starb einfach.

Essie, mutterlos und verwirrt, hatte den Gedanken an ihre zukünftige Ehe damals schon beinahe genauso tief verabscheut wie jetzt. Doch erst an diesem Morgen, an dem sich wieder eine Zahl änderte, kristallisierte sich aus ihrem Groll und ihrer Empörung ein fester Entschluss heraus. Sie würde ihr neunzehntes Lebensjahr genauso beschließen, wie sie es begonnen hatte: als *Miss* Essie Craven, nicht als »Madam«, nicht als »Lady«, nicht als »Countess«. Sie würde eine Möglichkeit finden, den Plan ihres Vaters zu durchkreuzen – schließlich war alles, was ihn daran interessierte, sein eigener gesellschaftlicher Aufstieg. Wie genau sie das bewerkstelligen sollte, ohne von ihrem Vater verstoßen, enterbt oder schlichtweg auf die Straße gesetzt zu werden, war eine andere, etwas kompliziertere Frage, aber Durchsetzungsvermögen war keine Charakterstärke, an der es Essie mangelte. Da fehlte es schon eher an allen anderen Tugenden.

»Und wozu bist du so fest entschlossen?« Ihre Cousine Caro schälte sich im Nachbarbett aus ihrer Decke wie ein Schmetterling, der aus einer vanillegelben Puppe schlüpft. »Du hast schon wieder laut gedacht.«

»Tut mir leid. Es ist nichts ... nur mein Geburtstag.«

»Das ist nicht nichts. Herzlichen Glückwunsch!« Caro stemmte sich auf die Ellbogen, noch etwas verschlafen, aber genauso strahlend schön wie immer. »Ich weiß, du freust dich nicht so richtig auf diesen Tag heute, aber bestimmt wird er gar nicht so übel.«

»Ich wünschte, die Zeit wäre heute um Mitternacht einfach stehen geblieben.« Essie funkelte wütend die Zimmerdecke an. »Dann würden wir alle beide gemeinsam für immer siebzehn Jahre alt bleiben.«

»Aber dann wäre in zwei Wochen nicht mein achtzehnter Geburtstag und ich würde weder in die Gesellschaft eingeführt werden noch eine Ballsaison erleben. Das fände ich unfair, wo du doch schon mit einem Earl verlobt bist.«

»Ein Earl, um den ich keinen Moment lang gebeten habe, eine Verlobung, der ich nicht zugestimmt habe, und eine Zukunft, die mich nicht interessiert.« Essies Augenbrauen zogen sich zu einem dicken, dunklen Strich zusammen. »Und er will noch heute Abend anreisen, sagt Tante Emmeline. Er hätte mir ja ein paar Tage Zeit geben können, mich an den Gedanken zu gewöhnen.«

»Du hattest jetzt zehn Jahre Zeit, dich daran zu gewöhnen,

Essie. Und ich finde es romantisch – als könnte er es gar nicht mehr erwarten, dich zu sehen.«

»Na ja, es geht ihm wohl eher darum, mich gründlich zu überprüfen. Und dazu bringt er auch noch seine Mutter mit. Daran ist überhaupt nichts romantisch.«

»Na komm, ihr heiratet schließlich nicht gleich heute. Es ist erst einmal nur ein Treffen.«

»Es ist ein Witz! Niemand interessiert sich dafür, ob wir einander überhaupt leiden können oder nicht. Es geht einzig und allein darum, dass alle so tun können, als wäre unsere Verlobung mehr als nur eine geschäftliche Vereinbarung.« Angewidert warf Essie ihre Bettdecke zurück. »Wenn du mich fragst, es ist vorsintflutlich, zwei Menschen schon als Kinder miteinander zu verloben, ohne sich im Geringsten darum zu scheren, wie sie das wohl finden werden, wenn sie erwachsen sind. Und warum?« Sie lachte verächtlich. »Nur weil mein Vater von dem Gedanken besessen ist, aus seiner Tochter eine Countess zu machen.«

»Mmm.«

»Schläfst du schon wieder?«

»Ja.«

»Caro!«

»Tut mir leid. Es ist nur – ich habe deine Schimpftirade jetzt schon so oft gehört und verstehe immer noch nicht im Geringsten, wo dein Problem liegt. Er ist jung, er ist reich und er ist ein Earl! Mama hat gehört, dass er außerdem noch gut aussieht. Weißt du, die meisten Mädchen würden sich zerreißen, um an deiner Stelle sein zu dürfen. Ich selbst übrigens auch.«

»Und genau aus diesem Grund solltest du ihn auch an

meiner Stelle heiraten.« Essie sprang aus dem Bett, marschierte ans Fenster und zerrte die Vorhänge zur Seite. Der Himmel da draußen war blassgrau mit zarten rosaroten Girlanden durchzogen, doch am Horizont baute sich eine Wand aus bauschigen weißen Wolken auf. Momentan noch ganz nett, aber offenbar brachte der Earl schlechtes Wetter mit. Wie hätte es auch anders sein können. »Ich bin sowieso sicher, dass du ihm besser gefällst. Du bist viel hübscher als ich. Das finden alle.« Sie erhaschte einen Blick auf ihr Spiegelbild in der Fensterscheibe, ihre kastanienbraunen Locken, ihre breite Stirn und ihre zu großen braunen Augen, und ließ den Vorhang wieder fallen. »Wahrscheinlich wird er sich wünschen, du wärst seine Verlobte, wenn er dich sieht. Mein Aussehen ist ja gerade mal erträglich.« Sie trat mit den bloßen Zehen nach der Kante eines Fransenteppichs. »Sagt deine Mutter jedenfalls.«

»Was?« Caro setzte sich empört im Bett auf. »Wann hat sie das gesagt?«

»Vorgestern Abend, zu deinem Vater. Ich habe ihr Gespräch in der Bibliothek belauscht. Na, jetzt sieh mich nicht so an! Mir blieb gar nichts anderes übrig, als mich unter dem Tisch zu verstecken. Ich wollte mir nicht schon wieder eine Standpauke zum Thema Lesen anhören. Sie hat schon damit gedroht, die Tür abzuschließen, wenn sie mich noch einmal in der Bibliothek ertappt.«

»O nein!«, seufzte Caro verständnisvoll. »Das tut mir leid.«

»Das ist nicht deine Schuld.« Essie huschte zurück durch den Raum, kletterte auf das Fußende des Bettes, in dem ihre Cousine saß, und ergriff ihre Hände. »Aber schwöre mir, dass du niemals so wirst wie deine Mutter. Ich glaube, ich ertrage es nicht, wenn zwei Leute auf Schritt und Tritt auf mir herumhacken.«

»Ich werde nicht so. Versprochen. Und außerdem finde ich dich sehr hübsch.«

»Nicht so hübsch wie du.« Essie ließ den langen Zopf, der über die Schulter ihrer Cousine hing, durch die Finger gleiten. Er war goldblond mit einem bernsteinfarbenen Schimmer, wie der Sonnenschein. »Du würdest eine viel bessere Countess abgeben, als ich es je sein könnte. Du bist schön und elegant und sprichst Französisch und kannst Harfe spielen und Bilder malen und siehst nicht einmal beim Sticken im Entferntesten gelangweilt aus.«

»Darum geht es nicht. Du bist die Erbin und du bist mit ihm verlobt.« Caro hob die Schultern. »Ich weiß, das willst du nicht hören, aber du solltest vielleicht versuchen, es zu akzeptieren.«

»Anne Boleyn hätte das auch nicht akzeptiert.«

»O nein, wieder diese Anne Boleyn!« Caro ließ sich nach hinten fallen, schnappte sich ihr Kissen und hielt es sich über die Ohren. »Du interessierst dich ja nur für Bücher über die schlechtesten Frauen der Geschichte!«

»Weil sie am interessantesten sind! Sie zeigen, was Frauen erreichen können, wenn sie nur entschlossen genug sind. Außerdem war Anne Boleyn keine schlechte Frau. Sie hatte nur einen schlechten Ehemann.«

»Man hat sie enthauptet!«

»So etwas kann eben passieren, wenn man den falschen Mann heiratet.«

»Ich glaube kaum, dass der Earl of Denholm dich enthaupten wird.«

»Keine Ahnung, wozu er fähig ist! Ich weiß jedenfalls gar nichts über ihn – nur dass er ein Earl ist.«

»Du weißt, dass er zwei Jahre älter ist als du.«

»Also gut, das weiß ich.«

»Und dass er den Titel vor einem Jahr geerbt hat. Außerdem weißt du doch sogar, wie er aussieht! Ihr habt euch doch schon einmal getroffen!«

»Einmal, als wir Kinder waren. Und da hat er sich genau wie King Henry VIII. benommen, der mit den sechs Frauen. Er war eingebildet und hochnäsig und hat sich aufgeführt, als würde ihm die ganze Welt gehören.« Bei der Erinnerung zog sie eine Grimasse. »Es wird dir noch leidtun, wenn er mir erst einmal die grässlichsten Dinge antut.«

»Gut. Wenn er dich enthaupten lässt, gebe ich in der Times eine Anzeige auf, in der ich zugebe, dass du recht hattest.«

»Vergiss meinen Nachruf nicht. Glücklicherweise habe ich nicht die geringste Absicht, mir den Kopf abhacken zu lassen.«

»Essie?« Es war Caro anzusehen, dass ein kurzer Schreck sie durchfuhr. »Ich kenne diesen Gesichtsausdruck. Was hast du vor?«

»Ich weiß es noch nicht genau, aber du wirst es als Erste erfahren.« Essie lächelte schelmisch. »Also, ich kann es nicht fassen. Ich habe schon seit zehn Minuten Geburtstag und du hast mir noch kein Geschenk gegeben.«

»Es liegt direkt vor dir, auf deinem Nachttisch. Das wäre dir schon aufgefallen, wenn du dich nicht so mit deinem Gejammer aufgehalten hättest.«

»*Emma*!« Essie quiekte vor Begeisterung, als sie den Musselinstoff aufgerissen hatte, der ihr Geschenk einhüllte. Sie presste das Buch an sich.« »Wie bist du an das neueste Buch von Jane Austen herangekommen?«

»Mit jeder Menge Tricks und Bestechung, also um Himmels willen, lass nicht zu, dass Mama es entdeckt. Du weißt doch, dass sie keine Romane in diesem Haus duldet, außer denjenigen, die sie selbst heimlich liest. Versteck es bei deinen anderen Büchern unter dem Bett.« Caro war anzusehen, wie ungeheuer stolz sie auf sich war. »Und weil Jane Austen keine Theaterstücke schreibt, habe ich dir außerdem eine neue Ausgabe von Shakespeares *Viel Lärm um nichts* besorgt. Deine alte Ausgabe löst sich gerade in Wohlgefallen auf.«

»Ach, du bist die liebste, beste Cousine auf der ganzen Welt.«

»Ich weiß. Und für den Fall, dass das nicht ausreicht, habe ich noch ein weiteres Geschenk für dich. Ich habe gehört, wie Mama zu ihrer Kammerzofe gesagt hat, sie soll gleich anfangen, dich fein zu machen, wenn du aufgewacht bist.«

»Aber der Earl kommt doch erst heute Nachmittag.« Essie rümpfte die Nase. »Und inwiefern ist das ein Geschenk?«

»Das Geschenk besteht in der Vorwarnung, findest du nicht? Wenn du dich beeilst, schaffst du es noch, aus dem Haus zu kommen, bevor eine der beiden dich in die Finger bekommt. Wenn du dich schon über hundert Bürstenstriche aufregst, dann warte mal ab, was heute für dich auf dem Plan steht: Du wirst geschrubbt und poliert und eingequetscht ...«

»Eingequetscht?«

»Korsett.«

»Iiiih! Vielen Dank!« Essie sprang aus dem Bett, zerrte sich das Nachthemd über den Kopf, schlüpfte in eine frische Bluse und einen sauberen Reitanzug.

»Keine Strümpfe?« Caro machte ein etwas entsetztes Gesicht.
»Keine Zeit.« Auf dem Weg zur Tür schnappte sich Essie ein Paar Stiefel und eine Reitjacke und blieb einen Moment lang stehen, um ihrer Cousine eine Kusshand zuzuwerfen. »Ich bin rechtzeitig zum Frühstück zurück.«
»Nein, bist du bestimmt nicht, aber ich werde Mama erzählen, dass du zu nervös bist, um Appetit zu haben. Das hält sie vielleicht noch einen Moment auf.« Caro winkte Essie zu und vergrub sich dann wieder unter ihrer Bettdecke. »Ich wünsche dir einen schönen Geburtstag!«

Essie konnte gerade noch rechtzeitig fliehen – nur wenige Sekunden später rauschte Amelie, die Zofe ihrer Tante, um die Ecke. Essie erhaschte einen Blick auf ihre Rockzipfel und duckte sich schnell in eine Mauernische, verbarg sich dort hinter der Marmorstatue eines dürftig bekleideten jungen Mädchens, das aus unerfindlichen Gründen eine Hirschkuh im Arm hielt. Wenige Augenblicke später raste sie die Haupttreppe hinunter, an zwei überrascht dreinblickenden Zimmermädchen vorbei, und schlüpfte aus der Vordertür. Sie steuerte auf den Reitstall zu, wo ihre graue Stute Boudica sie schon gesattelt und gezäumt erwartete – Thomas, der Stallmeister, kannte sie offenbar hundertmal besser als ihre Tante. Fünf Minuten später tobte sie den Hügel hinter Redcliffe Hall hinauf, als wären ihr alle Höllenhunde auf den Fersen – und jeder einzelne von ihnen wies eine erstaunliche Ähnlichkeit mit ihrer Tante auf.

Erst in sicherer Entfernung hielt sie an und seufzte erleichtert, während sie ihren Blick über die grünen und gelbbraunen

Hügel der Landschaft von Cleveland schweifen ließ, über die Burgruine, die ihr Onkel aus einer Laune heraus im vergangenen Sommer erworben hatte, bis zum Meer, das als blaues Band in der Ferne zu erkennen war.

Sie liebte diese Landschaft, ihre Offenheit und den weiten Himmel. Sie liebte sogar das Herrenhaus selbst mit seiner klassizistischen Fassade und den perfekt symmetrischen Fenstern, auch wenn es ihrer allzu kritischen Tante und ihrem erstaunlich friedliebenden Onkel gehörte. Es war ihr Zuhause – zumindest seit neun Jahren, seit dem Zeitpunkt also, an dem ihre Mutter dahingewelkt war und ihr verwitweter Vater Alfred Craven, der ehrenwerte Lord Makepeace, zu dem Schluss kam, er habe weder Zeit noch Lust, sich mit etwas so Mühseligem wie der Erziehung einer Tochter abzugeben. Nachdem der passende Schwiegersohn gefunden war, hatte er entschieden, es sei das Beste für alle, vor allem für ihn selbst, wenn das Mädchen bis zum Tag ihrer Hochzeit im Haushalt seiner Schwester mit ihrer Cousine Caroline und ihrem Cousin Felix aufwuchs.

Als sie noch klein war, hatte Essie sich allergrößte Mühe gegeben, diese Entscheidung als eine rührende Geste väterlicher Opferbereitschaft zu interpretieren. Leider war diese Auslegung wenig überzeugend, denn ihr Vater hatte bei ihrer Abreise nicht die kleinste Spur von Trauer an den Tag gelegt – genau wie anlässlich der Beerdigung ihrer Mutter zwei Wochen zuvor. Stattdessen hatte er ihr einige strenge Anweisungen mit auf den Weg gegeben: Bescheiden solle sie sein, pflichtbewusst, tugendhaft und – was war noch das vierte Wort gewesen? Ach ja: zurückhaltend. Anschließend hatte er sie offenbar vollkommen vergessen. Nicht ein einziges Mal in den folgenden Jahren hatte er es für nötig befunden, sie zu besuchen oder auch nur den Vorschlag zu machen, sie könne zu ihm fahren. Nach so langer Zeit konnte sie sich kaum noch daran erinnern, wie er überhaupt aussah, und der Versuch, sein Bild vor ihrem inneren Auge heraufzubeschwören, verdüsterte ihre Stimmung nur noch weiter.

Sie wandte ihr Gesicht dem Himmel zu und versuchte, den Wolken irgendeine Gestalt zuzuordnen, um sich abzulenken. Manchmal übermannte sie ganz unvermittelt dieses Gefühl tiefster Trauer; dann schlug ihr Herz wie wild, und gleichzeitig fühlte sich ihre Haut heiß an, eng, als würde Essie jeden Moment aus ihrem Körper platzen. Manchmal war es auch anders: Dann spürte sie, wie sich die Trauer ganz allmählich aufbaute, sie anfüllte wie ein tiefer, dunkler See in ihrer Brust, der seine Umfassung zu sprengen und sie zu verschlingen drohte, wenn es ihr nicht gelang, ihren Gedanken rechtzeitig eine andere Richtung zu geben.

Ein Turmfalke schoss über den Himmel und sie beobachtete seinen Flug voller Neid. Wäre sie doch bloß so frei wie er! Frei, weit hinaufzufliegen, zu segeln, herabzuschießen, sogar zu fallen. Vor allem aber frei, ihren eigenen Weg zu gehen. Da draußen wartete die große Welt – eine Welt jenseits von Cleveland oder ihrem Elternhaus in Norfolk, sogar jenseits von Hampshire, wo der Earl of Denholm Ländereien besaß, und sie wollte sich diese Welt ansehen. Sie wollte nicht in genau dem Moment, in dem die Schultür hinter ihr ins Schloss fiel, gleich wieder eingesperrt werden.

Nein, sie war einfach nicht zur Countess geboren. Ihr Vater hatte diese Tatsache nicht erkannt, der Earl würde es bald feststellen. Ganz egal, wie viele Unterrichtsstunden in Benimm und Etikette sie absolviert hatte – an allem, was als damenhaft galt, war sie einfach nicht interessiert. Nichts wünschte sie sich mehr, als auf der Bühne zu stehen. Es war ihr innigster Wunsch, seit sie am Tag nach der Beerdigung ihrer Mutter auf deren Nachttisch Shakespeares Gesamtwerk entdeckt hatte. Erstaunt hatte sie das Buch in die Hand genommen, und mit jeder Seite, die sie umblätterte, wuchs ihre Verwunderung. Nie hätte sie damit gerechnet, dass ihre Mutter so ein Buch besaß. Essie konnte sich gar nicht daran erinnern, dass ihre Mutter jemals ein Buch aufgeschlagen hatte – und nun lag dieser Band auf ihrem Nachttisch, wie eine Botschaft an ihre Tochter.

Im Laufe der Jahre verschlang Essie Shakespeares Werke immer wieder und in Caro und Felix fand sie begeisterte Mitstreiter. Im ersten Sommer nach ihrer Ankunft auf Redcliffe hatten sie die erste Aufführung auf die Beine gestellt: eine stark gekürzte Bearbeitung von *Hamlet*, in der Essie die Titelrolle spielte. Carol übernahm die Rolle der Ophelia und Felix spielte alle anderen Rollen. Im Laufe der Jahre wurden die Aufführungen immer aufwendiger und bezogen schließlich auch einige von Felix' Schulfreunden ein, die den Sommer bei ihnen verbrachten. Im ortsansässigen Adel fanden sie ein begeistertes Publikum. Auf der Bühne konnte Essie ihren Groll und ihre Furcht vor der Zukunft einfach hinter sich lassen. Sie konnte sich in eine ganz andere Person verwandeln, in jemanden, der frei war und keine vollkommene Fehlbesetzung.

Allerdings galt Schauspielerei – wie die meisten anderen

Berufe auch – für Damen als höchst unschicklich, und ihr war durchaus bewusst, dass ihr Vater niemals sein Einverständnis geben würde. Wenn sie sich nur vornahm, ihn zu fragen, kamen ihr gleich wieder Begriffe wie »verstoßen« und »enterben« in den Sinn. Wenn es doch nur eine Möglichkeit gäbe, ihre Ausbildung ohne sein Wissen anzufangen! … Vielleicht könnte sie eine berühmte Schauspielerin werden, die nächste Sarah Siddon oder Elizabeth Inchbald. Ihr Cousin Felix hatte ihr von diesen Frauen erzählt, die ein so viel interessanteres und spannenderes Leben führten als sie selbst. Essie hatte nicht die leiseste Ahnung, wie sie es anfangen sollte, aber dass eine Lösung nicht offensichtlich war, hieß ja noch lange nicht, dass es keine gab. Ach, würde sie bloß die Antwort finden, könnte sie nur ausreichend Geld ansparen, um sich über Wasser zu halten, bis ihr Vater davon erfuhr! Dann würde sie frei sein! Es würde jede Menge Skandale und Opfer mit sich bringen, sie würde auf vieles verzichten müssen, aber wenigstens würde sie dann ein Leben führen, das ihr entsprach, idealerweise ohne einen einzigen Earl in Sichtweite.

Doch bevor sie ihre Träume in die Tat umsetzen konnte, musste sie zunächst ihren Verlobten loswerden.

Und außerdem: Falls sie überhaupt jemals heiraten sollte, dann wollte sie es aus Liebe tun – und sie konnte sich beim besten Willen nicht vorstellen, jemals ein solches Gefühl für diesen eingebildeten schwarzhaarigen Jungen mit den viel zu blauen Augen zu entwickeln, den sie ein einziges Mal in ihrer Kindheit getroffen hatte – ein Zusammentreffen, das katastrophal geendet hatte. Er hatte sie »undamenhaft« genannt, und sie hatte mit einer Beschimpfung erwidert, die bei ihrer Tante, hätte sie das Wort gehört, sofort eine Ohnmacht ausgelöst hätte. Der Junge dagegen hatte nur gelacht und das hatte Essie noch wütender gemacht.

Als sie nun hinaus auf das ferne Wasser der Nordsee starrte, glaubte sie, sein Gelächter wieder zu hören. Es quälte sie, aber gleichzeitig bestärkte es sie verblüffenderweise in ihrer Entschlossenheit. Zum Glück hatte die frische Luft ihre Gedanken so weit geklärt, dass ihr eine Idee gekommen war. Eine ganz einfache, genau genommen. Der Earl of Denholm war unterwegs, um sie kennenzulernen, vermutlich, um sie erneut auszulachen. Wenn sie die Verlobung lösen wollte, musste sie vielleicht nur ein freundliches Gesicht aufsetzen, so tun, als wäre ihr nicht schon sein bloßer Anblick zuwider, und ganz anständig fragen.

Sie würde das ihren Plan A nennen. A für anständig.

# Kapitel 2

Die Zeit, sinnierte Essie, verging ganz anders, wenn sie auf Boudica ausritt. Die Stunden flogen manchmal vorüber, als seien es Minuten, und sie konnte alles andere vergessen, einschließlich der Tatsache, dass ihr Magen knurrte wie ein ausgehungerter Wolf und dass ihre Ohren und ihre Nase sich in der eisigen Frühlingsluft schon ganz taub anfühlten. Und so kam ihr der Gedanke, dass sie vermutlich zu lange fort gewesen war, erst in dem Moment, als sie Thomas auf sich zureiten sah, als seien sämtliche Höllenhunde hinter ihm her.

»Verzeihung, Miss.« Der Stallmeister keuchte so heftig, als er sie erreichte, dass man hätte glauben können, er sei auf eigenen Beinen galoppiert. »Ihre Tante hat mich nach Euch geschickt.«

»Ach, wie ärgerlich. Ich wollte doch wirklich zum Frühstück zurück sein.« Ihr Herz sank ihr fast bis hinab in die frostigen Zehen. »Ist sie auf dem Kriegspfad?«

»Nicht mehr als sonst auch, aber es geht nicht nur darum. Es ist auch wegen des Earls. Sie sagt, er würde in einer Stunde eintreffen.«

»Was? Aber es ist doch noch Vormittag!« Essie wendete ihr Pferd, dann stutzte sie, runzelte die Stirn. »Ist es doch noch, oder?«

»Ja, knapp, aber er hat einen seiner Männer mit einer Nachricht vorausgeschickt. Sie kommen früher an als erwartet.«

»Mist!« Sie trieb Boudica mit den Zügelenden an und galoppierte den Abhang hinunter. Gerade setzte Schneefall ein, winzige Flocken, die um sie herum trudelten und tanzten wie winzige Ballerinen. Als sie die Stallungen erreichten, hatte sich das sanfte Gerieseln einen mittleren Schneesturm verwandelt, und sie stieg erleichtert aus dem Sattel, warf Thomas mit einem dankbaren Lächeln die Zügel zu und platzte kurz darauf durch ihre Zimmertür, mit roten Wangen und vollkommen außer Atem.

»Wo warst du?« Tante Emmeline sah so aus, als würde sie jeden Moment einen Schreikrampf bekommen. Ihre goldenen Kringellöckchen tanzten um ihren Kopf wie wütende Schlangen. Mit ihren sechsunddreißig Jahren hatte sie sich so viel von ihrem jugendlichen guten Aussehen bewahrt, dass man sie bei günstigen Lichtverhältnissen für Caros ältere Schwester hätte halten können, nicht für ihre Mutter. Sie waren beide goldblond und blauäugig, hatten die gleiche gertenschlanke Figur, die gleiche Stupsnase und den gleichen beneidenswert makellosen Teint. Nur ihre Münder waren unterschiedlich – und auf keinen Fall konnte man Tante Emmelines ewigen Schmollmund mit Caros warmherzigem Lächeln verwechseln.

»Tut mir leid, Tante.« Essie kämpfte sich aus ihrem Reitanzug und ließ sich auf den Hocker vor ihrem Frisiertisch fallen. »Ich habe ein bisschen frische Luft gebraucht.«

»Damit du deinem künftigen Gatten vollkommen zerrupft entgegentreten kannst?« Ihre Tante holte tief Luft. »Wo sind deine Strümpfe?«

»Ähm ...« Essie wechselte einen kurzen Blick mit Caro.
»Vergessen ...?«
»Sieh dir bloß dieses Vogelnest an. Alles verwirrt und verknotet.« Ihre Tante packte eine Handvoll von Essies Haaren, zerrte daran und hielt sie Amelie hin. »Für ein Bad bleibt keine Zeit mehr, aber tu dein Bestes. Caro, du hältst am Fenster Wache. Und was dich angeht«, sie funkelte Essie im Spiegel wütend an, »dir habe ich ausdrücklich verboten, heute Morgen auszureiten.«

»Wirklich?«

»Ja! Gestern Abend nach dem Essen.«

»Oh. Tut mir leid. Du sprichst einfach so viele Verbote aus, dass ich mir unmöglich alle merken kann.«

»Herr, gib mir Geduld!« Ihre Tante kniff die Augen zusammen, als suchte sie in ihrem Inneren nach Kraft. Entweder das, oder sie versuchte, ihren rasenden Herzschlag wieder in den Griff zu bekommen. »Nur gut, dass dein Vater bereits eine Ehe für dich arrangiert hat. Ich würde verzweifeln, wenn ich einen anderen armen Mann für dich suchen müsste. Du bist leichtsinnig, ungehorsam, dickköpfig und jetzt auch noch frech! Das musst du von der Seite deiner Mutter haben – in meiner Familie gibt es so etwas jedenfalls nicht. Dein Vater wäre völlig entsetzt, wenn er dich hören würde.«

Essie biss die Zähne zusammen und fragte sich, ob ihre Tante ihren Geburtstag wohl vergessen hatte oder ob ihr Essies Gefühle einfach vollkommen egal waren. Sie vermutete ganz stark, dass Letzteres der Fall war. Was ihren Vater anging, war es kaum vorstellbar, dass er ihr ausreichend Aufmerksamkeit schenkte, um überhaupt irgendwelche Gefühle für sie zu entwickeln, aber immerhin – völliges Entsetzen klang noch besser als gar nichts.

»Du verdienst dein glückliches Schicksal überhaupt nicht«, schloss ihre Tante, und dabei zog sie ein so scheinheiliges Gesicht, dass Essie sich nicht zurückhalten konnte.

»Wie sollte das ein glückliches Schicksal sein, wenn ich es überhaupt nicht haben will?«

Ein Anflug von Panik blitzte in den Augen ihrer Tante auf. Sie zischte wütend: »Nun reiß dich zusammen, Mädchen, denk an die Familie und sei ein einziges Mal vernünftig. Mach bloß keinen Unsinn!«

※

Tante Emmeline war klein, aber sie konnte erstaunlich kräftig zupacken. Essie duckte sich unter dem Griff ihrer Finger, als sie und Caro aus der Eingangshalle geschoben und die Vortreppe hinunterbefördert wurden. Im selben Moment rollte eine schwarze, mit einem goldenen Wappen verzierte Kutsche, gefolgt von einem Gepäckwagen und umringt von einem halben Dutzend Reitern in Livree-Uniformen, die Einfahrt herunter.

Nachdem man sie dreißig Minuten mit großer Entschlossenheit bearbeitet hatte, waren Essies Wangen jetzt zartrosa gefärbt, nicht mehr leuchtend rot, ihre Haare waren zu einem eleganten, von einem ganzen Kästchen voller Nadeln an Ort und Stelle befestigten Knoten hochgesteckt, und das Atmen wurde ihr durch ein festgezurrtes Korsett erheblich erschwert. Sie fühlte sich wie ein Püppchen in ihrem teuren cremefarbenen Seidenkleid mit den aufgestickten rosafarbenen Schmetterlingen. Ihre Tante war der Meinung, dieses Kleid verleihe ihr ein hübsches, sittsames Aussehen – der Begriff »reich« war darin enthalten –, aber den winterlichen Wetterverhältnissen entsprach es leider gar nicht. Nur noch vereinzelte Schneeflocken trudelten vom Himmel, aber die Temperatur war eisig. Jeder echte Schmetterling wäre schon erfroren, bevor er auch nur einmal die Flügel aufgeklappt hätte.

»Ach, seht ihr beide nicht hinreißend aus?« Onkel Charles wartete bereits auf der Treppe, sein übliches heiteres Lächeln im Gesicht. »Und gerade noch rechtzeitig. Hier kommen sie schon.«

»Darf ich mir bitte, bitte, bitte etwas überziehen?« Essie warf einen sehnsüchtigen Blick auf Caros Spitzenschal. Es war nicht viel, aber immer noch besser als ihre bloßen, vermutlich in Kürze blau anlaufenden Arme. »Es ist so ka-kalt!«

»Nein! Eine Lady bewahrt Haltung – bei jeder Temperatur. Er soll erkennen, dass du dir Mühe gibst.« Ein dünner Tantenfinger stieß sie ins Kreuz. »Jetzt steh gerade, Schultern gerade, denk an den Hofknicks und hör auf zu schlottern.« Sie wandte den Blick ab, sah dann aber wieder auf Essie. »Und rede so wenig wie möglich!«

Essie verdrehte die Augen, ließ die Schultern absichtlich hängen und kuschelte sich Wärme suchend an Caro, als die Kutsche vor ihnen zum Stehen kam. Ehrlich gesagt, selbst wenn sie gewollt hätte, wäre ihr das Sprechen mit heftig klappernden Zähnen schwergefallen, aber jetzt musste sie ja nur freundlich lächeln und so tun, als hätte jenes erste Treffen mit dem jungen Earl niemals stattgefunden.

Tante Emmeline redete zuerst. »Lady Denholm, wie schön, Euch zu sehen! Wie war die Reise?« Sie sank in einen tiefen

Knicks, als eine sehr würdevoll wirkende Frau mit grau gesträhntem Haar und humorloser Miene die Kutschentreppe herabstieg. Sie sah sich um, und ihr Gesichtsausdruck verriet, dass ihre niedrigen Erwartungen sich gerade erfüllt hatten.

»Lang.« Die Stimme der Countess ließ ahnen, dass die Konversation sie jetzt schon langweilte. »Bitte entschuldigt unsere verfrühte Ankunft. Mir wurde mitgeteilt, dass das Wetter sich wahrscheinlich noch verschlechtern würde, und so habe ich darauf bestanden, früher aufzubrechen als ursprünglich beabsichtigt. Schnee im März. Unerträglich.«

»Oh, ich stimme Euch zu. Ganz scheußlich.«

Der Blick der Countess fiel auf Caro, und ihre dünnen Lippen verzogen sich, als bemühe sie sich zu lächeln. »Du musst meine zukünftige Schwiegertochter sein?«

»Ich?« Caros Wangen brannten und sie wandte sich Hilfe suchend nach ihrer Mutter um.

»Ach nein, das ist meine Tochter. Miss Caroline Foyle.« Tante Emmeline stieß ein verlegenes, plätscherndes Lachen aus. »Das hier ist meine Nichte, Miss Essie Craven.«

Essie sank gehorsam in einen Knicks. Das Lächeln ihres Gegenübers erstarb im selben Moment, als hinter ihr ein junger Mann von einem kastanienbraunen Hengst stieg. Bis jetzt war er vielleicht von der Kutsche verborgen gewesen, doch nun, von ihrer tiefen Position aus, konnte Essie sehen, dass seine Beine in einem Paar hoher schwarzer Stiefel steckten. Sie waren so perfekt poliert, dass es sie nicht überrascht hätte, darin ihr eigenes Spiegelbild zu erkennen. Sie gewährte sich einen kurzen Blick nach oben und stellte fest, dass seine restliche Kleidung ebenso makellos und rein war: eng anliegende, lederfarbene

Reithosen, ein knöchellanger Kapuzenmantel, marineblaue Weste und eine Krawatte, die so strahlend weiß leuchtete, dass Essie beinahe geblendet war. Er sah aus, als hätte er sich eben erst umgezogen – nicht so, als sei er gerade durch halb Nordengland geritten. Sie selbst hätte sich wahrscheinlich schon auf dem Weg die Treppe hinunter mehr beschmutzt. Er sah so vornehm aus wie ein Prinz. Henry V. oder Troilus oder Hamlet. Oder vielleicht wie ein Schurke aus einem Theaterstück.

Sie schluckte und hatte das Gefühl, die Temperatur sei schlagartig noch einmal um mehrere Grad gefallen. Ehrlich gesagt war es ganz gut, dass sie gerade auf dem Boden kauerte, denn auch ihre Knie fühlten sich richtig weich an. Das konnte nur einer sein: ihr Verlobter. Ihre Zukunft. Ihr Earl.

Wenn sie das nicht irgendwie verhindern konnte.

»Lord Denholm!« Tante Emmeline trat vor sie und versperrte ihr die Sicht, bevor sie die Möglichkeit gehabt hatte, ihren Blick noch weiter zu heben. »Mein Gatte und ich fühlen uns geehrt, Euch in Redcliffe willkommen heißen zu dürfen.«

»Die Ehre ist ganz auf meiner Seite, wie ich Euch versichern kann.« Seine Stimme war tief und kräftig ohne jede Spur jener Weinerlichkeit des Zehnjährigen.

In plötzlicher Ungeduld beugte sich Essie zur Seite, um einen Blick auf sein Gesicht zu erhaschen. Dabei wäre sie beinahe umgefallen. Zu ihrem gewaltigen Ärger war er tatsächlich so gut aussehend, wie ihre Tante angekündigt hatte, allerdings auch noch genauso widerlich und arrogant, wie sie ihn in Erinnerung hatte, mit seiner Adlernase und den Wangenknochen, die so scharf hervorstachen, dass man sich die Finger daran aufschneiden konnte. Nur seine Augen waren so grau wie die

Schneewolken, die gerade heraufzogen, und nicht blau wie in ihrer Erinnerung. Es schien, als habe sich über die Jahre jede Wärme darin abgekühlt – und davon war damals schon nicht viel vorhanden gewesen.

»Miss Craven.« Er wandte sich ihr abrupt zu, als hätte er ihren forschenden Blick gespürt. Sie zuckte zusammen. »Es ist lange her. Ich nehme an, ich darf Glückwünsche zum Geburtstag aussprechen?«

»Eure Lordschaft.« Sie biss die klappernden Zähne zusammen und knickste noch einmal leicht, als er auf sie zuschritt. Er war schlank gebaut und bewegte sich anmutig, beinahe flüssig. Er erinnerte sie an eine Katze – geschmeidig, elegant, selbstsicher – das war typisch, sie selbst war nämlich eher ein Hundemensch.

»Nennt mich Aidan.« Er griff nach ihrer Hand und berührte mit den Lippen sanft ihre Fingerknöchel. Hatte er sie überhaupt berührt? »Ihr seht …«, seine Brauen zogen sich ein bisschen zusammen, »… so aus, als würdet Ihr frieren.«

»Ach, ist es denn kalt?« Sie konnte es sich nicht verkneifen, ihrer Tante einen vielsagenden Blick zuzuwerfen. »Das ist mir gar nicht aufgefallen.«

»Wenn Ihr erlaubt …« Sein grauer Blick verharrte noch einige Sekunden auf ihrem Gesicht, dann nahm er seinen Reitmantel ab und legte ihn über ihre Schultern.

»Oh!« Sie blinzelte und wusste nicht, wie sie sich verhalten sollte. Natürlich wollte sie seinen Reitmantel überhaupt nicht, im Prinzip jedenfalls nicht, aber sie musste sich eingestehen, dass er wunderbar wärmte. »Danke schön, Mylord … Aidan …, aber mir ist wirklich nicht kalt.«

»Tatsächlich nicht?« Er sah auf einen ihrer Arme. Er war so gut wie blau und mit Gänsehaut überzogen.

»Sollen wir eigentlich den ganzen Tag hier herumstehen und frieren?«, fragte die Countess gereizt. Sie zog sich einen teuer wirkenden, purpurroten und pelzbesetzten Umhang enger um die Schultern. »Oder können wir auf eine Tasse Tee hoffen?«

»Selbstverständlich, Mylady.« Onkel Charles streckte den Arm aus. »Folgt mir hier entlang.«

»Möchtet Ihr auch etwas Tee?« Essie lächelte angestrengt. Hatte der Earl das unhöfliche Benehmen seiner Mutter bemerkt, oder erwartete er ebenso wie sie, hofiert zu werden? Wenn ja, dann würde sie es nicht lange aushalten, sich anständig zu benehmen.

»Es wäre mir eine große Freude.« Er neigte den Kopf, aus seiner Miene war nichts zu lesen. Dann bot er Tante Emmeline seinen Arm an. »Bitte?«

Das Mittagessen schien sich endlos hinzuziehen. Die Countess ließ sich ausführlich über das grässliche nordenglische Wetter aus und den noch grässlicheren Zustand der nordenglischen Straßen. Darauf folgte ein langer, qualvoller Nachmittag im Salon, den die Lady mit der detaillierten Beschreibung ihrer Pläne für die neue Innengestaltung ihres Witwensitzes füllte. In Essie keimte der Verdacht, dass sie nicht die einzige Person in diesem Haushalt war, die sich einen Plan zurechtgelegt hatte.

Die Vormittagsstunde, in der sie gekämmt und frisiert worden war, hatte sie damit zugebracht, sich eine Ansprache im Kopf zurechtzulegen. Sie wollte die allerhöflichste Formulierung finden, mit der sie freundlich bitten konnte. Aber ihr wurde kein Gespräch unter vier Augen mit dem jungen Earl gestattet, wie sie es erhofft hätte. Stattdessen konnte sie gerade einmal oberflächlichste Höflichkeiten mit ihm austauschen und schon stürzte sich ihre Tante auf sie herab wie ein scharfäugiger Habicht auf ein besonders appetitliches Kaninchen. Einmal hatte Tante Emmeline sich in ihr Gespräch hineingedrängt, nur um zu bemerken, wie gut die Weste des Lords zu ihren Vorhängen passte. Bei einer anderen Gelegenheit hatte sie sich in eine fünfminütige Schilderung einer völlig belanglosen Einkaufsfahrt nach Guisborough verstrickt und beim dritten Mal hatte sie den jungen Earl nach seiner Lieblingsfarbe gefragt.

Beim Abendessen sah sich Essie in ihrem Verdacht bestätigt: Ihre Tante versuchte tatsächlich, sie daran zu hindern, aufsässig – oder, noch schlimmer, ehrlich! – zu handeln: Man wies ihr und ihrem Verlobten gegenüberliegende Plätze zu, und Essie saß neben ihrer künftigen Schwiegermutter, welche die Gelegenheit nutzte, sie näher in Augenschein zu nehmen und zu belehren.

»Earl und Countess zu sein, also eine Grafschaft zu führen ist keine leichte Aufgabe.« Die Augen der Countess leuchteten bei diesem Thema vor Begeisterung. »Es erfordert eine starke Partnerschaft, ganz zu schweigen von Pflichtbewusstsein und Hingabe, aber für das richtige Mädchen, eines, das in der Lage ist, Anweisungen Folge zu leisten ...« An dieser Stelle unterbrach sie ihre Rede einen Moment lang, als stelle sie infrage, dass diese Beschreibung auf Essie zutraf. »... gibt es keine größere Ehre.«

Essie hätte spontan mindestens ein Dutzend höhere Ehren aufzählen können, aber sie schwieg und schluckte ihre Widerrede hinunter, während sie ihren überwiegend schweigsamen Verlobten musterte. Es fiel ihr zunehmend schwer, ihn freundlich zu behandeln, denn mit seiner unnahbaren, distanzierten Art schien er absichtlich ihren alten Zorn, ihre alte Abneigung wiederzuerwecken. Zu ihrem Ärger war er in den zehn Jahren seit ihrer letzten Begegnung deutlich erwachsener geworden als sie selbst; nun wirkte er so reif, dass sie sich im Vergleich zu ihm unerfreulich jung und ungelenk fühlte. Außerdem war er wieder makellos gekleidet, diesmal in einem schwarzen Abendanzug, wieder mit einer blendend weißen Krawatte. Er trug sie zu einem aufwendigen Knoten gebunden und mit einer saphirgeschmückten Krawattennadel. Eindrucksvoll, das war nicht zu leugnen – seine Kleidung betonte seinen vornehmen Hochmut noch stärker, aber vielleicht wurde solcher Hochmut auch von einem Earl erwartet. Vielleicht konnte er gar nichts dafür und es handelte sich um eine Art angeborene Fassade. Vielleicht war ihm gar nicht bewusst, wie arrogant er sich benahm. Vielleicht sollte Essie es ihm einfach sagen.

Sie hielt den Kopf schief und fragte sich, was passieren würde, wenn sie genau das tun und bei dieser Gelegenheit quer über den Tisch hinweg gleich darum bitten würde, die Verlobung an Ort und Stelle aufzulösen. Entsetzen würde sich in der Miene ihrer Tante ausbreiten, Kränkung oder vielleicht eher Erleichterung in der Miene von Aidans Mutter, höfliche Betroffenheit in den Gesichtern von Caro und ihrem Onkel und ... sie hatte nicht die geringste Ahnung, was für ein Gesicht Aidan selbst machen würde.

Sie hatte den Gedanken noch nicht zu Ende geführt, als er sie ansah. Sein blasser Blick traf den ihren und ihr blieb ganz unerwartet auf einmal die Luft weg. Einen flüchtigen Augenblick lang glaubte sie, eine Ahnung, dann Belustigung in seinen Augen aufblitzen zu sehen, als hätte er eben ihre Gedanken gelesen. Aber dann fiel ein Vorhang und sie konnte nichts mehr aus seiner Miene lesen.

Ihr blieb nur das deutliche, ärgerliche Gefühl, dass er sie auslachte. Schon wieder.

# Kapitel 3

»Es gelingt mir nicht, in seine Nähe zu kommen. Ich habe also gar keine andere Wahl.« Essie stand von ihrer Bettkante auf, wo sie bereits seit einer halben Stunde gesessen hatte. Sie hatte immer und immer wieder überlegt, was sie tun konnte, bis sie das Gefühl hatte, ihr Kopf würde jeden Moment platzen.

»Das kannst du nicht machen!« Caro packte sie am Arm, als sie sich zur Tür wandte. Panik stand ihr in das hübsche, herzförmige Gesicht geschrieben. »Das kannst du wirklich nicht!«

»Ich muss aber. Ich kann nicht weiter so tun, als wäre ich nur süß und lieblich. Es ist die einzige Möglichkeit, unter vier Augen mit ihm zu sprechen.«

»Aber wenn jemand dich dabei erwischt, dass du einen Mann in seinem Schlafzimmer besuchst, bist du ruiniert!«

»Das Risiko muss ich eingehen.«

»Kannst du nicht abwarten und in London mit ihm sprechen? Mama sagt, er wird in der Ballsaison dort sein.«

»So lange kann ich nicht warten.«

»Aber bist du wirklich von ganzem Herzen überzeugt davon, dass du ihn nicht heiraten willst?«

»Absolut. Ich wollte ihn nie heiraten, schon seit dem ersten Moment, in dem man mir diese Entscheidung mitgeteilt hat. Nur hören mein Vater und deine Familie mir einfach nicht zu.

Also kann ich nichts anderes tun, als ihn persönlich anzusprechen.«

»Und wenn er Nein sagt?«

»Ich weigere mich, diese Möglichkeit in Erwägung zu ziehen. Aber wenn er es doch tut, dann gibt es noch Plan B.«

»Und der lautet?« Caro klang hoffnungslos.

»Das weiß ich noch nicht, aber ich denke mir einen aus, und dazu noch die Pläne C, D und E, wenn es nötig sein sollte. Das Alphabet hat sechsundzwanzig Buchstaben. Einer von ihnen wird ja wohl klappen.«

Ihre Cousine atmete tief aus, es klang wie ein Schaudern. »Ich bin immer noch der Meinung, dass du einen furchtbaren Fehler machst, aber ich kann dich wohl nicht aufhalten.«

»Danke.« Essie löste die Finger ihrer Cousine von ihrem Handgelenk und drückte sie kurz, dann schlich sie sich hinaus in den dunklen Flur, einen Kerzenleuchter in der Hand. Sie wusste, dass der Earl im Ostflügel untergebracht war. Das bedeutete, dass sie sich an den Schlafzimmern ihrer Tante und ihres Onkels vorbeistehlen musste, aber zum Glück war sie mit den besten Verstecken vertraut. Wie sich herausstellte, benötigte sie diese aber nicht. Über dem Haus lag eine unheimliche Stille. Nur ihre eigenen Schritte waren zu hören, das eine oder andere unglückliche Knarzen einer Bodendiele und das rasende Klopfen ihres Herzens, als sie auf Zehenspitzen durch die Galerie huschte.

Als sie den Ostflügel erreichte, bremste sie ab. Die strafenden Mienen der Vorfahren ihres Onkels auf den Porträts, die in der Galerie hingen, beachtete sie nicht. Schließlich erreichte sie die richtige Tür. Sie führte zum besten, größten Gästezimmer, das man einfallslos als das »Blaue Zimmer« bezeichnete. Dort hatten Caro und sie als Kinder Verstecken gespielt, bis ihre Tante sie erwischt und einen hysterischen Anfall bekommen hatte. Seither hatte sie den Raum nicht mehr betreten.

Bis heute.

Sie schloss die Augen, holte tief Luft, um Kraft zu schöpfen, hob die Hand und erstarrte, denn ihr wurde plötzlich klar, dass sie nicht die leiseste Ahnung hatte, was sie als Nächstes tun sollte. Für diesen Moment hatte sie sich nichts zurechtgelegt. Wenn sie anklopfte, würde die Countess um die Ecke vielleicht aufmerksam werden, aber sie konnte auch schwerlich einfach eintreten, ohne sich bemerkbar zu machen.

Oder konnte sie doch?

Schnell blickte sie den Flur auf und ab, dann griff sie nach dem Türknauf und drehte ihn.

Das Zimmer hinter der Tür war erfreulich warm und zum Glück nicht vollkommen dunkel. Auf der Kommode brannten zwei Kerzen, was wohl bedeutete, dass der Earl sich noch nicht zu Bett begeben hatte. Andererseits war keine Spur von ihm zu sehen.

Verdutzt stellte sie ihren eigenen Leuchter ab und starrte tiefer in die Dunkelheit. Das alte Himmelbett war genauso breit und hoch, wie sie es in Erinnerung hatte, mit königsblauen Samtvorhängen, die perfekt zu den Fenstervorhängen passten. Die Chaiselongue stand immer noch in der Ecke, ebenso der breite Mahagonischrank, aus dem Felix einmal gesprungen war, als Essie nach Caro gesucht hatte. Sie betrachtete alles eingehend und ging vorsichtig einige Schritte darauf zu. Nein, sie erwartete nicht wirklich, dass ein hoher Adliger sich in einem

Schrank versteckte, aber jetzt, wo ihr der Gedanke gekommen war, konnte sie ihn nicht mehr vollständig verdrängen.

»Kann ich Euch behilflich sein?«

Sie sprang etwa einen halben Meter in die Luft und drehte sich mit einem erstickten Aufschrei um. Ihr Verlobter rekelte sich in einem der ledernen Ohrensessel am Kamin. Die langen Beine hatte er vor sich ausgestreckt und die Füße auf einen Kohleeimer gelegt. Er war noch angezogen, trug aber nur das Nötigste. Die Schuhe hatte er ebenso abgelegt wie sein Jackett, seine Weste und seine Krawatte, sodass er jetzt nur noch in Reithosen und ein weit aufgeknöpftes weißes Hemd gekleidet war, als habe er begonnen, sich auszuziehen, und dann doch keine Lust mehr gehabt, diese Tätigkeit zu Ende zu führen.

»Miss Craven, was für eine unerwartete Ehre.« Er stand nicht auf, zog nur eine Augenbraue hoch, als sei er vollkommen daran gewöhnt, dass sich nachts Frauen in sein Schlafzimmer schlichen. Vielleicht war das ja auch der Fall. »Ich würde Euch fragen, ob Ihr Euch in der Tür geirrt habt, aber da Ihr hier zu Hause seid, erscheint mir das recht unwahrscheinlich.«

»Ich habe mich kein bisschen in der Tür geirrt.« Sie reckte das Kinn und spürte, wie sie errötete, als er ihr Nachthemd und ihre bloßen Füße musterte. Der Raum fühlte sich plötzlich noch wärmer an, als hätte sein Blick eine merkwürdige Auswirkung auf ihre Körpertemperatur.

Noch merkwürdiger jedoch war, dass er sich seit dem Abendessen in einen vollkommen anderen Mann verwandelt hatte – einen Mann mit Brusthaaren und einem Gesichtsausdruck, den man nur als boshaftes Grinsen bezeichnen konnte. Das makellos gekleidete, makellos vornehme, hochmütige Paradebeispiel eines Earls, das sie bislang gesehen hatte, schien eher unfähig, sich zu rekeln oder boshaft zu grinsen. Vor einigen Stunden hatte sie nichts davon bemerkt. Wären diese blassen Augen nicht gewesen, hätte sie vermutet, sie habe tatsächlich das falsche Zimmer betreten. Obwohl sie beim Abendessen genau so einen kurzen Blick von ihm aufgefangen hatte …

Sie räusperte sich, als ihr bewusst wurde, dass er die Augenbraue schon seit einigen Sekunden gehoben hatte und sie ihn einfach nur anstarrte. »Ich muss mit Euch reden. Es ist wichtig.«

»Das klingt spannend.« Er zeigte auf den Sessel gegenüber. »Setzt Euch. Ich vermute, Eure Tante weiß nicht, dass Ihr hier seid? Sie wird sicher der Meinung sein, es sei nicht ganz …« Er wedelte mit der Hand in der Luft, als suche er nach dem richtigen Wort. »… schicklich.«

»Das wäre ihr ganz egal«, knurrte Essie verächtlich und setzte sich. »Diesbezüglich macht sie sich keine Sorgen. Sie würde es nur für sich ausnutzen und uns dazu zwingen, noch schneller zu heiraten als geplant.«

»Tatsächlich? Und was wäre ihr dann nicht egal?«

»Das hier. Dass wir miteinander sprechen. Euch ist doch bestimmt aufgefallen, wie sehr sie seit Eurer Ankunft darauf geachtet hat, dass wir keine einzige Minute miteinander allein sind?«

»Ja. Darüber habe ich mich gewundert.«

»Sie sagt, sie tut das, damit ich nichts Dummes sage, aber es muss nun mal gesagt werden.« Sie glättete ihr Nachthemd mit den Handflächen, setzte sich gerade hin, machte den Mund auf, machte ihn aber wieder zu, als ihr auffiel, dass auf dem Boden neben Aidan einige Kohlestifte und Skizzen herumlagen. Was sie nicht weiter verblüfft hätte, wenn nicht eine der Skizzen genau wie ...»Bin ich das?«

»Was?« Aidan runzelte sofort die Stirn. »Ja, ich habe ein bisschen gezeichnet, um mir die Zeit zu vertreiben.« Er griff nach unten und drehte die Zeichnung um. »Was meintet Ihr? Was muss unbedingt gesagt werden?«

»Genau.« Zum zweiten Mal strich sie ihr Hemd glatt. »Ich komme direkt zur Sache. Diese Verlobung ist vollkommen unfair.«

Aidan schwieg lange Zeit. So lange, dass sie schon dachte, er würde überhaupt nichts erwidern. Aber dann schwang er mit einem Mal seine Füße auf den Boden.

»Ich bin ganz Eurer Meinung.«

»Was?« Sie schnappte nach Luft. Das blaue Leuchten in seinen eben noch grauen Augen verwirrte sie.

»Ich bin voll und ganz Eurer Meinung. Ich halte es für eine enorm schlechte Idee. Dafür habe ich es immer gehalten.«

»Wirklich?« Einen kurzen Moment lang war sie gekränkt, bevor ihr einfiel, dass dies eher Grund zur Freude war. »Ach, Ihr wisst gar nicht, wie sehr ich mich freue, dass Ihr das sagt. Was für eine Erleichterung!«

»Ich habe schon befürchtet, Ihr hättet Eure Tante gebeten, in der Nähe zu bleiben, weil Ihr nicht darüber reden wolltet. Dann hätten wir so tun müssen, als wäre das hier eine Art lächerliche Liebesgeschichte.« Er fuhr sich mit der Hand durch die Haare und lächelte. Sie ertappte sich dabei, wie sie glücklich zurückgrinste. Es war, als sehe sie ihn zum ersten Mal.

Jetzt, wo sie sich einig waren, gefiel er ihr weit besser als noch vor einer Minute. Tatsächlich sah er sogar besser aus. Sein dichtes rabenschwarzes Haar stand widerspenstig in die Höhe und die scharf abgesetzten Flächen seines Gesichts wirkten durch sein Lächeln weicher. Leicht zerzaust stand ihm gut. Merkwürdigerweise schimmerten sogar seine Augen jetzt wieder blau, wie der Mittelpunkt des Ozeans. Nicht dass sie jemals einen Ozean gesehen hätte, aber sie stellte sich vor, dass er so aussah: tief, bodenlos tief, und rein, durchdringend, intensiv blau ... Und wie konnte sie hier von einem Mann schwärmen, den sie auf keinen Fall heiraten wollte?

»Ich muss mit Euch reden und wusste keine andere Lösung!« Sie schüttelte den Kopf ein wenig. »Wir passen nicht im Entferntesten zusammen. Erinnert Ihr Euch an den Tag, als wir noch Kinder waren? Ihr wart überheblich und ernst und so sauber! Eure allergrößte Sorge galt Eurer Kleidung und dass Ihr sie beschmutzen könntet.«

»Ihr dagegen wart dickköpfig und rechthaberisch und fest entschlossen, Euch im Schlamm zu wälzen.«

»Ihr habt gesagt, Jungs haben immer recht.«

»Ich hatte recht! Es war zu nass, um im Wald zu spielen.«

»Ich habe Euch gehasst.«

»Das beruhte auf Gegenseitigkeit.«

»Seht Ihr?« Sie lachte erleichtert. »Wir sind die letzten Menschen auf der Welt, die heiraten sollten.«

»Immerhin erkenne ich Euch jetzt wieder!« Er schmunzelte. »Vorhin war ich nicht davon überzeugt, die richtige Person vor mir zu haben.«

»Ich habe versucht, freundlich zu sein. Ich dachte, Ihr würdet mir dann eher zustimmen.«

»Ich stimme Euch hundertprozentig zu.«

»Perfekt!« Sie streckte die Hand aus, um die seine zu schütteln. »Dann können wir die Verlobung ja gleich hier und jetzt auflösen.«

»Ach ...« Wieder entstand eine lange Pause. Das Funkeln in seinen Augen erlosch, als er auf ihre Hand hinunterblickte und sich dann in seinem Sessel zurücklehnte.

Essie runzelte die Stirn. Ihr war unwohl bei diesem erneuten Stimmungswechsel. Das Blau musste sie sich wohl eingebildet haben, denn jetzt war keine Spur des Funkelns mehr zu erkennen.

»Wir sollten das jetzt unbedingt tun.« Sie redete nun mit mehr Nachdruck als zuvor. »Ich möchte keine Countess werden, und ich bin sicher, dass Ihr ... nun ja, genau genommen habe ich keine Ahnung, was Ihr von Eurer Gattin erwartet oder nicht, und genau das ist der Punkt. Wir kennen einander nicht und sollten die Freiheit haben, unsere Entscheidung selbst zu treffen.«

»Richtig.« Er streckte die Arme seitwärts aus, dann verschränkte er sie hinter seinem Kopf. »Sollten wir. Aber die Sache ist die: Ich weiß gar nicht genau, was ich von einer Gattin erwarte. Ich muss gestehen, ich habe nie darüber nachgedacht.«

»Wie ist das möglich?«

»Wir sind schon in so jungen Jahren miteinander verlobt worden. Ich kann mich kaum an eine Zeit erinnern, in der ich noch nicht verlobt war, also hatte es gar keinen Sinn, darüber nachzudenken. Ich hatte ja ohnehin keine Wahl. Ich glaube, ich habe einfach gedacht, ich würde es mit der Person, die man mir zugewiesen hat, schon aushalten.«

»Na, ich möchte aber lieber nicht die Person sein, die man Euch zugewiesen hat und mit der Ihr es jetzt aushalten müsst«, fauchte Essie gekränkt. »Wollt Ihr Euch nicht in jemanden verlieben?«

»Auch darüber habe ich nie nachgedacht.«

»Vielleicht solltet Ihr es versuchen.«

»Warum möchtet Ihr denn keine Countess sein?«

»Weil ich etwas Besseres zu tun habe.«

»Das werde ich ganz bestimmt so an meine Mutter weitergeben. Was habt Ihr denn Besseres zu tun?«

»Ich habe da so meine Pläne…« Essie wandte den Blick zur Decke. Sie hatte noch nie jemandem erzählt, dass sie Schauspielerin werden wollte, und mit ihm würde sie bestimmt nicht anfangen. »Und bestimmt fällt mir noch mehr ein. Reisen zum Beispiel.«

»Irgendwelche bestimmten Ziele?«

»Italien. Florenz, Rom.«

»Interessiert Ihr Euch für Kunst?« Jetzt sah er sie gespannt an.

»Irgendwie schon.« Es lag ihr auf der Zunge, von Lucrezia Borgia und Katharina von Medici zu reden. »Aber auch für einige andere Dinge.«

»Soso.« Er wandte den Kopf zur Seite. Der flackernde Feuerschein betonte seine kantigen Wangenknochen, als er in die flackernden Flammen starrte. »Essie, es tut mir leid, dass ich mich vor zehn Jahren so schlecht benommen habe. Aber ich fürchte, Ihr habt mich soeben missverstanden. Auch wenn ich vollkommen mit Euch darin übereinstimme, dass unsere Situation unfair ist – ganz zu schweigen davon, dass wir überhaupt nicht zueinanderpassen –, liegt es nicht in meiner Macht, unsere Verlobung aufzulösen. Ich war ja nicht derjenige, der sie arrangiert hat.«

»Aber das ist es doch gerade. Seht Ihr das nicht?« Sie beugte sich vor. »Unsere Väter haben das ausgeheckt, nicht wir – aber es ist doch unser Leben! Und es gibt keinen gesetzlich gültigen Vertrag, nur eine Absprache unter Gentlemen.«

»*Nur* eine Absprache unter Gentlemen?« Jetzt hatte seine Stimme plötzlich einen schneidenden Unterton. »Das macht es zur Ehrensache.«

»Die Ehre unserer Väter, nicht unsere eigene.«

»Dann eben Familienehre.« Er runzelte die Stirn und rieb sich die Stirn mit einem Fingerknöchel. »Habt Ihr Eurem Vater mitgeteilt, wie Ihr die Sache seht?«

»Ja. Einmal habe ich ihm geschrieben.«

»Und?«

»Und ...« Essie wand sich in ihrem Stuhl. Die Antwort ihres Vaters war in Gestalt eines Briefes an ihre Tante eingegangen. Sie selbst durfte den Inhalt nicht lesen, aber nach einer dreistündigen Strafpredigt hatte sie den Inhalt ungefähr erahnen können. Von diesem Tag an wurde ihre gesamte Korrespondenz vor dem Versenden einer eingehenden Prüfung unterzogen. »Er war nicht erfreut.«

»Er wäre also unglücklich, wenn Ihr selbst die Verlobung auflösen würdet?«

»Das kann man wohl sagen.« Ehrlich gesagt zog sie es vor, nicht über die Strafen nachzudenken, die ihr Vater sich ausdenken würde, sollte sie gegen seinen Willen verstoßen. Die geköpfte Anne Boleyn kam ihr wieder in den Sinn. »Deswegen wende ich mich mit meiner Bitte an Euch. Wenn Ihr mit ihm redet, geht er vielleicht eher darauf ein. Ihr könntet sagen, dass Ihr bereits anderweitig Gefühle entwickelt habt.«

»Und so gegen den Wunsch meines Vaters verstoßen?« Er sah sie durchdringend an. »Davon abgesehen kenne ich Euren Vater und fürchte, es wäre vertane Zeit. Sein letzter Brief an mich enthielt bereits die genaue Planung unserer Hochzeit diesen Sommer.«

»Diesen Sommer? Aber Caro und ich werden die Ballsaison in London verbringen!«

»Genau.«

»Ihr meint …« Wie aus der Ferne nahm sie wahr, dass ihr die Kinnlade herunterfiel, aber sie war nicht in der Lage, ihren Mund wieder zu schließen. Sie hatte sich noch darüber gewundert, dass ihr Vater auf ihrer Teilnahme an der Ballsaison bestanden hatte, obwohl sie doch schon verlobt war. Sie hatte vermutet, dass sie lediglich Caro Gesellschaft leisten sollte. Aber jetzt sah sie den wahren Grund vor sich, brutal und in blendender Offensichtlichkeit: Wenn ihr Vater wünschte, dass sie diesen Sommer heirateten, dann ging es ihm um die Inszenierung. Die ganze Stadt sollte dabei sein, wenn seine Tochter Countess wurde. Und das bedeutete, dass er selbst auch da sein würde. Es war wahrscheinlich der einzige Grund, der ihn dazu bewegen konnte, sie wiederzusehen.

»Brandy?« Ihr Verlobter erhob sich und griff nach dem Krug auf dem Beistelltisch.

»Nein.« Ihr Blick wanderte zwischen ihm und der Flasche hin und her. Sie hatte immer noch Mühe damit, seine Worte zu verdauen. »Ich darf nur ab und zu ein bisschen Wein trinken.«

»Ihr wirkt auf mich nicht wie ein Mensch, der sich allzu streng an die Regeln hält.« Er hob eine Augenbraue. »Ich verrate es niemandem.«

»Dann ein kleines bisschen.«

»Ein bisschen reicht völlig aus.« Er schenkte zwei Gläser ein, seine Finger streiften die ihren leicht, als er ihr eines reichte.

»Nun, Ihr seid ehrlich zu mir gewesen, also erkläre jetzt auch ich, wie ich die Sache sehe. Selbst wenn die Ehre meines Vaters nicht auf dem Spiel stünde und selbst wenn ich mir vorstellen könnte, dass Euer Vater zustimmt, würde ich Euch nicht gehen lassen. Ihr seid einfach zu reich.«

»Wie bitte?«

»Ich weiß. Das war ein bisschen unverblümt.« Er zog seinen Sessel nach vorn und saß jetzt vor ihr, so dicht, dass er ihre Knie beinahe berührte. »Aber ich möchte zu Euch ebenfalls ehrlich sein und Ihr verdient die ganze Wahrheit. Ich brauche Eure Mitgift. Meine Grafschaft ist so gut wie bankrott.«

»Aber Ihr seid doch ein Earl! Wie ist das möglich?«

»Earls sind auch nur Menschen, und Ihr erinnert Euch an diesen Vater, den ich eben erwähnt habe? Den mit der Ehre?« Er stützte seine Arme auf die Knie, eine dunkle Haarsträhne fiel über seine Stirn. »Wisst Ihr, warum er mit Eurem Vater diese Absprache getroffen hat?«

»Weil sie Freunde waren.« Sie verzog das Gesicht. »Und weil mein Vater besessen ist von Adelstiteln und es ihm nicht reicht, ein Baron zu sein. Nein, er will unbedingt der Schwiegervater eines Earls werden.«

»Ja gut, aber da ist ja auch noch die Sache mit Eurer Mitgift. Euer Vater hat eine beträchtliche Summe in Aussicht gestellt.

Und da Ihr auch seine Erbin seid, hat mein Vater das wohl für eine sehr sinnvolle Absprache gehalten. Es klingt schon fast ironisch, aber es war wohl, was die Finanzen angeht, die einzige vernünftige Entscheidung seines Lebens.«

»Was meint Ihr damit?«

»Mein Vater konnte extrem schlecht mit Geld umgehen. Genau genommen ist das noch untertrieben. Er war abgrundtief, unfassbar schlecht darin. Vermutlich hat es in der Menschheitsgeschichte nur wenige Menschen gegeben, die so schlecht mit Geld umgehen konnten wie er. Er hatte ein geniales Händchen für Fehlinvestitionen und die Begabung, immer den falschen Leuten zu vertrauen. Zu der Zeit wusste ich nichts von alldem, aber als er starb ...« Aidans Blick wanderte zu seinem Brandyglas, »sagen wir so, da erwartete mich die eine oder andere Überraschung. Es ist noch ein Rest des Familienvermögens übrig, aber es reicht nicht aus, um unser Anwesen langfristig zu retten. Wenn wir Glück haben, können wir es damit noch zwei Jahre halten.«

»Oh.« Essie biss sich heftig auf die Unterlippe. Ein Gefühl schwindelerregender Panik wuchs in ihr. Diese freundliche Unterhaltung verlief absolut nicht nach Plan. Er hätte sie eigentlich längst aus ihrer Verlobung entlassen sollen. Sie hätte längst wieder mit Caro in ihrem Zimmer sitzen sollen. Sie beide wollten dann feiern, mit einem Teller Fruchtmakronen, die sie vorher aus der Küche geschmuggelt hatte. »Könnt Ihr nicht ein bisschen Land verkaufen oder so etwas?«

»Würde ich ja gern, aber der Großteil ist bereits mit Hypotheken belastet, und das bisschen, was noch übrig ist, reicht bei Weitem nicht aus, um unser Anwesen zu retten.« Er hob den

Blick, seine Augen wirkten verschleiert. »Praktisch alles an mir ist nur eine Lüge. All die Diener, all der Schmuck sind nur noch da, um den Schein zu wahren, meiner Mutter zuliebe. Es hat sich noch nicht herumgesprochen, in was für einer schwierigen Lage wir uns befinden, und meine Mutter hätte gern, dass es so bleibt.« Er seufzte. »Ich wünschte, ich könnte einfach verschwinden und mir mein Leben so einrichten, wie ich es gern hätte, aber ich habe leider keine Wahl. Ich kann Euch nicht gehen lassen.«

»Aber es gibt doch noch mehr Erbinnen!«, protestierte Essie.

»Welche mit viel mehr Geld! Heiratet eine von ihnen – eine, die gern Countess werden möchte!«

»Ich fürchte, dass hier auch die Zeit eine Rolle spielt. Außerdem hat mir der Gedanke, wegen des Geldes zu heiraten, noch nie gefallen. Ich möchte auf keinen Fall losziehen und absichtlich nach einer reichen Frau suchen. Ich besitze vielleicht nicht mehr viel, aber meine Ehre habe ich immerhin noch. Wenn ich unsere Verlobung auflöse, verliere ich auch sie.«

»Aber was wäre, wenn ...?«

»Es gibt kein Was-wäre-wenn. Mir gefällt unsere Situation genauso wenig wie Euch, aber es gibt keine andere Möglichkeit.« Er stieß klirrend sein Glas gegen das ihre. »Ich würde das jetzt trinken, wenn ich Ihr wäre. Ihr seht so aus, als könntet Ihr es brauchen.«

Sie gehorchte, ohne nachzudenken, hob das Glas an die Lippen und nahm einen großen Schluck. Die scharfe Flüssigkeit brannte in ihrer Kehle, ließ ihre Augen tränen, aber sie war zu gelähmt, um auch nur zu husten. Er hatte recht – von seinem Standpunkt aus gab es keine andere Möglichkeit. Aber was war eigentlich mit ihr? Warum zählte ihr Standpunkt überhaupt nicht?

»Ihr wollt damit sagen, nur weil Euer Vater Euer Erbe verspielt hat, müssen wir beide jetzt dafür büßen?« Sie spürte, wie Zorn in ihr aufflammte.

»So könnte man das zusammenfassen, fürchte ich.« Seine Stimme klang ehrlich bedauernd. »Wisst Ihr, an dem Tag, an dem man meinen Vater beerdigt hat, habe ich getrauert, aber zum Teil fühlte es sich auch so an, als würde er mich mit ins Grab hinunterziehen. Es war wie ein Abgrund.«

»Und jetzt wollt Ihr auch mich mit hinunterzerren? Fällt Euch nicht auf, wie selbstsüchtig das klingt?«

»Ja, wahrscheinlich. Andererseits – habt Ihr eine Ahnung, wie viele Menschen von mir abhängig sind? Das sind Hunderte. Und sie haben undichte Dächer, schlechte landwirtschaftliche Geräte und kranke Kinder, weil ich nicht gut genug für sie sorgen kann. Ja, so gerne ich Eurem Wunsch entsprechen und uns beide aus dieser elendigen, traurigen Situation befreien würde – ich muss selbstsüchtig sein und zuerst an sie denken.«

»Das ist Erpressung!«

»Willkommen in meiner Familie. Ach, ich habe ganz vergessen ...«

Sie sah ihm ratlos nach, als er aufstand und zu seinem Nachtschränkchen ging.

»Was habt Ihr vergessen?«

»Das hier.« Er war in Sekundenschnelle zurück. In der Hand hielt er ein kleines, quadratisches rotes Lederetui. »Ich wollte es Euch schon heute Nachmittag geben, aber Eure Tante hat uns beobachtet, und ich wollte das unter vier Augen machen.«

»Was ist das?«

»Ein Geburtstagsgeschenk. Macht es auf und seht es Euch an.«

Argwöhnisch stand sie auf und hob den Deckel an. Zum Vorschein kam eine schimmernde Silberkette, verziert mit einem großen, tränenförmigen Diamanten.

»Meine Mutter war der Meinung, Ihr solltet ein Stück vom Familienschmuck bekommen, also habe ich das hier ausgewählt«, erklärte Aidan. »Vermutlich hätte ich einen Ring nehmen sollen, aber das wäre gleich so ein Verlobungsgeschenk gewesen, und ich wollte zuerst dieses Gespräch führen. Na ja«, er hob die Schultern, »nicht genau dieses Gespräch hier, aber Ihr wisst schon, was ich meine. Essie ist die Abkürzung von Celeste, oder? Ein Diamant kommt noch am ehesten an einen Stern heran.«

Essie betrachtete den Anhänger halb gerührt, halb entsetzt. Er war wunderschön und schimmerte im Licht des Feuers, als versuche er, sie zu hypnotisieren, aber wenn sie ihn trug, dann war das wie ein Eingeständnis ihrer Niederlage … oder?

»Darf ich?« Er hob die Kette behutsam aus dem Etui und trat hinter Essie, legte die Kette um ihren Hals und schloss die Spange.

Essie schluckte, als seine Finger sanft ihren Nacken streiften. Offenbar hatte der Brandy seine Wirkung nicht verfehlt, denn ihr war merkwürdig schwindlig. Es gab nirgendwo einen Spiegel, aber sie konnte sich ausmalen, wie der Diamant aussah, der sich jetzt zwischen ihre Brüste schmiegte. Beinahe hätte sie die Hand gehoben, um ihn zu berühren, aber in diesem Moment sah sie ihre Mutter vor sich, wunderschön aufgeputzt, aber mit einem Gesichtsausdruck, aus dem tiefstes Elend sprach. Sofort war der Bann gebrochen.

»Danke, aber ich kann das nicht annehmen, weil ich nicht die geringste Absicht habe, Euch zu heiraten.« Sie griff nach hinten, öffnete die Klemme und warf die Kette beinahe zurück ins Etui. »Ich bedauere Eure Lage, aber ich muss mein eigenes Leben leben.«

»Ich meine, wir haben gerade festgestellt, dass keiner von uns eine andere Wahl hat.« Aidan trat um sie herum, sodass er ihr wieder gegenüberstand. »Denkt darüber nach, Essie. Selbst wenn ich bereit wäre, unsere Verlobung aufzulösen, was sollte Euren Vater daran hindern, einen anderen standesgemäßen Gatten für Euch aufzutreiben? Einen, der weniger Verständnis dafür hat, dass seine zukünftige Frau mitten in der Nacht die Zimmer von Männern betritt, die sie, wie sie behauptet, keinesfalls heiraten möchte?«

»Nur um zu reden!« Sie funkelte ihn an. Sein Sarkasmus machte sie wütend. Unglücklicherweise würde ihr Vater wohl wirklich einen anderen adligen Gatten für sie ausfindig machen, aber das würde wenigstens eine Weile dauern. Die Ballsaison in London galt nicht umsonst als Heiratsmarkt. Dort würde es von reicheren, hübscheren Debütantinnen wimmeln, die allesamt hinter den attraktivsten Junggesellen her waren. Das würde ihr hoffentlich die Atempause verschaffen, die sie brauchte, um ihre eigenen Pläne in die Tat umzusetzen.

»Es tut mir leid, das zu hören.« Er rekelte sich wieder in seinem Stuhl, nahm dieselbe Haltung an wie vorhin, als sie zur Tür hereingekommen war. Ganz offensichtlich war der boshafte Earl wieder da und erneut machte er sie einfach nur wütend.

»Das ist noch nicht das letzte Wort.« Sie packte die Ränder ihres Schals und versuchte, eine möglichst würdevolle Haltung einzunehmen. »Bevor ich Euch heirate, kann man in der Hölle Schlittschuh laufen.«

»Na, dann sollte der Teufel besser seine Schlittschuhe bereithalten. Das Datum steht fest: der erste Juni in St George's am Hanover Square in London. Euer Vater hat bereits alles in die Wege geleitet.« Er warf ihr einen beinahe mitleidigen Blick zu. »Aber falls es Euch hilft: Die Sache tut mir wirklich sehr leid.«

»Das hilft mir nicht. Nicht im Geringsten.«

Sie warf ihm noch einen vernichtenden Blick zu, dann riss sie die Tür weit auf, die sie nicht einmal hinter sich zuknallen konnte, und floh die dunklen Korridore entlang zu ihrem Zimmer.

»Und?« Caro saß erwartungsvoll auf der Bettkante, als Essie in ihr Zimmer platzte und vor Erschöpfung und Zorn nach Luft schnappte.

»Wann fahren wir nach London?«

»In sechs Wochen. Mitte April.«

»Sechs Wochen.« Essie zählte die Wochen bis zum Juni an den Fingern ab. »Das bedeutet, dass uns vor der Hochzeit noch einmal etwa sechs Wochen in London bleiben. Drei Monate im Ganzen.«

Drei Monate. Zwölf Wochen. Sie runzelte konzentriert die Stirn. Na gut, Plan A war ja nun vollständig und kläglich gescheitert, aber Plan B begann gerade erst, sich in ihrem Geist abzuzeichnen. Wenn Aidan glaubte, sie breche jetzt schon die Regeln, dann sollte er erst einmal sehen, was in London passierte! Wenn sie ihn nicht mit fairen Mitteln überzeugen konnte, die Verlobung zu beenden, dann hatte sie keine andere Möglichkeit, als unfaire Mittel einzusetzen. Sie würde die größte Glanzrolle ihres Lebens spielen, nämlich die einer Frau, die kein Earl – und auch kein anderer Mann – auch nur im Traum heiraten würde, wenn er auch nur einen Hauch von Selbstachtung besaß.

B stand für: Brich jede Regel, die dir nur einfällt.

## Plan B: Brich jede Regel

*»Schwester, zu meinem Missfallen erhielt ich heute Morgen eine Nachricht von Celeste, deren Inhalt mich zutiefst kränkte und beunruhigte. Da ich nur vermuten kann, dass Du von den in dieser Nachricht geäußerten Gefühlen keine Kenntnis hattest, werde ich sie wie folgt zusammenfassen: pubertärer Unsinn. Ich schreibe nicht, um Dir Vorwürfe zu machen, sondern um Dir noch einmal zu verdeutlichen, dass Celestes eigensinniges Verhalten gezügelt werden muss. Ich bestehe darauf: Sie muss lernen, ihre Situation anzunehmen und wertzuschätzen, denn andernfalls kann ich nur mit einem Schaudern daran denken, was ihr künftiger Gatte über sie denken wird ...«*

Alfred Craven, Lord Makepeace, an seine Schwester
Mrs Emmeline Foyle, 2. November 1814

# Kapitel 4

Noch sechs Wochen bis zur Hochzeit

Die Londoner Residenz der Witwe Lady Makepeace, Honoria Craven, lag im vornehmen Stadtteil Mayfair. Um genau zu sein: am Cavendish Square. Sie war zwar nicht ganz so prächtig wie einige der Nachbarhäuser, doch das fünfstöckige Stadthaus stach genauso hervor wie seine Besitzerin. Der überproportionale Vorbau wurde von zwei gigantischen korinthischen Säulen gestützt. Sie waren mit cremefarbenem Stuckputz überzogen, der wie Marmor aussehen sollte. Ein ebenso überproportioniertes rundes Fenster überblickte besagten Vorbau, und in ebendiesem Fenster entdeckten Essie und Caro, als sie aus der Familienkutsche der Foyles stiegen, ihre Großmutter. Sie betrachtete die Mädchen durch eine Lorgnette, die ihren stechenden Blick noch betonte.

»O nein!« Caro packte Essies Hand. »Es sieht nicht so aus, als wäre sie sehr erfreut, uns zu sehen. Meinst du, sie ist böse, weil Mama nicht mitgekommen ist?«

Essie zuckte mit den Schultern. Sie bewunderte ihre Großmutter insgeheim dafür, wie sie sich mit der Lorgnette in Pose gestellt hatte und ihre Gäste so schon aus der Ferne einschüchtern konnte. Soweit sie sich erinnern konnte, wirkte ihre Großmutter selten erfreut über irgendetwas und behielt jede Gefühlsregung, die sie vielleicht überkam, für sich. Andererseits war es verständlich, dass sie heute etwas missgelaunt wirkte. Die Verantwortung für zwei achtzehnjährige Mädchen zu übernehmen, die in die Gesellschaft eingeführt wurden, war kein Zuckerschlecken, vor allem für eine Frau Mitte sechzig. Aber da Tante Emmeline einen Tag vor der geplanten Abreise über einen Kleiderkoffer gestolpert war und sich beide Knöchel verstaucht hatte, blieb ihr nichts anderes übrig. Onkel Charles musste die beiden auf ihrer viertägigen Reise nach London begleiten.

Auch wenn Essie Mitleid für ihre Tante empfand, war sie von dieser Entwicklung der Dinge hocherfreut. An ihren Großvater konnte sie sich kaum erinnern, ebenso wenig wie an ihre Großeltern mütterlicherseits, aber ihre Großmutter vergötterte sie. Lady Makepeace bestand darauf, jedes Jahr im Sommer nach Cleveland zu kommen. Sie brachte Geschenke mit und machte mit Essie und Caro Ausflüge in die Umgebung. Es hatte nicht lang gedauert, bis Essie klar wurde, dass sich unter der rauen Schale ihrer Großmutter ein weicher Kern verbarg und ihr dauerhaftes Sticheln auf jeden Fall besser war als das ständige Genörgel ihrer Tante. Caro dagegen war in Anwesenheit der Großmutter durchgehend etwa so nervös, als rechne sie jeden Moment mit einem Überfall von Straßenräubern.

»Komm schon.« Essie flocht ihre Finger in die ihrer Cousine. »Es gibt nur eine Möglichkeit, das herauszufinden.«

Eine riesige schwarze Tür öffnete sich nach innen, als sie sich näherten, gehalten von einem ein Meter achtzig großen, rothaarigen Butler, der so verblüffend an eine griechische Statue erinnerte, dass Essie sich zurückhalten musste, um nicht nach dem umsichtig platzierten Feigenblatt Ausschau zu halten. Seine Gesichtszüge waren so ebenmäßig, dass Essie beinahe ins Schwärmen geraten wäre, aber das erschien ihr dann doch zu lächerlich.

»Hier sind wir.« Ihr Onkel führte sie über die Schwelle und rieb zufrieden die Handflächen aneinander. »Zwei junge Damen sind hiermit unbeschadet an den Zielort überstellt.«

»Na, das werden wir gleich sehen.« Die Stimme der Großmutter dröhnte wie eine Kanone von der obersten Stufe der Treppe. Erst jetzt begann sie ihren königlichen Abstieg, in Begleitung eines erstaunlich walzenförmigen, keuchenden Mopses.

»Mylady.« Ihr Schwiegersohn verbeugte sich höflich und ein bisschen nervös. »Jedes Mal, wenn ich Euch treffe, seht Ihr jünger aus.«

»Rede keinen Unsinn!« Die Witwe wedelte mit den Händen durch die Luft, als seien seine Worte lästige Insekten, die vor ihrem Gesicht herumschwirrten. »Bei Emmeline ziehen deine Komplimente vielleicht, aber an mir verschwendest du deinen Charme. Na, dann werde ich meine Enkelinnen doch einmal betrachten. Wie lange habe ich euch jetzt nicht gesehen?«

»Zehn Monate.« Essie lächelte strahlend.

»Nur zehn Monate? Aber ihr beide seid ganz erstaunlich gewachsen. Zweifellos spukt in euren Köpfen eine Menge Unsinn herum, wie bei jungen Damen üblich, oder? Ich weiß nicht, was sich meine Tochter dabei gedacht hat, mir Eure Einführung in die Gesellschaft aufzuhalsen. Ich habe keine Ahnung, wie ich das in meinem Alter bewältigen soll.«

»Emmeline lässt sich entschuldigen …«, fing Onkel Charles an.

»Natürlich tut sie das. Sollte sie auch. Wie kann ein Mensch so ungeschickt sein, sich gleich beide Knöchel auf einmal zu verstauchen? Den meisten Leuten würde einer doch vollkommen ausreichen. Ich dachte, ich hätte sie besser erzogen. Jetzt kann ich euch allerdings kaum verwehren, mein Haus zu betreten.« Sie hob den Blick zur Decke. »Also könnt ihr ebenso gut nach oben kommen.«

»Genau genommen, wenn es nicht zu unpassend ist, wollte ich sofort die Rückreise nach Cleveland antreten.« Onkel Charles ließ die Schultern hängen, als gestehe er ein schreckliches Verbrechen.

»Du kannst es wohl nicht erwarten, diese beiden hier loszuwerden, oder?« Die Witwe hob eine Augenbraue. »Du hast Glück, dass ich die Launen meiner Tochter so gut kenne. Sie kommt ohne dich nicht zurecht, nehme ich an? Bitte, bitte, du darfst dich zurückziehen.«

»Leb wohl, Papa!« Caro küsste ihren Vater artig auf die Wange. »Du wirst mir fehlen.«

»Er kommt ja schon in ein paar Wochen wieder, zur Hochzeit von dieser da!« Ihre Augenbraue hob sich in Richtung Essie. »Du wirst kaum Zeit haben, um zu bemerken, dass er dir fehlt. Also kommt jetzt, bevor Mildred noch jemanden beißt.«

Essie hielt Caros Hand wieder ganz fest, als sie ihrer Großmutter und dem Mops – Mildred vermutlich – die Freitreppe hinauffolgten, an einem zweiten auffallend gut aussehenden Bediensteten vorbei in einen großzügigen, extravagant ausgestatteten Salon. Gelb-rosa gestreifte Tapeten konkurrierten mit schweren, mit Blattgold überzogenen Tischen und grellrosa

Polstermöbeln um die Aufmerksamkeit der Besucherinnen. Drei Sofas standen vor und zu beiden Seiten eines aufwendig dekorierten Kamins, über dem ein lebensgroßes Familienporträt hing. Es zeigte Essies Großmutter, Großvater, Tante und auch einen ernsthaft dreinblickenden jungen Mann – ihren Vater. Sie starrte sekundenlang zu ihm auf und fragte sich, ob es jemals eine Zeit in seinem Leben gegeben hatte, in der er nicht ernsthaft dreingeblickt hatte.

»Na, hallo.« Ein Pfotenpaar kratzte an der Vorderseite ihres Kleids, jemand forderte ihre Aufmerksamkeit ein. »Wir kennen uns noch gar nicht.«

Die Witwe nahm ihren Platz auf dem mittleren Sofa ein. »Ich habe sie vor einigen Monaten auf der Straße gefunden. Man würde es jetzt nicht glauben, aber sie war nur Haut und Knochen, das arme Schätzchen. Wir sind ganz unzertrennlich geworden, nicht wahr, mein süßer kleiner, einköpfiger Zerberus?« Sie tätschelte ihren Schoß, und Mildred krabbelte gehorsam nach oben und sank in sich zusammen, offensichtlich erschöpft von den Anstrengungen des Treppensteigens. »Ja, es ist so, wie ich es bei meinem letzten Besuch schon vermutet habe. Ihr beide schlagt nach Euren Müttern, und da Emmeline nach ihrem Vater kommt, hat keine von euch beiden Ähnlichkeit mit mir. Egal. Ich werde mir Mühe geben, euch trotzdem zu mögen.«

»Danke, Granny.« Caro senkte den Kopf.

»Danke?« Ein Mundwinkel der Großmutter zog sich nach oben. »Sei nicht albern, Kind. Es ist das Mindeste, was ich tun kann. Mir liegt Heuchelei nicht, also kann ich nicht so tun, als würde ich alle Mitglieder meiner Familie mögen, aber für euch beide habe ich so eine merkwürdige Zuneigung. Jedenfalls momentan. Also, dann kommen wir zum Geschäftlichen.« Sie ließ die Lorgnette wieder fallen. »Wenn ich das richtig verstanden habe, besteht meine Rolle darin, in der Ballsaison eure Anstandsdame und eure Förderin zu sein. Wir haben sechs Wochen bis zu Essies Hochzeit, und in dieser Zeit besteht unsere Hauptaufgabe darin, für Caro einen Ehemann zu finden. Wäre ein weiterer Earl für dich passend, was meinst du? Oder bestehst du darauf, deine Cousine noch zu übertrumpfen? Müssen wir einen Marquess oder einen Duke auftreiben?«

»Ich bin nicht …« Caro errötete wieder.

»Ich scherze nur. Meine beiden Kinder sind wie besessen von ihrer gesellschaftlichen Position, ein vulgärer Charakterzug, den sie, nebenbei bemerkt, von ihrem Vater geerbt haben, aber es gibt andere, wesentlichere Dinge, die wir in Betracht ziehen können. Wir werden abwarten, wer dir gefällt, und dann weiterüberlegen. Bei deinem Aussehen wird es dir an Verehrern nicht mangeln und darüber hinaus verfügst du noch über eine ansehnliche Mitgift. Ich schätze, das wird insgesamt recht einfach.« Ihr Blick ruhte jetzt auf Essie. »Solange da nichts anderes ist, wovon ich wissen müsste?«

Essie biss sich auf die Lippe. Sie fühlte sich etwas überrumpelt. Einen Großteil der Reise von Cleveland nach London hatte sie über eine Frage nachgedacht: Sollte sie ihrer Großmutter beichten, wie sie in Wahrheit über ihre Verlobung dachte? Aber sie war noch zu keinem Entschluss gekommen. Sie wusste nicht, wie die Witwe reagieren würde, und nachdem sie nun sechs Wochen lang die Vorträge ihrer Tante hatte ertragen müssen, hatte sie nicht die geringste Lust auf eine weitere Moralpredigt.

»Ich glaube nicht, Granny.«

»Gut.« Die Großmutter zog die Augenbrauen leicht hoch, aber sie sagte nichts weiter. »Also, eins nach dem anderen. Es freut euch bestimmt zu hören, dass eure beiden Väter jeweils eine ehrlich gesagt aberwitzige Summe für euch hinterlegt haben, mit der neue Kleider gekauft werden sollen, und ich beabsichtige, darauf zu achten, dass ihr es bis auf den letzten Schilling ausgebt. Aus diesem Grund lasse ich morgen Vormittag eine Schneiderin kommen. Danach können wir anfangen, die eine oder andere ausgewählte Veranstaltung zu besuchen. Mildred regt sich auf, wenn ich ihr zu lange fernbleibe, also beschränke ich das auf vier Abende die Woche. Ich habe schon Zusagen für fünf Bälle, sechs Abendessen und vier Gartenfeste entsandt, den Rest entscheiden wir dann nach und nach. Irgendwelche Fragen? Nein?« Sie griff nach einem kleinen Silberglöckchen, das neben ihr auf dem Sofa lag, und schüttelte es kräftig. »Dann würde ich sagen, das ist vorerst alles. Ich fühle mich jetzt schon völlig ausgelaugt von der ganzen Sache!«

※

»Caro?« Essie öffnete die Tür zum Schlafzimmer ihrer Cousine und starrte neugierig in eine luftige, lavendelfarbene Kammer. »Bist du hier drin?«

»Ich bin draußen.« Caros Kopf tauchte hinter einem Vorhang auf. »Hier ist ein Balkon mit Blick auf den Garten!«

»Wirklich?« Essie rannte über den Teppich und stellte sich neben Caro auf einen Sims, der von einem gusseisernen Geländer gesichert wurde. »Ach, ist das schön! Mein Zimmer geht nach vorne.«

»Es ist wundervoll, nicht wahr?« Caro seufzte glücklich. Sie sah hinaus auf die weiten Blumenbeete, in denen sich Pfingstrosen und Glockenblumen drängten. »Ich kann gar nicht glauben, dass wir endlich hier sind. Es ist, als wäre ein Traum Wirklichkeit geworden!«

Essie legte ihre Finger um das Geländer und spürte, wie auch sie ein Schauer der Aufregung überlief, obwohl ihre Pläne für die Ballsaison eher etwas Albtraumhaftes hatten. Die Stadt war so riesig, so voller Möglichkeiten. Auch voller Theater. Wenn sie Schauspielerin werden wollte, dann war London bestimmt der richtige Ort dafür.

Sie knuffte ihre Cousine mit dem Ellbogen. »Meinst du, in London sehen alle Männer gut aus, oder nimmt unsere Großmutter nur diejenigen in ihren Dienst, die am besten aussehen?«

»Ist dir das auch aufgefallen?« Caro kicherte. »Ich frage mich, was Vater über den Butler gedacht hat.«

»Ich glaube, er hatte es so eilig, von hier wegzukommen, dass ihm gar nichts aufgefallen ist.«

»Das überrascht mich nicht. In ihrem Haus wirkt Granny noch furchterregender, als wenn sie zu Besuch kommt.«

»Ja, weil sie hier in ihrem eigenen Revier ist, wie eine Bienenkönigin. Ich finde sie großartig. Sie sagt und tut einfach, was ihr einfällt. Irgendwann möchte ich auch so eine Lorgnette.«

»Ich finde, die würde zu dir passen.« Caro knuffte zurück. »Ich weiß nicht, warum Mama immer behauptet, du hättest deine rebellische Ader von deiner Mutter geerbt. Es ist doch klar zu sehen, dass sie von Granny kommt.«

»Sie traut sich wahrscheinlich nicht, das zuzugeben.«

»Aber wie ich bemerkt habe, hast du Granny nicht erzählt,

dass du den Earl nicht heiraten willst. Hast du es dir denn anders überlegt?«

»Überhaupt nicht. Ich muss mich nur erst einmal orientieren.« Sie umklammerte das Geländer noch fester. »Ich werde ihn so in Verlegenheit bringen, so peinlich sein, dass er die Verlobung löst. Viele dieser gesellschaftlichen Regeln sind doch einfach nur albern. Ich kann wahrscheinlich die meisten davon brechen, ohne es mir auch nur bewusst vorzunehmen. Von dem Unterricht in Etikette, den deine Mutter uns erteilt hat, habe ich sowieso schon wieder die Hälfte vergessen.«

»Und wenn dein Vater herausfindet, dass du dich absichtlich so schlecht benimmst?«

»Das wird er nicht. Ich werde ja nichts Drastisches unternehmen. Ich werde die Sache ganz vorsichtig angehen.« Sie sah hinaus über die Dächer von London und seufzte vor Anspannung. »Mehr oder weniger vorsichtig jedenfalls. Und ich werde nichts tun, was dich in Verlegenheit bringt, versprochen.«

»Danke.« Caro neigte den Kopf, legte ihn auf Essies Schulter. »Ich weiß, ich habe gesagt, ich freue mich, aber ich habe auch ein bisschen Angst. Meine Eltern erwarten, dass ich diesen Sommer eine gute Partie mache, aber ich hoffe einfach, dass es auch eine Liebesheirat wird.«

»Dann lass dich auf nichts anderes ein. Es hat doch keine Eile.«

»Hörst du nie zu, wenn Mama uns etwas sagt? Der Marktwert einer Frau sinkt mit jeder Ballsaison, die sie mitmacht.«

»Das ist lächerlich. Die Ballsaison dauert gerade mal ein paar Wochen, und sie erwarten von dir, innerhalb dieser kurzen Zeit den richtigen Mann zu finden, dich von ihm umwerben zu lassen, dich zu verloben und am besten gleich zu heiraten! Es dauert ja sogar länger, einen guten Käse herzustellen.«

»Glaubst du nicht an Liebe auf den ersten Blick?«

»Nein, und ich habe auch nicht die Absicht, mich zu verlieben. Ganz im Gegenteil, um genau zu sein.«

»Und wie wirst du es angehen?«

»Wie Granny gesagt hat: eins nach dem anderen. Zuerst die Garderobe.«

# *Kapitel 5*

Am nächsten Morgen pünktlich um zehn Uhr erschien Madame Liliane Charbonnier im Cavendish Square, bewaffnet mit einer Kollektion Modezeichnungen, zwei Koffern voller quadratischer Stoffmuster, einem Kästchen voller Stecknadeln und einem Maßband, mit dem sie ausgesprochen geschickt, schnell und präzise hantierte. Sie war eindeutig eine Expertin ihres Fachs. Wäre sie eine Scharfschützin gewesen, so hätte sie mit jedem Schuss tödlich getroffen.

Darüber hinaus, stellte Essie bald fest, war sie auch eine Frau mit ausgesuchtem Geschmack, einem angeborenen Sinn für Stil und schnellem, scharfem Urteilsvermögen. Innerhalb einer Stunde hatte sie Caro und Essie hin und her gewendet, vermessen und mit einer Reihe von Schnitten, Stoffen und Farbschemata konfrontiert. Danach war Essie ziemlich schwindlig.

Für die flachsblonde Caro mit den kornblumenblauen Augen hatte Madame Liliane ein Sortiment von rosa und pastellfarbenen Stoffen vorgeschlagen, sogar einen schwer tragbaren, aber überraschend attraktiven zitronenfarbenen Chiffonstoff. Essie dagegen legte sie kräftigere Farben nahe, ein Spektrum aus violetten, blauen und grünen Farbtönen, die ihre braunen Augen und den ihr bis dato nicht bewussten kastanienbraunen Schimmer ihrer Haare unterstrichen. Alles, was sie vorschlug, war so wunderschön, dass Essie schon fast sabberte. Ja, leider war das alles viel zu schön. Und das bedeutete, dass es nicht das Richtige war. Wenn sie Aidan davon überzeugen wollte, ihre Verlobung zu lösen, dann durfte sie nicht wunderschön sein, im Gegenteil: Sie brauchte etwas Grauenhaftes.

»Haben Sie nichts Orangefarbenes?«, fragte sie und schob mit heimlichem Bedauern ein besonders hübsches, aquamarinblaues Seidenstoffmuster zur Seite.

»Orange?« So professionell Madame Liliane auch auftrat – es gelang ihr nicht ganz, ihr Entsetzen zu verbergen.

»Ja, ich finde Orange schön. Es ist so …« Essie suchte nach dem passenden Wort, »so saftig.«

»Und Ihr möchtet, dass man Euch so beschreibt? Als saftig?«

»Na gut, vielleicht nicht gerade als saftig, aber leuchtend. Lebhaft.« Sie setzte ein süßes Lächeln auf. »Fröhlich.«

»Ich verstehe.« Madame Liliane sah sich Hilfe suchend im Raum um, aber zu ihrer offensichtlichen Überraschung fand sie keine Unterstützung. Caro hatte den Blick gesenkt, während die Witwe offenbar ganz mit ihren eigenen Fingernägeln beschäftigt war. Nur Mildred warf sich auf den Rücken und hielt sich mitleidig die Pfoten über die Augen.

»Wie Ihr wünscht.« Die Schneiderin griff in die Tiefe ihres Koffers und zog einige Quadrate aus Baumwollstoffen hervor, deren Farben von dumpfen Bronzetönen bis zu kräftigen Bernsteinfarben reichten.

»Das hier ist genau richtig!« Essie deutete auf den Stoff, der am grellsten orange leuchtete.

»Seid … seid Ihr sicher?« In Madames Stimme schwang jetzt eindeutig ein Hauch von Panik mit.

»Ganz sicher. Ich möchte ein Ballkleid in dieser Farbe und auch eins in dieser hier.« Sie deutete auf ein Stoffquadrat in einer kränklich blassen Lachsfarbe. »Mit ganz vielen Litzen. Und Rüschen. So viele wie möglich. Ich liebe Rüschen. Und vielleicht auch ein Kleid in der Farbe, die Caro hier hat.« Sie nahm ihrer Cousine den zitronengelben Stoff aus den Fingern. Die Schneiderin wurde blass. »Und haben Sie auch ein bisschen Limettengrün? Das würde doch sehr gut zu Rosa passen.«

»Limettengrün und Pink?« Madame Charbonnier sah jetzt wirklich so aus, als würde sie sich jeden Moment übergeben.

»Aber ja!« Sollte Essie vielleicht einen Eimer holen lassen? »Ich möchte, dass alle meine Kleider so auffallend wie möglich sind. Ich möchte unvergesslich sein.«

Glücklicherweise musste Madame Charbonnier darauf nicht mehr antworten, denn es klopfte an der Tür.

»Was gibt es, Quill?« Wenn Essie sich nicht irrte, zitterte die Stimme ihrer Großmutter ein bisschen.

»Bitte entschuldigt mein Eindringen, Mylady …« Der gut aussehende Butler erschien in der Tür. »Aber der Earl von Denholm wartet unten in der Bibliothek. Er bittet um die Ehre einer Audienz mit Miss Craven.«

»Jetzt?« Ihre Großmutter warf einen vielsagenden Blick auf die Kaminuhr. »Na gut, wahrscheinlich ist es nicht so schlimm, wenn ein Verlobter es mit seiner Begeisterung ein bisschen übertreibt.« Sie wedelte mit der Hand. »Du solltest hinuntergehen und ihn begrüßen.«

»Und was ist mit meiner Garderobe?«, protestierte Essie. Mit einem gewissen Entsetzen stellte sie fest, dass sie bei der Nachricht des Butlers ein kleiner Freudenschauer überlaufen hatte.

Jetzt war sie nicht bereit, sich so einfach herbeizitieren zu lassen.

»Wir sind doch fast fertig. Wir müssen noch über Handschuhe und Hüte nachdenken, aber vielleicht sollte ich sie für dich aussuchen?« Der Blick ihrer Großmutter wanderte zu dem zitronenfarbenen Stoffquadrat. »Es ist wahrscheinlich die einzige Möglichkeit, dich vor dir selbst zu schützen.«

»Wie du möchtest, Granny.« Essie lächelte unschuldig und stand auf. Vier unvergesslich grauenhafte Kleider sollten ja eigentlich ausreichen, um selbst den hartnäckigsten Verlobten in die Flucht zu schlagen. »Wähle das, was dir richtig erscheint. Ich bin sicher, dass du es am besten weißt.«

»Natürlich. Meiner Erfahrung nach sagen das allerdings nur Menschen, die nichts Gutes im Schilde führen. Aber richte dem Earl doch aus, dass ich es vorziehe, Besucher zwischen ein und drei Uhr nachmittags zu empfangen.«

»Aber gern, Granny.«

Essie folgte dem Diener die Treppe hinunter. Welche Version des Earls würde sie in der Bibliothek vorfinden? Den hochmütigen, den boshaften oder wieder einen ganz anderen Menschen? Wenn sie Glück hatte, dann hatte er in den vergangenen sechs Wochen seinen Fehler erkannt und war gekommen, um die Verlobung aufzulösen und sich zu entschuldigen. Also, ein schuldbewusster Earl – das würde sehr spannend werden.

Unglücklicherweise zerschlugen sich ihre Hoffnungen in dem Moment, in dem sie die Bibliothek betrat. Nach seiner beherrschten Miene und Haltung zu urteilen, war der hochmütige Earl anwesend. Interessanterweise spürte sie eine leichte Enttäuschung, und das war merkwürdig, denn ihr war nicht klar gewesen, dass sie überhaupt irgendeine Version des Earls hatte sehen wollen. Und was sie noch viel mehr ärgerte: Auch wenn sie sich noch so viel Mühe gab, ihn als Schurken zu betrachten, sah er noch um ein Vielfaches besser aus als in ihrer Erinnerung. Er trug einen perfekt passenden silbergrauen Ausgehmantel, schwarze Reithosen und wiederum ein Paar makellos polierte Reitstiefel. Seine schwarzen Haare hatte er sich nach hinten gekämmt, sodass sein kantiges Kinn und die rasiermesserscharfen Wangenknochen gut zur Geltung kamen. Und was die Augen betraf ... noch immer grau.

»Guten Morgen.« Sie ging ein paar Schritte in den Raum hinein und setzte einen Gesichtsausdruck auf, der hoffentlich distanziert und selbstsicher wirkte.

»Miss Craven.« Er schlug die Hacken zusammen und verbeugte sich. »Ich freue mich, Euch wiederzusehen.«

»Tatsächlich?« Ihre Stimmung sank noch tiefer. Seine Begrüßung klang allzu überschwänglich, wenn er auch mit der blasierten Earl-Stimme sprach. Seine Worte wirkten auch nicht wie die Einleitung zu einer Entschuldigung, es sei denn, er wollte zunächst mit seinen Schmeicheleien das Gespräch in Gang bringen.

»Ja, ich dachte schon.« Er ließ seinen Blick über ihr Gesicht wandern, als versuche er, ihre Gedanken zu lesen. »Allerdings fürchte ich, Eure Gefühle zu einem Wiedersehen mit mir sind etwas anderer Natur.«

Sie hob eine Schulter, nicht gewillt, seiner Aussage zu widersprechen. »Woher wusstet Ihr, dass ich schon in London bin?«

»Klatsch verbreitet sich hier schnell. Die Ankunft Eurer Kutsche um halb vier gestern Nachmittag wurde beobachtet. Und so hat sich Eure Anwesenheit bis zum Abendessen in jedem Salon in diesem Viertel herumgesprochen.«

»Wirklich?« Jetzt war sie ehrlich geschockt. »Ich hätte nicht gedacht, dass meine Ankunft auf so großes Interesse stößt.«

»Die Londoner Gesellschaft ist gern über alles auf dem Laufenden, vor allem, wenn die Dame, um die es geht, jung, wohlhabend und bereits mit einem Earl verlobt ist. Die Gesellschaft würde auch erwarten, dass ich Euch heute Morgen meine Aufwartung mache, also …« Er spreizte gespielt hilflos die Hände, »bin ich jetzt da und erfülle meine Pflicht.«

»Oh.« Sie runzelte die Stirn und war erneut überrascht, dass sie Enttäuschung verspürte. Sie wollte ja gar nicht, dass er sich um ihretwillen mit seinem Besuch so beeilt hatte, aber das Wort »Pflicht« lag ihr wie ein Stein im Magen, und ihre Abneigung gegen ihn wurde noch größer. »Meine Granny sagt, es ist nicht die richtige Uhrzeit für einen Besuch.«

»Das ist richtig, aber ich wollte gerne wissen, wie es Euch geht.« Eine seiner Augenbrauen zuckte amüsiert. »Ihr hattet so schreckliche Kopfschmerzen, als ich Redcliffe verließ. Es war Euch nicht einmal möglich, mich zu verabschieden, soweit ich mich erinnere.«

»Mhm.« Sie hob ebenfalls eine Augenbraue. Offenbar war auch der boshafte Earl im Raum anwesend, und das hätte sie nicht freuen dürfen, tat es aber – und das war merkwürdig und frustrierend. »Es waren sehr schlimme Kopfschmerzen.«

»Ich hoffe doch, dass Ihr Euch voll und ganz erholt habt?«

»Im Moment geht es mir gut. Merkwürdigerweise habe ich mich in dem Moment schlagartig erholt, als Eure Kutsche unsere Auffahrt hinter sich ließ.«

»Das ist ja ein bemerkenswerter Zufall.«

»Das fand ich auch«, sie ging durch den Raum zum Fenster und sah hinaus auf den kleinen Park im Zentrum des Platzes. Ihr war klar, dass sie sich extrem unhöflich benahm, aber sie musste deutlich machen, wo sie stand, und je deutlicher das wurde, umso besser. Es war nur schade, dass sie noch keines der Kleider tragen konnte, die sie heute bestellt hatte. Ihr weißes Baumwollkleid erschien ihr viel zu sittsam für diesen Anlass.

»Ich gehe davon aus, dass Ihr Eure Meinung noch nicht geändert habt?« Er trat neben sie, sprach jetzt leiser und zurückhaltender. »Ich muss gestehen, nach unserem letzten Treffen war ich etwas aufgewühlt.«

»Aufgewühlt genug, um Eure Meinung zu ändern?«

»Ich fürchte, nein. Wie ich Euch erklärt habe, verhält sich die Sache nicht so einfach. Trotz allergrößter Bemühungen ist es mir nicht gelungen, irgendwo in den Rückwänden meiner Möbel Schmuckstücke von unschätzbarem Wert zu finden. Doch ich hoffte, dass Ihr die Situation ein bisschen besser versteht, wenn Ihr erst eine Weile Zeit hattet, darüber nachzudenken.«

»Ich verstehe Eure Situation vollkommen. Allerdings bin ich ganz anderer Meinung, was die Konsequenzen daraus angeht.«

»Ich verstehe.«

Essie biss die Zähne zusammen. Sein unerschütterliches Benehmen ärgerte sie genauso wie bei ihrem letzten Gespräch in Redcliffe. Er hatte zugegeben, dass es ihm leidtat, dass er sie genauso wenig heiraten wollte wie sie ihn, und doch benahm er sich wie ein zahmes Kätzchen, als hätten sie beide keinerlei Mitspracherecht, wenn es um ihre eigene Zukunft ging!

»Wie könnt Ihr Euch so in Euer Schicksal ergeben?« Sie wandte sich ihm zu. »Es muss doch eine andere Lösung geben, wenn wir beide lange genug darüber nachdenken.«

»Die gibt es nicht.«

»Ich könnte Euch eine Ersatzbraut suchen. Eine pflichtbewusste, ehrwürdige, wie Eure Mutter sie beschrieben hat.«

»Meine Mutter ist nicht diejenige, die heiratet.«

»Dann sagt mir einfach, was für eine Art von Frau Euch gefallen würde. Fangen wir mit der Augenfarbe an. Blau, Braun, Grün, Grau?«

»Ehrlich gesagt, darüber habe ich nie nachgedacht.«

»Dann denkt doch jetzt darüber nach. Was ist mit den Haaren? Blond, rothaarig, brünett?«

»Brünett.« Jetzt sah er ihr so direkt in die Augen, dass sie ein merkwürdiges, flatteriges Gefühl im Bauch nicht unterdrücken konnte. »Ich mag brünette Frauen, aber Essie, es geht nicht, dass Ihr mir eine andere Frau sucht. Ich habe doch gesagt, es ist eine Frage der Ehre.«

»Ach, Unsinn!« Sie presste sich die Hand auf den rebellischen Bauch. »Warum seid Ihr nicht wütend über diese ganze Angelegenheit?«

In seinen Augen blitzte etwas auf, das wie Ärger aussah, aber es war in Sekundenschnelle wieder erloschen. »Welchen Nutzen hätte das?«

»Ich würde mich besser fühlen.«

»Dann muss ich Euch leider enttäuschen. Schon wieder.« Er seufzte, und eine einzelne, dunkle Haarsträhne fiel ihm in die Stirn, genauso wie in jener Nacht in seinem Schlafzimmer. Einen kurzen, erschreckenden, rasch unterdrückten Moment lang war sie versucht, sie ihm aus dem Gesicht zu streichen.

»Ich gehe davon aus, dass Ihr in dieser Saison einige Veranstaltungen besuchen werdet?«

»Ja. Meine Tante konnte nicht reisen, also wird meine Großmutter Caro und mich betreuen.«

»Dann kann ich auf die Ehre hoffen, Euch bald wiederzusehen?«

»Das wird nichts ändern.« Sie reckte ihr Kinn. »Ich habe mich entschieden und ich ändere meine Meinung nie. Ihr könntet Euch eine Menge Ärger ersparen, wenn Ihr die Sache hier und jetzt abblasen würdet.«

»Ist das eine Drohung?« Sein Blick verdüsterte sich.

»Nein. Ich erkläre Euch nur …« Sie stellte sich auf die Zehenspitzen, bis ihre Nase nur noch wenige Zentimeter von der seinen entfernt war, »… den Krieg.«

»Denholm?«

Beide zuckten zusammen und fuhren herum. Essies Großmutter stand in der Tür der Bibliothek. Ihre Lorgnette blitzte fragend auf, als ein Sonnenstrahl durch das Fenster auf eine Linse fiel. Selbst Mildred hielt das runde Köpfchen ratlos schief.

»Ein bisschen früh für einen Streit, nicht wahr?« Die Großmutter ließ ihren Blick etwas länger auf Essies Gesicht ruhen, als ihr lieb war. »Ihr seid noch nicht einmal verheiratet.«

»Wir üben schon einmal.« Aidan verneigte sich förmlich.

»Ein Streit unter Liebenden also? Wie kurios.« Die Lippen der Witwe verzogen sich zu einem kaum wahrnehmbaren Lächeln. »Ihr werdet doch bestimmt am Donnerstagabend am Ball der Cumberworths zugegen sein, nehme ich an, Denholm?«

»Ich beabsichtige, dort zu sein, ja.«

»Hervorragend. In diesem Fall wird Essie doch gern den ersten Tanz für Euch reservieren. Nicht wahr, meine Liebe?«

Essie knirschte mit den Zähnen und verkniff sich eine ehrliche Antwort. »Wenn Ihr es wünscht, Granny.«

»Ja, ich wünsche das. Nun, Essie, wenn Ihr Eure Übung für das Eheleben abgeschlossen habt – es ist Zeit, dein Hofkleid anzuziehen.«

»Mein was?« Sie blinzelte, verwirrt von diesem plötzlichen Themenwechsel.

»Dein Hofkleid für die Vorstellung heute Nachmittag. Ich musste es natürlich im Voraus bestellen und habe mich nach Emmelines Vorgaben gerichtet, ich hoffe also, dass es passt.«

»Das verstehe ich jetzt nicht.« Essie schüttelte verwirrt den Kopf. »Wem werde ich denn vorgestellt?«

»Der Queen, meine Liebe. Nicht jedem jungen Mädchen wird ein solches Privileg zuteil, aber es war mir möglich, ein paar Fäden zu ziehen. Danach wirst du offiziell in die Gesellschaft aufgenommen sein.« Die Witwe wedelte mit der Hand, als rede sie von einem kleinen Spaziergang im Park. »Habe ich das nicht erwähnt?«

»Nein, das habt Ihr ganz und gar nicht.«

»Wie seltsam. Caro hat das auch behauptet. Wir sollten wahrscheinlich wieder nach oben gehen, bevor sie wirklich noch in Ohnmacht fällt.«

»Nun«, Aidan räusperte sich. »Dann seid Ihr jetzt wohl beschäftigt. Wir sehen uns am Donnerstagabend.«

»Moment! Werdet Ihr nicht bei dieser … Vorstellung … Hofdingsbums … dabei sein?« Essie streckte die Hand aus, als er an ihr vorbeiging, obwohl sie keine Ahnung hatte, warum.

»Unglücklicherweise habe ich eine andere Verpflichtung.« Sein Schritt verharrte kurz, als seine Hand die ihre streifte. »Lady Makepeace. Miss Craven. Viel Glück.«

Theateraufführungen fanden nie einfach so aus dem Nichts statt, dachte Essie ungehalten. Sie sah sich im Vorzimmer um, der bis zum Anschlag mit identisch gekleideten jungen Mädchen und ihren Gönnerinnen gefüllt war. Schauspieler brauchten eine gewisse Zeit, um ihre Rolle zu üben, in ihre Figur hineinzufinden, aber ihre Großmutter hatte für diese Vorgänge wohl nicht den leisesten Respekt. Essie war mit dem festen Vorsatz nach London gekommen, hier die Rolle einer rebellischen, schlecht angezogenen Exzentrikerin zu spielen, nicht die einer steifen Debütantin für die Queen. Diese Programmänderung war so drastisch, dass man als junges Mädchen schon Lampenfieber bekommen konnte, aber momentan hatte sie ein anderes, wesentlich dringenderes Problem. Eines, das sie allmählich schmerzhaft quälte.

»Ihr hättet nur früher einen Panikanfall bekommen.« Die Witwe rechtfertigte sich etwa zum hundertsten Mal seit heute Morgen vor Caro. »Ihr hättet heute Nacht kein Auge zugetan, wenn ich es euch gestern schon gesagt hätte. Obwohl ich mir eigentlich ganz sicher bin, dass ich das getan habe.«

»Wenn du etwas darüber gesagt hättest, dann hätte ich wenigstens üben können, in diesem Kleid zu gehen. Ich habe noch nie im Leben einen Reifrock getragen!«, jammerte Caro. Sie sah über die Schulter auf ihre Schleppe. »Und jetzt sagst du, wir müssen sogar rückwärtsgehen?«

»Nur um Euch von der Queen zu entfernen. Man darf einem Souverän niemals den Rücken zuwenden.«

»Ich werde stolpern und fallen, ich weiß es genau, und dann ist die ganze Saison ruiniert!« Caro fuhr sich mit den Händen über das Gesicht, dann ächzte sie entsetzt: »Essie, was machst du da?«

»Ich zapple ein bisschen.«

»Warum?«

»Weil ich versuche, mich abzulenken.« Sie legte ein Bein über das andere, spannte es an. »Ich muss … Ihr wisst schon. Wie lang kann das denn noch dauern?«

»Ich habe gleich gesagt, du sollst nicht so viel Limonade trinken, meine Liebe.« Die Großmutter wedelte entspannt mit einem Fächer vor ihrem Gesicht herum. »Der königliche Salon ist bekannt dafür, dass er eine Ewigkeit in Anspruch nehmen kann.«

»Ich konnte nicht anders. Es ist so heiß hier drin. Man könnte doch erwarten, dass im St-James-Palast etwas mehr Platz ist, sodass wir uns ein bisschen besser verteilen könnten.«

»Es gibt dort durchaus mehr Platz, aber die Queen möchte ihn nicht teilen.«

»Sie könnten uns wenigstens erlauben, uns zu setzen, während wir warten.«

»Ich bin mir nicht mal sicher, ob ich mich in diesem Kleid hinsetzen könnte.« Caros Stimme wurde immer schriller.

»Es fühlt sich an, als trüge man einen Pflug«, stimmte Essie ihr zu und wand sich. »Ich fühle mich wie ein Paradegaul. Einer mit einer Straußenfeder auf dem Kopf. Wieso müssen wir das alles überhaupt anziehen?«

»Meine Güte, junge Damen sollten wirklich nicht so viele Fragen stellen, wenigstens nicht in aller Öffentlichkeit. Es soll euch genügen, dass die Queen darauf besteht, die Tradition zu wahren. Ah, jetzt geht es los.« Die Witwe ließ ihren Fächer zuschnappen. Die Schlange setzte sich in Bewegung. »Denkt einfach daran, dass das hier als eine große Ehre gilt. Wenn der Oberhofmeister euren Namen aufruft, tretet ihr vor, macht einen Hofknicks, beantwortet alle Fragen, die die Queen möglicherweise stellt, und entfernt euch dann langsam rückwärts.« Sie warf Essie einen prüfenden Blick zu. »Na gut, wir hätten vielleicht ein bisschen üben sollen. Aber keine Sorge, die Sache dauert keine Minute. Danach suchen wir einen Nebenraum mit einem Nachttopf für dich.«

»Bitte, bitte rede nicht von Nachttöpfen.«

»Dann können wir nur hoffen, dass die Queen nicht allzu viele Fragen stellt. Und keine, die irgendetwas mit Wasser zu tun hat. Komm mit.«

Essie watschelte vorwärts, spannte jeden Muskel in ihrem Körper an, während sie in einen langen Salon vordrangen. Er war vollkommen unmöbliert bis auf den Thron am hinteren Ende, über dem ein prächtiger rot-goldener Baldachin aufgespannt war. Auf diesem Thron saß Queen Charlotte höchstpersönlich, das dunkle Haar zu einer Frisur aufgetürmt, welche der Schwerkraft zu spotten schien. Links und rechts hatten sich Höflinge in zwei Reihen aufgestellt. Sie alle trugen denselben überheblichen Gesichtsausdruck, als wären sie ein Aufmarsch widerlicher Earls.

Ganz langsam sank sie in den tiefsten Hofknicks, den sie jemals durchgeführt hatte, und stemmte sich dann wieder hoch.

Jetzt durfte ihr Körper sie nicht im Stich lassen. Plötzlich kam ihr der Gedanke, dass sich gerade die perfekte Gelegenheit bot, sich selbst und Aidan in Verlegenheit zu bringen. Aber nein, vor der Queen eine Pfütze zu hinterlassen, das ging zu weit. Dieser Ruf würde sie ein Leben lang verfolgen. Nein, wenn sie das durchstand, dann würde sie in ihrem Leben nie wieder ein Glas Limonade trinken. Wasser, Milch, Bier, Champagner, Punsch, alles, aber keine Limonade. Und jetzt durfte sie auf keinen Fall mehr an Flüssigkeiten denken …

»Craven …« Die Queen wirkte nachdenklich. »Verlobt mit dem Earl of Denholm, soweit ich weiß?«

»Ja, Eure Majestät.« Essie riskierte einen vorsichtigen Blick nach oben.

»Ein äußerst gut aussehender und ernsthafter junger Mann. Die Hochzeit wird in Kürze stattfinden, nicht wahr?«

»Am ersten Juni, Eure Majestät.«

»Wie bezaubernd. Ich werde Euren Verlobungsball besuchen.«

»Meinen wa…? Ich meine, vielen Dank, Eure Majestät.« Essie schluckte. Sie war einerseits von dem Angebot selbst entsetzt, andererseits aber auch davon, dass es so viel Zeit in Anspruch nahm.

Zum Glück tippte Granny ihr in diesem Moment auf die Schulter, und sie konnte sich rückwärts entfernen, im Bewusstsein, dass Caro hinter ihr das Gleiche tat. Der Raum schien sich unendlich in die Länge zu ziehen, aber schließlich stieß sie gegen einen Türrahmen.

»Granny …«, keuchte sie, als sie in den Korridor flüchten konnte.

»Ich weiß. Hier entlang.« Ihre Großmutter hatte Mitleid mit ihr und zeigte auf eine seitliche Kammer.

»Was meint sie mit Verlobungsball?« Essie hastete hinter eine Sichtschutzwand, hob ihre Röcke und stöhnte erleichtert.

»Ich hätte gedacht, das liege auf der Hand. Ein Ball zu Ehren deiner Verlobung. Ich muss sagen, ich bin beeindruckt. Du hast die Gesellschaft im Sturm erobert, schon bei deinem ersten Auftritt.«

Essie antwortete nicht. Was Debüt-Auftritte betraf, war der ihre offenbar gleichzeitig ein atemberaubender Erfolg und eine komplette Katastrophe gewesen. Es gehörte sich für eine Lady vermutlich nicht, in einem Schloss zu fluchen, während sie über einem Nachttopf hockte, aber sie tat es trotzdem.

»Verflixt!«

»Was war das, meine Liebe?«, drang die gedämpfte Stimme ihrer Großmutter durch die Schutzwand. »Ich habe dich nicht ganz verstanden. Wer hat getrickst?«

»Nichts, Großmutter.«

»Gut. Und was deinen Verlobungsball betrifft – ich bin mir ganz sicher, dass ich auch ihn schon erwähnt habe.«

# Kapitel 6

»Warum hat das gesellschaftliche Leben so viel mit Warterei zu tun, was meinst du? Die Warteschlange am Empfang war fast so schlimm wie die im St-James-Palast.«

Essie hakte sich bei Caro ein, als sie der Schlange, die so lang wie ein ganzes Cricket-Spielfeld war, endlich entronnen waren und ihrer Großmutter in einen überfüllten, überhitzten, überalles Ballsaal folgten. Die gesamte Londoner Gesellschaft schien sich bereits darin zu befinden, buchstäblich Hunderte von Leuten, die sich alle in einem Raum drängten, in einem Rausch aus kostbarer Kleidung, glitzerndem Schmuck und aufdringlichem Parfum. In Verbindung mit den Lichtern von Dutzenden und Dutzenden Wachskerzen fühlte es sich an, als träte man mitten in einen riesigen Kristallleuchter hinein. Der Gesamteindruck war spektakulär.

»Psssst!« Caro, ein Traum in Blassrosa, biss sich auf die Lippe. »Ich bin zu nervös, um zu lachen. Sieh mal, meine Hände zittern.«

»Es ist doch nur ein Ball.«

»Es ist unser erster Ball. Granny hat gesagt, ich soll nicht so ängstlich gucken, aber ich kann nichts dafür.«

»Abgesehen davon, dass man leicht zerquetscht werden könnte, sehe ich hier nichts, wovor man sich fürchten müsste.«

»Ich fürchte mich, weil die Gesellschaft ein bösartiges Tier mit scharfen Zähnen und spitzen Sporen ist, das dich lebendig auffrisst, wenn du nicht auf der Hut bist«, zitierte Caro wortwörtlich. »Deswegen. Ein Fehler und unser Ruf ist für immer ruiniert.«

»Warum sind wir dann hier? Warum dürfen Männer in unserem Alter auf Kavaliersreise gehen und wir kriegen die Zähne und Sporen ab?«

»Weil Frauen, entgegen der landläufigen Meinung, das stärkere Geschlecht sind, meine Liebe.« Ihre Großmutter, deren Ohren offenbar weitaus jünger waren als ihr restlicher Körper, sah ihnen über die Schultern, als sie sie um das Tanzparkett herumführte.

»Sie hat gesagt, ich darf nicht so viel lächeln.« Caro senkte ihre Stimme zu einem Flüstern. »Aber das mache ich eben, wenn ich nervös bin. Du hast Glück, dass Granny zu dir nicht gesagt hat, dass du irgendwas nicht tun sollst. Sie hat nicht einmal etwas über dein Kleid gesagt. Nach unserer Vorstellung bei der Queen bist du bei der Gesellschaft jetzt schon gut aufgenommen.«

»Hm.« Essie schürzte die Lippen. Das Angebot der Queen, ihrem Verlobungsball beizuwohnen, war ein ziemlicher Rückschlag, das musste sie zugeben, aber mit der notwendigen Entschlossenheit ließ sich sicher auch dieses Hindernis überwinden. Sie musste sich lediglich an ihren Plan halten. Zuerst würde sie alle durch ihre Erscheinung schockieren, dann würde sie mit ihnen über Politik reden oder über das Theater oder vielleicht irgendetwas über Fußknöchel sagen, irgendetwas, was Aidan so peinlich sein würde, dass er sie gehen ließ.

Der erste Teil des Plans schien schon einmal aufzugehen. Allein in ihrem Schlafzimmer war sie angenehm überrascht gewesen, wie gut ihr neues orangefarbenes Ballkleid funktionierte – mit seinem altmodisch hochgeschlossenen, rüschenbedeckten Ausschnitt und mehreren Schichten Volants. Es sah noch schlimmer aus, als sie zu hoffen gewagt hatte, und biss sich so mit ihrem Teint, dass ihre Haut einen kränklich grünen Schimmer angenommen hatte. Für den Fall, dass das nicht ausreichte, hatte sie sich außerdem die Haare zu einem strengen Knoten auf dem Kopf zusammenzerren lassen. Das Gewicht drückte unbequem, aber es war die Sache unbedingt wert.

Jetzt allerdings, wo sie sich in der Öffentlichkeit bewegte, fühlte sie sich unwillkürlich wie ein im Glaskäfig ausgestelltes Tier. Den Blicken nach zu urteilen, die man ihr zuwarf, war sie kein besonders attraktives Tier. Eine Art giftige Echse vielleicht.

»Essie?« Caro sah sie besorgt an, als ihre Schritte immer langsamer wurden. »Alles in Ordnung bei dir?«

»Oh ... ja. Bestens.« Sie renkte ihre Gesichtszüge zu etwas ein, das einem Lächeln entfernt ähnelte, und ging weiter. Schließlich diente das alles einem guten Zweck. Die abschätzigen Blicke, die sie gerade erntete, waren einfach nur der Preis für ihre Freiheit. Außerdem hatte sie gar nicht die Möglichkeit, sich noch einmal umzuziehen. Sie konnte nur das Kinn gerade halten und all die Blicke und geflüsterten Bemerkungen aushalten, ganz zu schweigen von den von vorgehaltenen Fächern nur unzureichend gedämpften Lachsalven.

»Mädchen!« Ihre Großmutter blieb so abrupt stehen, dass sie beide beinahe gegen ihren Rücken geprallt wären. »Erlaubt mir, euch einige Leute vorzustellen.« Sie sprach eine Frau mit mahagonifarbenem Haar an, die zwischen zwei jüngeren, einander ähnelnden jungen Leuten stand, einer Dame und einem Herrn. »Lady Talbot, was für eine Freude, Euch zu sehen! Das hier sind meine Enkeltöchter, Miss Essie Craven und Miss Caroline Foyle.«

»Wie reizend!« Lady Talbots Blick streifte Essie auf eine Weise, die ihr klar vermittelte: Das Kompliment war lediglich an Caro gerichtet. »Erlaubt mir, Euch meinen Sohn vorzustellen, Aloysius Talbot, und meine Tochter, Miss Jemima Talbot.«

»Miss Craven, Miss Foyle.« Der Sohn verbeugte sich, aber anders als seine Mutter hielt er seinen Blick starr auf Caro gerichtet. »Vielleicht würde Miss Foyle mir die Ehre des Eröffnungstanzes erweisen?«

»Es wäre mir ein Vergnügen.« Caro wollte gerade lächeln, dann riss sie sich zusammen und presste die Lippen wieder zu einem geraden Strich zusammen. »Danke, Sir.«

»Sehr schön.« Ihre Großmutter wedelte majestätisch mit der Hand. »Und den zweiten Tanz dann mit Miss Craven vielleicht?«

»Oh.« Der arme Mann sah so aus, als würde er sich am liebsten hinter dem Fächer seiner Schwester verstecken. »Natürlich, es wäre mir ... eine Ehre.«

»Kein Problem.« Essie schüttelte schnell den Kopf. »Bitte fühlt Euch nicht verpflichtet ...«

»Guten Abend, Miss Craven«, hörte sie die Stimme des Earl of Denholm in diesem Moment hinter ihrem Rücken. »Darf ich Euch sagen, wie entzückend Ihr heute Abend ausseht?«

Sie wirbelte herum, darauf vorbereitet, dem Earl eine scharfe Antwort entgegenzuschleudern, aber dann passierte etwas Ungewöhnliches: Sie war sprachlos. Anders als der unglückliche

Mr Talbot wirkte Aidan von ihrem Erscheinungsbild vollkommen unbeeindruckt. Außerdem sah er aus, als wäre er in einem Ballsaal zu Hause – in seinem perfekt geschnittenen schwarzweißen Abendanzug ein krasser Gegensatz zu ihrer grellen Kleidung. Er wirkte ernst, asketisch und sah so umwerfend gut aus, so gut, dass die Ränder ihres Sichtfelds tatsächlich um ihn herum zu verschwimmen schienen. Irgendwie sperrte dieser Anblick den Atem in ihrer Lunge ein und ließ ihn nicht wieder entweichen.

Verdammt.

Falls Aidan ihren fassungslosen Gesichtsausdruck sah, ließ er es sich jedenfalls nicht anmerken, sondern streckte die Hand aus. »Das ist doch unser Tanz? Eine Quadrille, würd' ich sagen.«

»Ja.« Essie deutete vor ihren Gesprächspartnerinnen einen Knicks an, dann legte sie ihre Finger in seine Hand. Sie zuckte beinahe zusammen, als sie seine Wärme durch ihre Handschuhe hindurch spürte, gefolgt von einem kribbelnden Gefühl, das sich ihren Arm hinauf bis in ihre Brust ausbreitete, und auch wenn sie sich größte Mühe gab: Sie konnte nicht wieder normal atmen.

»Wie ich höre, ist Eure Präsentation bei Hofe gut verlaufen«, bemerkte er, als sie sich zwischen den Tänzern einreihten.

»So wurde es mir gesagt.« Sie räusperte sich, befahl ihrem Körper, sich normal zu benehmen.

»Obwohl mir nicht ganz klar ist, wie das sein kann. Die ganze Sache war eine Qual. Es gab nicht genügend Nachttöpfe und in diesem albernen Reifrock bin ich gegen eine Tür gelaufen.«

»Das klingt abenteuerlich.« Während sie darauf warteten,

dass die Musik einsetzte, musterte er sie ausführlich: vom aufgeputzten Ausschnitt bis zum Rüschensaum. »Ich hoffe, in dieser Kleidung hier fühlt Ihr Euch wohler?«

»Sehr viel wohler, danke schön.« Sie klapperte unschuldig mit den Augenlidern. »Ich habe schon seit jeher eine Schwäche für lebhafte Farben.«

»Ich ebenso.« Die Musik setzte ein und sie machten die ersten Tanzschritte. »Es ist eine erfreuliche Abwechslung. So viele Debütantinnen tragen dieselben Kleider – immer nur weiß und pastellfarben. Darin sehen sie noch jünger aus, als sie sind.«

»Nun, meine Garderobe besteht aus gelben und rosa- und lachsfarbenen Kleidern.« Sie hob die Augenbrauen, aber seine Miene war noch immer ungerührt.

»Tatsächlich? Dann freue ich mich darauf, jedes einzelne in Augenschein zu nehmen. Neben Euch fühle ich mich ganz farblos.« Eine kurze Pause entstand, als sie sich im Kreis umeinander drehten. »Ich hoffe nur, Ihr habt diese ganze Mühe nicht meinetwegen auf Euch genommen?«

»Warum sollte ich?«

»Ich erwähne das nur, weil mir auffällt, dass Ihr auch Eure Frisur geändert habt. Zu Hause in Cleveland habt Ihr einen eher etwas lockeren Stil bevorzugt.«

»Ich habe entschieden, dass es an der Zeit ist, etwas zu ändern. Jetzt, wo ich offiziell eingeführt bin.«

»Dann bewundere ich Euren Mut.« Sein Lächeln hätte sie sehr charmant gefunden, wenn es nicht ausgerechnet von ihm gekommen wäre. »Spielt Ihr Schach, Miss Craven?«

»Ja, manchmal. Warum?«

»Weil es ein Strategiespiel ist. Es geht immer darum, die

Züge des Gegners zu erahnen und ihm einen Schritt voraus zu sein. Es kam mir nur gerade so in den Sinn.«

»Ach ja?« Sie funkelte ihn an. »Wie interessant.«

»Wisst Ihr, es hat nicht viele Vorteile, einen Mann zum Vater zu haben, der fast sein gesamtes Vermögen verloren und sein Anwesen in den Bankrott geführt hat, aber ein Gutes hat es doch: Man entwickelt ein erstaunlich dickes Fell.«

»Faszinierend.« Sie knirschte mit den Zähnen. Wie ärgerlich, dass er sie so leicht durchschaut hatte!

»Jetzt schmeichle ich mir gern selbst damit, so dickhäutig wie ein Nashorn zu sein.«

»Was für ein bezauberndes Bild.« Sie stellte ihren Fuß auf den seinen und verlagerte ihr ganzes Gewicht darauf. »Was ist mit Euren Zehen?«

Er verzog das Gesicht nur ein klein wenig. »Nicht ganz so robust, leider.«

»Wie ungeschickt von mir.«

»Ganz und gar nicht. Ich nehme an, ich habe es nicht anders verdient.«

Sie bedachte ihn mit einem angespannten Lächeln, während sie einander wie zwei Nashörner weiter umkreisten. Oder vielleicht wie ein Nashorn und eine mit einer Giftspinne gekreuzte Echse. Allmählich verlor Essie den Überblick über ihre eigenen Vergleiche.

»Und, was haltet Ihr von Eurem ersten Ball?«, fragte er, als sie zurück in die Formation traten.

»Er ist auf jeden Fall sehr eindrucksvoll. Und heiß.«

»Seid froh, dass Ihr keine Krawatte tragen müsst.«

Sie schwieg. Ihr fiel keine Antwort ein, denn sein Kommentar lenkte ihre Aufmerksamkeit auf seine Kehle, und so musste ihr zwangsläufig auffallen, wie elegant das Jackett sich an seine Schultern anschmiegte. Es war auch ein Fehler gewesen, von der Temperatur zu reden. Irgendwie konnte sie seine Körperwärme durch sein Hemd, ihr Kleid und einen Meter Luft hindurch spüren, sodass ihre Wangen sich röteten und ihr Korsett sich auf einmal zu eng anfühlte. Sie hatte das schreckliche Gefühl, als breite sich diese Röte von ihren Haarwurzeln bis zu ihren Zehennägeln aus, auch wenn ihre Haut glücklicherweise größtenteils von Rüschen bedeckt war. Vielleicht lag es am Gewicht der auf ihrem Kopf festgesteckten Haare, dass sie sich so benommen fühlte: Einige Herzschläge lang schienen alle Stimmen, schien die Musik plötzlich weit entfernt, als würden sie beide im Inneren einer Blase stehen. Und das war wirklich lächerlich, denn schließlich waren sie von den vielen anderen Paaren praktisch eingezwängt.

»Wie geht es Eurer Mutter?« Sie räusperte sich schwer und brachte die Blase damit absichtlich zum Platzen.

»Meiner Mutter?« Er wiederholte das Wort, als brauche er einige Sekunden, um zu verstehen. »Es geht ihr gut, soweit ich weiß.«

»Ist sie nicht in London?«

»Derzeit nicht. In einigen Wochen wird sie eintreffen, zusammen mit meiner Schwester.«

»Schwester?« Sie blinzelte. »Ich wusste nicht, dass Ihr eine Schwester habt.«

»Ihr habt nie danach gefragt.«

»Ihr hättet es erwähnen können.«

»Während einer Eurer Kopfschmerzattacken vielleicht?«

»Hm. Wie heißt sie?«

»Sophia.«

»Und wie alt ist sie?«

»Sie wird im Sommer fünfzehn.« Er hielt den Kopf schief. »Ihr macht ein Gesicht, als hätte ich Euch eben gestanden, dass ich einen verschollenen bösen Zwillingsbruder besitze. Ist es so merkwürdig, dass ich eine Schwester habe?«

»Eigentlich nicht.« Sie rümpfte die Nase. »Ich finde es nur schwierig, mir Euch als Bruder vorzustellen.«

»Angesichts der Tatsache, dass wir heiraten werden, ist das doch eigentlich gut so, oder?«

»Ihr wisst schon, was ich meine.« Sie sah ihm in die Augen, um ihn mit Blicken zu töten, aber plötzlich war sie wie gelähmt ... Seine Augen sahen heute Abend wieder blau aus, stellte sie fest, aber nicht einfach nur blau – es waren verschiedene Schattierungen: blasssilbern in der Mitte, dämmerig dunkel an den Rändern. Zumindest erklärte das, warum sie irgendwie die Farbe ändern konnten. Hatte sie jemals zuvor solche Augen gesehen? In diesem Moment war sie wie hypnotisiert.

»Und, ist schon eine Hochzeit für Sophia arrangiert?«, fragte sie, bevor ihm auffallen konnte, dass sie ihn anstarrte.

»Nein.« Seine Miene wirkte plötzlich angespannt. »Mein Vater nimmt mit Freuden eine Mitgift entgegen, aber eine Mitgift zur Verfügung stellen, das ist etwas anderes.«

»Oh. Ich verstehe.« Sofort bereute sie ihre Frage. Sie klang plötzlich grausam, als hätte sie ihm aus Versehen eine Stichwunde zugefügt.

Sie redeten nicht mehr, bis die Musik endete. Aidans Gesichtsausdruck schien eingefroren in einem Ausdruck einstudierter Höflichkeit. Aber das war nicht ihr Fehler. Angesichts ihrer eigenen Umstände war es eine ganz naheliegende Frage gewesen, auch wenn sie sich die Antwort wohl hätte denken können.

»Vielleicht würdet Ihr den Tanz vor dem Essen ebenfalls für mich reservieren?«, fragte er, als sie die Tanzfläche verließen.

»Wenn Ihr nicht schon anderweitig vergeben seid?«

»Das geht nicht«, antwortete sie ehrlich. »Es ist ein Walzer, und angeblich darf ich erst Walzer tanzen, wenn ich von irgendwelchen alten Damen vom Almacks-Club die Erlaubnis dazu erhalte.«

»Soweit ich weiß, lassen sie sich lieber als Gönnerinnen bezeichnen, nicht als alte Damen. In diesem Fall sind wir vielleicht die Ersten am Esstisch?«

»Hm ... ja, vielleicht.«

Er verbeugte sich, sah ihr etwas länger in die Augen und übergab sie dann dem nervös zappelnden Mr Talbot.

Zu ihrer Überraschung fand Essie auch Partner für den dritten und den vierten Tanz, nicht nur für den zweiten, aber sie verzichtete darauf, auf irgendwelchen Zehen herumzutrampeln, und redete lediglich über Politik. Wie sich herausstellte, hatten weder Mr Talbot noch Mr Watson oder Baron Abercromb irgendeine eindeutige Meinung zu Premierminister Mr Jenkinson, aber alle drei setzten angemessen schockierte Mienen auf, als sie feststellten, dass Essie seinen Namen kannte. Keiner der drei strahlte auch nur das geringste Interesse am Theater aus, und sie konnte sich nicht ganz dazu durchringen, Fußknöchel zu erwähnen. Aidan selbst tanzte kein zweites Mal, wie sie beobachtete. Ab und zu erhaschte sie über die Schultern ihres

Tanzpartners hinweg einen Blick auf ihn. Nur zufällig, wie sie sich selbst versicherte, ganz bestimmt nicht, weil ihr Blick immer wieder in seine Richtung wanderte.

Tatsächlich hielt sie nach Caro Ausschau, als der Walzer anfing, aber ihre Cousine schien mit einem Mann auf der anderen Seite des Ballsaals ins Gespräch vertieft, und sie brachte es nicht über sich, die beiden zu stören. Ihre Granny dagegen hielt mitten unter den Anstandsdamen Hof. Ihre Stühle waren so eng zusammengerückt, dass Essie wahrscheinlich ein Brecheisen benötigt hätte, um ihre Großmutter zu erreichen.

»Oh, Miss Craven?«

Als sie ihren Namen hörte, wandte sie sich um. Jemima Talbot rauschte auf sie zu, in Begleitung zweier weiterer junger Frauen, alle nach der allerneuesten Mode gekleidet: in Kleidern aus weißer Seide und Krepp, geschmückt mit Spitzen und Perlen. Außerdem gaben sie unverkennbare Kicherlaute von sich. Worum auch immer es in ihrem Scherz ging, ganz offensichtlich stand Essie in dessen Mittelpunkt.

»Verbringt Ihr einen angenehmen Abend, Miss Craven?« Miss Talbots Gekicher war eindeutig am lautesten.

»Er ist sehr angenehm, danke schön.« Essie zwang sich zu einem höflichen Lächeln.

»Bitte erlaubt mir, Euch meine Freundinnen vorzustellen, Miss Uriana und Miss Florentia Deveraux. Wir haben uns gerade über Euer Kleid unterhalten. Es ist so originell.«

»Und es hat Euch gleich so beliebt gemacht.« Florentia, deren knappes Oberteil unter dem breiten Ausschnitt kaum zu sehen war, bedachte Essie mit einem schlangenhaften Lächeln. »Ihr hattet bis jetzt ja für jeden Tanz einen Partner.«

»Ja, das ist wohl so, allerdings hat mich das Tanzen etwas durstig gemacht. Ich wollte mir gerade etwas zu trinken holen, wenn Ihr mich entschuldigt …«

Essie wollte sich an den dreien vorbeischieben, aber Jemima legte ihr eine Hand auf den Arm, ihre langen Wimpern glitten nach unten und wieder hoch, blitzartig wie ein mörderisch geschwungener Dolch. »Ach, wäre ich froh, wenn auch ich so eine resolute Großmutter hätte. Dann hätte ich ebenfalls den ganzen Abend über Tanzpartner. Ganz egal, was ich anhabe.«

»Ich werde ihr das gern ausrichten. Ach, da kommt sie ja gerade«, log Essie mit süßer Stimme. »Ich bin sicher, sie wird Euch mit Freude aushelfen.«

»Was?«, quiekte Jemima erschrocken und wich zurück, sodass Essie ihr entfliehen konnte. Sofort drehte sie sich auf den Fersen um und schoss auf die Flügeltüren am Ende des Ballsaals zu, die auf die Terrasse hinausführten.

Als sie sich nach draußen gerettet hatte, legte sie den Kopf in den Nacken, holte tief Luft und schüttelte sich ausführlich, in der Hoffnung, dadurch die Verachtung loszuwerden, mit der Jemima Talbot und die Schwestern Deveraux sie überschüttet hatten. Die Nachtluft war kühl und erfrischend, meilenweit entfernt von der erstickenden, gehässigen Atmosphäre des Ballsaals. Hinter der Terrasse lag auch ein Garten, stellte sie fest. In den Bäumen schaukelnde Laternen beleuchteten Kieswege und efeubewachsene Rankgitter.

»Jetzt sagen Sie bloß, Sie haben für den nächsten Tanz noch keinen Partner?«, brummte eine männliche Stimme aus dem Schatten hinter ihr. »Das grenzt ja an ein Verbrechen.«

»Nicht wahr? Vielleicht sollten wir die Polizei holen.« Sie

wandte sich um, weil sie wissen wollte, wer sie dieses Mal köderte. Wer auch immer es war – diesmal würde sie nicht davonlaufen. Wenn jemand sie beleidigen wollte, dann würde sie es ihm in gleicher Münze zurückzahlen. Leider konnte sie von ihrem Gegenüber nur einen grauen Schatten in der Dunkelheit erkennen, während sie selbst im Licht, das durch die Glastüren drang, deutlich zu sehen war. »Wenn Ihr mein Aussehen irgendwie kommentieren wollt, Sir, dann nur zu, sprecht es aus.«

Etwas glühte rot auf, wie eine Zigarre, an der gezogen wurde. »Ich achte streng darauf, nie das Aussehen einer Dame zu kommentieren. Nach meiner Erfahrung kann das zu allerlei Missverständnissen führen.«

»Was mein Verständnis angeht, braucht Ihr Euch keine Sorgen zu machen. Alle anderen haben bereits sehr deutlich ausgedrückt, was sie denken. Ihr könnt es ihnen gern gleichtun.«

»Ein schwieriger Abend also, ja? Aber zu Eurem Glück wird er sich jetzt zum Guten wenden.« Diesmal schwang ein Lachen in der Stimme mit. »Jetzt, wo Ihr mir begegnet seid, meine ich, und wie der Zufall es will, finde ich, dass Ihr sehr interessant ausseht.«

»Ihr habt eine sehr hohe Meinung von Euch selbst, Sir. Wir sind einander noch nicht einmal vorgestellt worden.« Sie starrte noch angestrengter ins Dämmerlicht. »Jedenfalls glaube ich das. Ich kann Euch natürlich nicht sehen.«

»Nein, wir sind uns nicht vorgestellt worden. Warum sollen wir uns nicht selbst vorstellen?«

»Verstößt das nicht gegen die Regeln?«

»Oh, natürlich. Alles, was Spaß macht, verstößt gegen die Regeln, aber warum sollten wir die Regeln nicht einen Abend lang vergessen?«

Essie biss sich auf die Lippen. Ihr war klar, dass sie sich von diesem Mann, wer auch immer er war, sofort verabschieden und sich entfernen musste, so schnell sie ihre Beine nur trugen. Selbst ihr war klar, dass nur Anstandsdamen ihr jemanden vorstellen durften, aber er hätte keine besseren Worte finden können, um sie zu überzeugen. Sie hatte doch nichts anderes vorgehabt, als die eine oder andere Regel zu brechen, oder? Und was konnte schon schlimm daran sein, jemandem seinen Namen zu nennen?

»Also gut, aber ich muss erst einmal Ihr Gesicht sehen.«

»Es ist mir eine Freude.« Der Schatten erhob sich und kam einige Schritte näher ins Licht. Er sah so aus, als sei er etwa in ihrem Alter. Er wirkte anziehend mit seinem platinblonden Haar und den Augen, in denen ein gleichzeitig träger wie auch aufmerksamer Ausdruck lag. Diese Augen waren grün, passend zu der Reihe smaragdglitzernder Ringe an seiner linken Hand. Wie Aidan war er in schlichtem Schwarz-Weiß gekleidet, aber er hatte seinen Krawattenknoten gelockert, und seine Weste hing etwas schief, was zu einem etwas lockeren, lässigeren Erscheinungsbild beitrug.

»Mr Sylvester Jagger.« Er schnipste den Stummel seiner Zigarre lässig in den Garten. »Zu Euren Diensten.«

»Essie Craven.« Den Knicks ersparte sie sich. »Warum tanzt Ihr nicht?«

»Langeweile. Während der ersten beiden Tänze war ich der pflichtbewusste Junggeselle, aber dann dachte ich, es ist bestimmt viel interessanter, wenn ich herauskomme und abwarte, welche unschuldigen Debütantinnen womöglich meinen Weg kreuzen.« Er setzte ein schelmisches Grinsen auf. »Und ich hatte recht.«

»Das klingt, als wärt Ihr eine Spinne.«

»Nun, mein Netz ist nur für diejenigen aufgespannt, die sich fangen lassen wollen.« Er schob sein Gesicht näher. »Und, wollt Ihr gefangen werden?«

Essie starrte ihn fassungslos an. Mr Jagger schien sich genauso wenig an ihrer ungewöhnlichen Aufmachung zu stören wie Aidan. Im Gegenteil, es schien ihn zu amüsieren. »Flirtet Ihr etwa mit mir?«

»Das liegt durchaus im Bereich des Möglichen.«

Sie lachte ungläubig. »Das ist grotesk.«

»Tatsächlich?« Jetzt wirkte er selbst ein bisschen ratlos. »Wie steht es mit einem Spaziergang? Es ist ein wunderschöner Abend.«

Essie sah wieder hinunter in den Garten. Mehrere Paare genossen den Mondschein, spazierten Arm in Arm die Wege entlang. Ja, ein Spaziergang klang absolut verführerisch, auch wenn ihr etwas an ihrer neuen Bekanntschaft nicht geheuer war. Möglicherweise war es schon skandalös, mit diesem Mann im Garten beobachtet zu werden. Was natürlich sehr nützlich sein konnte, falls gerade Aidan es sah, aber wenn jemand anders Zeuge wurde … Sie schüttelte sich. Sie bemühte sich schließlich gerade darum, ihre Verlobung aufzulösen, und hatte kein Interesse daran, sich so weit zu kompromittieren, dass sie sich auf eine andere Verlobung einlassen musste. Und in ihrem orangefarbenen Kleid war sie wohl kaum zu verwechseln.

»Nein, danke. Ehrlich gesagt bin ich ziemlich hungrig. Ich glaube, ich werde mir jetzt etwas zu essen besorgen.«

»Das ist eine hervorragende Idee.« Ihre Ablehnung schien ihn nicht im Geringsten zu irritieren. »Ich habe selbst auch gehörigen Appetit. Sollen wir?«

Er hielt ihr seinen Arm hin und nach kurzem Zögern nahm sie ihn. Es konnte schließlich nichts richtig Schlimmes sein, wenn man sie im Haus an seiner Seite sah. Wahrscheinlich. Es sei denn, dies war eine der Benimmlektionen gewesen, bei denen sie nicht zugehört hatte. Und was Aidan betraf ... nun, sie hatte nicht versprochen, mit ihm zu essen. Sie hatte *vielleicht* gesagt, sonst nichts, und genau genommen: Wenn er sich darüber ärgerte, umso besser. Schließlich wollte sie ihn ärgern! Insgesamt kam ihr die Situation doch durchaus entgegen.

Sie rückte ihre Schultern gerade, wappnete sich für weiteres Gekicher und weitere missbilligende Blicke, als sie mit ihrem Begleiter durch die Flügeltüren trat und zum Speisesaal spazierte – und dieser wirkte noch eindrucksvoller als der Ballsaal. Ihr Magen knurrte laut beim Anblick mehrerer langer Tafeln, die unter der Last der Gerichte buchstäblich ächzten. Schinken, kalter Braten, Krabben, Hummer, Sülzen, Salate, Pasteten, Pudding, Weinschaumcreme, eine appetitliche Auswahl an Gebäck und eine riesige Schüssel mit Obst und Biskuit, alles auf glänzenden Silbertabletts und in Kristallschalen serviert.

»So viele Leckereien, so wenig Zeit.« Mr Jagger reichte Essie einen Teller, als sich die Musik im Ballsaal ihrem Ende näherte. »Ich habe immer Lust, ein bisschen von allem zu probieren, Ihr nicht?«

Essie nickte abwesend. Sein durchtriebener Tonfall deutete

darauf hin, dass diese Bemerkung mehrdeutig zu verstehen war, aber gerade in diesem Moment wollte sie ihn gar nicht verstehen – sie interessierte sich ausschließlich für das Essen.

Erst als sie ihre Zähne in ein Stück Mandelkäsekuchen senkte, fühlte sie plötzlich den Drang, den Kopf zu wenden.

Aidan stand in der Tür des Speisesaals. Seine Miene war ausdruckslos, aber so wie er sie ansah, verging ihr aus irgendeinem Grund der Appetit.

Es dauerte nur eine Sekunde, gerade lang genug, dass sie einen Bissen Kuchen hinunterschlucken konnte, dann wandte er sich um und verließ den Raum.

## Kapitel 7

»Also, das war ein sehr erfreulicher Abend gestern, muss ich sagen.« Die Witwe rauschte in einer Wolke aus Rosenwasserparfum ins Frühstückszimmer, setzte sich ans Kopfende des Tisches und leerte eine ganze Tasse Kaffee, bevor sie ihren Enkelinnen einen fragenden Blick zuwarf. »Ich gehe davon aus, dass ihr beide nach der ganzen Anstrengung gut geschlafen habt?«

»Sehr gut, danke schön!«, rief Caro glücklich. Ihre Wangen waren so rosig, als käme sie gerade erst von der Tanzfläche.

»Es freut mich, das zu hören. Und was ist mit dir?« Die Witwe wandte sich an Essie, die abwesend Zucker in ihre gerade wieder gefüllte Kaffeetasse löffelte.

»Ganz gut, danke schön.« Essie griff nach einem warmen Brötchen, um von ihrer eher unglücklichen Miene abzulenken. Die Wahrheit lautete: Sie hatte kaum eine Minute geschlafen. Die Erinnerung an den Blick, den Aidan ihr zugeworfen hatte, wollte einfach nicht weichen. Dabei konnte sie nicht einmal sagen, was genau er ausgedrückt hatte. Er hatte nicht wirklich vorwurfsvoll ausgesehen. Auch nicht enttäuscht. Nicht einmal verletzt. Es war etwas anderes, etwas Schlimmeres, etwas, das ihr ein schlechtes Gewissen gemacht hatte. Genau dieser Blick hatte dazu geführt, dass sie das Abendessen nicht genießen und danach nicht schlafen konnte. Und das war wirklich nicht gerecht, denn schließlich hatte sie nur klargestellt, dass sie ihn nicht heiraten wollte. Und das wusste er ja bereits. Er hatte absolut kein Recht, ihr ein schlechtes Gewissen zu machen.

»Ich habe nach eurem Tanz mit Mr Talbot gesprochen. Er sagte, ihr hättet euch sehr angeregt unterhalten.« Ihre Großmutter hob eine Augenbraue so hoch, dass sie fast unter dem Haaransatz verschwand. »Über die Korngesetze, wenn ich mich nicht irre?«

»Ja.« Essie senkte den Löffel in ein Schälchen Erdbeermarmelade. »Ich finde das Thema faszinierend, Ihr nicht?«

»Fesselnd, ja. Es vergeht kaum ein Tag, an dem ich nicht mindestens einmal an Korn denke. Hast du mit dem Earl auch über dieses Thema geredet? Einmal sah es so aus, als würdet ihr mehr reden als tanzen.«

»Tatsächlich?« Sie zuckte mit den Schultern. »Ja, merkwürdig, aber ich habe vergessen, worüber wir geredet haben.«

»Ach ja? Nun, es hat mich überrascht, dass er sich schon vor dem Essen verabschiedet hat. Ich dachte, ihr beide würdet euch zusammen an den Tisch setzen.«

»Wir hatten darüber gesprochen, aber dann habe ich Mr Jagger kennengelernt und beschlossen …« Essie sank unter dem bohrenden Blick ihrer Großmutter in sich zusammen. »Ich weiß nicht, was passiert ist. Vielleicht ist ihm schlecht geworden.«

»Vielleicht.« Die Aufmerksamkeit der Großmutter wandte sich zum Glück wie ein ausschlagendes Pendel wieder Caro zu. »Aber du scheinst schon einige Eroberungen gemacht zu haben, meine Liebe. Es kommen immer noch Blumen.«

»Blumen?« Caro riss die Augen auf.

»O ja. Wie viele Bouquets sind es bis jetzt, Quill?«

Der Butler mit dem kantigen Kinn, der an der Tür stand, reagierte sofort, als er angesprochen wurde. »Ich glaube, beim letzten Zählen waren es neunzehn, Mylady.«

»Rosen, nehme ich an?«

»Ja, Mylady.«

»Rosa vermutlich?«

»So ist es, Mylady.«

»Oh!« Jetzt leuchteten Caros Wangen deutlich. »Darf ich nachsehen?«

»Zu einem späteren Zeitpunkt. Jetzt tu mir den Gefallen und iss etwas, sonst hast du später keine Energie mehr für deine Besucher.«

»Ihr meint, es werden Besucher kommen?«

»Eine ermüdende Zahl von Besuchern, ja. Ich werde noch mehrere Kannen Kaffee brauchen, vor allem, weil wir heute Abend diese musikalische Soiree besuchen müssen.« Jetzt schwang das Pendel wieder in Richtung Essie. »Willst du nicht wissen, was für Blumen der Earl dir geschickt hat?«

Essie verharrte mit einer Scheibe marmeladegetränktem Toast auf halbem Weg zu ihrem Mund. »Hat er denn Blumen geschickt?«

»Hat er, Quill?«

»Soweit ich weiß, Mylady.«

»Rosen?«

»Nein, Mylady.«

»Nein? Dann sag es doch.«

»Ringelblumen, Mylady. Orangefarbene Ringelblumen.«

»Na, das ist aber originell.« Die Witwe griff wieder nach

ihrem Kaffee, aber nicht schnell genug. Es war deutlich zu sehen, dass ihre Lippen zuckten.

※

»Ich kann nicht mal mehr die Tischplatte sehen!« Caro quietschte ganz undamenhaft vor Aufregung. Anders als der Salon war der untere Korridor ihrer Großmutter ganz in gedämpften Rosa- und Blautönen gehalten, mit weiß gestrichenen Möbeln, einschließlich eines runden Tischs in der Mitte, der unter einem Berg von praktisch identischen Blumensträußen beinahe nicht mehr zu sehen war. Man hätte den Raum durchaus für einen Rosengarten halten können, so angefüllt war er mit rosaroten Blütenblättern und Laub. Nur eine Ausnahme gab es: einen bescheidenen Strauß aus orangefarbenen Ringelblumen, der etwas abseits stand. Derjenige, der ihn hereingetragen hatte, wollte offensichtlich die sonst so einheitliche Farbgestaltung nicht stören.

»Ich bin sicher, du hättest genauso viele bekommen, wenn du nicht verlobt wärst.« Caro wühlte bereits in ihren Blumen, zog links und rechts und aus der Mitte Karten heraus.

»Ich bezweifle das, aber da ich sie gar nicht will, ist mir das auch egal.« Essie griff nach ihrer eigenen Karte. Sie enthielt keine Nachricht, nur ein D mit vielen Schnörkeln.

»Die sind doch sehr hübsch.«

»Jaja.« Sie warf die Karte beiseite. »So, und jetzt, wo wir wissen, wer deine Verehrer sind – hast du schon einen Favoriten?«

»Das kann man noch lange nicht sagen.« Caro schüttelte bescheiden den Kopf. »Sie waren alle so perfekte Gentlemen.«

»Wen würde deine Mutter auswählen?«

»Oh, das ist einfach!« Caro vergrub ihr Gesicht in einem der größten Sträuße. »Den Marquess of Bazley. Sie würde einen Herzanfall bekommen, wenn sie wüsste, dass er mir die hier geschickt hat.«

»Er ist alt genug, um dein Großvater zu sein! Dein Urgroßvater womöglich!«

»Weiß ich, aber er ist trotzdem ein Marquess.«

»Igitt. Warte …« Essie sprang vor und zog eine Karte hervor, die Caro übersehen hatte. »Auf der hier steht ein Gedicht!«

»Was?«

»›Eine Ode an Caroline‹ von einem Mr Nightingale.«

»Gib sie mir.«

»O mein Gott.« Essie las über die Schulter ihrer Cousine hinweg. »Er hat in einem Vers drei Mal ›dein‹ verwendet. Dabei gibt es so viele andere Reime auf Caroline. Angefangen mit ›Reim‹. Oder Verein. Oder Stachelschwein. Aber es geht ja nur um die Geste. Wenn er noch keine siebzig Jahre alt ist, dann ist er mein Favorit. Du kannst ihn mir heute Nachmittag zeigen, dann gebe ich ihm die Erlaubnis, um dich zu werben.«

»Du wirst nichts dergleichen tun!« Caro packte ihre Hände und wirbelte sie im Kreis herum. »Ach Essie, ich bin so erleichtert! Ich hatte Angst, ich würde den ganzen Abend ohne Tanzpartner dastehen!«

»Und ich habe gesagt, du sollst nicht so albern sein, oder?« Essie erwiderte Caros strahlendes Lächeln. Die Freude ihrer Cousine wirkte ansteckend. »Die Männer sind praktisch übereinander gestolpert, so eilig hatten sie es, dich zum Tanzen aufzufordern. Ich war diejenige, für die Granny Tanzpartner auftreiben musste.«

»Mit Ausnahme des Mannes, mit dem du zu Abend gegessen hast. Wer war das eigentlich?«

»Hm?« Schon wieder kniff sie das schlechte Gewissen. »Oh, er heißt Sylvester Jagger. Ich bin ihm auf der Terrasse begegnet.«

»Du bist ihm begegnet? Ihr seid Euch doch sicherlich vorgestellt worden?«

»Nein.« Das Kneifen wurde qualvoller. »Wir haben uns selbst vorgestellt.«

»Essie!«

»Es dürfte eigentlich nichts Schockierendes sein, dass man jemandem seinen Namen verrät.«

»Das vielleicht nicht, aber du weißt doch gar nichts über ihn. Er könnte einer dieser Männer sein, vor denen uns Mama gewarnt hat … ein Frauenheld!«

»Ja, so etwas könnte er tatsächlich sein. Beim Essen war er sehr unterhaltsam. Er kennt offenbar jeden Klatsch der Stadt.«

»Dann hättest du nicht zuhören dürfen.« Caro schüttelte missbilligend den Kopf. »Und was ist mit dem Earl?«

»Was soll mit ihm sein?« Essie riss ihre Hände los. »Er weiß, dass ich ihn nicht heiraten möchte, warum also sollte ich mich so benehmen, als wollte ich? Außerdem hat er sich absichtlich so angestellt, als wäre er schwer von Begriff. Er hat so getan, als würde ihn mein Kleid und das alles gar nicht beeindrucken, dieser unverschämte Kerl.«

»Es hat ihn auch nicht beeindruckt, dass du ihm auf den Fuß getreten bist. Ich habe das übrigens gesehen. Du hast gesagt, du würdest vorsichtig vorgehen.«

»So gut es geht.«

»Immerhin hat er Humor.« Caro spazierte hinüber zu den Ringelblumen.

»Also wenn das ein Witz sein soll ... das ist nicht lustig. Ich schicke sie ihm zurück.«

»Das kannst du nicht machen!«

»Du wirst schon sehen. Wenn er glaubt, dass er mich mit seinem Charme besiegen kann, dann werde ich ihn eines Besseren belehren.« Sie streckte die Hand aus und riss einer der Blumen den Kopf ab. Vielleicht sollte sie beim Zurückschicken gleich noch ein Gedicht beilegen. Ein kleines, aussagekräftiges. Sie wusste jetzt schon genau, welche Worte sie wählen würde.

Musikalische Abende, so stellte es sich heraus, begannen etwas früher als Ballabende, schon um acht Uhr, direkt nach dem Abendessen. Essie hatte entschieden, dass ihr limettengrün-rosa gemustertes Kleid einem Opernabend am ehesten angemessen war; jedoch hatte sie auch beschlossen, diesmal auf eine quälende Frisur zu verzichten; stattdessen steckte sie ihre Locken einfach nur in ein Haarnetz im Nacken. Auch diesmal hatte ihre Großmutter kein Wort über ihre Aufmachung verloren. Allerdings trug sie selbst einen halben Pfau auf dem Kopf, und Essie zweifelte allmählich daran, dass ihre Großmutter Modefragen überhaupt beurteilen konnte. Sie hatte jetzt schon ernsthaft Mitleid mit demjenigen, der in der Oper hinter ihnen sitzen würde.

»Lady Makepeace!« Eine über und über mit Schmuck behängte, groß gewachsene Frau begrüßte sie, als sie die Stufen zu einem grauen Stadthaus emporstiegen. »Und das müssen die beiden charmanten Enkelinnen sein, von denen ich schon so viel gehört habe!«

»Mrs Birtwhistle!« Die Großmutter stellte die beiden Mädchen vor, dann erlaubte sie einem Diener, ihr den Mantel abzunehmen und ihr gleichzeitig ein Glas Champagner zu reichen.

»Gehen Sie doch durch und machen Sie es sich bequem.« Mrs Birtwhistles Blick verharrte kurz auf den Pfauenfedern, als wäre sie versucht, die hintersten Plätze vorzuschlagen, wagte das aber dann doch nicht. »Selinas Darbietung wird gleich beginnen.«

»Wie wunderbar! Nichts genieße ich mehr als einen Opernabend!«

»Welche Oper ist es denn?«, fragte Essie, als sie das Haus durchquerten und einen Musikraum betraten, der spontan in einen Konzertsaal verwandelt worden war: Ein Dutzend Stuhlreihen waren auf eine kleine Bühne ausgerichtet. Ein Streichquartett saß dort oben dicht zusammengedrängt … es war schwer vorstellbar, wie die Musiker ihre Bogen bewegen sollten, ohne sich anzurempeln.

»Keine Ahnung.« Die Großmutter wählte Plätze in der ersten Reihe. »Ich kann Oper nicht ausstehen.«

»Aber du hast doch gerade gesagt …«

»Ich war höflich. Das kommt gelegentlich vor.«

»Aber warum sind wir dann hier?«

»Weil es nicht um die Musik geht.«

»Aber es ist doch ein *musikalischer* Abend!«

»Oberflächlich betrachtet, ja. Aber genau genommen ist das hier eine Werbeveranstaltung. Auf der Einladungskarte hätte auch stehen können: ›Die ehrenwerte Familie Birtwhistle präsentiert ihre Tochter Selina den erfreuten Augen heiratsfähiger junger Männer.‹ Aber so direkt darf man es ja nicht machen, also lädt man auch Frauen ein. Es ist ein unausgesprochenes Ritual auf Gegenseitigkeit. Selina ist diejenige mit dem Hals, übrigens.«

»Mit dem Hals?«

»Dort drüben.« Ihre Großmutter deutete auf ein schwarzhaariges Mädchen, das neben dem Klavier stand. »Sie ist nicht zu übersehen.«

»Oh. Das ist wirklich ein sehr langer Hals.«

»Lächerlich, oder? Wie eine Giraffe.«

»Mehr wie ein Schwan. Aber sie kann doch nichts dafür, dass sie so einen langen Hals hat.«

»Sie könnte wenigstens darauf verzichten, ihn ständig so zu betonen. Sieh dir die Größe ihres Diamantcolliers an. Auch das gehört übrigens zur Werbeveranstaltung. Es ist ein bisschen weniger geschmacklos, als die Höhe ihrer Mitgift in der Zeitung zu veröffentlichen, vermute ich, aber auch nicht so weit davon entfernt.«

»Sie ist sehr hübsch.« Essie runzelte die Stirn. Ein anderer Gedanke war ihr gekommen. »Moment mal, wenn Ihr sagt, auf Gegenseitigkeit ... wir brauchen selbst aber keine Werbeveranstaltung, oder?«

»Nicht unbedingt. Deine Cousine hat offenbar schon genügend Interessenten gefunden.« Die Witwe lächelte Caro zu, die still auf der anderen Seite neben ihr saß. »Und dein Verlobungsball findet in fünf Wochen statt, auch wenn ich nicht verstehe, warum dein Vater ihn unbedingt am Abend vor der Hochzeit feiern will. Aber wir sollten uns vielleicht etwas Besonderes einfallen lassen, damit er ein bisschen heraussticht. Ich nehme nicht an, dass du irgendwelche besonderen Talente hast, die du zur Schau stellen möchtest?«

»Ich kann ein Stück Pastete in weniger als einer Minute aufessen. Süß oder salzig, egal.«

»Das wäre natürlich eine sehr unterhaltsame Darbietung. Ich bin sicher, die Queen wäre tief beeindruckt.« Der Hut der Witwe rauschte, als sie sich nach allen Richtungen umsah. »Wo wir gerade von deiner Verlobung sprechen – ich sehe gar keine Spur vom Earl. Interessiert er sich nicht für Musik?«

»Ich habe keine Ahnung, was ihn interessiert.« Essie hob die Schultern. Zum Glück zupften die Musiker genau in diesem Moment an den Saiten, sodass sie nichts weiter dazu sagen musste.

Nach nur wenigen Takten war allen Anwesenden klar, dass die Birtwhistles ihre Werbeanzeige gut gewählt hatten. Einerseits präsentierte Miss Selina ihren Hals vollendet schwanenhaft, andererseits hatte sie auch eine kräftige, melodische Stimme. Es war weitaus eindrucksvoller als eine Darbietung im Pastetenessen. Sie sah großartig aus und sang auch wunderschön, fand Essie und kämpfte gegen einen kleinen Eifersuchtsanfall. Miss Selina konnte vermutlich sogar Orange tragen.

Zwischen den Arien warf sie verstohlene Blicke über die Schulter. Vielleicht war Aidan zu spät gekommen? Was hatte es letztendlich für einen Sinn, Limettengrün und Rosa zu tragen, wenn er gar nicht anwesend war und es nicht sehen konnte? Unglücklicherweise fiel ihr Blick stattdessen auf Florentia Deveraux, die einige Reihen hinter ihr saß und ihren Mund zu einem unübersehbar spöttischen Grinsen verzogen hatte.

»Ein Maskenball.« Ihre Großmutter neigte plötzlich den Kopf, kitzelte Essie mit einer Pfauenfeder in der Nase.

»Was meint Ihr?«

»Dein Verlobungsball. So sollten wir es machen. Du hast doch so eine Begabung dafür, dich zu verkleiden. Das wäre also sehr passend, oder?«

※

Es dauerte fast zwei Stunden, bis Selina ihre Operndarbietung mit einem lange gehaltenen hohen Ton und einem letzten Recken ihres Giraffen- oder vielleicht Schwanenhalses zu Ende brachte. Auch wenn das Publikum sowohl von ihrem Hals als auch von ihrem Gesang ganz offensichtlich beeindruckt war, ging doch ein erleichtertes Seufzen durch die Reihen, übertönt von lautem Applaus. Danach endlich durften alle dem Musiksaal entfliehen und einen kleineren Saal betreten, in dem Erfrischungen warteten.

»Was meint Ihr, Miss Craven?« Eine vertraute Stimme drang an Essies Ohr, als sie neben Caro vor der Tafel mit den Desserts stand. »Ihr habt irgendwann einen ziemlich unkonzentrierten Eindruck gemacht.«

»Mr Jagger!« Sie lächelte zur Begrüßung. »Ich wusste gar nicht, dass Ihr hier seid.«

»Ich habe ganz hinten gesessen und fast während der gesamten Darbietung die Federn Eurer Großmutter bewundert. Ein Trauerspiel, oder? So viele Arien. Ich hätte beinahe geweint.«

Essie verkniff sich ein Lächeln. Auch wenn ihr die Musik gefallen hatte, war doch alles sehr melancholisch gewesen. »Sie ist sehr begabt.«

»Aber ja. Was für ein Tonumfang!« Mr Jagger verdrehte dramatisch die Augen. »Ich dachte schon, sie würde den Abend mit Tonleitern beenden, nur um sicherzugehen, dass wir es alle verstanden haben.«

»Psst, es könnte Euch jemand hören!«

»Ihr macht Euch zu viele Sorgen, Miss Craven. Ihre Familie steht auf der anderen Seite des Saals, und ich habe ihr schon versichert, wie tief mich der Gesang berührt hat.«

»Und das haben sie Euch geglaubt?«

»Natürlich.« Seine Augenbrauen tanzten. »Ich kann absolut ehrlich klingen, wenn ich mir Mühe gebe.«

»Die arme Miss Birtwhistle.« Essie schüttelte den Kopf und versuchte, nicht zu lachen. »Also, wenn Sie sich höflich benehmen können, dann möchte ich Ihnen jemanden vorstellen. Miss Caroline Foyle, Mr Sylvester Jagger.«

»Miss Foyle, ich glaube, ich habe sie vor einigen Tagen beim Ball der Cumberworths tanzen sehen. Sie waren atemberaubend.« Er nahm Caros Hand und führte sie höflich zu seinen Lippen. »Es ist mir immer eine Freude, jemanden aus der Verwandtschaft von Miss Craven kennenzulernen.«

»Ihr kennt noch nicht alle meine Verwandten.« Essie schnaubte verächtlich. »Caro ist mit Abstand die netteste.«

»Daran besteht kein Zweifel. Zumal ich den Eindruck habe, Eure Großmutter billigt meine Anwesenheit nicht.«

»Was meint Ihr?« Essie wandte sich um und stellte fest, dass die Pfauenfedern sich wippend und entschlossen einen Weg durch die Menge bahnten und auf sie zukamen.

»Es heißt, Vorsicht ist besser als Nachsicht, nicht wahr?« Mr Jagger machte einen übertriebenen Diener. »Bis zum nächsten Mal, meine Damen. Ich hoffe, es wird nicht allzu lange dauern.«

Essie schnappte nach Luft und erstarrte, als Mr Jagger davonschoss. Eine Sekunde lang hatte sie den Eindruck gehabt, eine Hand habe ihr Kreuz berührt, aber das hatte sie sich bestimmt nur eingebildet. Das würde er doch niemals wagen ... oder würde er?

# Kapitel 8

»Es kann doch nicht sein, dass ich um halb sechs abends schon gähnen muss!« Essie presste sich die Hand auf den Mund, als die offene Kalesche der Witwe sich elegant in Richtung Hyde Park bewegte. Eine ganze Prozession weiterer Fahrzeuge war bereits unterwegs, rollte über die geschotterte Fahrbahn der Rotten Row.

»Es dauert seine Zeit, bis man sich an den Zeitplan der Londoner Gesellschaft gewöhnt hat.« Ihre Großmutter schniefte laut. »Und auch an ihre Zeitvorstellung. Das hier zum Beispiel gilt als die übliche Flanierstunde, aber genau genommen sind es drei Stunden. Eigentlich dürften wir erst in einer halben Stunde ankommen, um den Gepflogenheiten genau zu entsprechen, aber ich kann es nicht leiden, mich unter Zeitdruck zum Abendessen umziehen zu müssen. Auch so werden wir genügend Leute sehen und von ihnen gesehen werden.«

»Es ist schwierig, überhaupt jemanden zu sehen, wenn es so voll ist.« Essie drehte sich in ihrem Sitz seitwärts, um die Szenerie besser betrachten zu können. Es waren so viele zwei- und vierrädrige Kutschen unterwegs, ganz zu schweigen von Reitern, dass der Verkehr nur noch in schläfrigem Schneckentempo vorankroch. »Ich wünschte, ich würde selbst auf einem Pferd sitzen«, seufzte Essie. »Ich bin eine Ewigkeit nicht geritten.«

»Na ja, es sind gerade mal anderthalb Wochen«, verbesserte Caro.

»Das ist jetzt nicht die richtige Tageszeit zum Reiten, jedenfalls nicht für junge Damen. Wenn du reiten möchtest, dann musst du das ganz früh am Morgen tun, in Begleitung eines Stallburschen und einer Anstandsdame.« Die Witwe tätschelte ihr Knie. »Und jetzt sitz still.

Man weiß nie, wem man begegnet. Vielleicht sogar deinem Earl, wo er uns doch seit deiner Ankunft gar nicht mehr besucht hat.«

»Das ist mir nicht aufgefallen.« Essie verschränkte die Hände im Schoß und blinzelte unschuldig. In den vergangenen drei Tagen war das Haus von Caros Verehrern praktisch belagert worden, während Aidan durch Abwesenheit geglänzt hatte.

Essie wertete das als sehr gutes Zeichen.

»Er hat dir auch keine Blumen mehr geschickt.«

»Ich frage mich nur warum.« Sie riss die Augen weit auf, um ihren Satz zu unterstreichen. »Statistisch gesehen ist es aber viel wahrscheinlicher, dass wir einem von Caros Verehrern begegnen. Das sind schließlich sehr viele.«

»So viele sind es gar nicht.« Caro winkte Jemima und Aloysius Talbot zu, die gerade in ihrem Zweispänner vorbeikamen. »Ich bin mir sicher, dass sie alle mehreren jungen Damen den Hof machen.«

»Das glaube ich nicht. Es gibt nur eine Unvergleichliche in jeder Ballsaison, meine Liebe, und so wie es aussieht, bist du es dieses Jahr.« Ihre Großmutter lächelte. »Eine Enkelin ist bei der Queen gut angekommen, die andere bei der restlichen Gesellschaft. Die arme Emmeline. Wenn ihre Knöchel das aushalten würden, dann würde sie sich selbst dafür treten, dass sie diese Sache hier verpasst.«

»Oh!«, rief Caro plötzlich. »Granny, du hattest recht!«

»Natürlich hatte ich recht. Womit denn?«

»Der Earl. Da kommt er.«

»Was?« Essie wandte den Kopf genau in dem Moment, in dem Aidan sie entdeckte. Neidvoll stellte sie fest, dass er im Sattel saß. Neben ihm ritt ein Mann mit haselnussbraunen Augen und einem runden, freundlich wirkenden Gesicht. Beide lüfteten ihre Hüte, als sie die Kalesche erreichten und neben ihr herritten, aber Aidans Miene war eisiger als je zuvor, ohne die geringste Spur von Wärme. Dieser Anblick beunruhigte sie mehr, als sie erwartet hätte.

»Lady Makepeace, Miss Craven, Miss Foyle.« Er neigte den Kopf, sein Blick glitt über sie alle drei hinweg, ohne ein einziges Mal zu verharren. »Es ist ein schöner Tag für einen Ausflug, nicht wahr?«

»Es geht so.« Der stählerne Blick der Witwe wurde noch schärfer. »Wir haben in letzter Zeit nicht viel von Euch gesehen, Denholm.«

»Ich bitte um Verzeihung, Mylady. Ich fürchte, ich hatte anderweitige Verpflichtungen. Erlauben Sie mir, Euch meinen Freund vorzustellen? Mr Francis Dormer.«

»Von den Dormers aus Nottingham?«

»Mit dieser Familie bin ich nur weitläufig verbunden, Mylady.« Mr Dormer nahm ihre Frage mit einem Lächeln zur Kenntnis, als sei er sie gewohnt. »Meine Familie lebt in Kent.«

»Kent? Scheußliche Gegend. Flach und überall Moor. Aber ich nehme an, dafür können Sie nichts. Nun, Mr Denholm, meine Enkelin hat gerade gesagt, wie gern sie sich ein bisschen die Füße vertreten würde. Vielleicht wärt Ihr so gut und würdet Ihr den Gefallen tun, ein bisschen mit ihr spazieren zu gehen?«

»Ehrlich gesagt …« Essie zuckte zusammen, als der Stiefel ihrer Großmutter heftig ihren Knöchel bearbeitete. Sie wollte lieber nicht erfahren, wozu er noch fähig war, falls sie sich weigerte. »Es wäre mir eine Freude.«

»Dann würde Miss Foyle mich vielleicht gern begleiten?«, bot Mr Dormer an. »Wir könnten einen Moment lang am See entlanggehen.«

»Sie würde sich ebenfalls sehr freuen.« Der Fuß der Großmutter zuckte schon wieder, als wäre sie kurz davor, ihre beiden Enkelinnen per Fußtritt aus dem Wagen zu befördern. »Ich werde eine Runde um den Park fahren und etwa in einer halben Stunde wieder hier sein.«

»Wenn Ihr erlaubt.« Aidan stieg rasch vom Pferd, warf einem wartenden Stallburschen die Zügel hin und half Essie aus der Kutsche, während Mr Dormer das Gleiche für Caro tat.

»Ich bedaure, dass ich Euren Ausritt unterbreche.« Essie wandte sich zu ihm um, sobald sie hinter einer niedrigen Holzschranke auf dem Pflaster neben der Straße in Sicherheit waren. »Meine Großmutter ist manchmal ein kleines bisschen direkt.«

»Ich schätze, eine so zurückhaltende Formulierung würde sie eher kränken.« Seine Augenbraue zuckte. »Ich kann mir nicht vorstellen, dass Eure Großmutter irgendeine Eigenschaft nur ein *kleines bisschen* haben will. Es ist eine der Eigenschaften, die ich am meisten an ihr bewundere.«

»Wirklich?«

»Ja. Ich mag Menschen, die sagen, was sie denken. Es ist eine seltene Tugend.«

»Nicht in unserer Familie.«

»Nein, das vielleicht nicht.« Er streckte ihr einen Arm hin und wartete, bis sie ihn genommen hatte, dann schlossen sie sich Caro und Mr Dormer an, die schon vorausgegangen waren. »Eure Cousine scheint in der Londoner Gesellschaft ein großer Erfolg zu sein.«

»Ja.« Sie legte die Finger um einen erstaunlich großen Oberarmmuskel. »Ich freue mich sehr für sie.«

»Sie teilt also nicht Eure Meinung, was die Ehe angeht?«

»Nicht im Entferntesten. Wir haben unterschiedliche Vorstellungen von unserem Leben. Ich habe oft daran gedacht, wie schade es ist, dass Ihr nicht mit ihr verlobt worden seid.«

»Zweifellos. Aber es sieht ja so aus, als hätte sie jetzt die Wahl unter attraktiven Heiratskandidaten. Seht Euch Dormer an. Er ist ihr schon ganz verfallen.«

»Woran erkennt Ihr das?«

»Er hat sich schon dreimal geräuspert, seit wir losgegangen sind.«

»Vielleicht bekommt er eine Erkältung.« Sie hielt den Kopf schräg. »Allerdings zappelt er ziemlich viel herum. Er zupft ständig an seinem Ohrläppchen.«

»Genau. Er ist verlegen.«

»Dann hat er einen guten Geschmack, was Frauen angeht.« Sie warf ihm einen Seitenblick zu. »Ihr zappelt jedenfalls nicht.«

»Das ist mir klar. Wo wir gerade über Geschmacksfragen sprechen – Ihr tragt schon wieder ein wunderschönes Kleid. Nur wenigen Menschen steht Gelb.«

»Danke.« Essie knirschte mit den Zähnen und sagte sich, dass sie sich eigentlich über seinen Sarkasmus freuen sollte. Ganz offensichtlich hatte ihr Erscheinungsbild doch den gewünschten Effekt. Ein kleiner, eitler Teil von ihr war trotzdem ein bisschen gekränkt.

Sie wandte das Gesicht zur Seite und blickte über das türkisblaue Band des Sees. Mehrere Paare gingen am Ufer entlang: so viele, dass es auf jeden Fall Aufsehen erregen würde, wenn sie jetzt aus Versehen ins Wasser fiel. Was leicht passieren konnte, wenn sie ihren Arm von Aidans Arm löste, um sich beispielsweise die Hutbänder zurechtzuziehen ... ins Wasser zu fallen erschien ihr nicht sonderlich gefährlich. Sie konnte gut genug schwimmen; es war zwar nicht sehr warm, aber auch nicht kalt. Schlimmstenfalls würde sie einen Schnupfen bekommen. Einmal kurz ausgleiten, ein Purzelbaum, begleitet von einem dramatischen Aufschrei, und es würde heftig spritzen.

»Es ist nicht tief genug.«

»Was?« Sie zuckte zusammen, verärgert, weil er sie gerade in dem Moment unterbrach, als ihre Fantasie die schönste Stelle erreicht hatte.

»Das Wasser. Hier am Ufer ist es sehr flach. Ihr könntet Euch verletzen, wenn Ihr hineinfallt. Nicht dass ich etwas dagegen hätte, Euren Retter in der Not zu spielen, aber dann müssten wir beide tropfnass nach Hause zurückkehren. Für mich wäre das zwar lästig, aber für Euch ein richtiges Problem.« Er musterte sie abschätzend von oben bis unten. »Der Stoff Eures Kleides sieht ziemlich anschmiegsam aus, daher würdet Ihr vermutlich mehr von Eurer Figur preisgeben, als Euch lieb ist. Für mich persönlich wäre allerdings auch das kein Problem.«

»Ich weiß gar nicht, wovon Ihr redet!« Essie reckte ihr Kinn und versuchte krampfhaft, nicht zu erröten.

»Nein? Ich dachte, Ihr würdet etwas planen, aber dann war das wohl mein Fehler. Nur für den Fall – ich meine, ich habe erwähnt, dass ich über Peinlichkeit längst hinaus bin.«

Sie zuckte wieder zusammen, aber diesmal lag es an einer Erkenntnis. Über Peinlichkeit hinaus … Ja, er hatte sich damit abgefunden. Genau das hatte seine Miene vor einigen Tagen im Speisesaal ausgedrückt: Resignation, als hätte er nichts Besseres erwartet. Als sei er an Enttäuschungen und Rückschläge gewöhnt. Dieser Gedanke machte ihr schon wieder ein schlechtes Gewissen.

»Warum haben Sie uns nicht besucht?«, platzte sie heraus.

»Ach.« Er räusperte sich. »Eure Großmutter hat recht. Ich hätte Euch wieder besuchen müssen.«

»Es macht mir nichts aus. Ich bin nur neugierig, das ist alles.«

»Ehrlich gesagt, ich dachte, Ihr würdet unterwegs sein und London erkunden. Es ist Euer erster Besuch hier, oder?«

»Ja, aber leider interessiert sich meine Großmutter nicht für Sehenswürdigkeiten. Ich habe sie angebettelt, uns zum Tower zu bringen, aber bislang haben wir nichts unternommen, außer einzukaufen und Besuche zu machen.«

»In diesem Fall …« Er zögerte, als wüsste er nicht, ob das, was er gleich aussprechen würde, eine gute Idee war. »Vielleicht würdet Ihr mir erlauben, Euch dorthin zu begleiten?«

»Das würdet Ihr tun?« Sie wandte ruckartig den Kopf, sah ihn an, hin- und hergerissen zwischen dem Unwillen, noch mehr Zeit mit ihm zu verbringen, und ihrem Wunsch, das Tor der Verräter im Londoner Tower zu sehen. Das Tor siegte. »Vielen Dank! Ich wäre Euch unendlich dankbar!«

»Würde es Euch morgen passen?«

»Das wäre perfekt.«

»Dann werde ich es mir einrichten. Was die vergangenen Tage angeht – ehrlich gesagt, ich war mit meinem Anwalt beschäftigt. Nach dem Besuch Eures Vaters vor einigen Tagen musste ich …«

»Was?« Sie blieb ruckartig stehen und hatte ein Gefühl, als wäre ihr gerade alles Blut aus dem Gesicht gewichen und bis in ihre Füße gesickert. »Ihr habt meinen Vater getroffen.«

»Ja. Er wollte die Hochzeit mit mir besprechen und …« Er verstummte, als er ihren Gesichtsausdruck sah. »Ihr habt ihn nicht getroffen?«

»Ich habe nicht einmal gewusst, dass er in London ist.« Sie schluckte und fragte sich, ob ihre Großmutter wohl von der Anwesenheit ihres Sohnes in der Stadt gewusst hatte. »Ist er noch da?«

»Ich glaube nicht«, antwortete Aidan zögernd, als bereue er, das Thema überhaupt angeschnitten zu haben. »Es machte den Eindruck, als sei er nur auf der Durchreise. Vielleicht hatte er keine Zeit, bei Euch vorbeizukommen.«

»Ja, er war die letzten zehn Jahre sehr beschäftigt.« Sie ballte die Hände an ihrer Seite zu Fäusten. »Fünf Minuten für einen Besuch bei seiner Tochter wären schon viel zu viel verlangt.«

»Zehn Jahre?«

»Vor zehn Jahren habe ich ihn zum letzten Mal gesehen.« Sie schniefte und bemerkte entsetzt, dass ihr Tränen in die Augen traten. Merkwürdigerweise fühlten sie sich nicht heiß an, sondern kalt, wie Eiszapfen, die sich über ihren Wimpern bildeten. »Beachtet mich gar nicht, es ist eine reine Überreaktion.«

»Wenn Ihr Euren Vater zehn Jahre lang nicht gesehen habt, dann würde ich sagen, es ist eine sehr nachvollziehbare Reaktion.« Seine Stimme wurde sanfter. »Ich hatte keine Ahnung. Es tut mir leid.«

»Es ist nicht Euer Fehler.« Sie blinzelte die Tränen weg. »Wahrscheinlich bin ich besser dran, wenn er sich nicht um mich kümmert. Und es sollte mich auch nicht überraschen, dass er Euch besucht und nicht mich. Mein Vater wollte immer nur einen Sohn. Zweifellos betrachtet er Euch als den Erben, den er selbst nie hatte – und dann auch noch ein Earl. Mich in eine Countess zu verwandeln – das ist wahrscheinlich die einzige Möglichkeit für ihn, seinen Fehler wiedergutzumachen. Den Fehler, eine Tochter zu bekommen.« Sie trat mit der Fußspitze gegen einen Stein, sodass er in hohem Bogen ins Wasser flog. »Es ist nur merkwürdig, dass er sich vorstellt, ich wäre dafür geeignet – wo ich doch in jeder anderen Hinsicht eine Enttäuschung für ihn war.«

»Wollt Ihr deswegen Eure Verlobung mit mir auflösen?« Aidans Worte klangen nachdenklich. »Weil ihr denkt, Ihr seid nicht zur Countess geeignet?«

»Wäre ich auf keinen Fall, aber nein, das ist es nicht. Es ist das, was ich Euch in Redcliffe erklärt habe. Ich habe eigene Vorstellungen von meinem Leben und sehe nicht ein, warum ich sie aufgeben muss, nur um die Vorstellungen meines Vaters zu erfüllen. Das erwartet er von mir, als wäre ich nichts weiter als ein Besitztum, das er loswerden kann, wenn es ihm gerade passt. Es ist ihm wahrscheinlich überhaupt nie in den Sinn gekommen, dass er mich fragen könnte, was ich selbst möchte. Nun, ich bin ein Mensch mit einem eigenen Kopf und ich kann genauso stur und zielstrebig sein wie er. Ich möchte meinen eigenen Weg wählen. Daran ist doch nichts Schlechtes, oder?«

»Daran ist überhaupt nichts Schlechtes.« Er hielt ihrem Blick stand, aber der Ausdruck in seinen Augen war nicht zu deuten. »Ich denke, dass man die Wahl haben möchte, selbst wenn …« Er verstummte, runzelte die Stirn. »Habt Ihr Euch denn über Eure Pläne schon genauer Gedanken gemacht? Vielleicht finden wir irgendeinen Kompromiss.«

»Es gibt keinen, glaubt mir, und meine Pläne sind geheim.« Sie ging wieder weiter. »Ich habe nicht das Bedürfnis, verspottet zu werden.«

»Ich verspotte Euch nicht, versprochen.«

»Wenn Ihr es doch tut …«

»Tue ich nicht.«

»Also gut.« Sie holte tief Luft. »Ich möchte auf die Bühne.«

»Ihr wollt Schauspielerin werden? Nun, das ist die Erklärung.«

»Erklärung wofür?«

»Nichts. Weiter. Was gefällt Euch an der Schauspielerei?«

Sie warf ihm einen misstrauischen Seitenblick zu, aber er wirkte ehrlich interessiert. »Nun … anfangs habe ich nur für meinen Onkel und meine Tante gespielt, aber ich habe mich dabei so frei gefühlt. Als könnte ich mich selbst vergessen, mich verwandeln. Es fühlte sich an wie ein Neubeginn. Wisst Ihr, wenn ich eine Figur spiele, dann versuche ich, sie ganz genau kennenzulernen. Ich weiß, wie sie sich fühlt und was sie will und wohin sie gehört. Und das fühlt sich dann eine Weile so an, als würde ich mich selbst verstehen und wissen, wohin ich gehöre.« Sie runzelte die Stirn, als befürchte sie, sie habe zu viel preisgegeben. »Nur ist das Stück dann irgendwann zu Ende und ich muss wieder ich selbst sein.«

»Ist das so schrecklich?«

»Nicht immer. Aber manchmal erscheint es mir einfacher, jemand anderen zu spielen. Wolltet Ihr noch nie so tun, als wärt Ihr ein anderer?«

»Nein. Ich kann Unehrlichkeit nicht leiden.«

»Ich rede über Schauspielerei, nicht über Unehrlichkeit. Und Ihr habt selbst gesagt, alles an Euch sei eine Lüge.«

»Deswegen verabscheue ich es ja auch so.«

»Also gut. Dann vergessen wir mal, dass man so tut, als wäre man ein anderer.« Sie verdrehte die Augen. »Was, wenn Ihr plötzlich kein Earl mehr sein müsstet, sondern Euch etwas anderes aussuchen könntet? Wer wärt Ihr dann?«

»Das weiß ich nicht.«

»Weil Ihr noch nie darüber nachgedacht habt, weil es sinnlos war, darüber nachzudenken, nehme ich an?«

»Genau. Ich hatte nie eine Wahl. Ich bin, was ich bin.«

»Habt Ihr denn nicht die kleinste rebellische Ader im Körper?«

Sein Ton wurde schärfer. »Wenn Ihr mich fragt, ob ich jemals daran gedacht habe, meine Familie im Stich zu lassen und mich meiner Verantwortung gänzlich zu entziehen – nein, dann habe ich keine.«

»Und so seht Ihr die Sache? Ich lasse meine Familie im Stich?«

»Das habe ich nicht gesagt.«

»Es schwingt aber mit.«

»Nein, tut es tatsächlich nicht. Angesichts dessen, was Ihr mir gerade erzählt habt, bin ich mehr geneigt, zu sagen, dass Euer Vater Euch im Stich gelassen hat.«

»Im Ernst?« Beinahe wäre sie vor Überraschung über ihre eigenen Füße gestolpert.

»Ja.« Aidan packte ihren Ellbogen und stützte sie, auch wenn der Ausdruck in seinen Augen genügt hätte, um sie an der Stelle festzunageln. Er war verständnisvoll, beinahe zärtlich. Plötzlich war ihr gar nicht mehr nach Weinen zumute; stattdessen breitete sich ein warmes Gefühl in ihrer Brust aus, ein Glühen, das nach allen Seiten durch ihren Körper zu strömen schien und ihre Haut von innen her kribbeln ließ. Sie schluckte schwer. Ihr Herz klopfte plötzlich viel zu schnell und zu stürmisch, und das war nicht, eindeutig nicht, das, was sie empfinden wollte, wenn sie ihn ansah! Und dabei hielt er noch immer ihren Ellbogen, wie ihr plötzlich auffiel. Schnell riss sie sich aus seinem Griff los. Unglücklicherweise riss sie ein bisschen zu heftig und zu schnell, sodass sie rückwärtstaumelte und das Gleichgewicht verlor.

»Hilfe!« Sie schwenkte wild die Arme, versuchte verzweifelt, sich wieder zu fangen, aber es war sinnlos. Sie hatte bereits keine Kontrolle mehr über ihren Körper und fiel auf das Wasser zu. Es war genau die Situation, die sie vor wenigen Minuten geplant hatte, aber jetzt, wo es wirklich passierte, wollte sie auf dem Trockenen bleiben, warmes Glühen hin oder her! Schließlich hatte sie sich gerade mit ihrem nassen Schicksal abgefunden, sich klargemacht, dass sie nichts mehr tun konnte, um einem kläglichen Tauchbad zu entgehen, als sich zwei Hände um ihre Taille schlangen und sie mitten im Fallen auffingen, sie hochzogen, bis sie wieder aufrecht stand. Und das wäre eine hocherfreuliche Wendung der Dinge gewesen, wäre nicht genau in diesem Moment eine Ente mit markerschütterndem Kreischen aus dem Wasser aufgeflogen. Es führte dazu, dass sie sich erschrocken an Aidans Brust presste, aber dann wurde ihr klar, was sie da tat, und sie machte wieder einen Satz nach hinten, wobei sie Aidan ohne Absicht mitriss.

»O nein!« Sie streckte erfolglos die Arme aus, als er mit einem lauten Platschen im See landete. »Es tut mir leid! Das war ein Unfall!«

Gut war immerhin, dass das Wasser sich tatsächlich als so flach erwies, wie er gesagt hatte, allerdings immer noch so tief, dass er einige Sekunden unter der Wasseroberfläche verschwand. Erst dann tauchte er wieder auf wie eine große und extrem missgelaunte Kröte.

»Jetzt sagt nicht, Ihr habt Angst vor Wasservögeln!« Er schüttelte seinen Kopf wie ein Hund, als er sich auf die Füße rappelte. Wasser strömte aus seinen Kleidern.

»Nein, aber die Ente ist so überraschend losgeflattert. Ich hatte nicht die Absicht, Euch zu schubsen, ich schwöre!«

»Na, wie tröstlich.« Er watete zurück zum Ufer und scheuchte sie weg, als sie ihm helfen wollte, zottelige Fetzen von Teichgras aus seinen Haaren zu entfernen. Dann hievte er sich aufs Trockene. »Das war doch deutlich kälter als erwartet.«

»Aidan!« Dormer rannte auf sie zu, Caro auf den Fersen. »Was ist passiert?«

»Ich bin ausgerutscht.« Aidan packte die Enden seines Reitrocks und wrang sie aus. »Nicht schlimm.«

»Es war mein Fehler.« Essie fischte den Hut des Earls aus dem Wasser, bevor die Strömung ihn wegtragen konnte. Er war vermutlich ruiniert, genau wie seine restliche Kleidung, aber sie hatte das Bedürfnis, irgendetwas zu tun, nicht zuletzt, um sich von dem Anblick abzulenken, den Aidans breite Brust durch den jetzt durchsichtigen Hemdstoff bot. »Aidan hat mich davor bewahrt, selbst hineinzufallen, aber dann war da eine Ente …«

»Eine Ente?«, wiederholten Mr Dormer und Caro wie aus einem Mund.

»Ja.« Sie sah hinunter auf den Hut und presste die Lippen zusammen, spürte ein vollkommen unangemessenes Kitzeln im Hals, als würde sie gleich loslachen. Sie hustete, versuchte, das Lachen zu ersticken … aber es gelang ihr nicht. Sie spürte, wie es in ihr aufblubberte und ins Freie drängte.

»Wir bringen dich am besten nach Hause, bevor du dich erkältest«, hörte sie Mr Dormer sagen. »Ich gebe dir meine Jacke.«

»Das macht wenig Sinn, wenn alles andere an mir vollkommen durchgeweicht ist, aber danke.«

Ein kleines, gurgelndes Gelächter zwängte sich an Essies Lippen vorbei.

»Essie!« Caro klang, als würde sie gleich im Erdboden versinken.

»Tut mir leid.« Sie legte sich die Hand auf den Mund, redete durch die Finger mit Aidan: »Ich lache Euch nicht aus, ehrlich. Es ist nur – Ihr seid so schmutzig, und normalerweise seht Ihr so makellos aus. Es ist nur …« Wieder platzte sie heraus. »Es ist nicht lustig. Ihr müsst Euch sehr unkomfortabel fühlen.«

»Und kalt.«

»Ja.« Sie gab es auf, ihr Gekicher zu ersticken, streckte stattdessen die Arme aus. »Bitte, Ihr könnt mich auch gleich ins Wasser schubsen. Bitte rächt Euch, ich habe es verdient.«

»Das ist schon sehr verführerisch.« Und tatsächlich sah er aus, als sei er ernsthaft versucht. »Ich glaube, es wird Zeit, dass ich Euch wieder Eurer Großmutter übergebe.«

»Aber ...«

»Ein andermal vielleicht.« Er warf ihr einen finsteren Blick zu. »Ich persönlich nehme mir gern ein bisschen Zeit für meine Rachepläne.«

# Kapitel 9

»Ich ergebe mich.«

»Was?« Essie sah entrüstet vom Schachbrett auf. »Du kannst dich nicht einfach ergeben. Du hast noch zwei Läufer und fünf Bauern übrig.«

»Du gewinnst trotzdem, und ich habe keine Lust, das Unvermeidliche weiter hinauszuzögern.« Caro warf ihren König mit dem kleinen Finger um. »Warum spielen wir überhaupt Schach? Das habe wir doch seit Jahren nicht mehr gemacht.«

»Weil es um Strategien geht. Darum, wie man seinen Gegner überlistet.«

»Ach, gut. Dann hat es also gar nichts mit dem Earl zu tun?«

»Ich trainiere meine Reflexe.«

Caro stützte einen Ellbogen auf den Tisch und legte das Kinn in ihre Hand. »Vielleicht solltest du einfach mit ihm Schach spielen.«

»Ich möchte überhaupt nichts mit ihm machen.«

»Außer diesem Ausflug zum Londoner Tower heute Nachmittag?«

»Das ist einfach nur eine praktische Entscheidung. Granny fährt nicht mit uns hin und er hat es angeboten. Das hat gar nichts zu bedeuten.«

»Ehrlich gesagt bin ich überrascht, dass er überhaupt noch

dazu bereit ist, angesichts der Risiken. Du weißt schon, die haben dort Raben. Die sind noch furchterregender als Enten.«

»Das gestern war ein Unfall. Wie ich dir bereits gesagt habe. Mehrfach.«

»Ich weiß und ich glaube dir. Nur du kannst beurteilen, warum er es vielleicht nicht glaubt.«

»Hm.«

»Wenn man bedenkt, wie du ihn ausgelacht hast.«

»Ja, ich erinnere mich.«

»Und weil er weiß, dass du ihn so lange in Verlegenheit bringen willst, bis er die Verlobung auflöst«, fuhr sie fort. »Manche Männer wären da ziemlich wütend geworden.«

»Ich wäre froh, wenn er wütend geworden wäre.«

»Aber er hat wie ein perfekter Gentleman reagiert.«

»Stimmt.«

»Ich hätte nicht gedacht, dass ein Mensch gleichzeitig so tropfnass und so vornehm aussehen kann.«

Essie trommelte mit den Fingernägeln auf dem Schachbrett. Sie konnte nicht leugnen, dass Aidan selbst mit triefend nassem Haar und durchsichtigen, an der Haut klebenden Kleidern irgendwie vornehm ausgesehen hatte. Auf dem Rückweg zur Kutsche ihrer Großmutter hatte er dann auch nicht wenige weibliche Blicke auf sich gezogen, einige davon sogar ziemlich aufdringlich. Sie hatte sogar den heimlichen Verdacht, dass ein oder zwei Ladys ihm gefolgt waren.

»Offensichtlich ist es nicht so einfach, ihn in Verlegenheit zu bringen«, schloss Caro.

»Ja, das behauptet er, aber er muss irgendwo einen Schwachpunkt haben«, knurrte Essie. »Vielleicht hat er irgendwelche

Charaktereigenschaften, von denen wir nichts wissen, welche, die ich gegen ihn verwenden kann.«

»Oder vielleicht täuscht der Eindruck gar nicht und er ist wirklich ein perfekter Gentleman?«

»Wir sollten trotzdem die Ohren spitzen – vielleicht gibt es irgendwelche Gerüchte.«

»Mach, was du willst. Was mich angeht – das Schlechteste, was ich über ihn gehört habe, ist, er sei manchmal übertrieben ernst.« Caro wischte mit argloser Miene eine Locke hinter ihr Ohr. »Bist du sicher, dass ich zum Tower mitkommen soll?«

»Absolut.«

»Also gut, ich komme mit. Aber nur, weil ich die Tiere sehen möchte. Ich habe gehört, sie haben Leoparden. Sie heißen Peggy und Nancy.«

»Mit Tieren werde ich fertig.« Essie wandte sich dem Fenster zu und starrte feindselig auf eine vorbeifliegende Taube. Solange es am Tower keine Enten gab ...

※

»Die armen Tiere!« Essie schüttelte den Kopf, als sie wenige Stunden später die Königliche Menagerie hinter sich ließen. »Sie sollten nicht in Käfigen leben.«

»Das stimmt, aber das ist besser, als sie durch Londons Straßen streifen zu lassen, oder?« Aidan hob die Augenbrauen, aber der Ausdruck in seinen Augen war freundlich. Wenn er noch immer einen tieferen Groll gegen Essie beherbergte, weil sie ihn am Tag zuvor in den See getunkt hatte, dann ließ er es sich nicht anmerken. Er war der perfekte Gentleman. Schon wieder. Das wurde immer lästiger.

»Ich weiß nicht«, sinnierte Essie laut. »Sie wären auch nicht schlimmer als einige der Leute, die mir so begegnet sind. Also, wenn ich die Wahl hätte zwischen einem menschenfressenden Löwen und Jemima Talbot, zum Beispiel …«

»Essie!« Caro warf ihr einen tadelnden Blick zu.

»Du hast recht, es ist kein fairer Vergleich. Ich beleidige den Löwen.«

»Und wie gefällt Euch nun der Tower?« Aidan wechselte taktvoll das Thema.

»Er ist noch eindrucksvoller, als ich ihn mir vorgestellt habe.« Essie wirbelte herum, betrachtete noch einmal die vielen Türmchen und Zinnen und Brücken. Es war ein wunderschöner Tag und die Sonnenwärme auf ihrer Haut erfüllte sie mit einem tiefen Gefühl der Zufriedenheit. Wahrscheinlich würde sie ihr auch Sommersprossen bescheren, aber sie war zu gut gelaunt, um sich darum zu sorgen. Angesichts der Gesellschaft, in der sie sich befand, war sie von ihrer guten Laune selbst überrascht.

Sie wandte sich zu ihm um, sah ihn an. Es war wohl nur höflich, ihm Anerkennung zuteilwerden zu lassen, wenn er sie verdiente.

»Vielen Dank, dass Ihr uns hergebracht habt.«

»Gern geschehen.« Er studierte einen kleinen Handzettel. »Also, wohin gehen wir jetzt? Wir hätten noch die Horse Armoury, den Saal mit den Wachsfiguren der Könige hoch zu Pferd und in voller Rüstung, und die Kronjuwelen.«

»Kronjuwelen«, antwortete sie entschlossen. »Ich glaube, für heute haben wir genügend Rüstungen gesehen.«

»Hat Euch der Königssaal nicht gefallen?«

»Doch. Aber wenn man eine Rüstung gesehen hat, kennt man sie alle.«

»Also hier entlang.«

»Ich sehe mir nur noch schnell diese … Mauer da an!« Caro entfernte sich einige Schritte.

»Eure Cousine teilt Euer Interesse für Geschichte nicht wirklich, oder?«, murmelte Aidan und verlangsamte seinen Schritt.

»Nein. Sie hat sich noch nie besonders für Mauern interessiert.« Essie redete jetzt ebenso leise. »Sie lässt uns allein, in der Hoffnung, dass wir unser Problem dadurch lösen, dass wir uns ineinander verlieben. Sie ist hoffnungslos romantisch.«

»Ihr sagt das so, als wäre das etwas Schlimmes.«

»Ist es auch. Wenn die Geschichte uns eines lehrt, dann das: Auf Romantik ist kein Verlass. Wenn Liebesgeschichten nicht tragisch enden, dann führen sie unweigerlich zur Hochzeit, und dann … nun ja, denkt an Anne Boleyn und Katherine Howard. Hier haben sie ihr Ende gefunden. Nur weil sie den schlechtesten Ehemann aller Zeiten geheiratet haben, einen Mann, der wahrscheinlich behauptet hat, er würde sie lieben! So viel zum Thema Ehe. Es ist keine faire Einrichtung für Frauen. Die Männer haben die ganze Macht.«

»Nicht jede Frau endet unter dem Henkerbeil.«

»Stimmt. Manche werden auch nur verlassen oder eingesperrt.«

»Auch das trifft nicht in jedem Fall zu.«

»Aber es passiert viel zu oft, als dass man sich damit trösten könnte. Seht Euch an, wo wir hier stehen. Nennt mir eine einzige interessante Queen, die von der Geschichtsschreibung nicht als böse diffamiert wird.« Sie tappte abwartend mit dem Fuß. »Euch fällt keine ein, oder?«

»Ich überlege …« Er schnippte mit den Fingern. »Eleanor von Aquitanien!«

»Ihr meint die Eleanor, die von ihrem Ehemann sechzehn Jahre in den Kerker gesperrt wurde?«

»Oh. Stimmt. Das habe ich vergessen.«

»Caro sagt, ich interessiere mich nur für schlechte Frauen, aber sie werden einfach in der Geschichtsschreibung schlecht dargestellt. Die Geschichte wird von Siegern geschrieben, und die Sieger sind immer Männer, folglich …« Sie spreizte die Hände. »… folglich wird jede Frau, die sich nicht an die Regeln hält, als schlecht dargestellt.«

»Was ist mit Elizabeth I.?«

»Eine Frau, die so klug war, nie zu heiraten.«

»Ein Punkt für Euch.« Aidan sah ihr noch einen Moment lang in die Augen, dann wandte er sich um und zeigte mit dem Finger: »Wenn ich mich nicht irre, war das hier der Glockenturm, in dem man sie gefangen hielt.«

»Zwei Monate lang. Es muss so entsetzlich gewesen sein, auf den Platz hinunterzuschauen, auf dem ihre eigene Mutter hingerichtet wurde.« Ein Schauer überlief Essie. »Wisst Ihr, auch meine Mutter hieß Anne.«

»Ich erinnere mich. Ich habe sie nur dieses eine Mal getroffen, als wir noch Kinder waren, aber sie wirkte wie eine sehr freundliche Frau.«

»Das war sie, jedenfalls glaube ich das. Ich weiß, wie sie ausgesehen hat, weil ich mir ihre Porträts ansehe, aber wenn ich versuche, sie mir vorzustellen, hat sie nie irgendeinen bestimmten Gesichtsausdruck. Ich war acht, als sie starb, aber ich kann mich auch nicht an ihre Stimme erinnern. Ist das nicht merkwürdig?« Sie runzelte die Stirn. »Aber es ist ja auch so, dass mein Vater immer den stärkeren Charakter hatte. Es war, als würde alles, was sie ausmachte, ihre ganze Identität von ihm ausgelöscht.«

»Es war also keine Liebesheirat?«

»Ha! Sie war die einzige Tochter des zweiten Sohnes von einem Marquess. Wenn mein Vater irgendetwas an ihr geliebt hat, dann ihre Abstammung. Unglücklicherweise hat sie ihm keinen Sohn geschenkt, nur meine Wenigkeit.«

»Ihr meint, er hat es ihr vorgeworfen?«

»Aber ja, er hat sie oft genug eine Versagerin genannt. So viel weiß ich noch. Er hat sie immer kleiner und kleiner gemacht, bis sie sich eines Tages einfach ausgeblendet hat. Ich bin eines Morgens aufgewacht und sie war einfach ... weg.«

»Was ist passiert?«

»Eine Erkältung.« Essie verschränkte ihre Arme vor ihrem Mantel und schauderte. »Es war eigentlich gar nichts, nur ein Schnupfen, aber sie war so unglücklich, dass sie sich vermutlich nicht einmal die Mühe gemacht hat, sich dagegen zu wehren. Meine Kinderfrau kam und sagte mir, sie sei in der Nacht verstorben, aber mein Vater hat kein Wort darüber verloren.« Sie holte langsam Luft und stieß sie dann ruckartig aus. »Ich glaube, Anne Boleyn hätte sich nicht so kleinmachen lassen. Sie hätte sich gewehrt, aber man sieht ja, was dann passiert. Die Ehe hat sie ebenso gnadenlos zerstört wie meine Mutter.« Sie rückte ihre Schultern gerade. »Vielleicht haben Frauen keine Chance, sich durchzusetzen, außer sie heiraten nicht.«

»Da habt Ihr vielleicht recht.«

»Wirklich?« Sie sah überrascht zu ihm auf.

»Ja. Meine Eltern waren glücklich verheiratet, nur haben sie nicht viel miteinander geredet. Jeder hatte seine Rolle und damit waren sie zufrieden. Meine Mutter ist nie auf die Idee gekommen, dass mein Vater unsere Grafschaft so in den Ruin führte. Selbst wenn ihr Klatsch zugetragen wurde, hat sie ihn nicht beachtet, und als er so plötzlich gestorben ist, war es dann ein zweifacher Schock für sie.«

»Eure arme Mutter.«

Er nickte, den Blick fest auf eines der Türmchen geheftet. »Ich war außer Haus, in der Schule, als es geschah, aber als ich nach Hause kam, wirkte sie gebrochen. Verraten. Sie hatte fast ihr ganzes Leben diesem Ort gewidmet, den er fast zerstört hatte. Die Ironie liegt darin, dass sie selbst einen guten Geschäftssinn hat. Sie führt den Haushalt wie eine Armee. Wenn er ihr bloß vertraut hätte, dann wäre alles vielleicht anders verlaufen.«

»Also sind Eure Eltern genauso wenig ein gutes Vorbild für eine Ehe wie meine.« Essie schüttelte den Kopf. »Man hätte doch denken können, sie hätten daraus gelernt und darauf verzichtet, uns beide miteinander zu verloben. Aber wenn Eure Mutter sich verraten gefühlt hat, warum hat sie dann in Redcliffe all das zu mir gesagt, über Pflicht und Ehre und Privileg?«

»Ehrlich gesagt habe ich keine Ahnung, wie der Verstand meiner Mutter arbeitet. Vielleicht kann sie es schwer ertragen, dass mein Vater über so viele Jahre so viel vor ihr geheim gehalten hat. Ich weiß, dass es mir so geht.« Seine Stimme klang plötzlich rau. »Vielleicht hat sie nichts anderes mehr als ihren Titel als Countess.«

»Sie hat immer noch Euch und Eure Schwester.« Essie hielt vor der Tür des Saals mit den Kronjuwelen an. »Wie ist Sophia? Sie hat Euch das erste Mal, als wir uns trafen, gar nicht begleitet.«

»Sie war noch klein. Es war zu der Zeit, als ich gedacht habe, dass kleine Mädchen nur dazu da sind, mir auf die Nerven zu gehen.«

»Das nehme ich jetzt nicht persönlich.«

»Inzwischen versuche ich, ein besserer Bruder zu sein.« Er schenkte ihr ein angedeutetes Lächeln. »Und auch das ist einer der Gründe, warum ich unsere Verlobung nicht auflösen kann.«

»Was meint Ihr damit?«

»Ich meine, dass ich Euch in vielem von dem, was Ihr eben gesagt habt, recht gebe. Die Ehe ist keine faire Einrichtung für Frauen. Aber wenn ich keine Möglichkeit finde, mein Anwesen zu retten, dann wird Sophias Wert auf dem Heiratsmarkt abstürzen. Es wird Männer geben, die sie nur wegen ihres Namens heiraten, aber ich möchte ihr die Freiheit geben, selbst über ihre Zukunft zu entscheiden. Und dafür brauche ich Geld.« Er seufzte. »Ich bin mir darüber bewusst, wie das klingt. Eure Freiheit im Tausch gegen die Freiheit meiner Schwester. Ich kann nur eins versprechen: Ich wäre ein guter Ehemann. Ich würde nie versuchen, Euch kleinzuhalten oder Dinge vor Euch zu verbergen oder Euch daran zu hindern, Dinge zu tun, die ihr gerne tun wollt.«

Essie spürte, wie eine heiße Flamme in ihrem Bauch auflöderte, aber sie war so schnell wieder erstickt, dass sie sie vielleicht gar nicht bemerkt hätte, wäre das Gefühl nicht so unbekannt und sonderbar gewesen, anders als alles andere, was sie bisher erlebt hatte. Und da war wieder dieses Kribbeln auf ihrer Haut, wie damals auf dem Ball, aber nun hatte es auf andere Stellen ihres Körpers übergegriffen, Stellen, an denen sie noch nie ein Kribbeln verspürt hatte.

»Aber wir müssten trotzdem heiraten.« Sie runzelte die Stirn. Das neue Gefühl verunsicherte sie.

»Und Ihr würdet lieber Schauspielerin werden?«

»Ja, und ich habe noch nie davon gehört, dass eine Countess auf der Bühne steht.«

»Es gibt immer ein erstes Mal.« Er hob die Schultern und ließ sie wieder sinken. »Na ja, so weit geht es vielleicht doch nicht.«

»Dann haben wir immer noch eine Pattsituation.« Sie schob das Kribbeln beiseite und warf den Kopf in den Nacken. »Und nur weil wir etwas gemeinsam haben, sind wir noch lange keine Freunde. Es herrscht immer noch Krieg.«

»Verstehe.« Er hob eine Augenbraue. »Nur sind wir vielleicht keine Feinde mehr?«

»Nein.« Sie begegnete seinem Blick und schluckte, konzentrierte sich darauf, weiter gleichmäßig zu atmen. »Das sind wir wohl nicht.«

# Kapitel 10

*Ich würde niemals versuchen, Euch kleinzuhalten ...*
Aidans Worte hallten in Essies Kopf nach, als der Wagen die dunklen Londoner Straßen entlangrollte, auf dem Weg zu einem weiteren Ball, bis ein plötzlicher Ruck und ein lauter Zuruf des Kutschers – er warnte vor Schlaglöchern – sie in die Gegenwart zurückrissen.

Erleichtert sah sie an sich herunter. Lag es an Madame Lilianes großem Talent, dass sie es in so kurzer Zeit geschafft hatte, so viele scheußliche Kleider herzustellen, oder hatte sie einfach nur den Wunsch gehabt, sich diese möglichst schnell aus den Augen zu schaffen? Sowohl Caro als auch Essie trugen Rosa, aber während das Kleid ihrer Cousine einen hübschen Pastellton hatte, war Essies Kleid grell pfirsichfarben, und dazu trug sie mehrere Reihen Korallenperlen um den Hals, die bei jeder Bewegung klapperten. Sie persönlich fand, es war schon etwas gewagt, dieses Kleid als rosa zu bezeichnen, aber es war das unattraktivste unter all ihren Kleidern, und damit war es wie geschaffen für das, was sie an diesem Abend vorhatte.

Extreme Notlagen, so hatte sie nach ihrem letzten Ausflug zum Tower beschlossen, erforderten auch extreme Maßnahmen. Aidan würde ihre Verlobung nicht so einfach auflösen. Er hielt zu fest zu seiner Familie und hatte zu viele dumme Vorstellungen von Pflicht und Ehre, ganz zu schweigen davon, dass er ein wesentlich dickeres Fell besaß, als sie geahnt hatte. Und dabei verschwendete sie ihre Zeit. Sie hatte nicht einmal den kleinen Finger gerührt, um ihre Träume wahr zu machen, seit sie in London angekommen war. Sie hatte noch nicht einmal eine Theatervorstellung besucht! Und jetzt waren es nur noch vier Wochen bis zu ihrer Hochzeit. Und so hatte sie keine Wahl mehr. Sie musste das Versprechen, das sie Caro gegeben hatte, brechen und jede Vorsicht aufgeben.

Sie musste etwas so Schockierendes tun, dass Aidan einfach nicht mehr in der Lage war, sie noch als seine Braut zu vertreten.

Etwas Vulgäres. Etwas Abscheuliches.

Etwas, wovon Debütantinnen noch jahrelang Albträume bekommen würden. Etwas, was ihr einen beinahe sagenumwobenen Status verleihen würde, ein Beispiel dafür, wie man sich auf keinen Fall benehmen durfte.

Fast den ganzen Tag lang hatte sie Pläne geschmiedet. Während Caro von ihrer üblichen Riege von Verehrern umschwärmt wurde, hatte sie sich ans Fenster gesetzt und nachgedacht. Und nachgedacht. Und dann war ihr etwas eingefallen. Und dann hatte sie sich gesagt, dass sie das auf keinen Fall durchziehen konnte. Und dann hatte sie sich selbst versichert, dass sie das auf jeden Fall konnte, dass sie gezwungen war, es zu tun, und dass sie tapfer sein musste. Und wenn sie nicht tapfer sein konnte, dann musste sie eben vorher ein paar Gläser Wein trinken. So oft hatte sie hin und her überlegt, dass sie dabei heftige Kopfschmerzen bekommen hatte.

Der Plan, den sie sich schließlich zurechtgelegt hatte, betraf die Veranstaltung dieses Abends, einen Ball im Haus des Dukes und der Duchess von Faulconer. Der Duke, so hatte die Großmutter berichtet, war in jungen Jahren für seinen ausschweifenden Lebensstil bekannt gewesen, aber im späteren Leben hatte er sich zu einem vorbildlichen Tugendbold entwickelt. Dennoch richtete er einige der aufsehenerregendsten Feste der Londoner Gesellschaft aus. Es war einer der wichtigsten gesellschaftlichen Anlässe der Ballsaison. Niemand schlug seine Einladung aus, der nicht mindestens auf dem Sterbebett lag, und selbst dieser versuchte dann wenigstens noch ein letztes Mal aufzustehen. Die einzige Bedingung war, dass die Gäste sich absolut tadellos benehmen mussten. Die Duchess weigerte sich, irgendetwas in ihrem reformierten Haushalt zu dulden, was auch nur ganz entfernt nach Skandal roch. Jeder, der diese Regel missachtete, riskierte über Jahre hinaus das gesellschaftliche Abseits – so viele Jahre, wie die Duchess benötigte, um das Verbrechen zu vergessen –, und ihr Erinnerungsvermögen war legendär. Um sicherzugehen, hatte Essie den Plan, unvergesslich zu werden.

Bedächtig glättete sie mit ihren Ziegenlederhandschuhen die bereits glatten, pfirsichfarbenen Rüschen ihres Kleides und ging ihren Plan im Kopf noch einmal durch. Sie würde warten, bis genügend Zeugen im Raum versammelt waren, dann würde sie in einem günstigen Moment stolpern und ohnmächtig werden, den Inhalt ihres Glases über die Duchess schütten und in einem uneleganten Haufen vor ihren Füßen landen. Wenn sie bei ihrem Sturz das Kleid der Duchess zerreißen konnte, umso besser.

Es würde schrecklich werden, endlos unangenehm, der peinlichste Moment in ihrem ganzen Leben, aber wenigstens würde sie die Augen schließen. Sie würde sich in die Rollen der großen tragischen Heldinnen hineinversetzen. Sie würde Ophelia sein! Jokaste! Die Duchess von Malfi! Und wenn die Zerstörung des Kleides der gefürchtetsten Duchess der ganzen Gesellschaft nicht ausreichte, um sie für den Rest der Ballsaison zur Persona non grata zu machen ... was sollte dann noch kommen? Ihre Großmutter würde keine Wahl haben. Sie musste sie für den Rest der Ballsaison in ihrem Haus verstecken. Von dort konnte sie sich hoffentlich davonschleichen und ihre eigenen Geheimpläne in die Tat umsetzen.

Die Kutsche bremste ab und reihte sich in eine Schlange anderer Fahrzeuge ein, die die Auffahrt zum stattlichen Haus der Faulconers am Portman Square nehmen wollten. Essie konnte bereits die Eingangstür erkennen, wie ein schwarzes Portal, das direkt in ihr Verhängnis führte. Ihr Kopf schmerzte noch immer, als würde ein ganzer Köcher voller Pfeile versuchen, ihre Schädeldecke zu durchbohren, aber sie hatte ihren Entschluss gefasst. Am wichtigsten war, dass das, was heute passieren würde, wie ein Unfall aussah. Selbst ihr Vater konnte sie dafür nicht bestrafen – wahrscheinlich. Sie saugte an ihrer Unterlippe und dachte nach. Na ja, er konnte es wahrscheinlich, aber dann würde sie einfach alles leugnen und das Beste hoffen.

»Da sind wir.« Die Witwe erhob sich, als die Kutsche zitternd zum Halten gekommen war, und ein Diener führte sie die Stufen hinunter. »Es wird aber auch Zeit. In so einem Gedränge von Fahrzeugen habe ich noch nie gesteckt. Im Ballsaal wird es grauenhaft zugehen.«

Essie folgte ihr hinaus aufs Pflaster. Sie musste mehrmals

schlucken, als sie das Haus betraten. Das Gedränge war genauso schrecklich wie erwartet – heiß, laut, keine Luft –, und in dem Moment, in dem sie den Ballsaal erreichten, hatten sich ihre Kopfschmerzen bereits vervierfacht, als hätte die Köcherladung Pfeile sich in ein ganzes Bataillon Kanonen verwandelt.

Ihr Mund wurde trocken, als sie durch die Menge hindurch den Duke und die Duchess erspähte. Sie waren umringt von einer Gruppe modisch aufgeputzter Dandys, deren gelangweilter Gesichtsausdruck verriet, dass sie sich glänzend amüsierten. Sie zögerte. Sollte sie bis später abwarten oder die Sache hinter sich bringen? Es waren auf jeden Fall schon genügend Zeugen anwesend, und selbst wenn sie nicht genau sehen konnten, was passiert war, würde sich die Geschichte so rasch verbreiten wie ein Buschfeuer. Sie wollte Caro den Abend nicht ganz verderben, aber andererseits durfte sie nicht riskieren, dass ihr Entschluss doch noch ins Wanken geriet. Und wenn sie Aidan sah, dann hatte sie die schreckliche Befürchtung, dass er ins Wanken geraten würde. *Ich würde niemals versuchen, Euch kleinzuhalten …* Das Letzte, was sie jetzt gebrauchen konnte, waren Selbstzweifel.

»Miss Craven.« Ein Mann stand plötzlich vor ihr und blockierte ihr die Sicht. Er verbeugte sich. »Falls Ihr nicht anderweitig verpflichtet seid, darf ich um die Ehre dieses Tanzes bitten?«

»Oh, Mr Dormer.« Sie erkannte ihn durch eine Art Schleier, suchte panisch nach einer Ausrede und fand keine. »Danke schön.«

Sie nahm seinen Arm und betrat zögernd die Tanzfläche. Wie immer bemerkte sie, dass die Anwesenden ihr Kleid ansahen und sich Bemerkungen zuflüsterten, aber diesmal war es ihr wirklich vollkommen gleichgültig.

»Es ist heute wirklich viel zu voll«, bemerkte Mr Dormer freundlich.

»Ja.« Sie leckte sich die Lippen, gab sich größte Mühe, ihre Zunge zu lockern. »Allerdings bin ich mir sicher, gerade das macht den Abend zu einem großen Erfolg.«

»Oh, zweifellos. Jede Gastgeberin wünscht sich, dass ihre Veranstaltung zum Gedränge wird.«

»Sollte es nicht eher darum gehen, dass die Gäste sich amüsieren?«

»Sollte es.« Er schmunzelte. »Aber die Londoner Gesellschaft setzt eben andere Prioritäten.«

»Ist Ai… ich meine, ist der Earl heute auch hier?« Sie konnte sich die Frage nicht verkneifen. Sie hatte Aidan seit dem Ausflug zum Tower vor zwei Tagen nicht mehr gesehen und hatte zu diesem Zeitpunkt nicht daran gedacht, ihn nach seinen Plänen zu fragen. Ein Teil von ihr hoffte, dass er nicht zugegen war. Sie konnte es verkraften, sich vor der ganzen Gesellschaft zum Narren zu machen, aber irgendwie erschien es ihr zehnmal schlimmer, das vor Aidans Augen zu tun.

»Ich glaube schon.« Mr Dormer nickte. »Ich meine, ich habe ihn vorhin von Weitem gesehen.«

»Ach.« Automatisch wandte sie den Kopf, ließ ihren Blick über die Menge schweifen.

»Ich bin mir sicher, dass er in Kürze seine Aufwartung macht.« Mr Dormer verstand ihr Interesse offenbar falsch.

»Natürlich.« Sie wandte sich rasch wieder zu ihm um. »Und woher kennt Ihr den Earl?«

»Wir waren zusammen auf der Schule. Einen gewissenhafteren Schüler hat es nie gegeben.«

»Ihr oder er?«

»Er.« Er lachte laut. »Ich habe mich immer mehr für Cricket interessiert, aber Aidan ist nie auch nur einen Millimeter weit aus der Reihe getanzt.«

»Das passt zu ihm.« Essie drehte sich von ihm weg, dann erstarrte sie und spürte, wie Panik sie überfiel. Aus dem Augenwinkel konnte sie sehen, dass sich der Duke und die Duchess einer großen Marmortreppe näherten. Es war unwahrscheinlich, dass sie ihren eigenen Ball verließen, aber was, wenn etwas geschehen war und man sie gerufen hatte? Was, wenn sie gerade ihre einzige Chance einbüßte, sich zu demütigen?

»Bitte verzeiht mir, aber ich fühle mich ein bisschen schwach.« Sie machte einen Schritt rückwärts, aus der Reihe der Tanzenden hinaus.

»Hier, nehmt meinen Arm.« Mr Dormer wirkte besorgt. »Erlaubt mir, Euch zurück zu Eurer Großmutter zu bringen.«

»Nein. Danke, aber ich komme schon allein zurecht.«

Sie flüchtete, bevor er etwas einwenden konnte, drängelte sich durch die Menge auf die Tafel mit den Getränken zu. Sie nahm sich zwei Gläser Champagner, stürzte eines hinunter und näherte sich dann mit dem anderen schnellen Schrittes der Treppe. Ein kurzer Seitenblick verriet ihr, dass der Duke und die Duchess fast auf gleicher Höhe mit ihr auf der anderen Seite des Saals standen. Wenn keiner ihnen in den Weg trat, würden sie genau im selben Moment an der Treppe ankommen.

Sie schob sich vorwärts, achtete kaum auf die Schultern, gegen die sie stieß, oder die bösen Blicke, die in ihre Richtung abgefeuert wurden, die freie Hand auf ihren rumorenden Bauch gepresst. Jetzt durfte ihr nicht schlecht werden! Ein Glas Wein über die Duchess zu schütten, war eine Sache. Wenn sie sich auf ihr Kleid übergab, dann musste sie das Land verlassen, vermutlich den ganzen Kontinent. Der Lärm des Ballsaals war in ihren Ohren zu einem dumpfen Brausen angeschwollen, übertönt vom Pochen ihres Herzschlags, der ihren Brustkorb zu sprengen drohte, und dem Klappern ihrer Korallenperlen auf der Brust. Es war so weit. Der Moment der Wahrheit. Die Handlung, durch die sich alles auflösen würde. Sie musste nur die Nerven behalten.

Jetzt war sie fast am Ziel. Den Stiel des Champagnerglases hielt sie fest umklammert. Nur noch wenige Schritte, dann brauchte sie bloß noch das Glas zu werfen, die Augen zu schließen und so zu tun, als würde sie ohnmächtig. Was bestimmt nicht sehr schwierig war, denn schon jetzt drehte sich in ihrem Kopf alles wie die Flügel einer Windmühle. Eine Windmühle auf dem Gipfel eines hohen Berges im Gewitter, möglicherweise in einem aufziehenden Orkan, vielleicht waren auch einige Schrauben locker …

Nur noch wenige Schritte. Vier höchstens.

Es. War. So weit.

Sie hob den Arm.

»Miss Craven?« Jemand packte sie am Handgelenk und zerrte sie so rasch nach hinten, dass sie die Hälfte des Champagners auf den Boden verschüttete. Dann wurde ihr das Glas aus den Fingern gerissen und auf einem Tablett abgestellt, das ein Diener gerade vorübertrug. »Ihr seht aus, als bräuchtet Ihr dringend frische Luft.«

»Was zur …?«

Essie schnappte nach Luft. Sie hatte Mühe zu verstehen, was gerade vor sich ging, denn der Lärm und der Tumult des Ballsaals brachen wieder über sie herein. Das Einzige, was sie von ihrem Angreifer sehen konnte, waren ein Hinterkopf und Schultern, aber daran erkannte sie ihn problemlos. Nur der barsche Tonfall war ihr neu.

»Lasst mich los!«, protestierte sie und versuchte, sich aus seinem Griff zu winden, aber Aidan schleppte sie bis ans Ende des Saals und hinter eine große Topfpflanze.

»Erst wenn ich mir sicher bin, dass Ihr keinen Unsinn macht!« Zum ersten Mal, seit sie sich kannten, sah er richtig wütend aus.

»Was ich mache, geht Euch gar nichts an.«

»O doch, wenn Ihr kurz davor seid, ein Mitglied des Hochadels anzugreifen.«

»Das hatte ich gar nicht vor!« Sie reckte herausfordernd das Kinn. »Ich habe auf seine Frau gezielt. Und woher wisst Ihr das überhaupt?«

»Ich konnte es an Eurem Gesichtsausdruck erkennen.« Er spähte um die Pflanze herum, als wolle er sichergehen, dass keiner sie beobachtete. Seine rechte Hand hielt ihr Handgelenk noch immer fest umklammert. »Ich weiß nicht, was Ihr damit erreichen wolltet, aber es war eine dumme Idee, glaubt es mir.«

»Das ist meine Sache.«

»Ihr seid meine Verlobte!«

»Was zur Hölle glaubt Ihr wohl, warum ich das tun wollte?«

Einen Moment herrschte eine schwere Stille, dann wandte er das Gesicht ab, ein Muskel zuckte in seinem Kinn.

»Kommt mit.«

»Was? Wohin?«

»Irgendwohin, wo uns keiner sieht.«

»Warum?«

»Um zu reden.«

»Reden können wir hier.« Sie hob das Kinn noch ein bisschen höher und bedauerte das sofort, denn wieder übermannte sie eine Welle der Übelkeit. »Ich müsste ein paar Sekunden lang stillstehen.«

»Geht es Euch gut?« Sein Gesichtsausdruck wurde ein bisschen freundlicher. Nur ein kleines bisschen.

»Mir ist nur ein bisschen unwohl. Und ich habe Kopfschmerzen.«

»Holt ein paar Mal tief Luft. Soll ich Euch einen Stuhl holen?«

»Nein.« Sie stieß Luft zwischen den Zähnen hindurch. »Ich glaube, es wird besser.«

»Gut.« Er sah sich noch einmal um. »Essie, wir können hier nicht reden.«

»Ich gehe nicht von hier weg.« Sie pflanzte ihre Fußsohlen fest auf den Boden. »Ich weiß, was bei solchen Bällen in Nebenräumen passiert.«

»Tatsächlich? Dann klärt mich auf.«

»Na ja, ich weiß es nicht ganz genau. Ich soll das aus irgendeinem Grund nicht genau wissen, aber … Verführung.«

»Verführung?« Der Zorn wich aus seinem Blick, nun schimmerte etwas anderes darin. »Ja, ich nehme an, so könnte man es nennen.«

»Wie könnte man es noch nennen?«

»Bitte?«

»Ich kenne kein anderes Wort dafür und keiner will es mir sagen. Ich habe den Zofen meiner Tante schon Geld angeboten, aber sie möchten nicht darüber reden. Nicht einmal Felix will es mir sagen.«

»Felix?« Seine Augenbrauen rückten zusammen.

»Mein Cousin. Er ist außer Haus, in Oxford, aber er will mir überhaupt nichts verraten.

»Hm. Das überrascht mich nicht.«

»Das ist lächerlich!« Endlich gelang es ihr, sich von ihm loszureißen. Übel war ihr nicht mehr, aber nun war sie entrüstet. »Alle wissen, dass man erfährt, was Verführung ist, sobald man geheiratet hat. Aber warum kann man es nicht vorher erklären? Diese ganze Geheimnistuerei bedeutet doch nur, dass die Männer etwas Grässliches zu verbergen haben.«

»Na ja.« Er hüstelte, seine Augen glänzten verdächtig. »Essie, ich weiß nicht, wie wir auf dieses Thema gekommen sind, aber ich bin auch nicht derjenige, der es Euch verraten sollte.«

»Warum nicht? Ihr seid mein Verlobter, darauf weist Ihr doch so gern hin. Wer wäre besser geeignet, es mir zu sagen?«

»Das hier ist weder der richtige Ort noch der richtige Zeitpunkt.«

»Dann komme ich nicht mit, um unter vier Augen mit Euch zu reden.«

»Glaubt mir, ich habe keine Absicht, Euch zu kompromittieren. Oder das andere.«

»Ihr könnt nicht einfach das andere sagen!« Sie warf verzweifelt den Kopf in den Nacken. »Ihr könntet mir wenigstens ein anderes Wort dafür sagen.«

»Essie …« Jetzt klang Aidans Stimme flehend. Jetzt, wo er ihren Namen ausgesprochen hatte, schien er unfähig, noch irgendetwas Weiteres auszusprechen. Er presste die Lippen zusammen, als müsste er das Lachen unterdrücken. Wenn sie sich nicht täuschte, dann zuckten auch seine Schultern.

»Wagt es nicht, mich auszulachen!« Sie drehte sich wütend um und wollte davonstürmen, aber hielt dann inne, weil einer seiner Arme sich um ihre Taille schlang und sie zurückzog, dicht an seinen Körper heran. Sie schnappte nach Luft, überrascht, als seine Lippen ihre Ohrmuschel streiften und er ein Wort hineinflüsterte, das sie noch nie zuvor gehört hatte.

»Wirklich?« Sie wandte sich halb zu ihm um. Gänsehaut überlief ihren Rücken bis ins Kreuz, eine Stelle ihres Körpers, die sich nun schockierend dicht vor ihm befand. So wie er sie hielt, einen Arm um ihre Taille, wie in einer Umarmung, erschien ihr ihre Haltung skandalös, viel zu intim. Seine Finger berührten nur Stoff, aber sie spürte sie auf jeden Fall so, als würden sie ihre Haut streicheln. Und nur der Gedanke daran erzeugte Magenschmerzen, als würde sich in ihrem Inneren ein Strudel drehen.

»Wirklich.« Jetzt klang seine Stimme anders, weniger amüsiert, heiserer, als hätte er aus Versehen Steine geschluckt. »Ich würde das Wort nur nicht hier wiederholen.«

»Nein.« Der Strudel wurde breiter und schrumpfte dann plötzlich zu einem engen, aber erstaunlich kräftigen Schlauch zusammen. »Ich vermute, die Duchess würde das nicht gutheißen.«

»Also, kommt Ihr jetzt mit mir mit?« Sein Atem streifte ihren Nacken und ihr Herz stolperte sonderbar. »Es ist wichtig, Essie.«

Sie leckte sich die trockenen Lippen. Überraschenderweise war sie in diesem Moment zu fast allem bereit. »Ja.«

※

»Das ist aber kein Zimmer!« Essie sah sich um, als sie am Ende der engen Wendeltreppe ankamen. Er führte sie zu einem Balkon, der sich an der ganzen Wand des Ballsaals entlangzog.

»Korrekt.« Aidan lehnte sich mit den Unterarmen auf das Geländer, als richte er sich darauf ein, einem Theaterstück zuzusehen. »Jetzt sagt nur nicht, Ihr seid enttäuscht.«

»Natürlich nicht.« Wie entsetzlich! Sie spürte, dass sie tatsächlich ein bisschen enttäuscht war. »Also, worüber wolltet Ihr reden?«

»Über uns.«

»Ach, gut.« Sie warf ihm einen giftigen Blick zu, aber er sah sie gar nicht an, sondern beobachtete die Tanzpaare, die dort unten herumwirbelten. Sie folgte seinem Blick und stellte überrascht fest, dass Caro von Mr Jagger über das Parkett gewirbelt wurde.

»Tatsächlich werdet Ihr Euch sehr freuen. Ich habe meine Meinung geändert. Ihr habt gewonnen.«

»Was?« Sie riss den Kopf herum, starrte ihn fassungslos an.

»Ihr habt gewonnen. Ich ergebe mich.«

»Ihr meint, ihr werdet unsere Verlobung auflösen?«

Er nickte, sah sie aber immer noch nicht an. »Unter einer Bedingung.«

»Alles, was Ihr wollt!«

»Genau genommen war es Euer Vorschlag. Sucht eine andere Erbin für mich.«

Sie erstarrte, überrumpelt von ihren spontanen, widersprüchlichen Gefühlen: Eifersucht und Triumph. Einen Moment lang wusste sie nicht, ob sie ihm um den Hals fallen oder an seiner Schulter weinen wollte. »Was hat Euch dazu bewogen, Eure Meinung zu ändern?«

»Seit wir in Redcliffe zum ersten Mal miteinander geredet haben, habe ich das Gefühl, in einer Zwickmühle zwischen zwei schlechten Lösungen zu stecken: Entweder breche ich eine Vereinbarung unter Ehrenmännern oder ich zwinge einer Frau die Ehe mit mir auf. Zuerst habe ich gehofft, wir würden so eine Art Kompromiss finden, aber nach unserem Gespräch im Tower vor ein paar Tagen …« Er seufzte. »Ich glaube, ich verstehe Eure Einwände jetzt etwas besser. Ich war schon fast entschlossen, Euch gehen zu lassen, und als ich jetzt gesehen habe, was Ihr heute Abend tun wolltet, fühlte ich mich in meinem Entschluss bestätigt. Ich bin nicht glücklich über diese Situation, aber ich hoffe, ich wähle den Weg, der weniger an meiner Ehre rührt. Also – findet rechtzeitig eine Alternative für mich, eine willige Braut, und ich lasse Euch gehen.«

»Meint Ihr das ganz ehrlich?« Sie vergaß ihre Eifersucht, denn nun übermannte sie die Aufregung. Eine Zukunft voller Möglichkeiten schien sich vor ihr aufzutun. »Ihr werdet es Euch nicht anders überlegen?«

»Ihr habt mein Ehrenwort.« Er wandte sich endlich zu ihr um und legte sich die Hand aufs Herz. »Diesmal meines, nicht das meines Vaters.«

»Oh, danke! Ich finde für Euch die beste Frau, die Ihr Euch nur vorstellen könnt. Sie wird in jeder Hinsicht perfekt sein, versprochen!«

»Nur noch eine Sache.« Er hob die Hand. »Auch wenn es mir sehr schmeichelt, dass Ihr Euch so freut, mich los zu sein – ich muss Eurer Wahl immer noch zustimmen. Wenn das geschieht, dann finden wir eine Möglichkeit, unsere Verlobung diskret aufzulösen, ohne Champagner über irgendwen zu kippen. Schon gar nicht über hohe Herrschaften. Und bis dahin wünsche ich mir, dass wir anständig miteinander umgehen.«

»Natürlich!« Sie strahlte. »Es macht mir keinen Spaß, unhöflich zu sein.«

»Dafür könnt Ihr das aber ziemlich überzeugend.«

»Aber ich kann auch freundlich sein. Los, reicht mir Euren Arm.«

»Bitte?«

»Wir sollten hier oben entlangspazieren, oder?«

»Ich erinnere mich nicht, um die Ehre ersucht zu haben.«

»Ihr habt gesagt, wir sollten uns anständig benehmen. Zusammen hier oben spazieren gehen ist anständig.«

»Unglaublich.« Er warf ihr einen Blick zu, den sie nicht deuten konnte, dann winkelte er seinen Arm an. »Sehr wohl, Miss Craven, würdet Ihr mir die Ehre erweisen, eine Runde mit mir über den Balkon zu gehen?«

»Es wäre mir eine Freude, Mylord.« Sie legte flink die Hand um seinen Arm und spürte, dass ihre Kopfschmerzen sich wie durch Zauberhand lösten und davonschwebten. »Und, habt Ihr denn noch einmal darüber nachgedacht, welche Eigenschaften Ihr von Eurer zukünftigen Frau erwartet? Abgesehen von einem großen Vermögen natürlich.«

»Leider nein.«

»In diesem Fall solltet Ihr mir vielleicht ein bisschen näher erklären, was es bedeutet, eine Countess zu sein? Dann kann ich mir überlegen, zu wem das passen würde.«

»Möchtet Ihr so eine Art Stellenbeschreibung von mir hören?«

»Ja, vielleicht. Vermutlich jemand, dem Gesellschaften Spaß machen, der gern Dinnerpartys ausrichtet, Leute besucht und Galas organisiert, so etwas?«

»Und ich gehe davon aus, dass das alles nichts für Euch ist?«

»Ein Picknick würde ich vermutlich hinkriegen, aber alles andere...« Sie schauderte. »Außerdem hat mir Eure Mutter erklärt, dass eine Countess nur eine wichtige Aufgabe hat, und das ist noch nicht einmal eine richtige Aufgabe, sondern eher ein unglaublich schmerzhafter Prozess der Selbstverleugnung.«

»Ich weiß, diese Frage werde ich wahrscheinlich bereuen, aber...«

»Einen Sohn bekommen.«

»Ah.« Er schloss kurz die Augen. »Das hat meine Mutter zu Euch gesagt?«

»Ja, beim ersten Abendessen an jenem ersten Abend. Mir ist direkt der Appetit auf meine Suppe vergangen.«

»Das überrascht mich nicht. Kein Wunder, dass Ihr danach zu mir gekommen seid und mich angefleht habt, Euch gehen zu lassen. Das Verlangen meiner Mutter nach Enkeln kann etwas abschreckend wirken.«

»Wollt Ihr denn keine Kinder?« Sie stellte die Frage, bevor sie es sich überlegen konnte. Seit etwa zwei Minuten ging sie das ja nichts mehr an.

»In einigen Jahren, aber jetzt noch nicht. Unglücklicherweise ist sie fest entschlossen.«

»Es erscheint mir ziemlich unfair, den eigenen Sohn wie einen Zuchtbullen zu behandeln.« Essie verzog das Gesicht. »Allerdings würde das natürlich bedeuten, dass ich die Mutterkuh wäre, die das Kalb trägt, also ist die Sache für mich noch schlimmer.«

»Müssen wir in diesem Vergleich unbedingt Rinder sein?«

»Was wärt Ihr denn lieber? Ein Hengst?«

Er machte ein merkwürdig prustendes Geräusch. »Wenn Ihr darauf besteht. Vielleicht sollten wir uns einfach darauf einigen, dass keiner von uns beiden von der Aussicht auf baldige Elternschaft begeistert ist.« Er nickte einem vorbeigehenden Paar zu. »Was haltet Ihr von Eiscreme?«

»Als Alternative zur Elternschaft? Viel besser.«

»In diesem Fall hättet Ihr vielleicht Lust, Euch morgen in Gunters Café mit mir zu treffen? Dann können wir unsere Pläne genauer besprechen.«

»Sehr gern! Bis dahin kann ich mir ein paar Namen überlegen.« Sie machte einen kleinen Hüpfer. »Das ist spannend!«

»Ich freue mich, dass wenigstens einer von uns die Sache so betrachtet. Also, dann sehen wir uns morgen bei Gunters.«

»Ich freue mich jetzt schon darauf. C steht für Chance. Oder Champagner. Oder C…«

»Was hat der Buchstabe C jetzt damit zu tun?«

»Ach, nichts.« Sie packte seinen Arm noch fester. »Glaubt mir, dieser Plan wird perfekt funktionieren.«

# Plan C:
## Chancen und Verschwörungen

»*Meine liebe Emmeline,*

*die Saison schreitet rasch voran, wie das jedes Jahr der Fall ist. Ich gestehe, ich finde sie diesen Sommer interessanter als gewöhnlich, größtenteils dank der Anwesenheit meiner beiden Enkelinnen. Caro verzaubert immer noch jeden Mann im Umkreis, aber es scheint ihr schwerzufallen, sich unter ihren ganzen Verehrern zu entscheiden. Wenn Deine Knöchel verheilt sind – bestimmt kannst Du nicht mehr lange still sitzen? –, könntest Du herkommen und einen für sie aussuchen. Sie ist so entgegenkommend, bestimmt fügt sie sich Deiner Entscheidung. Genau genommen ist sie so liebenswürdig, dass ich mir oft gar nicht vorstellen kann, dass wir beide verwandt sind. Essie dagegen ...*«

Honoria Craven, die Witwe Lady Makepeace, an ihre Tochter Mrs Emmeline Foyle, 1. Mai 1816

# Kapitel 11

Noch vier Wochen bis zur Hochzeit

»Also, ich habe die ganze Nacht darüber nachgedacht.« Essie fuchtelte begeistert mit ihrem Löffel in der Luft herum. »Und ich habe eine Liste erstellt.«

Aidan, der unverständlicherweise kein Schokoladeneis, sondern nur Pistazieneis bestellt hatte, hielt inne, den Löffel ebenfalls in der Luft, und hob eine Augenbraue. »Das ging ja schnell.«

»Ich habe letzte Woche eine überraschende Anzahl junger Damen kennengelernt. Natürlich halten mich die meisten von ihnen für eine Witzfigur, aber das kann ich ihnen nicht verdenken. Was haltet Ihr von Selina Birtwhistle?«

»Ich glaube, ich möchte lieber niemanden heiraten, der andere als Witzfiguren bezeichnet.«

»Na ja, soweit ich weiß, hat sie das nicht laut gesagt. Also, sie hat schwarze Haare, einen sehr langen Hals, und sie singt wunderschön. Wie ein Schwan.«

»Habt Ihr schon einmal gehört, wie ein Schwan singt? Schwäne machen einen grauenhaften Lärm. Es ist eher ein Tröten.«

»Ich meine ihren Hals. Selina Schwanenhals, so heißt sie für mich. Wie Edith Schwanenhals.«

Die zweite Augenbraue ging nach oben. »Gibt es zwei junge Damen mit Schwanenhals, von denen ich wissen müsste?«

»Nein. Edith Schwanenhals war die erste Frau von King Harold. Ihr wisst doch, Harold aus der Schlacht von Hastings?«

»Mir ist schon klar, wer er ist. Ich wusste nur nicht, wie lang der Hals seiner Frau war.«

»Also, das ist eine Möglichkeit. Was die anderen angeht, muss ich erst herausfinden, wie groß ihre Mitgift ist. Welche von ihnen hat wohl die größte?«

»Ich weiß es nicht und möchte bei diesen Gesprächen auch nicht anwesend sein.«

»Granny weiß das auf jeden Fall, aber ich muss feinfühlig vorgehen, wenn ich sie frage.«

»Das muss eine neue Erfahrung für Euch sein. Habt Ihr schon einmal versucht, feinfühlig zu sein?«

»Ob Ihr es glaubt oder nicht, ich war es früher.« Sie warf ihm einen schelmischen Blick zu. »Aber zunächst mal müsst Ihr mich zu ein paar gesellschaftlichen Anlässen begleiten.«

»Also, nur damit ich das nicht falsch verstehe.« Aidan lehnte sich im Stuhl zurück. »Nach Eurer Kriegserklärung und nachdem Ihr alles Mögliche angestellt habt, um mich loszuwerden, wollt Ihr jetzt, dass wir mehr Zeit miteinander verbringen?«

»Genau.«

»Nein. Ich habe Euch gesagt, ich möchte nicht auf den Markt gehen und mir eine reiche Frau angeln.«

»Das hat nichts mit Angeln zu tun, es ist einfach praktisch. Wenn ich Euch eine Liste von Kandidatinnen vorlege, müsst Ihr wissen, von wem ich rede.« Essie schabte mit dem Löffel über den Rand ihrer Eisschüssel, in der abwegigen Hoffnung, noch irgendwelche Eisreste zu finden. »Sonst wende ich vielleicht meine ganze Energie dafür auf, eine Frau für Euch aufzutreiben, die ich für perfekt halte, und dann findet Ihr sie unangenehm oder habt irgendwelche Einwände.«

»Ich kann mir gar nicht vorstellen, welche Einwände das sein könnten. Sucht mir einfach jemanden, der mir nicht dauernd widerspricht, dann bin ich zufrieden.« Er sah auf ihren Mund, als sie den Löffelrücken ableckte. »Möchtet Ihr noch eins? Ihr esst ja schon fast das Besteck auf.«

»Ja, bitte! Es ist so köstlich und so raffiniert gemacht! Ich habe schon gehört, dass dieses Café etwas Besonderes ist, aber ich hätte nie damit gerechnet, dass ich ein Schokoladeneis essen würde, das wie ein Apfel geformt ist.«

»Ich freue mich, dass es Euch gefällt.«

»›Gefallen‹ ist untertrieben! Ich möchte am liebsten hier einziehen! Aber weil das vermutlich nicht erlaubt ist, möchte ich wenigstens jede Geschmacksrichtung probieren. Meint Ihr, man könnte eine Schüssel mit einer Probe von jeder Eissorte bestellen?«

»Ich bin mir sicher, dass sich das einrichten lässt.« Er hob die Hand und winkte eine Kellnerin heran. »Wie viele Eissorten gibt es denn heute?«

»Zwölf, Mylord. Zitrone, Ananas, Schokolade, Veilchen, Ahorn, Jasmin, Holunderblüte, Pistazie, Kaffee, Parmesan, Kirsche und Artischocke.«

»Wäre es möglich, uns eine Schale mit kleinen Proben zu bringen?«

»Kleine Proben?« Essie funkelte ihn an, als die Kellnerin sich mit einem leichten Knicks entfernt hatte.

»Ich möchte nicht, dass Euch übel wird, wie gestern Abend beinahe.«

»Ihr unterschätzt mein Fassungsvermögen für Desserts ganz gewaltig. Also, wie war das mit den Verabredungen, die ich vorhin erwähnt habe?«

»Gut, ein paar Verabredungen, und Ihr könnt sie mir zeigen, die ... wie nennt Ihr sie?«

»Kandidatinnen.«

»Wie romantisch! Das klingt, als wären sie Politikerinnen.«

»Besser, als wenn ich sagen würde, ich zeige Euch die Auswahl. Das würde so klingen, als könntet Ihr einfach eine aussuchen und sie hätte gar nichts dazu zu sagen. In dem Wort Kandidatinnen steckt, dass sie sich dafür entschieden haben, auf dem Heiratsmarkt gegeneinander anzutreten. In diesem Fall küren wir einfach nur die Siegerin.«

»Alles klar. Also Kandidatinnen.«

»Gut. Wir haben nur vier Wochen bis zu unserem Hochzeitstermin, also müssen wir schnell jemanden finden. So könnt Ihr trotzdem am vorgesehenen Tag heiraten und ...«

»Ich werde nicht am vorgesehenen Tag heiraten.«

»Warum nicht? St George's ist bereits reserviert. Also, wenn Ihr Euch Anfang nächster Woche entscheidet, können wir unsere Verlobung direkt anschließend auflösen, und das bedeutet, Ihr könnt eine Woche später Euren Antrag ...«

»Nur eine Woche Brautwerbung?«

»Ihr müsst sagen, es war Liebe auf den ersten Blick.«

»Ganz bestimmt nicht.« Sein Blick verfinsterte sich. »Wenn ich einen Antrag mache, dann werde ich das ganz sachlich formulieren.«

»Das will keine Frau hören! Ihr müsst schon ein bisschen übertreiben. Ich glaube zwar nicht an Romantik, aber ich bin ja auch keine typische Debütantin.«

»Ihr überrascht mich.« Seine Miene wurde strenger. »Ich übertreibe gar nichts. Was hättet Ihr denn gedacht, wenn ich so getan hätte, als wäre ich in Euch verliebt?«

»Ich hätte Euch nicht geglaubt.« Sie schnaubte verächtlich. »Also gut, keine Übertreibungen, aber Ihr könntet versuchen, ein bisschen charmanter zu sein.«

»Tatsächlich?«

»Es gibt keinen Grund, mich so gekränkt anzusehen. Ich sage ja nicht, dass Ihr jetzt absolut uncharmant seid, aber ein bisschen Übung könntet Ihr noch gebrauchen.«

»Das klingt schon viel besser.« Er nickte der Kellnerin, die eine neue Schüssel Eis zwischen sie beide stellte, dankbar zu.

»O mein Gott.« Essie leckte sich begeistert die Lippen.

»Ich könnte jetzt in diesem Moment sehr uncharmante Kommentare über charmantes Verhalten abgeben.«

»Das glaube ich sofort. Zum Glück reden wir nicht über mich.«

»Richtig.« Er trommelte mit den Fingerspitzen auf der Tischplatte. »Also, was schlagt Ihr vor?«

»Na ja, Ihr wirkt manchmal schon ein bisschen hochnäsig.« Sie steckte sich den Löffel in den Mund. »Ach, Zitrone ist köstlich. Wollt Ihr nicht probieren?«

»Ich kann jetzt nicht, ich bin gerade hochnäsig.«

»Euer Pech. Also, na gut, Ihr seid ein Earl, und die Leute erwarten das von Euch, aber ein Lächeln ab und zu würde auch nicht schaden. Sogar die Queen meint das.«

Er starrte sie an. »Was?«

»Die Queen. Sie hat Euch als ›ernst‹ beschrieben. O meine Güte, das Jasmineis …«

»Also gut, ich werde lächeln. Ab und zu.«

»Wie wäre es jetzt gleich?«

»Jetzt ist nicht ab und zu.«

»Ihr bestätigt nur, was ich sage.« Sie schüttelte ärgerlich den Kopf. »Versucht doch mal, mir ein Kompliment zu machen.«

»Wie bitte?«

»Ich möchte mich jetzt nicht beschweren, aber Ihr habt mir noch kein einziges Kompliment gemacht, seit wir uns kennengelernt haben.«

»Ich habe Euch viele gemacht.«

»Ironische über meine Kleider. Ich möchte ein echtes.«

»In Redcliffe habe ich Euch eins gemacht.«

»Nein, habt Ihr nicht.«

»Wirklich nicht?« Er wirkte verdutzt. »Ich muss doch etwas Nettes gesagt haben, als ich ankam.«

»Ihr habt gesagt, ich sähe aus, als würde ich frieren.«

»Ach ja. Na gut, ich hatte ja kaum eine Möglichkeit, Euch ein Kompliment zu machen, da habt Ihr mich schon gebeten, unsere Verlobung aufzulösen.« Er erstarrte. »Jetzt sagt mir bitte, der Grund dafür war nicht, dass ich Euch keine Komplimente gemacht habe.«

»Natürlich nicht. So oberflächlich bin ich nicht, aber wenn ich Euch damals hätte heiraten wollen, dann hätte ich schon gedacht, dass Ihr Euch nicht die geringste Mühe gebt.«

»In diesem Fall tut es mir leid.«

»Entschuldigung angenommen. Und …?«

»Und Ihr tragt wieder Zitronengelb. Ich soll doch ehrlich sein, oder?«

»Meine Güte! Wenn mir das Eis nicht gerade so gut schmecken würde, dann würde ich Euch meinen Löffel an den Kopf werfen. Komplimente machen ist doch nicht so schwierig! Es muss doch irgendetwas geben, was Euch an mir nicht vollkommen missfällt.«

»Es gibt einiges, das mir ganz und gar nicht missfällt.«

»Zum Beispiel?«

»Ihr habt schöne Augen.«

»Diese Augen hier?« Sie klapperte mit den Wimpern.

»Genau die.«

»Erinnern sie Euch an etwas? Ihr müsst es ein bisschen besser beschreiben. Zum Beispiel, wenn ich blaue Augen hätte, könntet Ihr sagen, sie wären wie zwei betörende tropische Seen, in denen Ihr Euch ertränken wollt.«

»Ein bisschen makaber, oder?«

»Es beweist Gefühlstiefe.«

»Hatten wir nicht gerade das Thema Übertreibungen?«

»Jetzt ...« Sie knirschte mit den Zähnen. »Versucht es doch einfach.«

»Also gut.« Er stützte die Ellbogen auf den Tisch und beugte sich vor, sah ihr einige Sekunden lang aufmerksam ins Gesicht. Er war ihr in diesem Moment näher als je zuvor, so nah, dass sie die Wärme seiner Haut spüren konnte, so nah, dass sie verlegen wurde. »Aber da Eure Augen ja braun und nicht blau sind ... sie sind warm ... wie Tee. Oder Kaffee. Zum Trinken, nicht um sich darin zu ertränken.«

»Tee oder Kaffee? Etwas Besseres fällt Euch nicht ein?«

»Ich mag Kaffee. Sehr gern sogar. Schade, dass ich zu diesem Gespräch keinen bestellt habe.«

Sie verdrehte die Augen. »Ich sollte vielleicht ein paar Komplimente für Euch aufschreiben? Dann könnt Ihr sie anwenden, wenn Ihr einmal etwas Charmantes sagen wollt.«

»Ihr seid die Expertin in diesem Bereich, oder?«

»Nicht im Entferntesten, aber ich habe einige von Caros Karten gelesen, und offenbar findet sie die gut. Mindestens ein Dutzend Männer wollte sich schon in ihren Augen ertränken.«

»Dann sollte sie sich lieber beeilen und sich einen Ehemann aussuchen. Schreibt, was Ihr wollt, aber bitte ohne Ertrinken, Verbrennen oder Anspielungen auf andere Naturkatastrophen. Ich mag keine Rührseligkeiten und ganz entschieden wehre ich mich gegen Schmerzen. Aber um das festzuhalten: Eure Augen sind das Schönste an Euch. Eure Augenwinkel kräuseln sich, wenn Ihr lächelt, und sie können einen ganzen Raum erleuchten, wenn Ihr richtig lacht. Ihre Wirkung ist einfach bezaubernd. Nicht dass ich es allzu oft gesehen hätte ...«

»Oh.« Essie verschluckte einen Löffel voll Kirscheis, sodass plötzlich ein scharfer Schmerz durch ihre Schläfen schoss. »Na ja, von jetzt an werdet Ihr es öfter sehen. Jetzt wo wir Freunde sind oder Verbündete oder ... irgendwas.«

»Mhm. Bleiben wir bei irgendwas.«

»Jedenfalls ...« Sie räusperte sich, versuchte sich zu konzentrieren. »Wie gesagt, wir haben eine Woche, um eine Kandidatin zu finden, dann noch eine, in der Ihr der Dame den Hof macht, und dann noch zwei, um die Hochzeit vorzubereiten.«

»Nein. Treibt einfach eine geeignete Kandidatin auf und um den Rest kümmere ich mich. Ich werde mich an keinen Zeitplan halten.« Er rieb sich mit der Handfläche über die Stirn. »Ich fange an, das Ganze zu bereuen.«

»Ihr könnt es nicht zurücknehmen. Ihr habt mir Euer Wort gegeben.«

»In einem schwachen Moment, ich weiß. Übrigens, das erinnert mich daran – ich brauche auch Euer Wort.«

»Warum?«

»Wenn wir diese Verlobung auflösen, möchte ich, dass das ausschließlich mein Fehler ist.«

»Was?« Sie runzelte die Stirn. »Ich glaube nicht ...«

»Essie.« Er streckte den Arm aus, legte seine Hand auf ihre. »Wir haben bereits festgestellt, dass Euer Vater nicht erfreut sein wird, dass er Euch vielleicht sogar bestrafen, wenn er den Verdacht hegt, dass Ihr irgendetwas damit zu tun habt. Auch das war einer der Gründe, warum ich am Anfang so gezögert habe, aber da Ihr so fest entschlossen seid und zur Not sogar eine Duchess bekleckern würdet, gehe ich davon aus, dass Ihr der Meinung seid, es ist das Risiko wert?«

»Ihr habt versucht, mich zu schützen?« Sie riss die Augen weit auf und bemerkte, dass ihre Finger unter den seinen leicht zitterten.

»Einer der Gründe, habe ich gesagt.« Er zog seine Hand weg. »Aber ich möchte mein Gewissen nicht zusätzlich belasten. Euer Vater muss glauben, dass unsere Trennung ausschließlich mein Fehler ist. Wenn es so weit ist, werde ich ihm einfach mitteilen, dass ich jemand anderen kennengelernt habe. Was dann wohl irgendwie auch stimmt.«

»Aber was ist mit Eurem Ruf? Es ist nicht gerecht, wenn Ihr die ganze Schuld auf Euch nehmt.«

»Der schlechte Ruf eines Earls erholt sich mit der Zeit. Bei jungen Damen ist das leider nicht der Fall.«

»Nun ja, das stimmt.« Sie klopfte nachdenklich mit dem Löffel gegen ihre Zähne. »Aber es fühlt sich nicht richtig an.«

»Nichts von alledem fühlt sich richtig an, aber es ist das Beste, was wir tun können ... also keine Tricks mehr und keine lachsfarbenen Kleider. Was Euren Vater betrifft: Ihr werdet Euch in dieser Ballsaison nur noch vorbildlich benehmen.« Er musterte sie streng. »Also, entweder gebt Ihr mir Euer Wort, oder wir vergessen das Ganze.«

»Greift Ihr immer zur Erpressung? Also gut, Ihr habt mein Wort. Ich werde mich als Verlobte mustergültig verhalten. Ich werde Euch sogar anhimmeln, wenn Ihr das wollt.«

»Seid einfach Ihr selbst. Anhimmeln ist nicht nötig.«

»Es wäre einfacher, wenn ich es mir als Theatervorstellung denke.«

»Mir wäre es lieber, Ihr wärt Ihr selbst. Bitte!«

»Oh. Na gut, dann versuche ich es, aber ich werde auch nicht übertrieben ich selbst sein. Ich weiß, dass Männer das auch nicht mögen.«

»Was meint Ihr damit?« Er klang überrascht.

»Na ja.« Sie wurde ein bisschen verlegen. »Meine Tante hat mir immer gesagt, dass ich mit Männern auf keinen Fall über ernsthafte Themen reden darf, aber ich habe gedacht, es würde nicht schaden, wenn ich mir einen Ruf als Blaustrumpf einhandle. Und ich interessiere mich wirklich für Politik.« Sie seufzte. »Ich habe schon damit gerechnet, dass die Männer schockiert sind, aber ich hätte nicht gedacht, dass sie sofort zu Eiszapfen erstarren oder jedes Mal am anderen Ende des Saals einen Bekannten erspähen, wenn ich ein ernsthaftes Gespräch anfange.«

»Feiglinge.«

»Ich gehe nicht davon aus, dass Ihr vielleicht eine Meinung zu den Korngesetzen habt?«

»Doch.« Er nahm ihr den Löffel aus der Hand und genehmigte sich eine Ladung Zitroneneis. »Ich bin der Meinung, dass die Absicht dahinter richtig war, das Gesetz selbst aber schlecht durchdacht ist. Es hat nur dazu geführt, dass die Brotpreise für diejenigen gestiegen sind, die es sich sowieso nicht leisten konnten.«

»Oh.« Sie machte den Mund auf, machte ihn wieder zu und nickte. »Ich bin derselben Meinung.«

»Es geschehen noch Zeichen und Wunder.« Plötzlich grinste er. »Wir hätten uns schon früher über Politik unterhalten sollen.«

Essie blinzelte. In diesem Moment hatte sie keine einzige politische Meinung im Kopf. Wenn ihr Lächeln einen Raum erleuchten konnte, dann war dieses hier sicherlich dazu geeignet, jede Portion Eis im ganzen Gebäude zum Schmelzen zu bringen.

※

»Ich glaube nicht, dass ich heute noch ein Abendessen brauche.« Essie tätschelte ihren Bauch, als sie hinaus auf den Bürgersteig traten. »Was für ein Glück, dass gerade locker fallende Kleider in Mode sind.«

»Schon wieder sehr charmant.« Aidan tippte sich an die Hutkrempe, um einen Passanten zu grüßen. »Ihr seid zu Fuß zum Café gekommen, nicht wahr?«

»Nur von der anderen Seite des Platzes. Granny hat uns hier auf dem Weg zum Hyde Park abgesetzt, aber ich habe nichts dagegen, zu Fuß zurückzugehen. Ich habe ja mein Dienstmädchen, das mich begleitet.« Sie wandte den Kopf und lächelte dem Mädchen zu, das ihnen mit einigen Schritten Abstand folgte. »Hat dir das Eis geschmeckt, Sarah?«

»Sehr gut, danke, Miss.«

»Welche Sorte hast du denn genommen?«

»Schokolade, Miss.«

»Das ist auf jeden Fall am besten, allerdings folgt Zitrone dicht dahinter auf dem zweiten Platz.«

»Pistazie kann ich auch sehr empfehlen«, fügte Aidan an und hielt ihr den Arm hin. »Ich würde mich glücklich schätzen, Euch beide nach Hause zu begleiten, wenn Ihr Lust auf einen Spaziergang durch den Park habt? Es ist so ein schöner Nachmittag.«

»Das wäre wunderbar.« Essie lächelte. »Vielleicht begegnen wir unterwegs ein paar möglichen Kandidatinnen.«

»Das wäre doch spannend, oder? Es wäre gut, wenn Ihr Euch schon mal ein paar angemessene Komplimente für mich überlegt, nur für den Fall.«

»Wenn Ihr Euren Sarkasmus zügelt, reicht das schon aus.« Sie bedachte ihn mit einem vielsagenden Blick und er antwortete mit einem trockenen Grinsen. Sie überquerten die Straße und erreichten den länglich geformten Garten im Zentrum des Berkeley Square. Aus dem Rasen wuchsen vereinzelt Ahorn- und Zitronenbäumchen, alle um die Statue von King George III. angeordnet, der hier stolz, wenn auch ein bisschen wacklig auf seinem Pferd saß.

»Wo wohnt Ihr eigentlich hier in London?« Essie sah fragend zu Aidan auf. »Mir ist aufgefallen, dass Ihr auch nicht zu Pferd, sondern zu Fuß hier seid.«

»Ja. Denholm House liegt nicht weit vom Grosvenor Square.«

»Dann sind wir fast Nachbarn?«

»Fast.«

»Und ist Denholm House sehr groß und beeindruckend?«

»Na ja, man könnte es wohl so sagen. Ich bin viel lieber in Middlemount.«

»Und wo ist das?«

Er warf ihr einen ungläubigen Blick zu. »Das wisst Ihr nicht?«

»Sollte ich?«

»Es ist mein Hauptwohnsitz in Hampshire.«

»Oh.« Sie runzelte die Stirn. »Vielleicht habe ich das schon mal gewusst. Es kommt mir irgendwie bekannt vor, jetzt, wo Ihr es erwähnt.«

»Ihr habt also wirklich noch nie das geringste Interesse daran gehabt, Countess zu werden, oder?«

»Überhaupt keines.«

»Ist wenigstens ein winziger Teil von Euch ein bisschen neugierig?«

»Ich würde immer noch viel lieber die Desdemona spielen.« Sie zuckte mit den Achseln. »Und jetzt erzählt mir von Euren Interessen.«

»Gibt es dafür einen speziellen Grund?«

»Weil ich versuche, eine neue Herrin für Middlemount zu finden, und je mehr ich über Euch weiß, desto besser stehen die Chancen, jemanden aufzutreiben, der zu Euch passt.«

»Verstehe. In diesem Fall: Ich interessiere mich für Kunst. Ich male. Ich bin nicht besonders begabt, aber es macht mir Freude.«

»Porträts?« Sie erinnerte sich an die Zeichnung, die sie an jenem ersten Abend in Redcliffe neben seinem Sessel bemerkt hatte. Selbst auf dem Kopf stehend hatte sie ziemlich gut ausgesehen. »Moment, habt Ihr das gehört?« Sie hielt an und umklammerte seinen Arm, sah sich nach der Quelle des leisen, jämmerlichen »Miau« um. »O nein!« Sie streckte den Finger aus. »Ein kleines Kätzchen sitzt auf dem Baum fest! Ein Tigerkätzchen! Ich sehe hier auch niemanden, der so aussieht, als sei er sein Besitzer.«

»Ich bin sicher, die Besitzer sind ganz in der Nähe.«

»Wir müssen es retten.«

»Das müssen wir ganz bestimmt nicht. Wenn es hinaufkommt, dann kommt es auch wieder hinunter.«

»Was ist denn das für eine Logik?« Sie machte sich von seinem Arm los. »Ich könnte wahrscheinlich auf ein Hausdach klettern, wenn ich wollte, aber das bedeutet nicht, dass ich auch genauso leicht wieder hinunterkäme.« Sie marschierte auf den Baum zu und fing an, nach Stellen zu suchen, die ihren Füßen Halt bieten würden.

»Ganz sicher nicht.«

»Doch, ganz sicher. Ich lasse doch das arme kleine Tier nicht im Stich.« Sie stemmte die Hände in die Hüften. »Es sei denn, Ihr habt die Absicht, etwas zu unternehmen?«

»Ach, zum Henker.« Er stürmte hinter ihr her, riss sich unterwegs den Hut vom Kopf und ließ die Jacke ins Gras fallen, und schon schob er sich mühelos den Baumstamm hinauf.

»Langsamer!« Essie verzog das Gesicht, als das Kätzchen wieder laut jammerte. »Ihr macht ihr Angst. Oder ihm.«

»Undankbare Kreatur.«

»Es hat nur Angst.«

»Ich rede nicht von der Katze.«

»Wir bräuchten ein Stück Fisch.«

»Unglücklicherweise habe ich heute keinen Hering in der Tasche.« Aidan saß jetzt rittlings auf einem dicken Ast. »Ich komme sowieso nicht höher. Die Äste sehen nicht so aus, als könnten sie mich tragen.«

»Ihr habt recht. Ich muss es selber machen.«

»Essie, Ihr könnt doch nicht ...« Er schloss die Augen, einen gequälten Ausdruck im Gesicht. »Doch, Ihr könnt offensichtlich. Angenehm hier oben, nicht wahr? Wir liefern der Gesellschaft gerade jede Menge Material für die Klatschspalten.«

»Das hier ist eine gute Tat.« Sie stand dicht am Baumstamm auf. »Wenn die Londoner Gesellschaft das nicht anerkennen will, dann ist ihre Meinung vollkommen unbedeutend.«

»Ich habe nie behauptet, dass ihre Meinung bedeutend wäre.« Er räusperte sich. »Ich will mich jetzt nicht beschweren, aber hat Eure Tante Euch nicht beigebracht, dass man in der Öffentlichkeit seine Knöchel nicht zeigt?«

»O doch, immer wieder, aber ich habe noch nie verstanden, was daran so schockierend sein soll. Es gibt Frauen, die tragen so tiefe Ausschnitte, dass sie praktisch nur noch einen Gürtel anhaben, und andererseits soll ein entblößter Knöchel bei Männern Anfälle unbezwingbarer Lust auslösen.« Sie runzelte die Stirn. »Ist mit meinen Knöcheln irgendetwas nicht in Ordnung?«

»Nein. Ich versuche, mich wie ein Gentleman zu benehmen und nicht hinzusehen.«

»Sind sie denn nicht attraktiv?«

»Das habe ich nicht gesagt. Es sind sehr nette Knöchel.«

»Nett?«

»Hübsch. Schlank.« Seine Stimme klang verzweifelt. »Was auch immer Knöchel sein sollten.«

»Dann erleidet Ihr gerade keine Anfälle unbezwingbarer Lust?«

»Im Moment nicht. Aber ich sage Bescheid, wenn ich spüre, dass ein Anfall droht.«

»Das ist gut.« Sie zog sich auf einen höheren Ast und streckte die Hände aus: »Komm her, Kätzchen.«

»Seid vorsichtig.«

»Keine Angst, ich bin schon auf viele Bäume geklettert. Was macht Ihr denn da mit den Armen?«

»Ich bereite mich darauf vor, Euch aufzufangen, falls etwas bricht. Mir gefällt nicht, wie der Ast aussieht, an den Ihr Euch lehnt.«

»Gute Idee. Komm schon, Kleines. Wir tun dir nichts.«

»Ich vielleicht schon, wenn irgendjemand uns sieht.« Aidan murmelte etwas entschieden Unschmeichelhaftes, das Essie nicht verstehen konnte.

»Habt Ihr nicht gesagt, über Peinlichkeit seid Ihr hinweg?«

»Ich stelle gerade fest, dass ich unrecht hatte. Und dieses Tier bewegt noch nicht einmal ein Schnurrhaar.«

»Ich frage mich, ob ein Eis es anlocken würde? Vielleicht könnte ich Sarah bitten, noch einmal zurückzulaufen und eins zu holen.«

»O ja, unbedingt, wir brauchen noch mehr Aufmerksamkeit!«

»Was meint Ihr, welche Sorte mögen Katzen am liebsten?«

»Minze.« Er wandte den Kopf, weil er etwas hörte. »Oh, sehr gut, da kommen Leute.«

Essie sah hinunter und stellte fest, dass ein junges Mädchen auf sie zurannte, in Begleitung einer Zofe und eines Dieners, der eine Leiter trug.

»Sir Schnurrviel!«, jammerte das Mädchen unter dem Baum.

»Ist das deine?« Essie winkte ihr beruhigend zu und streckte sich noch ein bisschen höher. »Gleich … Aha! Jetzt habe ich ihn! Du darfst erst wieder auf Bäume klettern, wenn du viel größer bist, hörst du?« Sie küsste das Kätzchen auf die Nase und reichte es dann zu Aidan hinunter. Dann lächelte sie dem Mädchen zu. »Er ist nicht verletzt, aber sicher muss jetzt ausführlich mit ihm geschmust werden, nach so einem Schreck.«

»Danke schön, Miss!«

»Kommt jetzt.« Aidan reichte dem Diener das Kätzchen und kletterte dann wieder nach oben, um Essie hinunterzuhelfen. »Warum haben wir nicht an eine Leiter gedacht?«

»Weil wir keine gebraucht haben.« Sie ignorierte seine ausgestreckte Hand, kletterte auf den Ast auf der gegenüberliegenden Seite und machte sich zum Absprung bereit.

»Essie, das ist vielleicht keine so gute Idee.«

»Seid nicht albern. Es ist gar nicht so hoch.«

»Nein aber …«

Sie sprang ab, landete sauber und sicher auf den Füßen. Unglücklicherweise blieb ihr Rock zur Hälfte dort hängen, wo er war. Der Stoff verfing sich an einem Zweig und mit einem lauten Geräusch zerriss der Stoff vom Saum bis zur Taille.

»Oh, verdammter Mist.« Essie sah voller Panik an sich hinunter. Einen Knöchel zu zeigen, das war eine Sache. Aber ein ganzes Bein zu präsentieren, selbst eins, das von Spitzenunterwäsche umhüllt war, das war noch einmal etwas ganz anderes. »Wie soll ich so nach Hause kommen?«

Sie warf Aidan einen Hilfe suchenden Blick zu und stellte fest, dass er mit erschreckender Direktheit ihre Beine anstarrte.

»Hm?« Es dauerte ein paar Momente, bis er antwortete. »Richtig. Da hilft nur eins.« Er löste den Stoff vom Zweig und sprang auf den Boden, wickelte sie darin ein. »Ihr müsst es hier festhalten.«

Sie erstarrte, denn seine Nähe war ihr gerade deutlich bewusst, ganz zu schweigen davon, dass seine Finger ihre Schenkel streiften. »Ich kann so nicht laufen.«

»Ich weiß. Zappelt nicht.«

»Warum sollte ich? Oh!« Sie strampelte heftig, als er sie auf seine Arme hob. »Lasst mich runter!«

»Möchtet Ihr lieber die ganze Strecke bis nach Hause auf zwei Beinen hüpfen?« Er wandte sich der wachsenden Menge an Beobachtern zu. »Ladys und Gentlemen, guten Abend!«

»Ich kann problemlos alleine laufen!«, protestierte Essie, als er durch den Park losging. »Ich habe mich ja schließlich nicht verletzt!«

»Das stimmt, aber mit Eurem geschlitzten Kleid könnt Ihr ja schlecht durch die Straßen von Mayfair gehen. Jeder könnte Eure Knöchel sehen.« Plötzlich waren seine Augen fast unnatürlich hell. »Wisst Ihr, ich sage es nur ungern, aber: Ich habe Euch gewarnt.«

»Dann lasst es. Das ist absurd. Ihr könnt mich nicht den ganzen Weg bis zum Cavendish Square tragen!«

»Das werden wir sehen. Ehrlich gesagt habe ich auch so meine Zweifel, ob wir das schaffen können.«

»Seht Ihr jetzt, warum ich mich nicht zur Countess eigne? Ich bin vollkommen peinlich, selbst wenn ich es nicht absichtlich versuche.«

»Sich um eine hilflose Kreatur sorgen ist keine so schlimme Eigenschaft. Allerdings habt Ihr auch eine recht interessante Ausdrucksweise.« Er hob eine Augenbraue. »Verdammter Mist?«

»Es war das Erste, was mir eingefallen ist. Mist allein erschien mir nicht ausreichend.«

»Gutes Argument. Aber ich bezweifle tatsächlich, dass Ihr das alles mit Absicht gemacht haben könntet. Es war ein richtiges Drama.« Er räusperte sich. »Allerdings nicht im Geringsten lustig.«

»Wenigstens haben wir Sir Schnurrviel gerettet.«

»Ja, er hätte ja weitere schreckliche Sekunden auf dem Baum verbringen müssen, während er auf die Leiter gewartet hätte. Zum Glück haben wir ihn davor bewahrt.«

»Ich glaube sowieso nicht, dass er sich von diesem Diener hätte anfassen lassen. Er mochte nur mich.«

Aidan sah auf sie hinunter und in seinem Blick lag eine Mischung aus Überraschung und Zuneigung.

»Auch wenn das unerklärlich klingt – ich glaube, Ihr könntet recht haben.«

# Kapitel 12

»Das kann ich Granny unmöglich fragen!« Caro ließ ihren Stickrahmen in den Schoß sinken. In ihrer Miene stand Entsetzen.

»Warum denn nicht?«

»Weil die Mitgift von anderen Debütantinnen mich nichts angeht.«

»Die Leute reden doch die ganze Zeit über nicht anderes als Geld! Die Anstandsdamen wissen ganz genau, wie viel jede wert ist.«

»Dann frag eine von ihnen. Oder frag Granny selbst.«

»Das geht nicht. Sie wird wissen wollen, warum mich das interessiert. Aber wenn du fragst, wird sie denken, du versuchst nur, deine Konkurrentinnen besser einzuschätzen. Wahrscheinlich bewundert sie dich dafür.«

»Die Antwort ist immer noch Nein und außerdem finde ich auch diesen ganzen Plan schrecklich. Er ist noch schlechter als der letzte.«

»Warum denn?« Essie zog die Beine unter sich aufs Sofa. »Aidan braucht eine reiche Frau, und in London gibt es jede Menge Erbinnen, die sich glücklich schätzen würden, meinen Platz einzunehmen. Damit sind doch alle Seiten gut bedient!«

»Nicht alle.« Caro schob die Unterlippe vor. »Mir ist aufgefallen, wie er dich gestern angesehen hat. Der Earl empfindet vielleicht viel mehr für dich, als du denkst.«

»Was?« Erschrocken setzte sich Essie kerzengerade auf. »Sei nicht albern!«

»Warum ist das albern?«

»Weil ich seit unserer ersten Begegnung durchgehend gemein zu ihm war.«

»Vielleicht mag er böse Mädchen. Oder er kann sich gar nicht genug selbst bestrafen.«

»Caro!«

»Er hat dich auf den Armen vom Berkeley Square bis hierher getragen!«

»Er hatte ja kaum eine andre Wahl.«

»Ich hatte nicht den Eindruck, dass es ihm etwas ausgemacht hat.«

»Er ist ein Gentleman.«

»Oder er mag dich wirklich.«

»Wenn du das denkst, dann bildest du dir etwas ein. Wir sind Verbündete in einer Verschwörung, sonst nichts.« Essie reckte das Kinn, aber ihr war bewusst, dass ihre Wangen sich bei der Erinnerung daran, wie sie in Aidans Armen gelegen hatte, verräterisch rot färbten. »Also, was hältst du davon, wenn ich beim Essen das Gespräch in Gang bringe? Ich werde Miss Birtwhistle erwähnen. Wir wissen ja schon, dass sie über eine hohe Mitgift verfügt. Dann brauchst du nur zu fragen, wer noch eine ähnlich hohe hat.«

»Du lässt mich nicht in Frieden, bis ich es tue, oder?«

»Das klingt so, als wäre ich ganz schrecklich. Ich lasse dich bald vollkommen in Frieden. Ich werde dich nur noch künstlich anlächeln.« Sie klapperte mit den Wimpern und stieß einen hohen Kicherlaut aus. »So sollen sich Debütantinnen doch benehmen, oder?«

»Hör auf damit. Ich weiß nicht einmal, was das für ein Geräusch war.«

»Gekicher. Habe ich es falsch gemacht? Sollte ich auch ein bisschen schmachten?«

»Wage es nicht.« Caro griff wieder nach ihrem Stickrahmen und warf ihn dann wieder beiseite. »Also gut. Ich werde fragen.«

»Danke!« Essie sprang auf und küsste sie auf die Wange. »Aber es muss heute beim Mittagessen passieren.«

»Warum?«

»Weil heute Nachmittag das jährliche Gartenfest der Familie Smedley-Bullingdon stattfindet. Es ist die ideale Gelegenheit für die Suche nach einer künftigen Countess.«

※

Einen geeigneteren Abend hätten sich die Smedley-Bullingdons für eine Gartenparty gar nicht wünschen können, dachte Essie, als sie die Treppe des Stadthauses am Flussufer emporstieg. Zuerst war sie wütend gewesen, weil ihre Großmutter in letzter Minute ihrer Bestellung an die Schneiderin Madame Liliane noch einiges hinzugefügt hatte, aber jetzt freute sie sich richtig, etwas so Hübsches zu tragen. Mit den zu Locken gedrehten kastanienbraunen Haaren im Nacken fühlte sie sich dieses eine Mal beinahe hübsch. Immerhin würde sie heute nicht für jeden Witz herhalten müssen – zumindest, wenn sich das Abenteuer mit Sir Schnurrviel nicht herumgesprochen hatte.

Sie legten ihre Umhänge im Korridor der Smedley-Bullingdons ab, einem mit blau-weißem Stuck verzierten Raum, unter den Augen einer Anzahl fröhlich spielender Meereslebewesen – Delfinen, Seepferdchen, einer Anzahl Seesterne und einem Hummer, der aus irgendeinem Grund schlecht gelaunt wirkte.

»Du siehst wunderschön aus!«, flüsterte Caro.

»Bis jetzt habe ich ja auch immer grauenhaft ausgesehen, oder?«

»Ich bin mir sicher, dass der Earl dich trotzdem wiedererkennt. Es scheint ihm egal zu sein, was du trägst.«

»Jetzt fang nicht wieder damit an.« Essie warf ihrer Cousine einen tadelnden Blick zu.

Sie durchquerten das ganze Haus und erreichten eine Terrasse über einem großen Rasen, der sanft zur Themse hin abfiel. Am Ufer gab es einen kleinen Anleger, ein Bootshaus und einige Ruderboote waren bereits auf dem Wasser unterwegs.

»Hier ist es ja wunderschön!«, seufzte Caro und ließ ihren Blick über die Trauerweiden und die wirbelnden Sonnenschirme gleiten, während die Witwe davonstürmte, um irgendeine Bekannte zu begrüßen. »Kaum zu glauben, dass wir immer noch mitten in einer Großstadt sind!«

»Ich weiß aus erster Quelle, dass Mrs Smedley-Bullingdon ihrem obersten Gärtner mehr bezahlt als ihrer Haushälterin«, brummte eine Männerstimme hinter ihnen.

»Mr Jagger!«, begrüßte Essie ihren Freund lächelnd. Er hielt ein Glas Champagner in einer Hand und eine rote Rose in der anderen. »Wisst Ihr, unsere Gastgeberin ist vielleicht nicht so begeistert davon, dass Ihr ihre Blumen stehlt.«

Er grinste verschlagen, entblößte dabei eine Reihe makellos weißer Zähne. »Ich habe mir rasch das Gewächshaus angesehen und konnte nicht widerstehen, aber Ihr habt absolut recht. Ich sollte mir das Beweismittel vom Hals schaffen, indem ich es weiterverschenke. Hier.« Er überreichte ihr die Rose mit einer Verbeugung. »Jetzt könnt Ihr die Schuld auf Euch nehmen.«

»Nein, danke.« Sie lachte, nahm den Stängel, brach die Rose in der Mitte auseinander und steckte das, was übrig war, in sein Knopfloch. »So. Jetzt sieht es so aus, als hättet Ihr sie mitgebracht.«

»Ihr seid überaus einfallsreich, Miss Craven – eine Eigenschaft, die ich übrigens bei Frauen sehr bewundere. Und Miss Foyle …« Er wandte sich Caro zu. »Es freut mich besonders, Euch wiederzusehen. Vielleicht würdet Ihr beide mich auf einer Bootsfahrt begleiten?«

»Ich nicht«, antwortete Essie schnell. Auf einem Ruderboot würde sie auf keinen Fall eine Ersatzcountess finden. »Ich werde seekrank.«

»Auf einem Fluss?«

»Manchmal auf einem Weiher. Spürt Ihr das?« Sie hielt einen Finger in die Luft. »Es weht ein leichter Wind. Kaum merklich.«

»Ihr seid offensichtlich wesentlich empfindsamer als ich. Was ist mit Euch, Miss Foyle, kann ich Euch überreden?«

»Oh, ich bin mir nicht sicher …«

»Ihr seid doch bestimmt nicht so grausam wie Eure Cousine? Eine Ablehnung ist schlimm genug. Bei einer zweiten wäre ich am Boden zerstört.« Mr Jagger beugte sich weiter vor. »Falls Ihr Euch dann sicherer fühlt, suche ich ein weiteres Paar, das uns begleitet.«

»N…na gut.«

»Großartig!« Er packte Caros Hand und klemmte sie unter

den Arm, bevor sie ihre Meinung ändern konnte. »Dann kommt mit. Bevor der Wellengang allzu heftig wird.«

Essie winkte ihnen nach, unterdrückte ein bohrendes Schuldgefühl angesichts von Caros angsterfüllter Miene, dann wandte sie ihre Aufmerksamkeit wieder der Aufgabe zu, die sie sich selbst für diesen Abend gestellt hatte. Von Aidan war noch keine Spur zu sehen, aber um sie herum wimmelte es von potenziellen Countess-Kandidatinnen, einschließlich der drei jungen Damen, die ganz oben auf ihrer Liste standen: wieder Miss Selina Birtwhistle, Miss Alicia Culpepper und Lady Phoebe Lestrange. Nach Angaben ihrer Großmutter verfügte jede von ihnen über eine Mitgift von dreißigtausend Pfund. Und sie alle wirkten freundlich und selbstbewusst und recht countesshaft.

Sie spazierte die Steintreppe der Terrasse hinunter in den Garten, atmete dabei die betörenden Düfte von Jasmin und Geißblatt ein. Die Blumenbeete waren fantastisch – dicke Pfingstrosenblüten, über die tiefviolette Lupinen und zarter Bärenklau hinausragten. Vögel und Bienen und Schmetterlinge genossen die Szene ebenfalls, zwitscherten, brummten und flatterten um die hohen Stängel herum. Caro hatte recht gehabt – es war schwer zu glauben, dass sie sich nicht auf dem Land aufhielten.

Jemand rief ihren Namen und sie wandte sich um. Ihre Stimmung sank, als sie Miss Jemima Talbot erkannte. Dieses eine Mal war ihr Quälgeist offenbar allein, aber ihr Lächeln vermittelte immer noch so viel Wärme wie eine in einem Eisblock eingefrorene Schlange. Am Nordpol. Nachts.

»Miss Craven! Ihr seht heute ja ganz anders aus!«

»Tatsächlich?«, antwortete Essie gleichgültig. Immerhin war

es tröstlich zu wissen, dass Miss Talbot aufgrund ihres Verhaltens als Countess nicht infrage kam.

»Aber ja. Normalerweise seid Ihr ja unverkennbar.«

»Danke. Ach, ist das nicht dasselbe Kleid, das Ihr schon beim Ball der Cumberworths getragen habt?«

»Was? Natürlich nicht!« Miss Talbots Wangen färbten sich rot. »Das hier ist ganz anders. Seht, es ist mit Spitze.«

»Ach, dann habe ich mich geirrt. Die Kleider sehen einander einfach so ähnlich.«

»Miss Craven?« In diesem Moment kam Mr Aloysius Talbot dazu, seine Begeisterung übertraf die seiner Schwester etwa um ein Zehnfaches. »Ich schwöre, ich habe Euch im ersten Moment gar nicht erkannt. Kann ich Euch eine Erfrischung bringen? Limonade vielleicht?«

»Nein, danke. Ich habe dem Limonadetrinken abgeschworen.« Aus dem Augenwinkel entdeckte sie Aidan, der auf der obersten Treppenstufe der Terrasse stand. »Wenn Ihr mich jetzt entschuldigen würdet, ich muss meinen Verlobten begrüßen.«

Sie deutete einen Knicks an und überquerte dann den Rasen. Ihr fiel auf, dass Aidans Blick zunächst über sie hinwegglitt und dann blitzartig zu ihr zurückkehrte.

»Essie?« Er starrte sie sekundenlang an, dann kam er die Treppe hinunter. »Ihr seht ...«

»Anders aus? Ja, das habe ich jetzt schon mehrmals gehört.«

»Das wollte ich nicht sagen.« Er griff nach ihrer Hand, drückte die Lippen sanft gegen ihre Fingerknöchel. Einen Moment lang verharrten sie dort, er sah ihr in die Augen, dann runzelte er die Stirn und machte rasch einen Schritt rückwärts. »Also, hier bin ich, wie verabredet. Und jetzt?«

»Jetzt …« Sie erschrak selbst ein bisschen darüber, dass ihre Stimme etwas quiekte. »Jetzt gehen wir eine Runde durch den Garten, und ich erkläre Euch, welche Möglichkeiten es gibt.«

»So, dann gehen wir wieder spazieren?« Er seufzte, aber in seinen Augen lag ein belustigtes Glitzern.

»Ich fürchte, ja.«

»Wer hätte gedacht, dass man so viel zu Fuß gehen muss, um sich eine Frau zu suchen? Nun gut. Führt mich, Miss Craven.«

»Verdammt sei, wer zuerst ruft: Halt, genug!«, erwiderte sie munter.

»Shakespeares *Macbeth*. Eins meiner Lieblingsstücke.«

Sie lächelte, dann gingen sie los, einen der Gartenwege hinunter. Überrascht bemerkte sie, dass Aidan die Hände hinter seinem Rücken verschränkte, anstatt ihr den Arm anzubieten. Aus irgendeinem Grund schien er entschlossen, einen halben Meter Abstand zu ihr zu halten. »Wie geht es Eurem Rücken?«, fragte sie.

»Wenn Ihr danach fragt, ob ich mich davon erholt habe, Euch gestern durch ganz Mayfair getragen zu haben, dann ja, es scheint so. Ich habe meinen schmerzenden Muskeln gestern ein ausführliches Bad gegönnt und mir geschworen, Euch niemals wieder ohne eine Garnitur Ersatzkleidung irgendwohin zu begleiten.« Er warf einen Blick in Richtung Themse. »Wir sollten heute am besten ein bisschen Abstand vom Wasser halten. Ich habe vor einigen Augenblicken ein gefährlich aussehendes Teichhuhn gesehen.«

»Ich habe mir von Caro schon genügend Vogelwitze angehört, vielen Dank auch.« Essie reckte die Nase in die Luft. »Und wenn Ihr mich gestern nicht getragen hättet, dann würdet Ihr jetzt meinen Ellbogen in den Rippen spüren. So, wenn Ihr jetzt die Güte hättet, Eure Aufmerksamkeit nach links zu richten, dann würdet Ihr dort Lady Phoebe Lestrange entdecken. Sie ist die im weißen Kleid.«

»Ich sehe fünf Damen in weißen Kleidern.«

»Die Blondine, aber nicht die Blondine mit den Löckchen, sondern die mit dem Haarknoten.«

»Verstanden.«

»Als Nächstes, zu Eurer Rechten, die mit den schwarzen Haaren, das ist Miss Selina Birtwhistle. Ihr erinnert Euch an den Schwan, von dem ich geredet habe? Ihr Kleid sieht weiß aus, aber in Wirklichkeit ist es blau, ein sehr helles Blau.«

»Ich werde es mir merken.«

»Und dann ist da noch Miss Alicia Culpepper, aber die sehe ich jetzt nicht ...« Sie wippte auf den Fersen und wandte den Kopf hin und her, um den Garten abzusuchen. »Ach, sie sitzt dort in dem Boot, mit Mr Jagger und Caro. Wir müssen warten, bis sie wieder an Land kommen, dann könnt Ihr euch Miss Alicia näher ansehen.«

»Ich würde lieber mit ihr reden.« Er runzelte die Stirn. »Macht Mr Jagger Eurer Cousine etwa den Hof?«

»Wenn er das bislang nicht gemacht hat, dann sicher von jetzt an. Sie hat offenbar eine durchschlagende Wirkung auf Männer.« Essie zupfte ihn am Ärmel. »Also, jetzt mal so ganz spontan, welche gefällt Euch besser, Lady Phoebe oder Miss Selina? Aber denkt daran, von Miss Selina werdet Ihr Euch eine Menge sentimentaler Arien anhören müssen.«

»Ganz spontan meine ich, mich erinnern zu können, dass ich gesagt habe, mir gefallen Dunkelhaarige besser.«

»Dann also Miss Selina. Allerdings hat auch Miss Culpepper braune Haare.«

»Da ich mich bei der Wahl meiner Ehefrau letztendlich nicht nach der Haarfarbe richten werde, ist es eigentlich auch gleichgültig.«

»Aber Ihr ... oh!« Sie hielt vor einer Lücke in einer Hecke an. »Ist hier das, was ich denke?«

»Ja, wenn Ihr denkt, dass das hier ein Labyrinth ist. Sogar ein ziemlich gutes, wenn ich mich von meinem letzten Besuch her richtig erinnere.«

»Das macht vielleicht Spaß. Los, wir machen ein Wettrennen und treffen uns mittendrin!«

»Sind wir nicht schon mittendrin in etwas ...?«

»Ihr geht nach rechts und ich nach links!«

»Das ist nicht besonders fair, weil ich ...«

»Los!«

Sie sauste los, den linken Pfad hinunter, und überzeugte sich mit einem Blick über die Schulter davon, dass Aidan sich auch wirklich in die Gegenrichtung bewegte. Schnell hob sie ihre Röcke bis zu den Knien an und rannte, landete zuerst in einer Sackgasse, dann in einer weiteren, dann wandte sie sich um, rannte zurück und versuchte es auf einer anderen Strecke. Und dann auf noch einer anderen. Und auf noch einer. Einige Wege waren eng und dunkel, andere breit und luftig, einige waren von Paaren besetzt, die Essie nicht stören wollte, aber schließlich erreichte sie die Mitte, keuchend, außer Atem und ganz offensichtlich zu spät. Aidan war schon da, hatte sich auf einer Steinbank ausgestreckt, einer seiner Füße hing über den Rand, den anderen stützte er auf den Boden.

»Na, habt Ihr es doch noch geschafft?« Er wandte sich um und lächelte träge. »Ich habe gerade ein Nickerchen gemacht.«

»So lange seid Ihr doch noch gar nicht da.« Sie sah sich beeindruckt um.

Die Mitte des Labyrinths war von schmiedeeisernen Rankgittern umgeben. Efeuranken bildeten in den Ecken eine laubbedeckte Kuppel. Was für ein schöner Ort, um sich hinzusetzen und zu lesen! Leider hatte sie kein Buch dabei.

»Ich habe mich schon gut ausgeruht.« Er stellte den anderen Fuß auf den Boden und setzte sich auf. Sonnenlicht sprenkelte seine dunklen Locken und verlieh ihnen einen bläulichen Schimmer. »Wisst Ihr, Ihr habt in diesem Wettkampf einen wichtigen Punkt vergessen.«

»Und der wäre?«

»Ich kenne das Labyrinth schon von früher.«

»Oh.« Sie ließ sich neben ihm auf der Bank nieder, fächelte sich Luft zu. »Ihr habt recht. Daran hätte ich denken müssen. Jetzt bin ich erhitzt und durchgeschwitzt.«

»Ich glaube, man sagt eigentlich ›Meine Wangen sind attraktiv gerötet‹.«

»Gut, dann sind meine Wangen attraktiv gerötet, und ich schwitze, obwohl meine Tante sagen würde, dass eine Lady überhaupt nicht schwitzen darf.«

»Sie darf das Wort ›schwitzen‹ nicht einmal aussprechen.«

»Wie ist das bei Gentlemen?« Sie neigte ihren Kopf seitlich und schnupperte. »Dürfen die schwitzen?«

»Riecht Ihr etwa an mir?« Er klang gleichzeitig erschrocken und amüsiert.

»Nur ein bisschen.« Sie wandte das Gesicht hastig wieder ab.

Ehrlich gesagt roch er gut, eine Kombination aus Bergamotte und Moschus und etwas anderem, das einfach irgendwie … er selbst war. Was Düfte betraf, so war der seine überraschend wirksam: Ihr Herz vollführte einen kleinen Sprung in ihrer Brust, als würde ein Vogel losfliegen. Oder einen Purzelbaum schlagen. Oder beides.

»Und?«

»Ihr riecht … gut. Gar nicht verschwitzt.«

»Ihr auch.« Er schob sein Gesicht näher an das ihre, sodass der Vogel noch weitere akrobatische Kunststücke vollführte, als wolle er durch ihre Kehle fliehen.

Attraktiv gerötete Wangen waren eine Sache, aber als sie seinen Atem auf ihrem Gesicht spürte, fühlte sich plötzlich ihr ganzer Körper schweißfeucht an. »Nach Rosenwasser.«

»Das sind nur meine Haare. Das Mädchen meiner Großmutter meinte, ich sollte sie damit spülen.«

Seine Schulter stieß leicht gegen die ihre. »Gefällt mir.«

Essie öffnete den Mund, um etwas zu sagen, musste jedoch feststellen, dass sie es nicht konnte. Die Luft schien zu schwer, zu belastet mit einem unausgesprochenen Gefühl, das jedes Gespräch verhinderte. Offenbar erging es ihm genauso, denn beide verharrten vollkommen reglos, als wäre die Zeit stehen geblieben und sie wären die einzigen Menschen im Labyrinth oder im Garten oder vielleicht sogar auf der ganzen Welt. Sie war sich ihres eigenen Herzschlags nur allzu bewusst, des Dufts nach Bergamotte in ihren Nasenflügeln, des leichten Drucks von seinem Arm gegen den ihren. Sie hatte so ein Gefühl, als würde sie nie wieder Bergamotte riechen können, ohne an diesen Moment hier zu denken. Diesen intensiven, pulsbeschleunigenden Moment. Sie fixierte ihren Blick auf eine Wespe, die neben ihnen am Rankgitter emporkroch, und wagte es nicht, den Kopf zu wenden, um nicht etwas ganz Verrücktes zu tun. Etwas, das sämtliche Pläne und Ziele für ihre Zukunft zunichtemachen würde – aber ein Teil von ihr war versucht, es zu tun. Ein größerer Teil, als sie erwartet hätte.

»Wunderschön.« Endlich drang seine Stimme in ihre Gedanken, allerdings war sie tiefer und heiserer als sonst. »Das wollte ich vorhin eigentlich sagen. Nicht, dass Ihr anders ausseht. Dass Ihr wunderschön ausseht.«

»Oh.« Ihr Kopf schien sich von selbst zu wenden, sie sah ihm einen Moment lang in die Augen, dann glitt ihr Blick hinunter zu seinem Mund. Ihr war noch gar nicht aufgefallen, dass seine Oberlippe voller war als die Unterlippe. Außerdem sah sie verführerisch weich aus. Wie sie sich wohl anfühlte? Sie konnte es erfahren, wenn sie sich jetzt einfach nur vorbeugte und ihre eigene darauf presste ...

»Gefunden!«

In diesem Moment preschte ein kleiner Junge um die Hecke herum, dicht gefolgt von zwei Kameraden.

»Gut gemacht!«

Essie sprang auf die Füße, als wären die Ankömmlinge kleine, mit Schwertern fuchtelnde Räuber.

»Entschuldigung, Miss.« Der erste Junge blieb so ruckartig stehen, dass er beinahe hingefallen wäre. »Entschuldigung, Sir.«

»Da ist irgendwo eine Statue.« Der zweite Junge sah weniger Anlass, sich zu entschuldigen. Sein rotes Gesicht glühte vor Begeisterung. »Wir müssen sie finden, damit wir beweisen können, dass wir die Mitte erreicht haben!«

»Sie ist hier drüben!« Der dritte Junge kämpfte sich bereits durch den Efeu. »Es ist ein Amor!«

»Stimmt.« Essie sah genau hin. Die Statue hielt einen Bogen in der Hand. Sein Pfeil war direkt auf die Bank gerichtet, auf der sie gerade mit Aidan gesessen hatte.

»Da ist auch ein Spruch eingraviert«, fuhr der dritte Junge fort. »*Die Liebe siehet durch die Phantasie, nicht durch die Augen, und deswegen wird der goldbeschwingte Amor blind gemalt.* Bäh.«

»Shakespeare«, murmelte Essie. »*Ein Sommernachtstraum.*«

»Dafür hat sich die Suche nicht gelohnt.« Alle drei Jungs sahen vollkommen unbeeindruckt aus.

»Meint ihr nicht?« Aidans Blick fing sich wieder in ihrem. Eine neue Intensität lag darin. »Das könntet ihr später vielleicht einmal anders sehen.«

※

»Es wird aber auch Zeit, dass du wieder auftauchst.« Die Witwe schoss an einem der Tische mit den Erfrischungen auf sie zu.

»Tut mir leid, Granny.« Essie setzte ein Lächeln auf, versuchte, sich nicht anmerken zu lassen, wie erschüttert sie war.

»Ich weiß genau, wo du warst und mit wem. Was glaubst du denn, wer diese Kinder hinter euch hergeschickt hat?«

»Was? Wir haben nur geredet!«, verteidigte sich Essie, aber ihr war unangenehm bewusst, dass sie ihrer Großmutter dabei nicht in die Augen sehen konnte.

»Es zählt nicht, was ihr getan oder nicht getan habt. Es geht darum, was die Leute sich vorstellen. Das macht mir Sorgen, vor allem unter diesen Umständen.«

»Unter welchen Umständen?« Sie erstarrte. Etwas im Tonfall ihrer Großmutter beunruhigte sie.

»Ich mag ja alt sein, meine Liebe, aber ich habe Augen und Ohren, und ich glaube, du spielst womöglich ein sehr gefährliches Spiel.«

»Ich weiß nicht, was du meinst.«

»Natürlich nicht.« Ihre Großmutter verdrehte die Augen, dann wandte sie sich wieder um und ließ ihren Blick über den Garten schweifen. »Zum Glück für dich bin ich mit deiner Cousine erst recht unzufrieden.«

»Caro? Aber sie macht doch nie etwas falsch.«

»Außer dass sie die vergangene Stunde mit diesem Mann verbracht hat.«

»Mr Jagger?« Essie blinzelte, noch ein bisschen verdutzt, aber auch erleichtert darüber, dass sie nicht mehr im Mittelpunkt des großmütterlichen Interesses stand.

»Magst du ihn nicht?«

»Das ist wiederum nicht das Thema. Es hat nichts mit Mögen zu tun – ich traue ihm nicht. Das ist ein Frauenheld, wie er im Buche steht.«

»Nun, jetzt ist Caro ja nicht mehr bei ihm. Sie redet mit Mr Dormer.«

»Ich weiß. Ich habe mich darum gekümmert, bevor du an der Reihe warst. Mr Dormer ist ein wesentlich passenderer Gentleman. Nur der zweite Sohn eines Viscounts, aber er hat ein ganz ansehnliches Vermögen, anders als Mr Jagger. Soviel ich gehört habe, ist der in ganz London verschuldet. Insgesamt ist es ein sehr ärgerlicher Abend.«

»Tut mir leid, Granny.«

»Es sieht so aus, als hätte dein Verlobter inzwischen eine andere junge Dame gefunden, mit der er sich unterhalten kann.«

»Ja?« Essie folgte dem Blick ihrer Großmutter und stellte fest, dass Aidan mit Lady Phoebe plauderte. Er plauderte nicht nur, er lachte. Genau das hatte sie ihm geraten, rief sie sich in Erinnerung, auch wenn der Anblick sie dazu brachte, nach einem Erdbeertörtchen zu greifen.

»Ihre Mitgift beträgt sechzigtausend Pfund. Erheblich mehr, als du hast«, murmelte ihre Großmutter. »Aber das wusstest du ja schon, nicht wahr, meine Liebe?«

# Kapitel 13

»Was ist los?« Caros Stimme durchdrang erstickt die dicke Schicht Bettdecken, die Essie sich dicht über den Kopf gezogen hatte. »Warum bist du nicht zum Frühstück nach unten gekommen?«

»Ich fühle mich nicht gut.« Langsam steckte Essie ihren Kopf unter dem Rand ihres Quilts hervor und blinzelte schmerzlich, als das grelle Tageslicht in ihre Augen fiel. »Ich glaube, ich habe gestern zu viele Erdbeertörtchen gegessen.«

»Davon ist dir bis jetzt noch nie schlecht geworden.«

»Ich habe drei hintereinander verspeist. Oder sogar vier. Und ein Stück Kümmelkuchen. Und mehrere Macarons.« Sie wälzte sich auf die Seite und legte sich wimmernd die Arme um den Bauch. Sie erinnerte sich undeutlich daran, dass auch ein Blätterteigkuchen im Spiel gewesen war. Am schlimmsten aber war, dass sie keinen Bissen geschmeckt hatte.

»Warum fahren wir heute Morgen nicht in den Park?« Caro rieb ihr mitleidig die Schulter. »Das muntert dich doch immer auf.«

»Tut es nicht, heute jedenfalls nicht. Ich möchte einfach nur hier liegen und jammern.«

»Was ist mit dem Gartenfest der Lockharts heute Nachmittag?«

»Keine Gartenfeste mehr. Die sind ungesund für mich.«

»Also, das Fest von gestern hat mir gut gefallen«, sagte Caro. »Dein Mr Jagger ist sehr unterhaltsam.«

»Er ist nicht mein Mr Jagger, und Granny sagt, ihm ist nicht zu trauen.«

»Das dachte ich anfangs auch, aber dann war er wirklich charmant.« Caro saugte an ihrer Unterlippe und gab sie dann mit einem ploppenden Geräusch wieder frei. »Allerdings hat er ein paar wirklich schlimme Sachen gesagt. Wusstest du, dass Lady Phoebe letzte Woche einen Antrag von Sir Reginald Wolstonescroft ausgeschlagen hat? Sylvester sagt, sie hat das gemacht, weil sie in den Sekretär ihres Vaters verliebt ist, aber ich hoffe, es stimmt nicht, weil sie ihn ja niemals heiraten dürfte.«

»Wirklich?« Essie vergaß ihre Magenschmerzen sofort und setzte sich auf. Das war ja jetzt interessant. Lady Phoebe hatte gar nicht ausgesehen wie eine Frau, die in einen anderen Mann verliebt war, als sie mit Aidan geredet hatte. Vor allem wenn man bedachte, wie oft sie bei diesem Gespräch ihre Haare um ihre Finger gedreht hatte, mindestens dreimal in der Minute über eine volle halbe Stunde hinweg. Aber andererseits, wie sah eine Frau aus, die verliebt war? Vielleicht sollte sie Aidan über dieses Gerücht informieren, nur für den Notfall?

Kaum war ihr dieser Gedanke gekommen, ließ sie sich schon wieder in ihre Kissen sinken. Was für ein Mensch wäre sie denn, wenn sie skandalöse, wahrscheinlich unwahre Gerüchte über eine andere Debütantin verbreitete? Und selbst wenn sie der Wahrheit entsprachen, Aidan wäre es vermutlich gleichgültig. Er hatte deutlich gesagt, dass ihn an einer Ehefrau nur das Vermögen interessierte. Vielleicht störte es ihn gar nicht, wenn ihr Herz einem anderen gehörte. Es war ein zutiefst deprimierender Gedanke.

»Vielleicht sollte ich einen Arzt rufen.« Caro legte eine Hand auf Essies Stirn. »Du bist gar nicht du selbst.«

»Ich weiß.«

»Hast du schon darüber nachgedacht, dass vielleicht nicht nur die Erdbeertörtchen der Grund sind?«

»Ich habe keine Ahnung, was du meinst.«

»Doch, hast du.« Caro presste die Lippen zusammen. »Vielleicht änderst du allmählich deine Meinung über deinen Earl. Ihr wart ja ziemlich lange zusammen im Labyrinth.«

»Es war ein Labyrinth! Ich habe mich verlaufen. Und natürlich mag ich ihn. Er ist viel netter, als ich anfangs dachte.«

»Ja und?«

»Dass ich ihn mag, heißt noch lange nicht, dass wir heiraten sollten. Du weißt, wie ich dazu stehe.«

»Gut, aber er hat die ganze Zeit Ausschau nach dir gehalten, während er mit den anderen Debütantinnen geredet hat«, wandte Caro ein. »Ich glaube wirklich, dass er dich mag. Und ich weiß, dass du so störrisch bist wie ein Esel, aber vielleicht solltest du dir darüber Gedanken machen, wie sehr du ihn ebenfalls magst, bevor es zu spät ist und er eine andere heiratet.«

»Ich muss mir über gar nichts Gedanken machen.« Essie hob den Kopf, nur um Caro finster anzusehen. Allein der Gedanke, dass sie ihre Meinung ändern sollte – lächerlich! Auch wenn ihr gar nicht nach Lachen zumute war. Auch wenn die Mischung aus zu viel Kuchen und einem Gefühl, von dem sie sich die ganze Nacht lang nicht hatte eingestehen wollen, dass es Eifersucht war, sie fast die ganze Nacht wach gehalten hatte. Ihr ganzer Protest fühlte sich jetzt wesentlich weniger überzeugend an als noch vor zwei Tagen. Und sie war vollkommen selbst schuld. Sie hätte seine Einladung in Gunters Café niemals annehmen dürfen. Süßes hatte einen schlechten Einfluss auf sie.

Caro beugte sich über sie und senkte ihre Stimme zu einem Flüstern.

»Du solltest ihn vielleicht küssen.«

»Caro!«

»Nur um zu erfahren, wie es sich anfühlt. Es gefällt dir vielleicht.«

Essie starrte ihre sonst so anständige und wohlerzogene Cousine fassungslos an.

»Heißt das, dass du jemanden geküsst hast?«

Der schamhafte Ausdruck in Caros Gesicht war Antwort genug.

»Du hast!«

»Nur ganz kurz, aber ich habe viel daraus gelernt.«

»Caroline Arabella Foyle, wer war es?«

»Komm aus dem Bett und ich verrate es dir vielleicht.«

»Ich kann nicht. Ich fühle mich wirklich nicht gut.«

»Dann mache ich jetzt einen Ausflug und du musst einfach hierbleiben und weiterrätseln.« Caro hüpfte zur Tür. »Soll ich dir etwas hochbringen lassen? Tee?«

»Nein. Ich werde einfach hier liegen bleiben, während mir der Kopf schwirrt.«

»Wie du willst, dann verpasst du eben alles.«

»Es war Mr Dormer, oder? Sag, dass er es war.«

Caro hob die Schultern, eine nach der anderen, in einer merkwürdig gewundenen Bewegung. »Ich bin in einer Stunde zurück, falls du deine Meinung in Bezug auf das Gartenfest änderst.«

Essie starrte lange auf die Tür, hinter der ihre Cousine verschwunden war. Sie hatte das ungute Gefühl, dass sie irgendwo im Laufe dieses Gesprächs etwas Wichtiges verpasst hatte.

※

»Steh auf! Du hast Besuch.«

»Hm? Was?« Essie zwang sich, wieder die Augen zu öffnen, und ihr Blick fiel auf ihre Großmutter, die am Fuß ihres Bettes stand, zehnmal so laut wie Caro und tausendmal schwieriger abzuwimmeln. »Wer ist es denn?«

»Dein Verlobter.«

»Aidan? Jetzt?« Sie stützte sich auf die Unterarme und schüttelte den Kopf, um wach zu werden. »Was will er denn?«

»Ja, ja und ich habe keine Ahnung.«

»Wie spät ist es denn? Sollte er nicht bei diesem Gartenfest sein?«

»Es ist drei Uhr, und ich habe keinen Überblick über seine Termine, meine Liebe.«

»Aber warum bist du nicht dort? Caro wollte doch hin?«

»Sie wollte hin und sie ist auch dort. Lady Talbot hat angeboten, sie unter ihre Fittiche zu nehmen.«

»Igitt.«

»Ich stimme dir zu, ihre Tochter hat ziemlich scharfe Klauen. Aber wie dem auch sei, unten wartet ein Earl auf dich.«

»Ich bin unpässlich.«

»Ehefrauen dürfen unpässlich sein. Debütantinnen nicht. Also, soll ich dich an den Füßen nach unten schleifen, oder schaffst du es, dich aufzuraffen?« Die Augen der Witwe blitzten bedrohlich. »Ich kann schmollende Damen nicht ertragen.«

»Ich schmolle nicht.«

»Unpässlich sein ist das Gleiche wie schmollen. Ich habe in meinem Leben nicht einen Tag lang geschmollt.«

»Ich raffe mich auf.«

»Das freut mich zu hören, vor allem weil ich für uns heute Abend etwas Besonderes organisiert habe. Ich dachte, es würde dir gefallen, wenn wir in die Drury Lane fahren.«

»Ins Theater?« Essie sprang aus dem Bett und verschränkte die Hände. »Ach, danke schön! Nirgendwo würde ich lieber hingehen!«

»Gut.« Ihre Großmutter begutachtete sie kritisch. »Allerdings muss ich zugeben, dass du ein bisschen kränklich aussiehst. Ich werde die Köchin bitten, heute Abend Hühnerbrühe zu kochen. Kein Dessert. Meine Güte, sieh dir deine Haare an. Darin könnten Vögel ihre Nester bauen.«

»Aidan interessiert sich nicht für Haare«, verkündete Essie zuversichtlich. Sie schlüpfte mit den Armen in ihr blaues Seidenkleid, dann erhaschte sie einen Blick auf ihr Spiegelbild. »Hm … gut, ich sollte mir vielleicht doch schnell die Haare bürsten.«

»Tu das. Zwischenzeitlich beglücke ich ihn ein bisschen mit Gesprächen über das Wetter. Bitte hab Mitleid mit dem armen Mann und beeil dich.«

»Ich tue, was ich kann.« Essie setzte sich vor ihre Frisierkommode und zerrte mit zusammengebissenen Zähnen eine Bürste durch ihre verfilzten Strähnen. Obwohl es eigentlich gleichgültig war, wie sie für Aidan aussah. Vielleicht kamen Caros

Worte inzwischen der Wahrheit etwas näher als noch vor einer Woche, aber sie waren immer noch meilenweit von der Realität entfernt. Wie sollte sie denn Aidan für sich selbst haben wollen, wo sie immer noch die besten Absichten hatte, ihm eine Ersatzcountess zu suchen? Bestimmt kam er heute nur deswegen zu Besuch – er wollte ihr mitteilen, dass er sich bereits verlobt hatte. Das würde erklären, warum er nicht zum Gartenfest der Lockharts gegangen war. Und gestern hatte er doch so viel Zeit mit Lady Phoebe verbracht ...

Bevor sie richtig nachdenken konnte, stieß sie ihre Füße in ein Paar Pantoffeln und rannte die Treppe hinunter, nahm dabei zwei Stufen auf einmal. Das Gefühl, das auf gar keinen Fall Eifersucht sein konnte, brodelte dabei so heftig in ihr auf, dass sich ihr Magen beinahe umdrehte.

»Ach, hier ist sie ja.« Ihre Großmutter sah sich um, als Essie sehr unelegant in den Salon stürmte. »Wir haben gerade darüber geredet, ob es am Donnerstag wohl regnen wird. Komm, trink ein Tässchen Tee, meine Liebe, wenn es dir möglich ist.«

»Fühlt Ihr Euch nicht gut?« Aidan erhob sich sofort, in seiner Miene stand Sorge.

»Es geht mir besser, seit ich geschlafen habe.« Sie warf ihrer Großmutter einen vielsagenden Blick zu und griff nach der Teekanne. Beim Anblick der Kekse auf dem Teller daneben zuckte sie leicht zusammen. »Ich bin mir sicher, es ist nichts Ernstes.«

»Ich muss unbedingt mit der Köchin über diese Suppe reden.« Die Witwe stand praktisch im selben Moment auf, in dem Essie sich setzte. »Entschuldigt mich, Denholm.«

»Selbstverständlich, Lady Makepeace.«

»Ich habe nicht damit gerechnet, Euch heute zu sehen.« Essie hob die Tasse an die Lippen und verbrühte sich sofort die Zunge. »Ich hätte gedacht, Ihr wärt bei den Lockharts.«

»Das habe ich auch gedacht, aber heute Morgen sind ganz unerwartet meine Schwester und meine Mutter in London eingetroffen. Ich habe sie erst in zwei Wochen erwartet. Tatsächlich bin ich aus diesem Grund hier.«

»Ach so?« Sie spürte, dass sich ihr Magen sofort ein bisschen beruhigte. Also noch keine Verlobung …

»Genau genommen bin ich gekommen, um Euch zu warnen. Ich fürchte, meine Mutter möchte ein Abendessen für uns ausrichten.« Er rieb sich mit der Hand über den Nacken. »Um unsere Verlobung zu feiern.«

»Aha.«

»Und da wir ja offiziell noch verlobt sind …«

»Ja. Verstehe.« Sie vergaß, wie heiß der Tee war, und verbrühte sich erneut. »Das ist sehr freundlich von ihr, besonders nach meinem Benehmen in Redcliffe. Diese ganzen Kopfschmerzanfälle, meine ich.«

»Ich habe mein Bestes getan, um sie davon abzuhalten, aber sie ist wild entschlossen.«

»Nun, dann …« Essie hob die Schultern. »Vielleicht wäre ein Abendessen ja ganz in Ordnung? Ich esse ja gern. Normalerweise.«

»Ihr hättet nichts dagegen?« Er musterte sie neugierig. »Ich habe daran gedacht, stattdessen einen Ausflug in die Vauxhall Gardens zu unternehmen. Ihr solltet sie auf jeden Fall einmal besuchen, solange Ihr in der Stadt seid.«

»Vauxhall?« Vor Aufregung riss Essie die Augen weit auf. Ja, sie wollte diesen Vergnügungspark unbedingt besuchen, auch wenn das bedeutete, dass sie noch mehr Zeit mit Aidan verbringen würde – und eine innere Stimme sagte ihr, das sei keine besonders gute Idee, vor allem jetzt, wo sie doch einen Ersatz für sich finden wollte … obwohl in den Vauxhall Gardens doch bestimmt auch Kandidatinnen anzutreffen waren? »O ja, das ist eine viel bessere Idee. Das würde mir sehr gut gefallen.«

»Gut. In diesem Fall – wie wäre es nächsten Freitag? Wir können von Westminster aus ein Boot nehmen. Eure Cousine und Eure Großmutter sind selbstverständlich auch eingeladen.«

»Ich bin mir sicher, sie werden sich sehr freuen!« Sie lächelte herzlich. »Was ist mit Eurer Schwester? Werde ich sie dann auch kennenlernen?«

»Nun, was das betrifft …« Er zögerte, und es klang so, als suche er nach den richtigen Worten. »Verzeiht mir, aber mir wäre es lieber, wenn Ihr sie nicht treffen würdet. Sie freut sich unbändig darauf, Euch kennenzulernen, aber angesichts unserer Pläne … ich möchte nicht, dass sie allzu enttäuscht ist, wenn wir alles beenden.«

»Oh. Ja. Ich verstehe.« Sie fühlte sich merkwürdig ernüchtert. »Natürlich. Durchaus verständlich. Ich freue mich trotzdem darauf.«

»Ich ebenso.«

Einige Augenblicke lang herrschte verlegenes Schweigen. Dann räusperte sie sich. »Also. Wie gefiel Euch Lady Phoebe? Ich hatte den Eindruck, dass Ihr Euer Gespräch mit ihr gestern sehr genossen habt.«

Aidans fröhlicher Gesichtsausdruck schien erst zu erstarren und dann zu verblassen. Stattdessen bildete sich eine Falte zwischen seinen Augenbrauen. »Ja, sie war sehr nett.«

»Zur Countess geeignet?«

»Zweifellos.«

»Habt Ihr viele Gemeinsamkeiten gefunden?«

»Soweit ich mich erinnere, bezog sich unsere Konversation mehr auf allgemeine Themen.«

»Was ist mit Miss Selina?«

»Unglücklicherweise hatten wir keine Gelegenheit, uns zu unterhalten.« Er stellte seine Teetasse ab. »Nun, wenn Ihr mich entschuldigen würdet, es gibt da einige geschäftliche Angelegenheiten, denen ich mich widmen muss.«

»So schnell?«

»Ich fürchte, ja.«

»Wartet!« Sie hob eine Hand.

»Ja?«

»Ich …« Essie starrte auf ihre Finger, unschlüssig, was sie sagen sollte. »Nichts. Ich habe es vergessen.«

Er neigte den Kopf, seine Gesichtszüge wurden eine Spur sanfter. »Dann bis nächsten Freitag.«

»Werde ich Euch vorher gar nicht mehr sehen? Ich meine, bis dahin ist es noch mehr als eine Woche und wir müssen doch noch über andere Kandidatinnen reden.«

»Ich glaube, mir reicht die Auswahl vorerst.« Ein Schatten fiel über sein Gesicht. »Ich hoffe, Ihr fühlt Euch bald besser, Essie.«

Sie nickte, wartete, bis seine Schritte verklungen waren, dann stellte sie ihre eigene Teetasse ab, warf sich aufs Sofa und vergrub ihr Gesicht in den Kissen.

Ungefähr fünf Stunden später ließ Essie eine Orange in ihren Schoß fallen und legte die Unterarme auf ein ledergepolstertes Balkongeländer, um besser auf die Menge unter sich herabsehen zu können. Das Theatre Royal war größer als jeder Ballsaal und jeder Konferenzraum, den sie jemals betreten hatte. Er war in kräftigen Braun- und Goldtönen ausgemalt. Vor der Bühne hingen schwere Goldbrokatvorhänge und an jeder Seite standen blattgoldverzierte Säulen. Auch die Zahl der Zuschauer war eindrucksvoll. Zum Glück hatte ihre Großmutter für den Abend eine Loge reserviert und ihnen auf diese Weise einen perfekten Ausblick sowohl auf die Bühne wie auch das Gedränge im Zuschauerraum gesichert.

Caro studierte das Programm. »*Der Kaufmann von Brügge*«, murmelte sie.

»Hm.« Die Großmutter wirkte enttäuscht. »Ich gestehe, ich hatte auf etwas Blutrünstigeres gehofft, aber es sollte reichen. Heute tritt eine neue Schauspielerin auf, soweit ich weiß. Hannah irgendetwas. Jetzt, wo Mrs Siddons sich zurückgezogen hat, suchen alle Theater eine neue Heldin.« Sie musterte Essie streng. »Komm nur nicht auf irgendwelche Ideen!«

Essie grinste. »Aber wäre es nicht wundervoll? Hast du Mrs Siddons jemals gesehen?«

»O ja, und ich muss sagen, sie war tatsächlich wundervoll. Manche Zuschauer sind in ihren Vorstellungen sogar in Ohnmacht gefallen. Einmal habe ich in *Hamlet* beinahe geweint. Es ist schwer, sich jemanden vorzustellen, der ihren Platz einnehmen kann.«

»Vielleicht, weil du noch nie gesehen hast, wie ich spiele?«

»So, habe ich das nicht? Außerdem besteht das Leben im

Theater nicht immer nur aus Beifall. Denk an Dorothea Jordan. So ein komisches Talent! Eine hervorragende Schauspielerin, bis sie …« Die Witwe richtete ihren Blick nach oben, als würde sie zwischen den Balken nach dem richtigen Wort suchen, »sich mit dem Duke of Clarence anfreundete.«

»Anfreundete?«

»Nun, eng genug, um ein Haus voller Kinder von ihm zu bekommen. Und dann, vor fünf Jahren, hat er sie wegen einer reichen Braut verlassen und ihr verboten, jemals wieder auf die Bühne zu gehen. Es heißt, sie lebt nun in einer Pension in Paris, die arme Frau.«

»Nun …« Essie hob ihre Ellbogen vom Geländer und fing an, ihre Orange zu schälen. »Ich würde sagen, die Moral von der Geschichte ist, dass man sich nicht mit Männern anfreunden sollte. Schon gar nicht mit Herzögen.«

»Berühmte letzte Worte, meine Liebe.«

»Meint ihr, wir könnten nach der Vorstellung hinter die Bühne gehen und mit den Schauspielern reden?«

»Ganz bestimmt nicht!«

»Aber …«

»Ganz bestimmt nicht. Nur Gentlemen dürfen hinter die Bühne, und in der Regel geht es ihnen nicht nur darum, die Schauspieler zu ihrer Darbietung zu beglückwünschen. Manche Dinge stehen nun einmal außer Diskussion.«

»Ach, na gut.« Essie wandte sich nach ihrer Cousine um. »Du bist heute Abend so still. Denkst du immer noch an das Fest bei den Lockharts?«

»Hm?« Caro zuckte ein wenig zusammen. »Nein, natürlich nicht.«

»Es wäre ja nicht schlimm, wenn das so wäre. War Mr Dormer auch da?«

»Ja.«

»Und?«

»Und nichts. Er war da, das ist alles.«

»Aber hast du …?« Sie hielt die Luft an, gab das Fragen auf, denn nun hob sich plötzlich der Vorhang, und das Stück fing an. Es war, in Essies ehrfürchtigen Augen, absolut faszinierend. Die Dialoge waren geistreich. Das Bühnenbild fantasievoll. Die Schauspieler genial. Zu Essies Ärger schien das restliche Publikum jedoch weniger in den Bann gezogen. Höchstens die Hälfte der Menschen verfolgte das Stück überhaupt aufmerksam. Es war weniger eine Vorstellung als eine Hintergrundbelustigung.

»Warum unterhalten sich die Leute denn?«, zischte sie Caro gegen Ende des zweiten Aktes zu. »Ich konnte diese Schlussrede kaum verstehen.«

»Granny sagt, viele Leute kommen nur hierher, um sich zu treffen.«

»Aber das Stück ist so gut! Sie beleidigen die Schauspieler!«

»Vielleicht kennen sie es nicht anders.«

»Und der da ist am schlimmsten!« Sie richtete ihren wütenden Blick auf einen Mann im Graben unter ihnen. Sein Gesicht konnte sie von oben nicht sehen, nur seine Haare, aber er gab sich nicht die geringste Mühe, seine Stimme zu senken. Er lachte sogar während eines besonders dramatischen Monologs, als der Bettlerkönig in die Knie sank und sein verlorenes Königreich betrauerte …

»Jemand sollte ihm eine Lektion erteilen!« Sie griff nach einem Stück Orangenschale und zielte.

»Essie, nicht!« Caro versuchte sie am Handgelenk zu packen, aber es war zu spät. Die Schale segelte bereits durch die Luft und traf den Mann zielgenau im Nacken.

»Wie konntest du nur!« Caro rutschte von ihrem Sitz auf den Boden.

»Er hat es nun mal verdient, egal wer es ist. O...oje.«

»Was ist?«

»Es ist Mr Jagger.«

»Mr Jagger?« Carols Kopf tauchte wieder auf. »Ist er wütend?«

»Genau genommen lacht er nur.«

»Weißt du, für jemanden, der sich ärgert, wenn Leute das Schauspiel stören, kriegst du das selbst ziemlich gut hin.«

Essie blinzelte verwirrt. Diesen scharfen Ton kannte sie von Caro gar nicht. Sie sah auch anders aus, presste die Lippen so zusammen, dass sie Essie erschreckend an Tante Emmeline erinnerte. »Es tut mir leid. Ich sage bis zum Ende des Stücks kein Wort mehr, versprochen.«

※

»Darf ich es wagen, einzutreten?« Mr Jaggers lächelndes Gesicht erschien hinter dem Vorhang auf der Rückseite der Loge. Es war gerade Pause. »Oder muss ich damit rechnen, dass man mich mit faulen Eiern bewirft?«

»Es war nur eine Orangenschale, und Ihr seid vollkommen sicher, solange Ihr während der Vorstellung nicht mehr redet.« Essie reckte herausfordernd das Kinn. »Andernfalls könnte es sein, dass Euch ein Schuh trifft.«

»Gnade mir Gott.« Er hielt die Hände hoch. »Ihr habt natürlich vollkommen recht. Ich war entsetzlich unhöflich, und ich komme, um meine ehrerbietigste Entschuldigung darzubringen. Zu meiner Entlastung sei erwähnt, dass ich vorhin ein umwerfend frivoles Gerücht gehört habe und mir nicht verkneifen konnte, es weiterzugeben.« Seine Augen glitzerten. »Damit kommen wir zum Grund meines Besuchs.«

»Wir interessieren uns nicht für Klatsch.«

»Wie langweilig von Euch!« Er wandte sich an Caro. »Ich bin sicher, Miss Foyle hat Interesse, nicht wahr, Miss Foyle?«

»Mr Jagger!«, unterbrach ihn ihre Großmutter. »Wenn Ihr etwas Skandalöses zu berichten habt, dann kommt her und setzt Euch zu mir. Meine Enkelinnen sind junge Damen.«

»Es wäre mir eine Ehre, Mylady, aber soll ich uns nicht allen erst einmal ein Glas Champagner besorgen? Um mein scheußliches Benehmen wiedergutzumachen?«

»Ich frage mich, wie groß die Flasche dafür sein müsste. Aber Ihr seid auch zu spät dran.« Die Witwe zeigte auf mehrere Gläser auf dem Tablett, das neben ihr stand. »Was Champagner betrifft, so werdet Ihr feststellen, dass ich mich großzügig ausgestattet habe.«

»Lady Makepeace?« Ein anderes Gesicht tauchte zwischen den Vorhängen auf. »Darf ich wohl hereinkommen und Euch meine Aufwartung machen?«

Die Witwe nickte. »Ihr dürft.«

»Mr Dormer.« Essie grüßte ihn, während Caro vollständig stumm blieb. »Wie schön, Euch wiederzusehen! Gefällt Ihnen die Vorstellung?«

»Sehr! Die Schauspieler sind heute Abend in besonders guter Form. Und jetzt dreht Euch nicht um, aber habt Ihr gesehen, wer in der Loge gegenüber sitzt?« Er lachte, weil sie sofort den

Kopf wandte. »Maria Kemble persönlich. Sie und ihr Mann stehen normalerweise auf der Bühne des Covent-Garden-Theaters, aber heute sehen sie sich wohl die Konkurrenz an.«

»Oh, das ist ja großartig. Mein Cousin Felix hat mir von ihr erzählt. Sie ist so elegant und vornehm!« Essie seufzte glücklich. Endlich jemand, der genauso begeistert war wie sie. »Geht Ihr oft ins Theater?«

»So oft ich kann.«

»Und was ist mit dem Earl?« Sie spähte an ihm vorbei auf den Vorhang. »Ist er auch hier?«

»Leider nicht. Aus irgendeinem Grund scheint er das Theater in dieser Saison zu meiden.«

»Oh.« Sie unterdrückte ein Gefühl der Enttäuschung. »Also, lasst hören, welche Stücke mögt Ihr am liebsten?«

»Shakespeares geschichtliche Dramen, ohne Zweifel. Vor allem *Henry V*.«

»Wen interessiert schon die Geschichte?« Mr Jagger, der inzwischen seinen Klatsch an die Großmutter weitergegeben hatte, rückte sich hinter Essies Rücken einen Stuhl heran. »Ich persönlich ziehe Liebesgeschichten vor. *Romeo und Julia*, *Troilus und Cressida*, *Antonius und Cleopatra*. Darin steckt viel mehr Leidenschaft.«

»Es überrascht mich, dass Ihr überhaupt etwas davon hört.« Essie hob die Augenbrauen.

»Ein Punkt für Euch.« Er beugte sich vor, während Mr Dormer sich neben Caro setzte, und flüsterte ihr ins Ohr: »In diesem Fall sollte ich vielleicht während der zweiten Hälfte hierbleiben, sodass Ihr mich im Auge behalten könnt?«

Essie erstarrte, kämpfte gegen den Drang, von ihm abzurücken. Mr Jaggers Atem im Nacken fühlte sich nicht im Entferntesten so an wie Aidans. Der Schauer, der sie überlief, war ganz anderer Natur. Ihr fiel auf, dass auch Mr Dormer in ihre Richtung sah, mit einem sorgenvollen Ausdruck in seinem sonst so fröhlichen Gesicht. Sie spürte einen plötzlichen Impuls, sich zu verteidigen, ihn zu bitten, Aidan nichts davon zu erzählen, auch wenn nichts Schockierendes vorgefallen war, was man hätte weitererzählen können. Sie unterhielt sich mit einem Bekannten über das Stück, sonst nichts. Unglücklicherweise hatte sie die schreckliche Ahnung, dass sie die zweite Hälfte der Vorstellung nicht annähernd so genießen würde wie die erste.

# Kapitel 14

»Wo bist du gewesen?« In dem Moment, in dem Essie durch die Eingangstür des großmütterlichen Hauses trat, kam Caro aus dem Morgensalon angeschossen, dicht gefolgt von einer eifrigen Mildred.

»In Hatchards Buchladen.« Essie legte einen Stapel ledergebundene Bände auf den Tisch im Korridor ab und trat dann zur Seite, sodass ihre Zofe das Gleiche tun konnte. »Danke, Sarah. Jetzt geh und ruh deine Arme aus. Ich werde dich heute Nachmittag nicht mehr belästigen, versprochen.« Sie lächelte dankbar, dann wandte sie sich wieder Caro zu. »Ich habe dir das beim Frühstück gesagt.«

»Ich habe nicht damit gerechnet, dass du den ganzen Morgen wegbleibst.«

»Ich konnte mich nicht losreißen. Ach, du hast bestimmt gedacht, ich bin woanders, oder?« Essie bückte sich und kraulte Mildreds Ohren. »Ist Granny schon zurück?«

»Nein! Und dabei hat sie versprochen, um zwölf wieder da zu sein.«

»Sie hat gesagt, sie würde eine alte Freundin besuchen. Bestimmt haben sie die Zeit vergessen.«

»Es ist schon fast Besuchszeit!«

»Und?«

»Und wir dürfen allein keine Besucher empfangen.«

»Dann müssen wir einfach sagen, wir sind nicht zu Hause.« Essie grinste. »Das wollte ich schon immer einmal sagen.«

»Aber ich will nicht nicht zu Hause sein!« Caro stampfte wütend mit dem Fuß auf. »Das ist so unfair!«

»Warum macht dir das so viel aus?« Essie neigte den Kopf und fragte sich, wer diese verspannte Fremde war, die da vor ihr stand, und was sie mit ihrer echten Cousine angestellt hatte? »Ist irgendetwas los? Oder erwartest du einen speziellen Besucher?«

»Nein.« Zwei rote Flecken leuchteten auf Caros Wangen auf. »Ich finde einfach nur, es ist rücksichtslos von euch beiden, euch zu verspäten. Ich musste ganz allein mittagessen.«

»Dann tut es mir leid. Ich hatte keinen Hunger, aber ich hätte an dich denken sollen.« Essie spreizte entschuldigend die Finger. »Jedenfalls bin ich jetzt hier und übrigens siehst du sehr hübsch aus. Ich habe dich noch nie mit Löckchen gesehen.«

»Danke.« Caro drehte sich auf den Fersen um und ging zurück in den Morgensalon, setzte sich ans Klavier und fing an zu spielen. Ihre langen Finger flogen so schnell über die Tasten, dass sie kaum anzuhalten schienen.

»Also ... was hast du so gemacht?« Essie folgte ihr, beugte sich über die Rückseite des Instruments.

»Was meinst du?«

»Heute. Du kannst dir doch nicht seit dem Frühstück nur Locken gemacht haben.«

»Natürlich nicht. Ich bin spazieren gegangen.« Caro erwiderte ihren Blick. »Ich habe ein Mädchen mitgenommen.«

»Ja, natürlich.« Essie verdrehte die Augen. »Sogar ich kenne diese Regel inzwischen.«

»Also, wohin bist du gegangen?«

»Nur um den Platz und in den Park. Ich habe frische Luft gebraucht.«

»Hast du jemanden getroffen?«

»Einige unserer Bekannten, ja.«

»Mr Dormer vielleicht?«

»Warum verhörst du mich?« Caro drehte sich auf ihrem Stuhl um. »Vor allem, wo du dich eigentlich umziehen müsstest.«

»Ich habe gedacht, ich bleibe so, wie ich bin.« Essie entfernte sich vom Klavier und legte sich auf das Sofa. »Uff«, machte sie, als Mildred sofort auf ihren Bauch sprang.

»Aber du trägst ein Ausgehkleid«, beharrte Caro.

»Na und? Mich besucht ja doch keiner.«

»Der Earl vielleicht.«

»Das bezweifle ich. Als wir letztes Mal miteinander geredet haben, hat er gesagt, wir sehen uns erst nächste Woche.« Sie seufzte und streichelte Mildreds Kopf. »Ich habe noch nie einen so deprimierten Hund gesehen. Granny kommt wieder, keine Sorge.«

»Das Tier ist mir den ganzen Tag um die Füße gelaufen.«

»Nichts zu machen. Granny sagt, Mildred will nicht mit der Kutsche fahren.«

»Ich wünschte, sie würde es probieren. Ich konnte mich kaum bewegen. Die ganze Zeit hat sie um meine Aufmerksamkeit gebettelt.«

Essie legte schützend einen Arm um Mildred. Jetzt stand es endgültig fest. Mit Caro stimmte etwas nicht. Caro war normalerweise das gutmütigste Wesen, das sie kannte. »Die da sind schön.« Essie zeigte auf eine Vase mit roten Rosen auf dem Kaminsims. »Ist einer deiner Verehrer endlich über Rosa hinausgekommen?«

»Ja.« Caros Stimme ging in den Klaviertönen beinahe unter, als sie wieder zu spielen begann.

»Darf ich fragen, wer es ist?«

»Ich weiß nicht. Ich habe die Karten durcheinandergebracht.«

»Das ist ja schade.«

»Ja.«

»Caro …« Essie wechselte einen vielsagenden Blick mit Mildred. »Ist alles in Ordnung?«

»Absolut.«

»Weil, wenn nicht oder wenn dich irgendetwas belastet, ich bin hier, du kannst mit mir reden. Du kannst auch gerne schimpfen. Ich weiß, in letzter Zeit hat sich alles dauernd nur um mich gedreht.« Sie verstummte erwartungsvoll. »Ich meine, du stehst doch bestimmt unter heftigem Druck.«

»Warum?«

»Na, wegen alldem hier. Die Saison. Dass man von dir erwartet, einen Ehemann zu finden.«

Caros Klavierspiel wurde langsamer. »Es ist nicht so, wie ich es mir vorgestellt habe. Ich hätte nicht gedacht, dass es so verwirrend ist.«

»Was meinst du?«

Es gab noch einmal eine lange Pause, dann ruhten Caros Finger ganz. »Ich weiß einfach, dass meine Eltern von mir erwarten, eine gute Partie zu machen, und ich weiß, dass ich ihnen verpflichtet bin. Aber was ist, wenn mein Herz mir etwas anderes sagt?«

»Wenn dein Herz dir vom Marquess of Bazley abrät, dann hör darauf. Ich verbiete dir, ihn zu heiraten. Ich werde noch während der Hochzeit Einspruch erheben, wenn es sein muss.«

»Danke, aber es geht ja nicht nur um ihn.« Caro lächelte und sah beinahe wieder so aus wie zuvor. »Ich lebe wohl schon zu lange mit dir zusammen, weil ich jetzt darüber nachdenke, was ich selbst eigentlich will. Was ist mit …« Sie verstummte und sprang auf die Füße, denn es war zu hören, dass die Haustür aufging.

»Aua!«, jaulte Essie, als Mildred ihren Bauch als Sprungbrett benutzte und über den Boden schoss. »Ich glaube, Granny ist zu Hause.«

»Natürlich bin ich zu Hause!« Die Witwe erschien in der Tür. Mildred hielt sie schon im Arm wie ein Neugeborenes. »Ich habe gesagt, um eins bin ich da, und hier bin ich.«

»Du hast zwölf gesagt.« Jetzt klang Caros Stimme wieder weinerlich.

»Habe ich? Nun, egal, jetzt bin ich wieder da, nicht wahr, meine kleine-feine allerliebste Süße?«

»Warum sind wir nicht deine kleinen-feinen allerliebsten Süßen?« Essie zog die Augenbrauen hoch.

»Manche Positionen muss man sich erst verdienen, meine Liebe. Quill?« Die Witwe legte den Kopf in den Nacken und rief laut über die Schulter. »Tee!«

»War das Treffen mit deiner Freundin schön?«

»Sehr angenehm, danke.« Die Witwe wandte sich rasch zu Caro um. »Du siehst heute besonders bezaubernd aus, meine Liebe. Wunderschön, genau genommen. Zweifellos werden deine zahlreichen Verehrer jeden Moment erscheinen.«

»Hoffentlich nicht der Marquess of Bazley«, warf Essie ein. »Du wirst Caro nicht zwingen, ihn zu heiraten, nicht wahr, Granny?«

»Ganz bestimmt nicht. Dieser Mann war zu meiner Zeit ein widerlicher junger Lustmolch und jetzt ist er ein widerlicher alter Lustmolch. Wenn er dich auch nur mit einem Finger berührt, hacke ich ihm die Hand ab. Und andere Körperteile gleich mit. Ach so, bevor ich es vergesse, wir dinieren heute im Haus von Sir William Keaton und seiner Frau. Er ist ein schrecklicher Langweiler, aber sie war eine gute Freundin von Emmeline, als sie jung waren. Nehmt zur Kenntnis, dass sie zwei Söhne im heiratsfähigen Alter haben. Einer davon ist ganz erträglich, allerdings kann ich mir nie merken, welcher von ihnen das ist.«

»Müssen wir heute Abend unbedingt ausgehen?«, stöhnte Essie.

»Ja. Übrigens hat Lady Keaton erwähnt, dass auch Mr Jagger anwesend sein wird. Ich würde dir ernsthaft raten, dich nicht wieder so von ihm in Beschlag nehmen zu lassen wie im Theater.«

»Das war nicht meine Schuld.«

»Nein, aber es wäre ungünstig, wenn jetzt Gerüchte entstehen würden. Das Beste wäre, wenn du ihm ganz aus dem Weg gehst.«

»In diesem Fall sollte ich vielleicht hierbleiben, um sicherzugehen? Ich habe einen Stapel neue Bücher, und du weißt, wie einsam Mildred sich fühlt. Wir könnten Käse essen und einen Ball werfen und zusammen die kleinen-feinen allerliebsten Süßen sein.«

»Das ist äußerst aufmerksam von dir, meine Liebe. Doch ich habe die Einladung schon angenommen. Ah!« Die Witwe wandte den Kopf, als es an die Tür klopfte. »Hier kommen Caros Verehrer, allen voran …« Sie verstummte und wartete, bis die Tür zum Salon aufging. »Mr Dormer. Was für eine Freude.«

---

»Mögt Ihr Schnupftabak, Miss Craven?«

»Wie bitte?« Essie, die gerade eine Spargelstange auf die Gabel spießte, erstarrte. Hätte sie nur hartnäckiger darauf gedrängt, mit Mildred zu Hause bleiben zu dürfen! Das Dinner bei den Keatons zog sich schier endlos in die Länge. Man hatte sie zwischen einen älteren Soldaten, der den ganzen Abend noch kein Wort gesagt hatte, und Jonathan Keaton, den älteren der beiden Keaton-Brüder, gesetzt. Jonathan Keaton verfügte über ein hübsches Gesicht und eingeschränkte Gesprächsthemen. Sie hatten schon zwanzig Minuten lang über die Tischdekoration und die Suppe geredet und waren dann in vollständiges Schweigen versunken. Und es fehlten noch zehn Gänge!

»Schnupftabak.« Mr Keatons Augen funkelten plötzlich vor Begeisterung. »Mögt Ihr so etwas? Ich sammle Tabakdosen, wisst Ihr. Vierundzwanzig beim letzten Zählen.«

»Wie interessant.« Sie hob den Spargel zum Mund und blinzelte sehnsüchtig hinüber auf die andere Tischseite, wo Caro zwischen Mr Samuel Keaton und Mr Jagger saß. Worüber auch immer sie redeten, es konnte nur interessanter sein als Schnupftabak. Ja, das war es ganz bestimmt, zumindest Caros Miene nach zu urteilen. Ihre schlechte Laune schien sich schlagartig in Luft aufgelöst zu haben.

»Viele Leute denken, Schnupftabakdosen sind einfach nur praktische Behälter, aber sie sind viel mehr als das, kann ich Euch sagen. Es gibt sie in allen Formen und Größen. Die meisten sind rechteckig oder oval, muss ich zugeben, aber ich habe eine in Form eines Schuhs.« Mr Keaton lachte. »Ein Schuh! Könnt Ihr Euch das vorstellen!«

»Es fällt mir schwer.«

Er rückte seinen Stuhl näher an den ihren heran und senkte vertraulich die Stimme. »Ich habe eine aus purem Gold, aber die meisten sind natürlich aus Lack oder Elfenbein oder Perlmutt. Meine Lieblingsdose ist aus Silber mit Smaragden. Sie hat vier Fächer!«

»Nicht zu glauben.«

»Vielleicht möchtet Ihr Euch meine Sammlung später ansehen? Es wäre mir eine Ehre, sie Euch zu zeigen.«

»Oh.« Essie griff nach einer weiteren Spargelstange. Wenn Mr Keaton von einem Thema begeistert war, dann war er offenbar wirklich begeistert. »Vielleicht nach dem Kaffee.«

»Kaffee?« Mr Keaton schmunzelte. »Ich rühre das Zeug nicht an. Passt nicht zu Schnupftabak, wisst Ihr.«

Essie lächelte höflich. Was für ein Jammer, dass ihr der Abend mit Mildred entgangen war! Sie beide hätten jetzt neben dem Kamin auf dem Sofa kuscheln und dabei eine Tasse heiße Schokolade beziehungsweise eine Schüssel Wasser genießen können.

»Sammelt Ihr auch etwas, Miss Craven?«

»Hm? Oh. Nein.« Sie schüttelte den Kopf. »Leider nicht, außer man zählt auch Bücher dazu. Jedes Buch von oder über Shakespeare. Ich finde sein Werk unglaublich faszinierend.«

»Tatsächlich?« Ihr Tischnachbar betrachtete sie erstaunt. »Eine Lady, die gern liest. Wie außergewöhnlich.«

»Viele Frauen lesen gern, glaubt mir. Habt Ihr einen Lieblingsautor?«

»Ich habe kürzlich eine hervorragende Abhandlung über den gesundheitlichen Nutzen von Schnupftabak gelesen. Er ist hervorragend für die Verdauung, wisst Ihr.«

»Ich denke, wir müssen uns darauf einigen, dass ich anderer Meinung bin. Ich kannte einmal einen Mann, der so viel Schnupftabak genommen hat, dass seine Nase davon ganz blau wurde und eine Hälfte seines Gesichts ...«

»Kopfschmerzen vor allem«, redete Mr Keaton einfach weiter, ohne sie zu beachten.

»Ach, tatsächlich?« Sie knirschte mit den Zähnen. Er hörte ihr überhaupt nicht zu! »Vielleicht sollte ich gleich welchen nehmen.«

»Meine liebe Miss Craven!« Mr Keaton wirkte hocherfreut. »Nichts würde mir mehr Freude bereiten, aber während des Essens nimmt man keinen. Es wäre eine Beleidigung für den Koch, wisst Ihr. Wartet, bis wir uns in den Salon zurückziehen.«

»Wie verlockend.« Essie rückte unmerklich ein bisschen ab. Was tat Aidan wohl in diesem Moment? Wahrscheinlich saß er mit seiner Mutter und seiner Schwester beim Abendessen. Und redete vermutlich nicht über Schnupftabak. Sie hatte noch nie bemerkt, dass er auch nur eine Prise genommen hätte ... vielleicht dachte er über die Kandidatinnen nach. Vielleicht hatte er sich schon entschieden. Vielleicht redete er gerade mit ihr, wer auch immer sie war, jetzt in dieser Minute. In diesem Fall würde er ihren Ausflug nach Vauxhall doch bestimmt absagen …? Sie blinzelte, als etwas Helles vor ihren Augen aufblitzte. Als sie den Blick hob, stellte sie fest, dass Mr Jagger seine Gabel so hielt, dass sie das Licht einer Kerze in ihr Gesicht spiegelte. Als er ihren Blick auffing, grinste er kurz und verdrehte die Augen, dann widmete er seine Aufmerksamkeit wieder Caro.

Sie runzelte die Stirn und warf einen Seitenblick auf ihren Tischnachbarn. Mr Keaton wirkte niedergeschmettert.

»Ach, ich sehe schon, meine Schnupftabakdosen interessieren Euch nicht wirklich.«

»Ganz im Gegenteil!« Das schlechte Gewissen kniff Essie. »Ich würde gern mehr darüber hören.«

»Ihr braucht nicht höflich zu sein. Die meisten jungen Damen interessieren sich nicht dafür.«

»Ich schon. Ehrlich. Ich erfahre immer gern etwas Neues. Und jetzt, wo ich darüber nachdenke – die Queen nimmt gern Schnupftabak, nicht wahr?«

»O ja, in der Tat, sie ist eine größere Expertin als ich.«

»Dann befindet Ihr Euch ja in allerbester Gesellschaft. Aber jetzt sagt mir, wie viele Schnupftabakfläschchen besitzt Ihr?«

»Ihr kennt Schnupftabakfläschchen?« Er zuckte zusammen.

»O ja, mein Onkel hat eine in seinem Studierzimmer.«

»Großartiger Mann! Also, Miss Craven.« Mr Keaton lächelte scheu. »Ich bin überglücklich, dass man mich heute Abend neben Euch gesetzt hat. Ich finde solche Anlässe recht anstrengend. Manchen Menschen fällt es leicht, ein Gespräch zu führen, aber ich habe immer das Gefühl, etwas Falsches zu sagen.«

»Ich weiß genau, was Ihr meint.« Essie sah sich verstohlen in der Tischrunde um. »Ehrlich gesagt wollte ich meine Großmutter davon überzeugen, dass ich eigentlich besser zu Hause bleiben und Käse essen sollte.«

»Käse?« Mr Keaton hielt buchstäblich die Luft an. »Also, das ist jetzt noch ein Thema, über das ich stundenlang reden könnte.«

»Dann sitzt Ihr eindeutig neben der Richtigen!« Essie legte ihr Besteck schwungvoll auf den Tisch. »Also, wenn Ihr Euch einen aussuchen dürftet, welchen würdet Ihr wählen? Einen Somerset Cheddar, einen Derbyshire Stilton oder einen Yorkshire Wensleydale?«

## Kapitel 15

»Ich habe fantastische Dinge über Euch gehört!«, flüsterte Aidan Essie ins Ohr, als sie aus der Jolle aufs Festland kletterten.

»Und das überrascht Euch?« Lächelnd hakte sie sich bei ihm ein, als sie die Steinstufen in Angriff nahmen, die von der Südseite der Themse zu den Vauxhall Gardens führten. Es fühlte sich leicht an. Natürlich. Und ihr fiel auf, wie sehr sie ihn in der vergangenen Woche vermisst hatte. »Was habt Ihr denn gehört?«

»Es war ein bisschen kurios, ehrlich gesagt. Vor ein paar Tagen saß ich in meinem Club und war mit mir selbst beschäftigt, als einer der Keaton-Brüder auf mich zukam, um mir mitzuteilen, was für ein Glückspilz ich sei. Offensichtlich trifft man nicht alle Tage auf einen zweiten begeisterten Käseesser.«

»Oh.« Essie lachte. »Man hat uns letzte Woche bei einem Abendessen nebeneinandergesetzt. Wir hatten eine kleine Meinungsverschiedenheit, was Schnupftabak anging, aber in unserer Liebe zum Käse waren wir uns einig. Am Ende habe ich mich bestens unterhalten.«

»Nun, Ihr seid ein großartiges junges Ding und ich bin ein verdammt beneidenswerter Kerl, hat er mir erklärt.«

»Stimmt doch. Wusstet Ihr, dass er vierundzwanzig Schnupftabakdosen besitzt?«

»Jetzt weiß ich es, darunter sogar eine ...«

»... in der Form eines Schuhs!«, unterbrach sie. »Er hat sie mir nach dem Essen sogar gezeigt und sie war ganz hübsch.«

»Gut, dann weiß ich ja schon, was ich für Euch besorgen muss, falls ich jemals ein Geschenk brauche.« Aidan schmunzelte. »Übrigens, es ist schade, dass Miss Foyle sich uns heute Abend nicht anschließen konnte. Eure Großmutter sagt, sie hat Kopfschmerzen?«

»Na ja. Das hat Caro zu uns gesagt, aber sie hat sich irgendwie merkwürdig benommen, als würde sie gern noch etwas anderes sagen.« Essie runzelte die Stirn. Ihre Cousine hatte nicht auffällig krank gewirkt, als sie ihnen mitgeteilt hatte, sie würde zu Hause bleiben, aber ihre Augen hatten auffällig geglänzt, als wäre sie aus irgendeinem Grund aufgeregt. »Aber wahrscheinlich bilde ich mir etwas ein. Es ist so ein Jammer, dass sie diesen Abend verpasst. Ich weiß, dass sie Vauxhall unbedingt besuchen wollte.«

»Wir können ja ein andermal hierherkommen, wenn Ihr lieber nach Hause fahren und Euch um sie kümmern wollt?«

»Und meiner Großmutter erkläre ich, dass sie gerade für nichts und wieder nichts eine halbe Stunde auf einem Boot verbracht hat? Sie würde uns beiden den Hals umdrehen«, schnaubte Essie. »Aber danke für das nette Angebot.«

Er drückte ihren Arm. »Ich bin mir sicher, Eure Großmutter wäre gar nicht gekommen, wenn sie sich ernsthaft Sorgen um den Gesundheitszustand von Miss Foyle gemacht hätte.«

»Wahrscheinlich nicht. Oh!« Essie blieb ruckartig stehen und riss die Augen auf.

Die gewaltigen schmiedeeisernen Tore von Vauxhall standen

offen, und dahinter erstreckte sich ein langer Spazierweg, gesäumt von Privatlogen, Pavillons und Hunderten von Bäumen, die alle mit Laternen in den unterschiedlichsten Farben geschmückt waren. Es sah aus, als sei hier ein Märchen Wirklichkeit geworden.

»Das ist wunderschön!« Es hatte einige Sekunden gedauert, bis Essie ihre Stimme wiederfand.

»Es ist sehr voll«, knurrte ihre Großmutter.

»Es ist immer voll«, stimmte die Countess of Denholm zu. »Es heißt, einmal seien an einem Abend zwanzigtausend Menschen hier gewesen.« Sie legte eine Hand auf Aidans anderen Arm. »Ich habe dir das nie erzählt, aber dein Vater hat mir hier einen Antrag gemacht. Er hatte meinen Vater bereits um seine Genehmigung gebeten, mir den Hof zu machen, also wusste ich schon, was auf mich zukam, aber es war trotzdem sehr romantisch.«

»Ich würde an deiner Stelle lieber nicht genauer nachfragen.« Essies Großmutter zwinkerte ihr zu. »Die Grotten hier sind berüchtigt. Sein Vater hat sich ja vielleicht mit voller Absicht einfangen lassen, aber viele Männer sind auf diesen Wegen hier schon in die Falle getappt und haben spontan Heiratsanträge ausgesprochen. Wo wir gerade beim Thema sind, die Countess und ich haben nicht die Absicht, Euch beiden den ganzen Abend wie zwei Wachhunde auf den Fersen zu bleiben. Mylord …« Sie wandte sich an Aidan, »… ich hoffe, ich kann mich darauf verlassen, dass Ihr Euch ehrenhaft benehmt. Ich habe kein Interesse an einem Skandal, jedenfalls nicht in meiner eigenen Familie.«

»Dann verspreche ich Euch, keinen auszulösen.« Er verbeugte sich. »Wenn ich Miss Craven zurückbringe, wird ihr Ruf noch immer untadelig sein.«

»Gut. In diesem Fall treffen wir uns in einer Stunde in unserer Loge. Wenn Ihr zu spät kommt, fangen wir ohne Euch an zu essen.« Sie schüttelte leicht den Kopf. »Allerdings muss ich sagen, dass die Männer in meiner Zeit ein bisschen forscher waren.«

Essie sah zu, wie die beiden älteren Damen davongingen. Sie wartete, bis sie außer Hörweite waren, dann kicherte sie los.

»Wollte Eure Großmutter gerade sagen, ich sei schüchtern?« Aidans Stimme klang gekränkt. »Jetzt weiß ich gar nicht, was sie von mir erwartet. Soll ich mein Versprechen halten oder euch hinter einem Baum verführen …?«

»Aidan!«

»Das Wort stammt von Euch, oder etwa nicht?« Er grinste. »Und außerdem war es eine rein theoretische Frage. Wir suchen ja immer noch nach einem Ersatz für Euch, soweit ich weiß.«

»Ja.« Essie lächelte krampfhaft weiter, obwohl sich ihr bei diesem Gedanken schon wieder der Magen zusammenkrampfte. Das ergab eine merkwürdige Gefühlsmischung, denn gerade eben hatte auch nur die Erwähnung von Verführung ein merkwürdiges Kribbeln ausgelöst. »Das heißt, wenn Euch keiner meiner bisherigen Vorschläge zusagt?« Sie wartete ab, aber es schien keine Antwort zu kommen. »Gefällt Euch denn eine von ihnen?«

»Ich weiß es noch nicht.«

»Ich frage ja nur, weil uns die Zeit davonläuft. Meinem Zeitplan zufolge hättet ihr jetzt schon einer von ihnen einen Antrag machen müssen.«

»Und ich habe gesagt, ich lasse mich nicht drängen. Ich werde unsere Verlobung schon noch rechtzeitig auflösen, keine Sorge.«

»Also, Caro sagt, dass Miss Merriwell heute Abend hier sein müsste.«

»Merriwell.« Er nickte langsam, als müsse er diese Information irgendwo ablegen. »Was muss ich über sie wissen?«

»Ihr Vorname ist Dorothea, und sie hat rötliche Haare, grüne Augen und eine Mitgift von fünfzigtausend Pfund, dazu noch ein Jagdhaus in Schottland. Caro meint, sie sei sehr nett, aber andererseits findet Caro jeden nett.«

»Und was meint Ihr?«

»Ich?« Essie biss sich auf die Unterlippe. Sie war Miss Merriwell anlässlich des Balls im Haus der Cumberworths vorgestellt worden. Sie hatte einen ganz freundlichen Eindruck gemacht. Soweit sie sich erinnern konnte, hatte sie auch keine bösartigen Nebenbemerkungen über Essies Kleid gemacht. Dennoch – bei der Vorstellung, sie könnte Aidan heiraten, wurde ihr ganz mulmig. »Ich bin mir nicht sicher.«

»Gibt es dafür einen besonderen Grund?«

»Es ist nur so ein Gefühl.« Bei diesen Worten hatte sie ein etwas schlechtes Gewissen. »Aber Ihr müsstet wohl persönlich mit ihr reden, dann sehen wir, was Ihr denkt.«

»Ich denke, dass es wahrscheinlich unmöglich ist, in diesem Gedränge jemanden zu finden. Was haltet Ihr davon, wenn wir wieder einmal einen Spaziergang machen?«

»Noch einen?« Sie verdrehte spielerisch die Augen.

»Ich weiß. Wenn sonst nichts herauskommt, dann hatten wir in dieser Saison wenigstens genügend Bewegung.«

Arm in Arm streiften sie eine Weile durch den Park. Vor einem Pavillon blieben sie stehen. Hier war ein ganzes Orchester im Halbkreis um eine blendend schöne rothaarige Sopranistin aufgebaut. Eine Reihe von Gentlemen lungerte um die Wände des Pavillons herum, buchstäblich mit heraushängender Zunge bestaunten sie sowohl den Anblick der Sängerin als auch den Gesang selbst. Weiter hinten balancierte ein Seiltänzer in einem hellrot-blau karierten Kostüm über ein zwischen zwei Bäumen aufgespanntes Seil, während zwei ebenso gekleidete Jongleure darunter ihre Tricks zeigten. Es folgten ein Feuerschlucker und eine Gruppe von Akrobaten, die schwankend einer auf den Schultern des anderen standen. Die Atmosphäre glich jener auf einem Jahrmarkt – lebhaft, bunt und aufregend.

»Hier herrscht ein so freier Geist!«, seufzte Essie glücklich. »Ich habe meine Meinung geändert. Ich will gar nicht mehr in Gunters Café leben, ich hätte viel lieber hier eine kleine Hütte.«

»Ich werde sehen, was sich tun lässt.«

»Aber warum sehen uns so viele Leute an?« Sie neigte ihren Kopf näher gegen seinen. Die ganze Umgebung hatte sie so in Anspruch genommen, dass sie es lange nicht bemerkt hatte, aber tatsächlich zogen sie jede Menge interessierte Blicke auf sich.

»Hm? Oh.« Aidan wirkte ein bisschen verlegen. »Offenbar sind wir beide eine ziemliche Attraktion geworden.«

»Wir beide? Im Ernst?« Sie starrte ihn verblüfft an. »Ich meine, ich kann mir ja vorstellen, dass Ihr eine Attraktion seid, immerhin seht Ihr gut aus, seid ein Earl und alle denken, Ihr seid reich, aber was mich betrifft …«

»Ihr seid eine Schönheit, die mit einem Earl verlobt ist, und außerdem seid Ihr tatsächlich reich.«

»Zwei von drei Aussagen sind korrekt. Aber eine Schönheit bin ich nicht.«

»Ich möchte Widerspruch einlegen. Ihr seid wirklich wunderschön. Ihr wolltet anfangs nur nicht, dass es jemand sieht.«

»Ich bin überhaupt nicht ...«

»Essie!« Seine Stimme klang verzweifelt. »Jetzt nehmt doch dieses verdammte Kompliment einfach an!«

»Oh ... also gut. Danke schön.«

Sie wandte den Kopf ab, um ihre brennenden Wangen zu verbergen, aber sie konnte ihr Lächeln nicht unterdrücken, als sie vom Hauptweg abbogen und mehreren gewundenen Pfaden zwischen akkurat geschnittenen Hecken, klassischen Skulpturen und schmalen, plätschernden Bächen folgten. Es war, als spaziere man mitten durch ein Märchen. Sie trug sogar ihr Lieblingskleid von jenen, die ihre Großmutter ausgesucht hatte – eines aus blassapfelgrüner Seide mit kurzen Puffärmeln und einem tiefen Ausschnitt, der mit einem silbernen Netz, ähnlich einem durchsichtigen Spinnennetz, überzogen war. Sie fühlte sich darin wie eine Waldnymphe. Allerdings wäre Aidan in diesem Fall ein Satyr ...

»Wie groß ist diese Anlage hier denn?« Sie verdrängte das Bild von Aidan als gehörntem Tier aus ihrer Vorstellung.

»Mehrere Hektar, glaube ich.«

»Oje. Dann haben wir keine Chance, Miss Merriwell zu finden.«

»Auch nicht schlimm.« Er zuckte mit den Schultern, wirkte vollkommen unbeeindruckt. »Sie kichert sowieso zu viel.«

»Heißt das, Ihr habt sie schon kennengelernt?«

»Wir sind einander vorgestellt worden.«

»Also, wieso habt Ihr mir das nicht gleich gesagt, bevor ich Euch etwas von Jagdhütten erzählt habe?«

»Ich wollte Euch nicht das Gefühl geben, Eure Nachforschungen wären sinnlos gewesen.« Er drückte leicht seinen Arm gegen ihren. »Wir können den Abend doch trotzdem gemeinsam genießen, oder?«

Sie schluckte nervös. Sie fürchtete sich ja gerade davor, den Abend zu genießen. Die beiden letzten Abende mit Aidan hatte sie schon viel zu sehr genossen. Allerdings war Genuss nicht unbedingt das richtige Wort für das, was sie in diesem Moment empfand. Sie war plötzlich angespannt, zittrig, als hätte sie mehrere Tassen starken Kaffee getrunken, und alle ihre Sinne arbeiteten auf höchster Alarmstufe, rechneten damit, dass gleich etwas passieren würde. Sie war sich jeder Zuckung, jedes Kribbelns in ihrem Körper bewusst und davon gab es gerade eine ganze Menge. Allein wenn sein Arm den ihren streifte, passierten in ihrem Inneren die merkwürdigsten Dinge, als würden alle ihre inneren Organe im Takt zum Klang der Flöten und Geigen und der wunderbaren Sopranstimme in der Ferne tanzen.

»Essie?« Aidan blieb plötzlich stehen, als sie ein kleines Wäldchen erreicht hatten, hielt er ihre Hand fest, als sie sich von seinem Arm lösen wollte. »Wäre es denn wirklich so schrecklich, mit mir verheiratet zu sein? Ich gebe zu, wir hatten keinen guten Start, aber ich mag Euch. Viel mehr, als ich erwartet habe. Viel mehr als jede dieser Kandidatinnen. Ich weiß, wir hatten uns auf etwas anderes geeinigt und Ihr möchtet gern etwas ganz anderes im Leben tun, aber ... wäre es denn wirklich so schlimm?«

»Ich ...« Aus irgendeinem Grund konnte sie nur flüstern.

»Ich mag Euch auch. Ja, wenn ich überhaupt ans Heiraten denken würde, dann würde ich mich für Euch entscheiden, aber ...«

»Sagt nicht Aber.« Er trat einen Schritt näher. »Tanzt einfach mit mir.«

»Was?« Sie sah sich um. »Aber hier tanzt sonst niemand.«

»Es ist mir ganz egal, was die anderen Leute machen.«

»Aber es ist ein Walzer. Ich habe immer noch keine Erlaubnis von den Almacks ...«

»Die Almacks können mir den Buckel herunterrutschen.« Der Blick seiner blauen Augen war unbeirrt. »Tanzt mit mir, Essie.«

Sie schnappte nach Luft. Die Härchen auf ihren Armen und in ihrem Nacken stellten sich auf – einerseits aus Schreck über seine Wortwahl, andererseits deswegen, weil er so dicht vor ihr stand. Sie hatte das Gefühl, als überlaufe eine Gänsehaut ihren ganzen Körper, dabei schien es doch eher so, als würde sie gleich vor Überhitzung umfallen. Sie wollte sich nicht so fühlen. Sie wollte ihn ansehen und nichts fühlen – aber sie konnte sich nicht wehren. Er wirkte heute Abend anders, irgendwie weniger kontrolliert. Es würde absolut märchenhaft sein, hier mit ihm zu tanzen, unter den Laternen, wenn sie sich nur traute.

Sie traute sich.

Zögernd legte sie eine Hand in die seine, verflocht ihre Finger mit den seinen, während sie die andere auf seine Schulter legte und heftig schluckte, als seine Hand ihre Taille umfasste, dicht über der Rundung ihrer Hüfte. Und dann bewegten sich seine Füße, und ihre taten es ihnen gleich, und sie hatte den grotesken Eindruck, dass sich ihre Zehen gerade kringelten. Ihr ganzer Körper fühlte sich so angespannt an wie die Bogensaiten der Geigen im Hintergrund, als würden sich all ihre Muskeln rhythmisch verkrampfen und entkrampfen. Und was ihr Herz betraf ... es hatte so lange ausgesetzt, es war fast schon ein Wunder, dass sie überhaupt noch aufrecht stehen konnte.

Sie wagte es, sich kurz umzusehen, und undeutlich wurde ihr bewusst, dass alle anderen Paare verschwunden waren. Sie beide waren allein. Vollkommen allein. Sie tanzten Walzer. In der Dämmerung. In einer von rosa und lila Laternen geschmückten Lichtung zwischen den Bäumen; Orchestermusik lag in der Luft, und zwischen ihren Körpern war kaum eine Haaresbreite Abstand. Wenn sie sich jemals eine romantische Szene gewünscht hatte, dann hätte sie kaum eine bessere erfinden können. Sie spürte nicht einmal mehr ihre Füße – es war, als schwebte sie ein kleines Stück über dem Boden.

»Vielleicht sollte ich Euch küssen?« Die Worte waren ausgesprochen, bevor sie darüber nachdenken konnte.

Er erstarrte, sah sie so überrascht an, wie sie sich selbst fühlte. »Was habt Ihr gerade gesagt?«

»Ich sollte Euch vielleicht küssen«, wiederholte sie und hob das Kinn, um die Fassung zu bewahren. »Um herauszufinden, wie schrecklich das wäre. Als eine Art Experiment.«

Sein Blick fiel auf ihren Mund, und sie fragte sich, wie sie jemals hatte glauben können, seine Augen seien blau. Sie schimmerten so dunkel wie die Mitternacht, die Pupillen waren zu schwarzen Scheiben angewachsen. »Irgendetwas sagt mir, dass Eure Großmutter nicht einverstanden wäre.«

»Ich hatte nicht vor, es ihr zu sagen.« Einen Moment lang überkamen sie Zweifel. »Ihr müsst nicht, wenn Ihr nicht wollt.«

»Das habe ich nicht gesagt.« Er drückte sie fester an sich.
»Ein Experiment also?«
»Ja. Bleibt stehen und rührt Euch nicht von der Stelle.«
»So?«
»Genau. Allerdings müssen wir uns beeilen, bevor jemand kommt.«
»Einverstanden.«
»Nur ein kurzer Kuss also?«
»Wenn Ihr das wollt.«
»Will ich.« Sie hob sich auf die Zehenspitzen. »Soll ich die Augen schließen?«
»Das liegt an Euch.«
»Schließt Ihr Eure Augen?«
»Wahrscheinlich.«
»Aber denkt daran, dass ich noch nie jemanden geküsst habe.«
»Das hoffe ich doch.«
»Was ist mit Euch?«
»Habt Ihr nicht gerade gesagt, wir sollten uns beeilen?«
»Stimmt.« Sie ließ sich leicht nach vorne fallen, ihre Lippen glitten kurz über die seinen, dann stand sie wieder aufrecht. »Eigentlich ist es unfair, dass ich das jetzt selbst tun soll. Eigentlich müsste doch eher der Mann …«

Was sie sonst noch sagen wollte, ging unter, denn Aidan neigte den Kopf und drückte seinen Mund auf den ihren, küsste sie zuerst sanft und vorsichtig, streifte sie eigentlich nur, dann berührte er ihre Lippen mit der Zunge und dann … Sie schloss die Augen, als seine Hände gegen ihren Rücken drückten. Alles an diesem Kuss war sanft und dennoch löste er in ihrer Magengrube so ein heißes, schmerzhaftes Gefühl aus. Nicht nur in der Magengrube, sondern sogar tiefer. Und das war … neu. Sie spürte den überwältigenden Drang, die Arme um seinen Hals zu legen, sich so eng an ihn zu drängen, wie es nur ging, ohne ihn direkt umzuwerfen, ihren Körper gegen den seinen zu pressen, als würde etwas in seinem Inneren ungestüm an etwas in ihrem Inneren zerren.

»Und, wie war es?« Er hob den Kopf nach einer unbestimmten Zeitspanne, seine Hände glitten an ihrer Wirbelsäule entlang aufwärts bis zu ihren Schultern.

Sie blinzelte ein paarmal hintereinander, ihre Sinne liefen Amok. »Es war …« Sie keuchte, versuchte, eine passende Beschreibung zu finden. Unerwartet herrlich? So schön, dass ihr Herzschlag ausgesetzt hatte? Besser als Kuchen? »Ganz nett.«

»So gut?« Eine schwarze Augenbraue schnellte nach oben. »Ein erfolgreiches Experiment also?«

»Ja, schon.« Sie leckte sich die Lippen und stellte erschrocken fest, dass sie schwankte, als würde sie tatsächlich in Ohnmacht fallen, wenn sie nicht aufpasste. Sie wusste nicht, was ihr mehr Sorgen bereitete – dass sie womöglich tatsächlich eine dieser Frauen war, die in Ohnmacht fielen, oder dass sie ihn so gern noch einmal geküsst hätte. Und noch einmal. Und dann vielleicht noch ein paarmal, denn Experimente musste man immer wieder wiederholen, um ein gültiges Ergebnis zu erzielen, oder nicht? Sie brauchte Zeit, um ihre Reaktionen zu analysieren. Außerdem Papier und Feder, um sich Notizen zu machen.

»Wir könnten es noch einmal versuchen?« Offenbar hatten seine Gedanken eine ähnliche Richtung eingeschlagen.

»Das wäre vielleicht sinnvoll.«

Diesmal fing sie den Kuss an, stöhnte leise, als sie sich wieder gegen ihn lehnte, mit den Händen sein Haar durchwühlte. Seine Arme umspannten sie wie Stahlbänder, stützten sie oder hoben sie vielleicht sogar in die Luft – sie konnte ihre Füße wieder nicht spüren – bis sie einen angenehmen Druck gegen ihre Hüfte bemerkte. Und dann drehte er sich ein bisschen, und es war nicht mehr ihre Hüfte, es war …

Sie keuchte, bekam plötzlich nicht mehr genug Luft, denn dieses schmerzhafte Gefühl in ihrem Magen wurde immer stärker, als schössen glühend rote Funken durch all ihre Nerven, als träfen sie sich alle und verschmölzen genau in der Mitte ihres Körpers. Sie ertappte sich sogar dabei, wie sie sich im selben Rhythmus bewegte, sich gegen seinen Körper wand und krümmte, bis sie auch ihren Puls an dieser Stelle fühlte.

Nie zuvor im Leben hatte sie auch nur im Entferntesten das Bedürfnis verspürt, sich zu winden.

»Aidan …« Sie stöhnte seinen Namen leidenschaftlich. Jetzt konnte sie ihren eigenen Herzschlag hören, ein Trommeln in ihren Ohren. Er klang unregelmäßig, als würde er sich selbst überschneiden, eigentlich so, als hätte sie mehrere verschiedene Herzschläge, genau genommen …

»Oh!«, rief sie, als ihr klar wurde, dass dieses Geräusch gar nicht von ihrem Herzschlag stammte, sondern von sich nähernden Schritten. Sie riss sich so ruckartig aus seinen Armen los, dass sie gegen einen Baum stieß.

»Essie?« Seine Stimme war heiserer, als sie es jemals gehört hatte.

»Wir sollten zurückgehen, meint Ihr nicht?« Sie nickte mit dem Kinn demonstrativ zur Seite, sodass er die Neuankömmlinge bemerken musste. »Was mich betrifft, ich habe schon ein bisschen Hunger.« Sie bemühte sich, unbeschwert zu klingen, und stolperte auf den am hellsten beleuchteten Weg zu, der aus dem Wäldchen herausführte. Dabei spürte sie, wie sich sein Blick zwischen ihre Schulterblätter bohrte. »Wir müssen uns beeilen, sonst isst uns Granny alles weg.«

※

»Wir haben schon gedacht, ihr hättet euch verlaufen.« Besagte Großmutter thronte in der Mitte ihrer Speiseloge wie eine Königin. Neben ihr sah Aidans Mutter ein bisschen weniger elegant aus als sonst. »Wir haben gerade auf eure Hochzeit angestoßen.«

»Arrakpunsch.« Die Countess hob das Glas, ihre Wangen leuchteten verdächtig rot.

»Wir haben uns nicht verlaufen.« Essie setzte sich und beschäftigte sich unnötig lang damit, ihre Röcke zurechtzuzupfen, aber es war unmöglich, dem forschenden Blick ihrer Großmutter vollständig auszuweichen. »Es gab einfach so viel zu sehen.«

»Und zu tun, nehme ich an.«

»Es ist so ein Jammer, dass Sophie sich uns nicht anschließen konnte.« Die Countess lächelte heiter und hickste dann. »Ich finde, es war grausam von dir, sie nicht mitzunehmen, Aidan.«

»Nächstes Mal vielleicht.«

»Sie ist einfach so gespannt darauf, Euch kennenzulernen, Miss Craven. Essie. Darf ich Euch Essie nennen?«

»Ja, natürlich.« Sie tauschte einen erschrockenen Blick mit ihrer Großmutter.

»Na, was sind wir für eine fröhliche Runde.« Die Lippen der

Lady zuckten. »Also, wie Ihr seht, haben wir ein Festmahl bestellt. Ich schlage vor, wir fangen an zu essen, bevor alles kalt wird.«

Essie griff nach einem Teller, aber zum zweiten Mal innerhalb kurzer Zeit hatte ihr Appetit sie im Stich gelassen. Ihr Puls raste noch immer, und was ihren Magen betraf ... Der Schmerz war einem dumpfen Pulsieren gewichen, wie die Glut eines Feuers, das jeden Moment wieder aufflackern konnte.

Sie nahm ein Glas Punsch und riskierte einen Blick über den Rand des Glases auf Aidan. Er wirkte wortkarg, auch wenn er sich recht höflich mit ihrer Großmutter unterhielt. Ob wohl auch er diese Glut im Inneren spürte? Er ließ sich nichts anmerken, aber sie hatte das Gefühl, ihn jetzt besser zu kennen. Sie konnte in ihn hineinsehen. Sie hatte es irgendwie an seinem hochmütigen, boshaften Auftreten vorbei geschafft und darunter den echten, sanfteren, zugänglicheren Aidan entdeckt.

In diesem Moment sah er auf und ihre Kehle wurde trocken. Im Licht der Laternen waren seine Augen wieder blau. Durchsichtig, leuchtend, schwindelerregend blau. Wie tropische Tümpel, in denen sie sich gern ertränkt hätte ... Der Gedanke schoss ihr durch den Kopf wie ein Blitz und in der Luft zwischen ihnen beiden schienen winzige Funken zu knistern.

Ein plötzlicher Knall riss sie aus dem Stuhl. Es war, als wären diese winzigen Funken plötzlich explodiert. Eine ganze Serie von Feuerwerkskörpern schoss von einer anderen Stelle des Parks aus in die Luft, sie zersprangen zu einem Kranz goldener Lichter, die allmählich wie Sternschnuppen zur Erde zurücktrudelten.

Essie hielt die Luft an. Es war ein Abend, an dem so vieles

zum ersten Mal passiert war. Ihr erster Kuss, ihre erste Beinahe-Ohnmacht, ihr erstes Feuerwerk, ganz zu schweigen davon, dass sie zum ersten Mal jemand wunderschön genannt hatte – und die Welt schien um sie herumzuwirbeln, sie aus dem Gleichgewicht zu bringen. Ein weiterer kurzer Blick auf Aidan verstärkte dieses Gefühl noch. In seinem Blick schien etwas zu schwelen. *Wäre es denn so schrecklich?* Die Worte schwebten wie leuchtende Staubpartikel in der Luft.

Diese Verschwörung lief nicht im Entferntesten so wie geplant.

## Plan C, überarbeitet: Caro

*Liebste Cousine,*

*wenn Du das hier liest, dann bedeutet das, dass mein Plan aufgegangen ist ...*

> Miss Caroline Foyle an ihre Cousine
> Miss Essie Craven, 15. Mai 1816

## Kapitel 16

Zwei Wochen und zwei Tage bis zur Hochzeit

Essie klopfte leise an die Tür zu Caros Schlafzimmer. Niemand antwortete, aber sie öffnete die Tür trotzdem, drehte den Griff ganz leise und steckte den Kopf durch den Türspalt. Enttäuscht musste sie feststellen, dass der Raum im Dunkeln lag. Einen kurzen Moment lang zögerte sie: Sollte sie ihre Cousine wecken? Sie musste mit ihr reden und dies war doch eigentlich ein Notfall! Aber dann schalt sie sich für ihren Egoismus. Wenn Caro sich unwohl fühlte, dann musste sie schlafen. Gleichgültig, in welchem Gefühlstumult sich Essie gerade befand, es konnte bis morgen warten.

Gerade wollte sie die Tür wieder schließen, als ihr Blick auf einen vom Feuerschein schwach beleuchteten Umschlag fiel, der angelehnt auf der Kommode stand. Hm, das war wirklich merkwürdig.

Sie warf noch einen raschen Blick in Richtung Bett, dann schlich sie ins Zimmer. Als sie ihren eigenen Namen auf dem Umschlag erkannte, spannte sich alles in ihr an. Rasch riss sie den Umschlag auf, las den Inhalt und warf sich dann auf die schlafende Gestalt im Bett, in der vergeblichen Hoffnung, es handle sich nur um einen Scherz.

*Kissen.*

»Granny!«, kreischte sie, stürmte aus dem Raum, den Korridor hinunter, platzte ins Schlafzimmer ihrer Großmutter, ohne anzuklopfen, und musste feststellen, dass auch dieses Zimmer dunkel und leer war. Merkwürdigerweise brannte noch nicht einmal das Feuer, als hätte ihre Großmutter gar nicht die Absicht, hier zu schlafen.

»Quill!«, schrie sie und raste den Weg zurück, den sie gekommen war. Der Inhalt des Briefs summte wie ein Schwarm wütender Bienen in ihrem Kopf. Sie spürte, wie ihre Panik mit jedem Schritt größer wurde. Ihr Atem war keuchend, abgehakt, verbrannte ihr die Lungen.

»Miss Craven?« Der Butler ihrer Großmutter tauchte am Fuß der Treppe auf. Er sah genauso makellos gepflegt aus wie immer. »Kann ich Ihnen irgendwie helfen?«

»Meine Großmutter!« Essie packte ihn am Hemd. »Wo ist sie?«

Quills Gesicht nahm einen eingeübt neutralen Ausdruck an. »Lady Makepeace ist noch einmal ausgegangen.«

»Um diese Zeit?« Als Essie zum letzten Mal auf die Uhr gesehen hatte, war es zwei gewesen. »Wohin?«

»Ich fürchte, es ist mir nicht gestattet, Euch das zu sagen.«

»Aber es ist ein Notfall.« Sie stellte fest, dass er eisern schwieg, und wechselte die Taktik. »Gebt mir wenigstens einen Hinweis.«

Quill sah sich um, als müsse er sichergehen, dass sie allein waren, dann senkte er die Stimme. »Gelegentlich besucht Lady Makepeace ein bestimmtes Haus.«

»Was für ein Haus?«

»Darüber darf ich leider auf keinen Fall sprechen.«

»Dann sagt mir, wo es ist? Ich werde sie suchen.«

»Ich fürchte, das wird nicht möglich sein.«

»Warum nicht?«

»Weil das überaus indiskret wäre.«

»Indiskretion ist mir egal!«

»Außerdem ist es recht weit entfernt. Richmond, soweit ich weiß.«

»Richmond! Aber das heißt, es wird noch Stunden dauern, bis sie zurückkommt!« Essie ließ den Butler endlich los und fuhr sich stattdessen mit den Händen durch die Haare. »Um wie viel Uhr ist meine Cousine zu Bett gegangen?«

Quill strich sich mit der Handfläche über das jetzt geknitterte Hemd. »Ich glaube, Miss Foyle hat sich direkt nach Eurem Aufbruch zurückgezogen.«

»Ist sie danach noch einmal heruntergekommen?«

»Nicht dass ich wüsste.«

»Aber kann sie das Haus verlassen haben, ohne dass es Euch aufgefallen ist? Über die Hintertreppe vielleicht?«

Zum ersten Mal nahm Quills Gesicht einen leicht besorgten Ausdruck an. »Ich nehme an, dass das möglich wäre.«

Essie stieß einen langen, katzenhaften Klagelaut aus. Wenn es möglich war, dann war mit Sicherheit genau das geschehen. Caro hatte sich fortgeschlichen, als keiner aufgepasst hatte, vermutlich direkt nach ihrem Aufbruch in Richtung Vauxhall – und damit hatte sie mehr als sechs Stunden Vorsprung! Aber Weglaufen passte so überhaupt nicht zu Caro! Sie war die Gute, das wusste doch jeder. Die Gehorsame, die Bescheidene, das Mädchen, von dem man am allerwenigsten erwartete, dass es durchbrennen würde. Was konnte Essie ohne die Hilfe ihrer Großmutter unternehmen? Sie konnte Caro schwerlich ganz allein verfolgen oder dadurch Zeit verlieren, dass sie nach Richmond fuhr und nach irgendeinem Haus suchte, dessen Adresse Quill ihr eindeutig nicht verraten wollte. Aber was konnte sie sonst tun? Wem sonst konnte sie vertrauen?

»Ich muss zum Grosvenor Square.« Die Antwort lag so eindeutig auf der Hand, dass sie überrascht darüber war, wie lange sie gebraucht hatte, um sie zu finden. »Und wenn Granny die Kutsche genommen hat, gehe ich zu Fuß. Begleitet Ihr mich? Bitte!«

Quill riss entsetzt die Augen auf. »Ich glaube ganz und gar nicht, dass Lady Makepeace das gutheißen würde.«

»Wird sie, wenn sie den Grund erfährt. Ich übernehme die volle Verantwortung.« Essie sauste in die Bibliothek, schrieb eine kurze, erklärende Notiz und kam eilig wieder zurück.

»Ich habe mir die Freiheit genommen, Euch einen Umhang zu holen.« Es sah so aus, als habe sich Quill in sein Schicksal ergeben. »Obwohl ich von dieser Vorgehensweise immer noch strengstens abrate.«

»Und Ihr habt wahrscheinlich vollkommen recht, aber ich habe keine andere Wahl.« Sie reichte ihm ihren Brief. »Wenn meine Großmutter zurückkehrt, sorgt dafür, dass sie das hier bekommt. Sie soll das Gerücht verbreiten, dass Caro und ich krank sind.«

»Vielleicht solltet Ihr darüber nachdenken, eine Zofe mitzunehmen?«

Essie zögerte. Er hatte recht – sie sollte wirklich eine Art Anstandsdame mitnehmen, aber sie hatte keine Zeit, und wenn irgendjemand jemals herausfand, was sie da tat, dann würde die Anwesenheit eines Dienstmädchens ihren Ruf vermutlich auch nicht mehr retten.

»Nein.« Sie zog sich die Kapuze des Umhangs über den Kopf und lief in Richtung Tür. »Los, gehen wir.«

※

Auf dem Weg vom Cavendish Square zum Denholm House hielt sich Essie dicht an Quills Seite. Jeder Schatten, jedes Geräusch ließ sie zusammenzucken. Denholm House lag nur wenige Ecken weiter, aber als sie die Vortreppe erreichten, fühlte sie sich, als sei sie einen Marathon gelaufen. Sie pochte laut gegen die Tür und ein gähnender Butler erschien.

»Ich muss mit dem Earl sprechen.« Sie wartete nicht ab, bis er sie nach dem Grund ihres Besuchs fragte, sondern setzte ihre strengste, countesshafteste Miene auf.

»Seine Lordschaft ist zu Bett gegangen.« Dem Tonfall des Butlers war zu entnehmen, dass er der Meinung war, dort gehöre auch sie hin. Offensichtlich war ihr Auftritt nicht countesshaft genug, denn er verströmte eindeutigen Unwillen. »Vielleicht solltet Ihr morgen wiederkommen? Zur korrekten Besuchszeit?«

»Ich kann nicht.« Sie schüttelte beharrlich den Kopf. »Bitte sagt ihm einfach, dass ich hier bin. Er wird mich sehen wollen, versprochen.«

»Ich bin mir sicher, dass Ihr das glaubt, Miss.«

»Wartet!« Sie stellte schnell ihren Fuß in den Türspalt, als der Butler sie schließen wollte. »Wenn Ihr mich nicht sofort einlasst, dann werdet Ihr Eurem Dienstherrn erklären müssen, warum seine Verlobte mitten in der Nacht eine Szene auf seiner Türschwelle liefert. Ein Schrei und die ganze Straße ist wach.«

»Verlobte?« Zögern war in der Miene des Butlers zu lesen.

»Ja. Miss Essie Craven. Und jetzt. Lasst. Mich. Rein.«

Der Butler bedachte sie noch mit einem letzten, misstrauischen Blick, dann ließ er sie ein. Er bedeutete Quill, in der Diele zu warten, während er Essie in ein kleines Nebenzimmer führte. »Wartet hier.«

»Danke.« Essie seufzte erleichtert. Bei diesem Zimmer handelte es sich offenbar um Aidans Büro, ausgestattet mit tiefroten Samttapeten und Walnussholzmöbeln, einem gewaltigen, lederüberzogenen Schreibtisch in der Mitte und an zwei Wänden deckenhohen Bücherregalen. Die dritte Wand besaß ein Fenster zur Straße hinaus, und die vierte … an der vierten Wand hingen lauter Landschaftsbilder, Aquarelle, in düsteren Grün-, Blau- und Grautönen, die immer die gleiche Szenerie aus Hügeln und Wäldern zeigte, insbesondere eine große, aus unterschiedlichen Blickwinkeln dargestellte Eiche, als habe der Künstler oder die Künstlerin versucht, den Baum in jeder Einzelheit festzuhalten. Wer auch immer die Bilder gemalt hatte, musste in einem wenig beneidenswerten Seelenzustand sein. Sie waren zwar wunderschön, hatten aber etwas Unheimliches, man fragte sich …

Schnell riss sie ihren Blick los. Sie hatte keine Zeit, sich etwas zu fragen. Sie musste ihre Cousine finden. Und wo zur Hölle blieb Aidan? Jede Sekunde, die verging, trug Caro weiter und weiter von ihr fort.

Sie war kurz davor, nach oben zu rennen und gewaltsam in sein Schlafzimmer einzudringen, als er endlich im Türrahmen erschien, barfuß in einem marineblauen Morgenmantel. Sein Blick war verschwommen, als glaubte er noch zu träumen. Ein Blick in ihr Gesicht genügte jedoch. Mit drei Schritten stand er neben ihr. »Essie? Was ist passiert?«

»Caro. Sie ist weggelaufen.«

»Was?«

»Hier.« Sie drückte ihm den Brief ihrer Cousine in die Hand, ihre Finger zitterten. »Ich wollte nachsehen, ob sie noch wach war, als wir nach Hause gekommen sind, und da habe ich das hier gefunden. Sie ist durchgebrannt! Das ist die einzige Erklärung.«

»Mit wem?«

»Das ist ja das Schlimme daran. Sie schreibt, ich müsste es erraten können, aber ich kann nicht. Sie hat so viele Verehrer, aber ich habe nicht gedacht, dass sie einen davon besonders mag.« Essie fiel es schwer, diesen Fehler zuzugeben. Wenn sie nicht so sehr mit ihren eigenen Problemen beschäftigt gewesen wäre, hätte sie es mit Sicherheit gewusst. Sie konnte nur hoffen, dass ihre schlimmsten Befürchtungen unbegründet waren. »Wer auch immer es ist, muss mit ihr unterwegs nach Gretna Green sein, weil man dort oben in Schottland ohne Einwilligung der Familie heiraten darf.«

»Was sagt Eure Großmutter dazu?«

»Nichts bis jetzt. Sie ist aus irgendeinem geheimnisvollen Grund nach Richmond gefahren und wird erst in einigen Stunden zurück sein. Deswegen bin ich hierhergekommen. Ich wusste nicht, an wen ich mich wenden sollte. Bitte, Aidan.« Sie legte eine Hand auf seinen Arm. »Ich brauche Eure Hilfe.«

»Soll ich die Hochzeit verhindern?«

Sie machte den Mund auf und dann machte sie ihn wieder zu. Ehrlich gesagt, so weit hatte sie noch gar nicht gedacht. »Nicht unbedingt, wenn Caro es unbedingt will, aber was, wenn …« Sie biss sich auf die Unterlippe, wagte kaum, das auszusprechen, was sie befürchtete. »Was ist, wenn irgendein Mann ihre Gutmütigkeit ausnutzt? Wenn er nicht ehrenwert ist? Warum sollten sie sonst durchbrennen? Ich muss ihr folgen und sichergehen, dass nicht irgendein Mitgiftjäger oder Frauenheld sie betrogen hat. Ich muss sicher sein, dass sie weiß, was sie tut.«

»Es wird nicht leicht sein, sie einzuholen.«

»Das ist mir egal.«

»Also gut.« Er nickte. »Ich lasse eine Postkutsche anmieten. Die sind nicht besonders bequem, aber schneller als meine eigene Kutsche.«

»Das heißt, Ihr kommt mit mir?« Sie spürte, wie sich ihr ganzer Körper vor Erleichterung entspannte.

»Ich fahre allein. Ihr kehrt zurück zu Eurer Großmutter.«

»Das werde ich nicht tun.« Sie schob ihre Schultern nach hinten, wütend darüber, dass er überhaupt auf so eine Idee gekommen war. »Sie ist meine Cousine!«

»Das weiß ich, Essie …« Er nahm ihre Handgelenke, umklammerte sie fest. »Schlimm genug, dass Ihr mitten in der Nacht hierhergekommen seid, aber wenn wir beide in einer geschlossenen Kutsche reisen und sich das herumspricht.«

»Dann ist mein Ruf ruiniert und wir müssen heiraten. Ich weiß, aber das ist meine Entscheidung.« Sie drehte ihre Hände so, dass auch sie seine Handgelenke festhalten konnte. »Und wenn Ihr Euch weigert, mich mitzunehmen, dann miete ich mir selbst eine Kutsche. Ich finde Caro, auch wenn wir bis Gretna Green fahren müssen.«

»Gretna Green?«, rief eine weibliche Stimme atemlos von der Tür her. »Ihr fahrt nach Gretna Green?«

Essie zuckte zusammen, sah über Aidans Schulter und entdeckte ein dunkelhaariges Mädchen, das sie beide mit schläfriger Aufregung anstarrte. Ihre ganze Haltung verriet, dass sie den letzten Satz ihres Gesprächs mitgehört hatte und zu einem naheliegenden, wenn auch völlig falschen Schluss gekommen war.

»Sophia!« Aidan wandte sich mit gerunzelter Stirn zu ihr um. »Warum bist du nicht im Bett?«

»Ich habe Stimmen gehört. Du musst Essie sein!« Das Mädchen stürmte begeistert heran. Sie hatte eine leise, rauchige Stimme, die vor nervöser Energie zitterte. »Ich bin so froh, dass ich dich endlich kennenlerne! Aidan hat mir so viel über dich erzählt!«

»Ja?«

»Nein, Sophia, geh wieder ins Bett.«

»Ich wollte schon immer eine Schwester.« Das Mädchen riss seine blauen Augen weit auf. Ihre Farbe ging ein bisschen mehr ins Türkis als Aidans, fiel Essie auf, und in ihrem Blick lag eine Arglosigkeit, die an Caro erinnerte. »Ich weiß jetzt schon, dass wir beste Freundinnen werden!«

»Ja, ganz sicher!«, stimmte Essie zu. Das Mädchen war so aufrichtig, dass sie sich dagegen wie eine üble Betrügerin fühlte.

»Das reicht.« Aidan warf ihr einen sonderbaren Blick zu, dann packte er seine Schwester an den Schultern. »Wir müssen uns beeilen!«

»Ihr fahrt nach Gretna Green? Oh, ist das romantisch!«

»Nicht aus dem Grund, den du annimmst.« Er steuerte sie energisch in Richtung Tür. »Und verrate niemandem etwas. Sag Mutter, ich bin für ein paar Tage geschäftlich verreist.«

»Aber ihr fahrt zusammen?« Sophia sah ihrem Bruder über die Schulter und strahlte Essie an.

»Oh!« Sie machte einen kleinen Hüpfer, dann schlug sie sich die Hand vor den Mund und redete durch die Finger weiter. »Ich sage kein Wort, versprochen. Ihr könnt mir vertrauen.«

»Es ist überhaupt nicht …«, wollte Aidan wieder protestieren, dann schüttelte er den Kopf. »Ich erkläre dir das ein andermal. Jetzt muss ich mich erst mal anziehen.«

⁂

»Hier, packt das unter Eure Füße«.

Aidan bückte sich und schob ein kleines, in Stoff gewickeltes Bündel unter den Saum von Essies Kleid. Sie hatten an einer kleinen Raststation direkt vor den Toren Londons haltgemacht, um nachzufragen, ob jemand ein junges Paar gesehen hatte, das sich verdächtig verhielt, aber leider war die Antwort ein schallendes »Nein!« gewesen. So nahe an der Stadt wäre es auch sehr verwunderlich gewesen, aber sie hatten beschlossen, in jedem Gasthaus entlang der Strecke nachzufragen. Caro und ihr geheimnisvoller Begleiter mussten ja auf ihrem Weg in den Norden irgendwo anhalten und die Pferde tauschen, und das bedeutete, dass irgendjemand sie gesehen haben musste.

»Oh, ein heißer Ziegelstein!« Essie kuschelte sich tiefer in ihren Umhang. Wohlige Wärme strömte zwischen ihren Beinen empor und taute ihr Inneres auf. »Habt Ihr nicht auch einen?«

»Es gab nur einen. Sie waren überrascht, dass um diese Zeit überhaupt ein Fahrzeug vorbeikam.«

»In diesem Fall sollten wir uns den Stein teilen.« Sie schob den Ziegelstein zur Seite, als der Wagen wieder anruckte. »Hier.«

»Also gut.« Er warf ihr einen kurzen Seitenblick zu, dann schob er einen seiner Füße neben ihren. »Zum Glück ist es schon Mai, sonst wären wir bereits erfroren.«

»Ich kann mir gar nicht mehr vorstellen, dass wir vor ein paar Stunden noch das Feuerwerk in Vauxhall angeschaut haben.« Sie unterdrückte ein Gähnen. »Wie lange dauert es, bis wir Gretna Green erreichen?«

»Vier Tage, wenn wir uns beeilen. Allerdings muss ich Euch warnen: Wenn wir an jedem Gasthaus anhalten, brauchen wir länger.«

»Seid Ihr sicher, dass sie diese Strecke genommen haben?«

»Sie heißt nicht umsonst die Große Nordstraße. Wenn sie sich beeilen wollen, ist das die beste Route.«

»Können wir nicht schneller fahren, nur für den Fall?«

»Morgen schon. Mitten in der Nacht nicht. Wir müssen vorsichtig sein.«

»Wegen der Schlaglöcher?«

»Und wegen der Straßenräuber.«

»Oh.« Sie schluckte. An Straßenräuber hatte sie nicht gedacht.

»Keine Sorge, meine Männer sind bewaffnet. Ich vermute, dass die meisten Räuber inzwischen schlafen gegangen sind.«

»Aber was, wenn sie noch wach waren, als Caro hier vorbeigekommen ist?« Sie spürte, wie die Panik wieder in ihr aufstieg.

»Was, wenn ihr Wagen von irgendwelchen Gaunern überfallen wurde? Und was ist, wenn sie so viel Vorsprung haben, dass ...«

»Essie.« Er griff nach ihrer Hand, verflocht seine behandschuhten Finger mit den ihren und drückte sie beruhigend. »Es hilft nicht, wenn Ihr Euch verrückt macht. Versucht lieber, ein bisschen zu schlafen. Ihr seht erschöpft aus.«

»Ihr auch.« Sie neigte den Kopf, ohne nachzudenken. Es war eine Haltung, die sie oft einnahm, wenn sie mit Caro reiste und ihren Kopf auf die Schulter ihrer Cousine legte, aber sie hatte gar nicht geplant, das Gleiche nun auch bei Aidan zu tun. Unter den gegebenen Umständen war es vollkommen unangebracht, ja skandalös, aber andererseits unglaublich gemütlich ...

Die Postkutsche ruckelte heftig, während sie noch immer überlegte, was sie tun sollte, und ihr Kopf glitt weiter nach unten auf seine Brust. Huch ... sie erstarrte und überlegte, wie sie sich aus dieser Situation herauswinden konnte und dabei trotzdem so wirken, als sei sie einfach eingeschlafen, aber dann legte sich einer seiner Arme um sie, und sie brachte es nicht über sich, auch nur einen Muskel zu regen. Jetzt fühlte sich ihre Position noch viel besser an, als sei sie in einen Kokon aus köstlicher, glückseliger Wärme gehüllt.

Verstohlen schmiegte sie sich dichter an ihn heran, jetzt entschlossen, so zu tun, als ob sie schlafe. Sie genoss das Gefühl von frischem, weißem Leinen an ihrer Wange und ihrer Stirn. Wenn sie das nächste Mal auf die Idee kommen würde, frühmorgens durch das ländliche England zu preschen, würde sie ihr leichtes Abendkleid ausziehen und zuallererst einmal ein Wollkleid anlegen, aber jetzt war es schön, sich an Aidans Körper zu wärmen, auch wenn das bedeutete, dass bei jedem

Wackeln und Holpern der Kutsche ihre Oberschenkel gegeneinanderstießen. Schließlich ging es hier ums Überleben.

Sie musste wohl wirklich eingeschlafen sein, denn es kam ihr vor, als seien nur Minuten vergangen, als sie von einem neuerlichen heftigen Ruck geweckt wurde.

»Was ist los?« Sie fuhr hoch. Einen Moment lang wusste sie nicht, wo sie war und was sie gerade taten.

»Da ist wahrscheinlich wieder ein Gasthaus.« Aidan sah auch nicht mehr sehr wach aus. »Kommt, wir gehen hinein und machen uns frisch.«

»Haben wir so viel Zeit?«

»Wir müssen uns Zeit für Pausen nehmen, sonst kündigen meine Männer einfach.«

»Na gut.« Sie kletterte aus dem Fahrzeug, gähnte, nahm automatisch Aidans Hand, als sie in Richtung Tür gingen.

Nachdem sie zwanzig Sekunden lang laut angeklopft hatten, erschien ein mürrisches Gesicht am Fenster. »Wisst Ihr eigentlich, wie spät es ist?«

»Ich bitte um Verzeihung.« Aidan griff in seine Tasche und zog einige Münzen heraus. »Aber wir suchen jemanden. Eine junge Dame. Blond, sehr hübsch. Sie muss vor einigen Stunden hier vorbeigekommen sein.«

»Hier ist sie nicht.« Die Miene des Manns entspannte sich. »Aber gestern Abend war viel los. Schwer zu sagen, ob sie hier durchgekommen ist.«

»Können wir denn dann vielleicht unsere Pferde versorgen und auch selbst etwas zu uns nehmen? Ich werde Euch für Eure Mühen natürlich bezahlen.«

»Ja, ich denke schon, ich kann Euch etwas zu essen beschaffen.« Das Fenster ging zu, die Tür öffnete sich. »Nichts Besonderes natürlich. Wenn Ihr die Treppe dort hinaufgeht, findet Ihr oben einen Raum, in dem Ihr Euren Bedürfnissen nachkommen könnt.«

»Danke. Wir sind Euch sehr verbunden.«

Essie bedachte Aidan mit einem Lächeln, dann ging sie die Treppe hinauf und öffnete die Tür zu einem kleinen, leeren Zimmer. Langsam beugte sie sich vor, berührte mit den Händen den Boden, dann streckte sie sich zur Decke, erleichtert, dass sie ihre Glieder einen Moment lang dehnen konnte. Sie benutzte den Nachttopf und benetzte ihr Gesicht dann mit kaltem Wasser aus einer Schüssel, die an der Wand stand. Diese wenigen Tätigkeiten munterten sie wieder auf, ja sie fühlte sich beinahe optimistisch. Na gut, Caro und ihr geheimnisvoller Begleiter hielten sich nicht in diesem Gasthaus hier auf, aber das bedeutete nicht, dass sie sie nicht finden würden. Und immerhin war sie nicht allein auf der Suche nach den beiden. Aidan war bei ihr.

Aidan, der, ohne einen Moment zu zögern, seine Hilfe angeboten hatte.

Aidan, der auf der Fahrt seinen Arm ums sie gelegt hatte, sodass sie an seiner Schulter schlafen konnte.

Aidan, der sie vor wenigen Stunden noch so leidenschaftlich geküsst hatte …

Sie verharrte einen Moment lang auf den Treppenstufen, als die Erinnerung an ihr Rendezvous im Mondschein in Vauxhall sie übermannte. Die Panik um Caros Verschwinden hatte diese Erinnerung in den Hintergrund gedrängt, und Aidan hatte auch nichts davon erwähnt, nicht einmal, als sie mitten in der

Nacht an seiner Türschwelle aufgetaucht war. Falls er die Erfahrung von Vauxhall hätte vertiefen wollen, dann hätte sich in der Kutsche ausreichend Gelegenheit geboten. Andererseits war er ein Gentleman, der niemals so eine Situation ausgenutzt hätte. Er hatte zwar seinen Arm um sie gelegt, aber wahrscheinlich nur, damit sie es warm und bequem hatte. Und das war auch am besten so – allerdings, wenn er versucht hätte, sie wieder zu küssen … Sie spürte einen verräterischen heißen Funken im Bauch und ahnte, dass sie Aidan den Kuss schwerlich verwehrt hätte.

Sie teilten sich einen Teller Brot und Käse und zwei Becher Bier, dann kletterten sie zurück in die Kutsche und brachen wieder auf. Zu Essies Erleichterung zeichnete sich allmählich ein gelber Streifen am Horizont ab, der die Dunkelheit nach und nach verdrängte.

»Verdammt«, murmelte Aidan plötzlich.

»Was ist los?« Sie wandte sich um, ohne sich aus seinem Arm zu lösen. Stillschweigend hatten sie dieselbe Position wieder eingenommen; allerdings gab sie jetzt nicht mehr vor zu schlafen.

»Ich hätte mir einen besseren Grund für meine Abwesenheit einfallen lassen müssen. Sophie ist eine ganz schlechte Lügnerin. Noch vor dem Frühstück wird meine Mutter sämtliche Angestellten verhören.« Er verzog das Gesicht. »Ich hoffe nur, Fothergill ist verschwiegen.«

»Fothergill ist Euer Butler?« Sie zog eine Grimasse. »Ich glaube, er mochte mich nicht. Genau genommen glaube ich, er hielt mich für verrückt. Allerdings kann ich mir schon vorstellen, wie er auf diese Idee gekommen ist. Was habt Ihr zu ihm gesagt?«

»Das, was ich auch Sophia erzählt habe. Geschäftsreise. Vermutlich hat er mir auch nicht geglaubt.«

»Es tut mir leid, dass ich Eurer Schwester begegnet bin. Ich weiß, dass Ihr das nicht wolltet.«

»Es war nicht Eure Schuld.«

»Ich habe vor Eurer Haustür ziemlichen Radau veranstaltet.«

»Also gut, es war ein bisschen Eure Schuld.«

»Ich hoffe, sie wird nicht allzu enttäuscht sein, wenn wir unverheiratet zurückkommen.«

»Ich auch, aber das lässt sich nicht ändern.«

»Ich würde sie gern näher kennenlernen, egal, was zwischen uns geschieht. Sie macht so einen lieben Eindruck. Ich kann mir gut vorstellen, dass Ihr sie beschützen wollt.«

»Ich bin ihr großer Bruder.« Er seufzte. »Das vergangene Jahr war für sie nicht leicht. Sie ist so romantisch. Und Ihr seht ja, wie grausam die Londoner Gesellschaft sein kann.«

»Aus erster Hand.« Sie pustete die Backen auf. »Also, wenn Eure Mutter erst einmal Eure Schwester und den Butler verhört hat, meint Ihr, sie vermutet ...«

»Das Gleiche wie Sophia? Zweifellos.«

»Oje. Wie wird sie wohl reagieren? Sie war in Vauxhall nett zu mir, dem Punsch sei Dank, aber ihr wäre es lieber, Ihr würdet eine andere heiraten, nicht wahr?«

»Das klingt wie eine Fangfrage.«

»Gebt mir eine ehrliche Antwort.«

»Eine ehrliche Antwort?« Er rückte auf seinem Platz hin und her. »Ja, wäre es.«

»Bestimmt gefiele ihr Lady Phoebe.«

»Richtig, aber ich werde Lady Phoebe nicht heiraten.«

»Warum nicht?«

»Weil ich nicht unbedingt jemanden heiraten möchte, der meiner Mutter passt.«

»Oh.« Sie versuchte, sich nicht allzu sehr darüber zu freuen. »Ich erinnere mich, dass sie meiner Tante von ihren Plänen für ihren Witwensitz berichtet hat. Zieht sie dort wirklich hin, wenn Ihr verheiratet seid?«

»Ja.« Er schwieg einen Moment lang. »Das wäre wahrscheinlich am besten, oder?«

»Mhm. Ich bin mir sicher, dass jede Braut zustimmen würde.« Essie legte den Kopf wieder gegen seine Schulter, schnurrte beinahe, als er mit der Hand über ihre Haare strich. Also rein theoretisch – wenn sie hier gerade in einen Skandal geriet und Aidan deswegen doch heiraten musste, dann sah die Sache doch schon viel besser aus.

# Kapitel 17

»Sechs Gasthäuser und niemand hat sie gesehen. Nicht die geringste Spur.« Essie vergrub ächzend das Gesicht in den Händen. Ihr Optimismus war im Lauf des Vormittags allmählich geschwunden wie Kaffee aus einer undichten Tasse. Jetzt fühlte sie sich völlig leer. Es war beinahe Mittag und sie waren einer Begegnung mit Caro seit ihrem Aufbruch noch keinen Schritt näher gekommen.

»Leider haben wir auch nicht viel in der Hand – ein blondes Mädchen, das mit einem Mann unterwegs ist, den wir nicht näher beschreiben können –, aber macht Euch keine Sorgen.« Aidans Schulter stieß aufmunternd gegen die ihre. »Wenn sie diese Strecke genommen haben, dann finden wir sie über kurz oder lang.«

»Was meint Ihr mit *wenn*?« Sie wandte sich ihm zu. »Habt Ihr nicht gesagt, das hier ist die schnellste Verbindung in den Norden?«

»Ja, ist es.«

»Und warum dann *wenn*?«

»Kein besonderer Grund.«

»Aidan?«

Er fluchte leise vor sich hin. »Weil immer das Risiko besteht, dass sie gar nicht Richtung Schottland gefahren sind.«

»Was?« Es dauerte ein paar Sekunden, bis sie die ganze Tragweite dieser Bemerkung verstanden hatte. »Natürlich sind sie nach Schottland gefahren! Auf etwas anderes hätte sich Caro niemals eingelassen.«

»Vielleicht nicht absichtlich, aber sie wäre nicht das erste Mädchen, das mit einem falschen Eheversprechen verführt wurde.«

»Ihr meint ...« Sie schauderte, als liege ein Eisblock auf ihrem Nacken, der langsam, aber unausweichlich ihren Rücken herabschmolz. »O Caro!«

»Wahrscheinlich sehe ich einfach zu schwarz.« Aidan ruderte schnell zurück. »Nur weil sich keiner an sie erinnert, heißt das ja nicht, dass sie nicht hier entlanggekommen sind. Wir geben nicht auf.«

»Das ist alles mein Fehler!« Sie verschränkte die Arme, rieb sie mit den Händen, als wäre die Kälte ihr tief in die Knochen gekrochen. »Mir war klar, dass sie irgendetwas belastet, aber ich war so damit beschäftigt, über uns beide nachzudenken, dass ich nicht genug auf sie geachtet habe. Ich hätte verlangen sollen, dass sie mir sagt, was los ist.«

»Ihr konntet nicht wissen, dass sie so etwas tun würde. Das könnt Ihr Euch nicht vorwerfen.«

»Doch, kann ich. Sie ist immer für mich da gewesen, seit meiner Ankunft in Redcliffe, als ich acht Jahre alt war und sie mir das Zimmer zeigte, das wir teilen würden, und mir sagte, wir würden beste Freundinnen werden. Und sie hatte recht. Wir waren – nein, wir sind beste Freundinnen! Aber ich war eine schreckliche Freundin. Selbstsüchtig, egoistisch und ...«

»Hört auf.« Aidan wandte sich um und legte seine Hände auf

ihre Schultern. »Selbstvorwürfe helfen jetzt auch niemandem. Denkt lieber daran, wann ihr zum letzten Mal mit ihr geredet habt. Hat sie irgendeinen Hinweis gegeben?«

Essie dachte angestrengt nach. Er hatte recht, später blieb noch genügend Zeit für Selbstvorwürfe und Reue. Jetzt im Moment musste sie nachdenken, und es stimmte: In den letzten zwei Wochen hatte sich Caro sonderbar benommen. Besonders launisch war sie am Tag des Dinners bei den Keatons gewesen, aber sie hatte keine Namen genannt, außer …

»O nein!«, keuchte sie.

»Was denn?«

»Vor ein paar Tagen, nach dem Gartenfest bei den Smedley-Bullingdons, als ich mich unwohl gefühlt habe, kam sie in mein Zimmer, und wir haben geredet, und ich hatte so ein Gefühl, als hätte ich irgendetwas Wichtiges überhört, aber ich kam nicht darauf, was es war.« Sie senkte ihre Stimme zu einem schuldbewussten Flüstern. »Es war ein Name. Sie benutzte einen Vornamen. Sie sagte Sylvester.«

»Ihr denkt, sie ist mit Jagger unterwegs?«

»Er muss es sein. Entweder er oder Mr Dormer.«

»Dormer würde so etwas niemals tun.« Aidan nahm seine Hände von ihren Schultern, seine Stimme klang streng.

»Davor habe ich Angst. Und ich habe die beiden miteinander bekannt gemacht.« Sie schüttelte verzweifelt den Kopf. »Wäre ich doch bei diesem ersten Ball niemals auf die Terrasse hinausgegangen. Hätte ich Jagger nicht kennengelernt, dann wäre nichts von alldem passiert.«

Er sah sie lange an und legte dann wieder seinen Arm um sie. »Es hat keinen Sinn, sich jetzt Vorwürfe zu machen. Wenn

Ihr zu sehr in Gedanken wart, dann ist das verständlich. Und was Euren Egoismus betrifft: Im Moment setzt Ihr durch Eure Suche nach ihr Euren eigenen guten Ruf aufs Spiel. So treu sind nur wenige Menschen. Wir finden sie, versprochen, und dann finden wir auch eine Möglichkeit, das alles in Ordnung zu bringen.«

»Danke.« Sie lächelte zaghaft. »Nicht nur dafür, dass Ihr das sagt, sondern dafür, dass Ihr mich begleitet. Ich weiß, es war unfair, Euch mit hineinzuziehen, aber ich wusste nicht, was ich sonst tun sollte.«

»Ich bin froh, dass Ihr zu mir gekommen seid. Wir sind doch Freunde, oder?«

»Ja, ich glaube schon.« Ein warmes Glücksgefühl strömte durch ihren Körper. In diesem Moment erschien Freundschaft wichtiger als alles andere.

Essie wartete im engen, eichengetäfelten Flur des nächsten Gasthauses. Sie schwenkte die Arme und hüpfte auf den Zehenspitzen. Es war kein Benehmen, das sich für eine Lady geziemte, aber andererseits war ein Krampf auch kein Leiden, das sich für Ladys geziemte. Nie wieder im Leben wollte sie einen Fuß in eine Postkutsche setzen.

Soweit sie es einschätzen konnte, war es mitten am Nachmittag, und nur eine Handvoll Tische in der Schankstube nebenan waren besetzt, alle mit Männern. Wieder ein Fehlschlag, wie Aidan sich vermutlich gerade beim Gastwirt bestätigen ließ.

Als sie genug gehüpft war und sich ausreichend gedehnt hatte, spazierte sie durch den Flur auf eine Tür zu, die einen

Spalt offen stand, und spähte hindurch. Sie führte offenbar in einen abgetrennten Gastraum, in dem sich momentan niemand befand. Der Duft von Pasteten und Süßspeisen hing allerdings noch so deutlich in der Luft, dass ihr Magen knurrte. Vermutlich hatte sie Hunger – aber es war klar, dass sie gar nicht erst zu versuchen brauchte, mehr als einen Bissen herunterzubekommen, solange sie Caro nicht gefunden hatten.

Gerade wandte sie sich wieder ab, als sie ein leises Schniefen hörte und feststellte, dass der Raum doch nicht ganz verlassen war. In einer Ecke saß eine einsame Gestalt, von Kopf bis Fuß in einen grauen Reiseumhang gehüllt. Sie saß so reglos wie eine Statue. Essie konnte das Gesicht der Statue nicht sehen, aber wenn das nicht reines Wunschdenken war, dann quoll eine einzelne blonde Locke unter dem Rand der Kapuze hervor.

»Caro?« Ihr war noch nicht einmal klar, dass sie sich bewegt hatte, aber schon stand sie neben dem Tisch und flüsterte den Namen ihrer Cousine.

Der Kopf der Statue drehte sich ruckartig, aber einige Sekunden lang dachte Essie, sie habe sich geirrt. Das Gesicht ähnelte Caro nicht im Geringsten. Es war kreidebleich bis auf zwei leuchtend rote Flecken auf den Wangen, und die Augen waren verquollen und von violetten Schatten umgeben.

»Essie?« Die Stimme der Gestalt klang ungläubig.

»Caro, bist du …?« Essie sank auf einen Hocker, dann fiel sie beinahe wieder hinunter, denn ihre Cousine sprang auf sie zu und klammerte sich an ihren Hals wie eine Ertrinkende.

»Es tut mir leid, es tut mir so leid.« Diese Bewegung schien einen Sturzbach von Tränen auszulösen.

»Es ist alles gut.« Essie drückte ihre Cousine eng an sich, rieb ihr den Rücken, bis ihr Schluchzen nachließ. »Jetzt bin ich hier. Du bist in Sicherheit.«

»Ich war so dumm!«

»Sag das nicht. Egal was passiert ist, ich weiß, es war nicht dein Fehler.«

»Doch, war es!« Ein zweiter Tränenausbruch folgte. »Ich hätte diesem Plan niemals zustimmen sollen.«

»Wessen Plan? Caro, mit wem bist du hier?«

»Mit niemandem.«

»Was?« Essie machte sich los, aber in diesem Moment ging die Tür des Speiseraums auf, und Aidan trat ein. Er warf einen Blick auf die beiden jungen Frauen, wandte sich sofort um und ging wieder hinaus.

»Aber, Caro …« Sie versuchte es noch einmal, legte ihre Hände um das unglückliche Gesicht ihrer Cousine. »Du musst doch mit jemandem durchgebrannt sein.«

»Ja, aber er ist weg. Er ist vor ein paar Stunden abgereist.«

»Wer?« Geistig wappnete sie sich für das Schlimmste. »Sylvester Jagger?«

»Ja.« Caros Stimme war so leise, dass Essie ihr die Antwort mehr von den Lippen ablas, als dass sie sie hörte.

»Aber warum? Wie? Wann habt ihr beide euch das denn ausgedacht?«

»Ich weiß nicht. Es war alles so turbulent.« Caro holte schwerfällig Luft, als würde sie ihre Gedanken sammeln. »Anfangs dachte ich ja, er interessiert sich für dich, aber dann hat er mich beim Ball der Faulconers zum Tanzen aufgefordert und gesagt, er sei wie verzaubert, seit er mich das erste Mal gesehen hätte. Ich habe ihm anfangs nicht geglaubt, aber er war so überzeugend. Er hat mir jeden Tag Blumen geschickt. In den Blumensträußen waren Karten versteckt, und dann, an jenem Tag am Fluss, hat er mich im Kräutergarten geküsst, und es war wunderschön. Ich hätte nie gedacht, dass man sich so … entrückt fühlen kann. Es war, als hätte ich mein ganzes Leben verschlafen und plötzlich wäre mein Körper aufgewacht. Es ist schwer zu erklären.«

»Ich weiß.«

»Du weißt?«

»Ich meine, ich habe ja Liebesromane gelesen.« Essie räusperte sich verlegen.

»Das habe ich auch, aber es war viel mehr. Es war überwältigend. Er hat darauf geachtet, dass er immer dieselben Veranstaltungen besucht wie ich, und wir haben uns sogar ein paar Mal im Park getroffen. Es war gefährlich, aber das war mir egal. Mit seinen Küssen hat er mir wohl irgendwie den Verstand geraubt, ich konnte nicht mehr richtig denken. Ich wusste einfach, dass ich alles tun würde, um mit ihm zusammen zu sein. Und so bin ich hier gelandet.« Sie senkte den Blick. »Er hat gesagt, er liebt mich, aber er habe ja kein Geld und einen so schlechten Ruf, also würden meine Eltern niemals ihr Einverständnis geben. Deswegen gebe es nur die Möglichkeit, miteinander durchzubrennen. In dem Moment klang alles einleuchtend, aber er hat nichts davon ernst gemeint.«

»Wie hast du das gemerkt?« Essie beugte sich dichter zu Caro herunter, legte ihren Arm um die Schulter ihrer Cousine.

Caro schloss die Augen, als müsste sie Kraft sammeln, um weiterreden zu können. »Wir sind heute früh hier angekommen. Es schien weit genug von London weg zu sein, und wir mussten uns ausruhen, also nahmen wir uns ein Zimmer. Zusammen. Sylvester sagte, wir seien ja so gut wie verheiratet, also könnten wir auch ein Bett teilen.« Sie hob die Hände und verdeckte damit ihr Gesicht, sodass ihre weiteren Worte erstickt klangen. »Aber als wir im Bett lagen, ging es ihm überhaupt nicht ums Schlafen.«

»O nein ...«

»Ich hatte solche Angst.« Sie rieb sich mit den Handflächen über das Gesicht. »Als ich ihn weggeschubst habe, wurde er wütend. Irgendwann hat er gesagt, ich sei den ganzen Ärger nicht wert, und ist aus der Tür gerannt. Ich habe gewartet und gewartet, aber er ist nicht zurückgekommen.« Ihre Stimme brach. »Schließlich habe ich den Gastwirt gefragt, wo er denn sei, und er hat gesagt, er ist in seiner Kutsche weggefahren.«

»Du meinst, er hat dich hier sitzen lassen, weil du dich ihm verweigert hast?« Essie sprang wütend auf die Füße, dann setzte sie sich wieder, denn Caros Gesicht verzerrte sich wieder. »Es tut mir leid.«

»Ich habe ihn geliebt.« Eine einzelne Träne rollte über Caros Wange. »Ich kann immer noch nicht glauben, dass er so weit gegangen ist, nur um mich zu verführen.«

»Ich kann mir das vorstellen. Er ist ein selbstsüchtiger, kaltherziger, unmoralischer Schürzenjäger, und wenn ich ihn in die Finger bekomme, wird er sich wünschen, er sei nie geboren.« Essie ballte die Fäuste. »Und dann hetze ich Granny auf ihn.«

»Ich möchte einfach nur nach Hause«, murmelte Caro verstört. »Aber wie soll ich nach alldem Mama und Papa wieder unter die Augen treten? Ich bin ruiniert.«

»Nicht, solange ich etwas mitzureden habe, o nein.«

»Oder ich.« Aidans Stimme ertönte von der Tür her. »Entschuldigt die Störung, aber ich habe oben eine Suite genommen. Dort habt Ihr mehr Ruhe.«

»Danke.« Essie warf ihm einen dankbaren Blick zu, als er den Raum durchquerte und Caro auf die Füße half. Sie wirkte so zerbrechlich wie ein Porzellanpüppchen. Vorsichtig führten Aidan und Essie sie die Treppe hinauf über einen schmalen hölzernen Wandelgang zu einem Raum, in dem sie einen Esstisch, vier Stühle und ein Sofa vor einem Kamin vorfanden.

»Hier hinten ist auch noch ein Schlafzimmer.« Aidan öffnete die Verbindungstür. »Wenn Ihr euch ausgesprochen habt, schlaft, so lang Ihr wollt. Wir haben keine Eile. Kann ich in der Zwischenzeit irgendetwas bestellen? Tee vielleicht?« Er verzog das Gesicht. »Dieser Vorschlag klingt, als käme er von meiner Mutter.«

»Er klingt trotzdem wunderbar.« Essie lächelte ihm zu, dann setzte sie Caro aufs Bett und kauerte sich vor sie. »Du brauchst Dir überhaupt keine Gedanken machen. Wir bringen alles in Ordnung.«

»Wie denn?«

Sie öffnete den Mund und schloss ihn wieder. Sie hatte nicht die leiseste Ahnung, wie sie das schaffen sollte. Aber sie würde keine Ruhe geben, bis sie die Lösung gefunden hatte.

※

Es dauerte noch eine Stunde, bis Caro endlich eingeschlafen war, sodass Essie sich aus dem Schlafzimmer davonschleichen konnte.

»Aidan?« Leise rief sie seinen Namen.

»Hier drüben.« Er erhob sich vom Sofa und rieb sich mit den Händen über das Gesicht. Noch nie hatte sie ihn so ungepflegt gesehen. Seine Kleider waren hoffnungslos zerknittert, seine Frisur legte nahe, dass man ihn gerade rückwärts durchs Gebüsch gezerrt hatte, und seine Augen schimmerten glasig, als hätte er gerade noch gedöst … aber ihr Herz machte bei seinem Anblick trotzdem einen Purzelbaum.

»Tut mir leid. Ich wollte Euch nicht wecken.«

»Das macht nichts. Wie geht es ihr?«

»Liebeskummer. Es ist so, wie wir vermutet haben.«

»Jagger!« Seine Miene verdüsterte sich, dann wandte er sich ab und murmelte etwas vor sich hin.

»Wenn Ihr fluchen wollt, dann braucht Ihr wegen mir kein Gentleman zu sein. Ihr könnt nichts Schlimmeres sagen, als ich denke.«

»Ihr wärt vielleicht überrascht. Wo ist er jetzt?«

»Längst verschwunden.«

»Dieser Mistkerl.« Er musterte sie scharf. »Ich frage äußerst ungern, aber haben sie …?«

»Sie sagt, er hat sie angefasst und sie hat ihn weggestoßen.« Sie runzelte die Stirn. »Obwohl ich immer noch nicht genau weiß, worüber wir reden. Verführung mal wieder, vermute ich.«

»In diesem Fall ja.« Er rieb sich mit der Hand übers Kinn. Ein Schleier aus Bartstoppeln lag darüber und verlieh ihm ein leicht schurkenhaftes Aussehen. »Obwohl das eigentlich nicht das beste Wort dafür ist. Es klingt so, als wäre an dem Akt selbst etwas unrichtig. Ist es aber nicht, nicht, wenn man einander gernhat.«

»Wirklich? Also, wenn wir verheiratet wären, würdet Ihr auch …?« Sie ließ die Frage unbeendet, denn ihr war noch immer nicht ganz klar, worum es ging. Irgendetwas hatte es jedenfalls mit einem Bett zu tun. Und einem Kitzeln im Bauch. Und vielleicht mit Feuerwerk.

»Ja, aber nur, wenn Ihr das auch wolltet.« Er sah ihr einen Moment lang in die Augen, dann räusperte er sich. »Also … hat Eure Cousine vor ihrem Aufbruch außer an Euch noch an jemanden geschrieben?«

»Ich weiß nicht. Sicher nicht.«

»Na, das wäre schon etwas. Wenn wir Glück haben, weiß keiner davon außer mir, Euch, Eurer Großmutter und unser beider Haushalte. Meine Angestellten sind loyal, und ich wette, die Eurer Großmutter genauso. Und das bedeutet, wenn wir es schaffen, Eure Cousine nach London zurückzubringen, bevor noch jemand davon erfährt, besteht vielleicht die Chance, Euren Ruf und den Eurer Cousine zu retten.«

»Und wenn Jagger jemandem davon erzählt hat? Ihr wisst doch, wie sehr er Skandale und Klatsch liebt.«

»In diesem Fall wahrscheinlich nicht. Er würde seinen Fuß in keinen Salon in ganz London mehr setzen können, wenn sich das herumspricht.« Er trat einige Schritte näher auf sie zu, sein Blick wurde weicher. »Wie fühlt Ihr Euch?«

»So, als würde ich ihn gern in Stücke reißen.«

»Das ist verständlich, aber wahrscheinlich stehen da schon andere Leute Schlange.« Er hob eine Hand und strich sanft mit dem Daumen von ihrem Augenwinkel zu ihrer Wange. »Hunger?«

»Wie ein Wolf.«

»Dann beeile ich mich.«

Sie blinzelte verwirrt, als er sich umwandte und auf die Tür zuging. Ihre Wange fühlte sich plötzlich so verwaist an. »Wohin geht Ihr?«

»Ich bestelle uns etwas zu essen. Ich glaube, das haben wir beide nötig.«

»Ich dachte immer, ein Earl schnippt nur mit den Fingern und schon rennen alle los, um ihn zu bedienen?«

»Ich habe zwei gesunde Beine, und wir reisen inkognito, erinnert Ihr Euch? Ich bin heute der einfache Mr Ravell.« Er bedachte sie mit einem kurzen, jungenhaften Grinsen. »Es gefällt mir ganz gut.«

»Mir auch.« Sie erwiderte sein Lächeln unwillkürlich. »Hat Mr Ravell auch einen Beruf? Oder ist er ein Müßiggänger?«

»Nein, er ist ein Gentleman vom Lande. Er besitzt überwiegend Felder, aber ihm gehört auch eine Rinderherde, und er vertritt einen sehr klaren Standpunkt, was die Korngesetze angeht. Du bist übrigens Mrs Ravell. Unter den gegebenen Umständen hielt ich es für das Beste, uns für ein Ehepaar auszugeben.«

»Gute Idee. Praktisch.« Sie nickte zustimmend, dann legte sie sich auf das eben frei gewordene Sofa. Jetzt, wo die Suche nach Caro vorüber war, fühlte sie sich erschöpft, auch wenn sie noch nicht schlafen wollte. Sie würde einfach ein paar Minuten bis zu Aidans Rückkehr liegen bleiben, dann würden sie zusammen essen. Zusammen. Das klang nett. Und was Mrs Ravell anging ... sie seufzte und schloss die Augen, genoss die Wärme, die sein Körper hinterlassen hatte ... Das klang ebenfalls überraschend nett.

»Caro?« Essie schreckte hoch, schnappte nach Luft, saß kerzengerade auf dem Sofa.

»Tut mir leid.« Aidan warf ihr vom Tisch her einen entschuldigenden Blick zu. Er war gerade damit beschäftig, ein Tablett voller Becher, Schüsseln und Besteck abzuräumen. »Ich habe versucht, leise zu sein.«

»Wenn das hier unser Abendessen ist, dann braucht Ihr Euch überhaupt nicht zu entschuldigen.« Sie schnupperte. »Es riecht köstlich.«

»Rindfleisch mit Klößen und eine Flasche Rotwein. Ich dachte, das ist genau richtig.« Er nickte in Richtung Schlafzimmer. »Sollen wir Eure Cousine wecken?«

Essie zögerte einen Moment lang, dann schüttelte sie den Kopf. »Nein. Schlaf ist momentan wahrscheinlich wichtiger.« Sie ging hinüber zum Tisch und nahm sich eine Schüssel. »Oh, es ist aber kalt hier drüben. Sollen wir am Feuer essen?«

»Warum nicht?« Aidan füllte Wein in die Becher und folgte ihr dann zum Sofa.

»Ich glaube, ich habe noch nie im Leben so etwas Köstliches gegessen«, erklärte Essie nach einigen Bissen. »Mir war gar nicht klar, wie hungrig ich war.«

»Geht mir auch so.«

Sie aßen schweigend weiter, gaben nur einige genießerische Laute von sich, dann stellten sie die Schüsseln auf den Boden und lehnten sich mit wohligem Seufzen zurück.

»Ich bin mir nicht sicher, ob ich mich heute Abend noch einmal bewegen kann.« Essie tätschelte ihren vollen Bauch.

»Dann lasst es doch.« Aidan trank seinen Wein aus. »Ich bin davon ausgegangen, dass Ihr das Bett mit Eurer Cousine teilt und ich hier schlafe, aber ich könnte stattdessen auch ein Klappbett bestellen, wenn Euch das lieber ist?«

»Nein, das ist gut so. Ich raffe mich gleich auf.« Sie neigte den Kopf seitwärts und schloss die Augen. »Ich muss nur erst einmal ein paar Minuten verdauen.«

»Verstehe ich. Es war ein langer Tag.«

»Und wie …«

Sie wachte einige Zeit später auf und stellte fest, dass sie noch genau in derselben Haltung auf dem Sofa saßen, nur war der Himmel vor dem Fenster jetzt schwarz und das Feuer zu einem schwachen, roten Glühen heruntergebrannt. Es fühlte sich sonderbar an, neben Aidan aufzuwachen. Sonderbar, aber nicht unangenehm. Langsam ließ sie ihren Blick über sein Gesicht wandern. Dieses eine Mal sah er entspannt aus, die leichte Falte zwischen seinen Brauen hatte der Schlaf geglättet, und die übliche schwarze Locke hing ihm in die Stirn.

Sie rutschte näher, hob die Hand und strich ihm die Haarsträhne aus der Stirn, dann berührte sie mit den Fingern sanft seine Lippen. Sie fühlten sich wärmer und weicher an, als sie sie in Erinnerung hatte, und da war mit einem Mal wieder dieses sonderbare, konstante pochende Gefühl in ihrem Unterleib. Es weckte in ihr den Wunsch, ihn wieder zu küssen. Stundenlang. Die ganze Nacht sogar, bis ihre Lippen völlig taub waren. Allein der Gedanke ließ sie lächeln, aber er schlief, und es war falsch, und sie sollte wirklich aufstehen, und das würde sie jetzt auf jeden Fall tun, sie war fest entschlossen – bis zu dem Moment, in dem auch er die Augen aufschlug.

»Essie?« Er murmelte sanft ihren Namen.

»Ja?«

»Seid Ihr wach?«

»Ja.« Sie atmete tief ein, überlegte. »Ich glaube jedenfalls.«

»Und ich?«

»Falls Ihr nicht träumt?«

»Ah. Das erklärt alles.«

»Erklärt wa…?« Sie konnte die Frage nicht zu Ende aussprechen, denn seine Lippen legten sich auf die ihren, und in ihrem Geist waren die Worte ausgelöscht, alle Worte, und das war ihr im Leben überhaupt noch nie passiert, aber es fühlte sich erstaunlich befreiend an. Es war ein sanfter Kuss, schlaftrunken und weich, als würde er versuchen, sie wieder in den Schlaf zu wiegen, aber auch leidenschaftlich, als könne er gar nichts anderes tun, als sie zu küssen. Sie schloss die Augen wieder, als er seinen Arm um ihre Taille legte und sie quer über das Sofa auf seinen Schoß zog.

»Hab ich Euch jemals gesagt, wie gern ich Euch habe?« Er murmelte die Worte leise an ihren Lippen.

»Ja.« Sie lächelte und kuschelte sich an ihn. »Und ich habe Euch gesagt, dass ich Euch auch mag.«

»Ich weiß.« Sie spürte, wie er grinste. »Ich wollte es nur noch einmal hören.«

※

»Guten Morgen, Schlafmütze!« Aidans Stimme durchdrang den Schleier, den der Schlaf über sie gezogen hatte, und gleichzeitig berührte seine Hand sanft ihre Schulter. »Zeit zum Aufstehen!«

»Ist es schon Morgen?« Sie streckte die Arme seitwärts und zuckte zusammen, denn ihr Nacken und ihre Schultern protestierten heftig. »Au. Ich muss in einer merkwürdigen Lage geschlafen haben.«

Kaum hatte sie es ausgesprochen, errötete sie, denn die Erinnerungen an die vergangene Nacht stiegen wieder in ihr Bewusstsein. Obwohl … waren es wirklich Erinnerungen? Aidan stand aufrecht und sie lag allein auf dem Sofa. Hatten sie sich letzte Nacht geküsst oder hatte sie das nur geträumt? Wenn ja, dann hatte ihre Fantasie sich selbst übertroffen.

»Es tut mir leid.« Aidan räusperte sich. »Ich dachte daran, Euch nach hinten ins Schlafzimmer zu tragen, aber unter den Umständen … und jetzt, wo Eure Cousine …«

»Ja. So war es bestimmt am besten.« Offensichtlich hatte sich auch in ihrer Kehle etwas verfangen. »Ich wollte wirklich nur für ein paar Minuten die Augen zumachen. Ich hoffe, ich habe es Euch nicht allzu unbequem gemacht.«

»Unbequem?« Er sah sie leicht ungläubig an. »Ganz und gar nicht. Es war … Ich meine … Ich wollte uns gerade Frühstück holen. Kaffee vor allem.«

»Das klingt gut.« Sie rappelte sich auf die Füße, um ihm gegenüberstehen zu können. Heute Morgen sah er noch zerfledderter aus und die Zahl der Bartstoppeln hatte sich verdoppelt.

»Ich muss mich rasieren.« Offensichtlich war ihm ihr Blick aufgefallen.

»Nicht unbedingt. Ich könnte mir vorstellen, dass ein Bart Euch steht.«

»Wirklich?«

»Ja. Ihr wirkt …« Ihr fiel kein gutes Wort ein, deswegen entschied sie sich kurzfristig für ein schlechtes, »haarig«.

»Danke schön. Wahrscheinlich.« Seine Lippen zuckten und sein Blick fiel auf ihre eigenen Haare. Nach dem Gewicht auf ihren Schultern zu urteilen, war während der Nacht die letzte Haarnadel herausgerutscht, sodass es sich vollkommen gelöst hatte und ihr jetzt fast bis zu ihrer Taille hing. »Ihr wirkt lockig.«

»Ach je. Ich weiß.« Sie legte sich beschämt eine Hand auf die Haare. »Es lässt sich nie langfristig bändigen.«

»Es ist wie ein Wasserfall.« Er hob eine Hand, die Rückseite seiner Finger streifte leicht eine ihrer Brüste, als er eine Locke anhob. »Wunderschön.«

»Verknotet.«

»Zerzaust.«

Sie schluckte, als die Luft zwischen ihnen sich mit Spannung auflud. Ein Zupfen an ihrer Locke, und er konnte sie zurück in seine Arme ziehen, zurück aufs Sofa, zurück in das, was sie letzte Nacht getan hatten. Sie konnte sich das doch unmöglich alles vorgestellt haben.

Ein kurzes Klopfen an der Zimmertür sprengte den Moment.

»Also Kaffee.« Aidan ließ ihre Haare sofort fallen.

»Ja, und ich …« Essie sah sich im Raum um, suchte irgendetwas, was sie tun oder worüber sie eine Bemerkung äußern konnte. »Ich sehe mal nach, wie es Caro geht.«

»Gut. Ausgezeichnet.«

Er verbeugte sich förmlich, und sie sank in einen kurzen Knicks, den sie sofort bereute, dann ging er aus der Tür, und sie trat ins Schlafzimmer. Dabei unterdrückte sie den Drang, vor Frustration laut zu schreien.

»Wie fühlst du dich heute Morgen?« Sie setzte sich auf die Bettkante. Ihre Cousine regte sich gerade erst ein bisschen.

»Ich schäme mich.« Caro sah auf, aber sie hob den Kopf nicht vom Kissen. Die roten Flecken und die violetten Schatten in ihrem Gesicht waren verschwunden, aber sie war noch immer sehr blass, und das Leuchten in ihren Augen war erloschen. »Aber ich fühle mich besser, jetzt wo du hier bist. Vielen Dank, dass du mir nachgefahren bist. Ich weiß nicht, was ich sonst getan hätte.«

»Dir wäre etwas eingefallen.«

»Ja?« Caros Stimme klang hoffnungslos. »Warum ist der Earl bei dir?«

»Er hat mir geholfen.« Essie fand das apathische Benehmen ihrer Cousine beunruhigend. »Er wird auch niemandem von dem hier erzählen. Wir sind beide hier, um nach dir zu sehen und dich sicher wieder nach London zu bringen.«

»Zu Granny?«

»Natürlich.«

»Und wenn sie mich gar nicht mehr haben will? Was hat sie gesagt, als sie meinen Brief gelesen hat?«

»Nichts. Das heißt, ich hatte gar nicht die Möglichkeit, ihr den Brief zu zeigen. Als ich ihn gefunden hatte, war sie schon wieder ausgegangen. Das war alles sehr rätselhaft. Meinst du, sie ist eine Glücksspielerin?«

»Wahrscheinlich.« Caro starrte mit leerem Blick in den Betthimmel. »Mama wird am Boden zerstört sein. Sie hatte so große Hoffnungen für mich und jetzt habe ich Schande über die ganze Familie gebracht.«

»Ich gehöre zu deiner Familie und ich sehe das überhaupt

nicht so.« Essie wandte den Kopf, als es leise an die Tür klopfte. »Aidan?«

»Kaffee und getoastete Brötchen?«

»O ja, bitte!« Sie machte einen Satz durch das Zimmer und riss die Tür weit auf.

»Guten Morgen!« Er lächelte Caro zu, als er einen Teller und eine dampfende Tasse neben ihr Bett stellte. »Ihr seht bereits besser aus, Miss Foyle.«

»Danke schön.« Sie wandte den Kopf ab, als wolle sie ihm nicht in die Augen sehen.

»Ich habe meinen Männern gesagt, sie sollen in einer Stunde abfahrbereit sein.« Er wandte Essie wieder seine Aufmerksamkeit zu. »Es wird ein bisschen eng in der Postkutsche, aber wenn wir es schaffen, etwa zur Dinnerzeit in London anzukommen, dann gelingt es uns vielleicht, Mayfair zu passieren, ohne dass uns jemand bemerkt.«

»Gute Idee. Hast du gehört, Caro?«

»Ja.« Ihre Cousine streckte die Hand aus und ergriff ihre Finger. »Essie, du wirst dich nicht von mir abwenden, auch wenn es alle anderen tun, nicht wahr?«

»Wie kannst du mir überhaupt so eine Frage stellen? Ich bin für dich da und werde immer für dich da sein. Wenn alle Stricke reißen, gehen wir zusammen auf die Bühne. Du hast eine große Begabung, Prinzessinnen zu spielen. Es wird so sein, wie wir immer geträumt haben, als wir klein waren. Wir werden Freigeister sein, wir werden die Regeln und Erwartungen und Urteile der Gesellschaft einfach abschütteln. Wir werden um die Welt reisen und berühmte Schauspielerinnen werden, und wenn wir in Rente gehen, kaufen wir uns ein Landhaus mit

Rosen über der Eingangstür und werden zwei exzentrische alte Jungfern. Wir werden uns sogar eine Mildred zulegen.«

»Können wir nicht lieber Geißblatt pflanzen? Ich mag keine Rosen mehr.«

»Welche Blumen du auch immer haben willst.«

»Und vielleicht eine Katze?«

»Ein ganzes Rudel Katzen.« Essie grinste. »Und dann denken wir über unser Leben nach und sagen, das war das Beste, was uns überhaupt passieren konnte.«

»Nur dass ich keine Prinzessin mehr spielen kann.« Caro schniefte. »Die sind immer tugendhaft und ich bin jetzt eine gefallene Frau.«

»Aber du bist längst keine böse Lady Macbeth. Du hast einen Fehler gemacht, aber der eigentlich Schlechte ist Jagger, nicht du. Wir lassen ganz bestimmt nicht zu, dass dir diese Sache dein ganzes Leben ruiniert.«

Essie griff nach einem Brötchen und biss entschlossen hinein. Sie sah auf und stellte fest, dass Aidan sie mit einem seltsam konzentrierten, dünnlippigen Gesichtsausdruck beobachtete. Sie schluckte und konnte sich des Eindrucks nicht erwehren, dass sie zwar gerade genau das Richtige gesagt hatte, andererseits aber genau das Falsche.

# Kapitel 18

Die Rückreise war in mehr als nur einer Hinsicht lang, verkrampft und unbequem. Sie hatten keine Ahnung, welche Gerüchte sich in London jetzt schon verbreiten mochten, und die Ungewissheit führte in der Kutsche zu einer Atmosphäre, die man mit dem Messer schneiden konnte. Sie redeten wenig und hielten nur an, wenn es gar nicht anders ging. Die Postkutsche besaß nur eine einzige Bank, und so saß Essie in der Mitte, Caro auf der einen, Aidan auf der anderen Seite. Seine Miene war verschlossen, streng, als hätten sich alle Muskeln in seinem Gesicht angespannt. Als sie die Außenbezirke Londons erreichten, redete er endlich, wandte sich allerdings direkt an Caro.

»Miss Foyle?« Er beugte sich zu ihr hinüber, sein Tonfall war mitfühlend. »Ich frage Euch nicht gern, aber wisst Ihr vielleicht, wo Mr Jagger derzeit wohnt?«

»In der Nähe von Piccadilly.« Caro nickte erschöpft. »Er hat mir erzählt, er hätte sich in Albany eingemietet.«

»Ich verstehe. Danke schön.«

Essie warf ihm einen fragenden Blick zu, aber er hatte sich wieder umgedreht und sah mit nachdenklich gekrauster Stirn vor sich hin.

Als sie gegen sieben Uhr den Cavendish Square erreichten

und direkt zu den Stallungen fuhren, war es auf den Straßen zum Glück wirklich sehr ruhig, wie Aidan vorhergesehen hatte.

»Komm jetzt.« Essie legte eine Hand auf Caros Schulter, als der Wagen zum Stehen kam, und stellte fest, dass ihre Cousine vor Nervosität zitterte. »Es wird alles gut gehen. Ich verspreche dir, dass Granny sich nicht weigern wird, dich zu sehen.«

»Erlaubt mir, Miss Foyle.« Aidan trat vor und streckte eine Hand aus. »Wir gehen zusammen hinein.«

Essie nahm Caros anderen Arm und führte sie durch den Boteneingang die Hintertreppe hinauf. Jetzt war der Moment der Wahrheit gekommen, und sie musste sich eingestehen, dass auch sie ein bisschen nervös war. Sie konnte sich nicht vorstellen, dass ihre Großmutter so grausam sein würde, Caro auf die Straße zu setzen, aber was, wenn sie sich irrte?

Zum Glück mussten sie nicht lange warten, bis diese Frage sich klärte. In geradezu halsbrecherischem Tempo polterten Schritte die Treppe hinunter, als sie gerade erst den Korridor betraten.

»Ach, Gott sei Dank!« Ihre Großmutter schoss ihnen entgegen, Mildred dicht auf den Fersen, und schaffte es irgendwie, sie beide gleichzeitig in die Arme zu schließen. »Ich bin um Jahre gealtert, solche Sorgen habe ich mir um euch beide gemacht.«

»Es tut mir so leid, Granny.« Caro brach wieder in Tränen aus. »Bitte verzeih mir!«

»Ach, Schnickschnack. Was auch immer passiert ist, ich bin mir sicher, ich habe selbst Schlimmeres angestellt. Du bist wieder da und nur das zählt.« Die Witwe warf einen Blick in ihr Gesicht und gab Quill, der über Essies Rückkehr sehr erleichtert wirkte, einen gebieterischen Wink. »Sagt den Dienstmädchen, wir brauchen ein heißes Bad und etwas zu essen. Und vielleicht ein bisschen Whisky. Der Himmel weiß, dass ich einen vertragen könnte. Denholm!« Sie sah aus, als würde sie am liebsten auch Aidan in den Arm nehmen. »Ich weiß nicht, wie ich Euch das jemals vergelten kann!«

»Ihr müsst mir nichts vergelten. Ich war froh, Euch behilflich sein zu können, aber wenn Ihr mich jetzt entschuldigen würdet? Ich habe noch etwas anderes zu erledigen.«

»Natürlich.« Die Witwe legte Caro einen Arm um die Taille. »Komm mit, meine Liebe.«

»Wartet!« Essie packte Aidans Arm, als er sich abwandte. »Geht Ihr zu Jagger?«

Er nickte, seine Stimme und seine Miene waren grimmig. »Ich versuche es erst in seiner Wohnung.«

»Nicht ohne mich, ganz bestimmt nicht.« Sie reckte die Schultern. »Wenn jemand ihn kastrieren darf, dann bin ich das.«

»Das klingt zwar sehr verlockend, aber Eure Cousine braucht Euch.«

»Sie hat jetzt meine Granny.« Sie drängte sich an ihm vorbei, ging den Weg zurück, den sie gekommen waren. »Außerdem braucht Ihr vielleicht meine Unterstützung, und wenn Ihr mich nicht mitnehmt, dann …«

»Dann mietet Ihr selbst einen Wagen und fahrt trotzdem hin. Ja, ich erinnere mich. Gut. Ich bin zu müde zum Streiten.«

»Danke.« Essie sah, wie er sich mit der Handfläche übers Gesicht fuhr, als sie wieder in die Postkutsche stiegen. »Und auch danke für alles andere.«

Er antwortete mit einem Laut, der wie ein verächtliches

Grunzen klang, und sie runzelte verstört die Stirn. Der Aidan, den sie im Verlauf der letzten Woche kennengelernt hatte, hatte sich auf der Rückreise nach London scheinbar weiter und weiter von ihr zurückgezogen. Jetzt war er nicht mehr der Mann, den sie mitten in der Nacht um Hilfe gebeten hatte – oder der, den sie mitten in einer anderen Nacht geküsst hatte. Er war wieder der hochmütige Earl, auch wenn sie in diesem Moment zu müde war, um darüber nachzudenken, woher das kam. Stattdessen schloss sie die Augen und lauschte dem Klappern der Hufe und dem Poltern der Räder auf dem Kopfsteinpflaster.

»Wartet hier.« Ehe sie sich's versah, stieg Aidan schon wieder aus. »Und diesmal meine ich es ernst.«

»Was werdet Ihr tun, wenn Ihr ihn antrefft?«

»Zuerst einmal möchte ich die ganze Geschichte hören. Und zweitens werde ich dafür sorgen, dass er den Mund hält.«

»Wie denn?«

»Überlasst das mir.«

»Und wenn Ihr meine Hilfe braucht?«

»Dann komme ich und bitte darum.« Er ging los, dann wandte er sich noch einmal zu ihr um. »Rührt Euch nicht von der Stelle!«

Essie ließ sich gehorsam in die Lehne sinken. Es schien ihr, als verginge eine Ewigkeit, dann rutschte sie doch noch auf seine Seite der Bank und spähte hinaus. Das Gebäude, in dem Mr Jagger gewohnt hatte, wirkte viel zu chic für einen solchen Schurken: Es war groß, grau und elegant mit weißen Säulen zu beiden Seiten einer normal wirkenden Eingangstür. Es waren auch keine Geräusche zu hören, die auf Gewalttätigkeit schließen ließen. Kein Knallen und Splittern, nicht einmal Gebrüll.

Und das war sicherlich ein gutes Zeichen. Auch wenn ein Teil von ihr nach Blut dürstete und deswegen ein bisschen enttäuscht war.

Sie zuckte zurück, als die Tür auf der anderen Seite der Kutsche aufflog und Aidan wieder einstieg. Sein Tonfall war vorwurfsvoll. »Ihr habt Euch bewegt.«

»Nur über den Sitz. Ich habe nicht gesehen, dass Ihr aus dem Haus gekommen seid.«

»Ich habe eine andere Tür genommen.«

»Und?« Sie musterte ihn kritisch, als die Postkutsche wieder anruckte. Er schien nicht verletzt zu sein. Nein, er hatte offenbar nicht den kleinsten Kratzer. »Habt Ihr ihn gefunden?«

»Nein. Ich habe mit seinem Diener gesprochen. Er hat ihn seit zwei Tagen nicht gesehen.«

»Woher wollt Ihr wissen, dass er nicht gelogen hat?«

»Das weiß ich nicht, aber wenn Jagger weiß, dass wir nach ihm suchen, wird er sich wahrscheinlich eine Weile bedeckt halten.«

»Und das ist alles?«

»Nein. Ich werde morgen weitere Erkundigungen einholen.« Seine Wangenmuskeln spannten sich an. »Ich werde morgen früh auch als Erstes eine Nachricht an Euren Vater senden.«

»Wegen Caro?« Sie blinzelte überrascht. »Warum?«

»Wegen uns. Um ihn darüber zu informieren, dass unsere Verlobung aufgelöst ist.« Er warf ihr einen kurzen Seitenblick zu, aber aus seiner Miene war nichts zu lesen. »Ich werde es nicht öffentlich bekannt machen, solange ich nicht sicher bin, dass keine Gerüchte über unsere Fahrt im Umlauf sind, aber wenn das nicht der Fall ist, könnt Ihr Euch als frei betrachten.«

»Frei?« Sie war so geschockt, als habe er gerade eine Maske abgenommen und darunter sei der ruchlose Mr Jagger erschienen. »Und was ist mit der Suche nach einem Ersatz für mich?«

»Ich brauche keinen verdammten Ersatz.«

»Und was ist mit der Rettung Eures Anwesens?«

»Mir fällt schon etwas ein.« Seine Stimme wurde härter, als sei sie plötzlich aus Granit. »Das ist nicht mehr Eure Angelegenheit.«

*Aber was ist mit uns?* Sie biss sich auf die Zunge, um die Worte nicht laut auszusprechen. Es gab kein »uns«. Sie wollte überhaupt nicht, dass es ein »uns« gab! Gut, sie hatte ihn geküsst – mehrmals sogar –, aber aus reiner Neugier. Es hatte nichts bedeutet. Auch wenn es sich nach etwas angefühlt hatte. Sich immer noch nach etwas anfühlte.

»Es ist vorbei, Essie.« Ein Muskel zuckte in seiner Wange. »Das hier, was auch immer es war, ist vorbei.«

»Aidan …« Sie starrte ihn an, ihre Gedanken wirbelten so schnell durcheinander, dass sie es nicht schaffte, sie irgendwie zu verstehen, und noch viel weniger, sie zu einem sinnvollen Satz anzuordnen. Ihr war nur klar, dass sie bekommen hatte, was sie sich gewünscht hatte. Sie wusste nicht, wie es ihr gelungen war, aber sie hatte ihn davon überzeugt, sie gehen zu lassen. Sie hatte nicht einmal drei Monate gebraucht. Zehn Wochen hatten ausgereicht.

Sie zuckte zusammen, als eine Kutsche an ihnen vorüberbrauste und der Wagen ins Wanken geriet. Sie hätte sich doch freuen müssen! Sie hätte sich siegestrunken selbst auf die Schulter klopfen sollen, weil sie ihre Aufgabe so gut erfüllt hatte, aber stattdessen fühlte sie sich wie ein Glas Champagner, das zu lange herumgestanden hatte. Alle Bläschen waren bereits geplatzt, und das, was übrig blieb, schmeckte einfach nur schal.

Zwanzig Minuten später war sie zurück im Cavendish Square, ihre Verlobung war aufgelöst, und Aidan war weg.

Sie würde jetzt auf gar keinen Fall weinen.

# Kapitel 19

»Wie geht es ihr?« Die Witwe näherte sich durch den Flur im dritten Stock, die keuchende Mildred auf den Fersen, als Essie spät am nächsten Morgen aus dem Schlafzimmer ihrer Cousine trat.

»Sie starrt wieder an die Decke.« Essie machte die Tür leise hinter sich zu. »Vielleicht sollten wir sie eine Weile in Ruhe lassen. Sie braucht Zeit zum Nachdenken.«

»Nachdenken? Das Letzte, was sie jetzt tun sollte, ist nachdenken.« Ihre Großmutter klang bedrückt. »Aber du hast vielleicht recht und wir sollten sie eine Weile in Ruhe lassen. Sie hat ja einiges zu verdauen. So wie du auch.« Ihr Blick wurde weicher. »Komm mit. Wenn es eine Sache gibt, die ich im Laufe meiner mehr als sechzig Jahre gelernt habe, dann das: Nichts tut so gut wie eine Tasse heiße Schokolade, wenn man erschöpft ist. Quill!« Sie rief den Namen des Butlers, als ginge sie selbstverständlich davon aus, dass er sich in Hörweite befand. »Bring uns zwei Tassen heiße Schokolade! Mit Sahne und Zucker!«

Essie lächelte mühsam, ließ sich von ihrer Großmutter in deren privaten Salon schieben und auf ein plüschiges rosa Sofa drücken.

»So.« Die Witwe nahm neben ihr Platz. »Ich habe die Geschichte von Caro gehört, als sie gebadet hat. Die gekürzte Fassung, nehme ich an, aber das Wesentliche weiß ich jetzt. Wart ihr denn gestern Abend erfolgreich bei eurer Suche nach Mr Jagger?«

»Nein. Aidan hat gesagt, er war nicht in seiner Wohnung.«

»Gut. Wenn wir Glück haben, ist er ins Ausland gegangen und kommt in den nächsten Jahrzehnten nicht mehr zurück. Natürlich würde ich ihm gern die britische Armee auf den Hals hetzen, aber das würde vermutlich zu viel Aufmerksamkeit erregen.«

»Wirst du Tante Emmeline davon erzählen?«

Ihre Großmutter zögerte einen Moment, dann schüttelte sie den Kopf. »Nur wenn es gar nicht anders geht. Ich glaube, das muss Caro selbst erzählen, nicht ich.«

»Ich mache mir solche Vorwürfe, weil ich ihr Mr Jagger vorgestellt habe.«

»Papperlapapp! Wenn hier jemand einen Fehler gemacht hat, dann war ich das, weil ich die Zeichen nicht erkannt habe. Ich war zu selbstgefällig, aber andererseits habe ich nicht damit gerechnet, dass Caro diejenige sein würde, die ich im Auge behalten musste.« Ihre Großmutter betrachtete sie aufmerksam. »Ich finde, es wird Zeit, dass wir ehrlich zueinander sind, meinst du nicht? Emmeline hat mir geschrieben, du würdest dich nicht besonders auf deine baldige Hochzeit freuen, aber selbst wenn sie das nicht getan hätte – ich bin doch auch nicht von gestern. Eine junge Lady, die mit einem gut aussehenden und dazu noch relativ intelligenten Earl verlobt ist, strahlt normalerweise etwas mehr Begeisterung aus, wenn sie sich mit ihm trifft. Sie zieht kein orangefarbenes Kleid an und tritt ihm nicht auf den Fuß.«

»Ja, du hast schon recht.« Essie ließ den Kopf hängen. »Ich

habe versucht, ihn dazu zu bringen, dass er unsere Verlobung auflöst.«

»Das habe ich angenommen. Die Frage ist nur: Warum?«

»Weil ich nicht zur Countess geschaffen bin. Es ist einfach nicht meine Welt.«

»Sei nicht albern.«

»Bin ich nicht! Ich bin weder schön noch elegant noch vornehm. Und selbst wenn ich das wäre, dann wäre ich trotzdem nicht bereit, meine Freiheit aufzugeben. Von einer Countess wird doch immer ein ganz bestimmtes Benehmen erwartet.«

»Und wer bitte schön erwartet das, wenn ich fragen darf? Um Himmels willen, wenn du dich nach der Meinung der Leute richten willst, dann wirst du im Leben nicht weit kommen. Glaubst du denn, ich habe mich immer an die Regeln gehalten?« Ihre Großmutter hob das Kinn, offenbar nur, um Essie über ihre Nasenspitze hinweg mustern zu können. »Aber du bist ein kluges Mädchen. Du weißt das alles. Also, Ausreden beiseite, was ist der eigentliche Grund?«

»Das ist der eigentliche Grund. Das und dass ich meine eigenen Pläne habe. Warum sollte denn eine Heirat der einzige Weg im Leben sein? Ich möchte Schauspielerin werden.«

»Ach ja? Nun, wenn ich mir deine jüngste Vorstellung so ansehe, möchte ich sagen, dass du wahrscheinlich eine sehr begabte Schauspielerin wärst.« Ihre Großmutter neigte mitfühlend den Kopf. »*Ich habe es dir doch gleich gesagt*, ist nicht mein Lieblingssatz, aber ich habe meinem Sohn gegenüber tatsächlich einen ähnlichen verwendet, als er vor so vielen Jahren die Verlobung mit dem Earl arrangiert hat. Du hattest schon damals so eine unabhängige Ader.«

»Aber du hast darauf gedrängt, dass Aidan und ich uns treffen.«

»Nur weil ich wollte, dass du ihm eine Chance gibst. Ich dachte, du lernst vielleicht, ihn zu mögen.«

»Ich mag ihn ja auch, aber ich kann ihn nicht heiraten.« Essie starrte zu Boden. »Weißt du, ich erinnere mich genau an den Moment, in dem mir Vater diese Verlobung verkündete. Er wirkte so stolz auf sich, als erwarte er Dankbarkeit von mir. Und Mutter stand nur irgendwo im Hintergrund und tat gar nichts. Sie tat niemals etwas. Und dann starb sie eine Woche später und ließ mich im Stich.« Sie verzog den Mund. »Warum hat sie sich nie gegen ihn gewehrt? Warum hat sie nicht für mich gekämpft?«

»Ich habe keine Ahnung.« Die Witwe seufzte tief. »Die Dinge liegen oft nicht so einfach, wie sie erscheinen, vor allem aus dem Blickwinkel eines Kindes. Deine Mutter war eine scheue, unglückliche Seele, schon vom ersten Tag an, an dem ich sie kennenlernte. Die Verbindung deiner Eltern sah auf dem Papier gut aus, aber in Wirklichkeit tat es mir weh, zu sehen, wie wenig sie zueinanderpassten. Unglücklicherweise kam mein Sohn zu sehr nach meinem Gatten – es fehlte ihm an Fantasie, und er nahm sich selbst viel zu wichtig. Er machte niemals den Versuch, sie zu verstehen, und im Gegenzug welkte sie dahin wie eine gepflückte Blume. Du warst die Einzige, die deine Mutter jemals zum Lächeln gebracht hat.«

»Meine Mutter hat gelächelt?«

»Ab und zu. Sie hat dich geliebt, auch wenn sie sich nicht für dich einsetzen konnte.«

»Vater hat auch niemals versucht, mich zu verstehen. Er hat

mich einfach bei Tante Emmeline abgegeben, und jetzt, wo ich erwachsen bin, erwartet er von mir, seinen Ambitionen gerecht zu werden. Aber warum sollte ich? Warum sollte ich irgendetwas tun, um ihn glücklich zu machen? Ich will ihn überhaupt nicht glücklich machen.«

»Das kann ich dir nicht vorwerfen.«

»Die Ehe hat meine Mutter zerstört.« Essie ballte die Fäuste. »Ich will nicht so enden wie sie.«

»Oh, ich bezweifle, dass das möglich ist. Du bist durch und durch eine ganz andere Persönlichkeit, meine Liebe. Du bist genauso zielstrebig und hartnäckig wie ich, ganz zu schweigen von deinem Vater. Was glaubst du, warum er so besessen war von dem Wunsch, einen Sohn zu bekommen? Weil dieser Narr zu blind war, um zu sehen, was für ein Juwel er bereits hatte.« Sie legte ihre Hände auf Essies, löste sanft ihre angespannten Finger. »Doch diese Eigenschaften können beides sein, Stärke und Schwäche. Sie haben dir dabei geholfen, einen schrecklichen Einstieg ins Leben zu verkraften, aber vielleicht bist du dadurch auch ein bisschen zu stur geworden? Seine Meinung zu ändern, auf sein Herz zu hören, das kann auch gut sein, vor allem, wenn man dadurch die Vergangenheit hinter sich lässt.« Sie hielt eine Hand hoch, als Essie den Mund öffnete und sie unterbrechen wollte. »Ich verstehe, dass du Angst hast und dich rächen willst, und ich stimme vollkommen mit dir darin überein, dass die Ehe für eine Frau eine riskante Angelegenheit ist. Von uns wird erwartet, uns unseren Gatten zu unterwerfen oder ihnen zu vertrauen, als seien sie der Quell aller Weisheit, was sehr selten zutrifft, und wenn wir den falschen Mann wählen, kommen wir nicht so einfach aus der Sache heraus. Aber du bist nicht deine Mutter und nicht alle Ehemänner sind so wie dein Vater. Es gibt sehr glückliche Ehen.«

»Ich kenne keine.«

»Vielleicht, weil du sie nicht sehen willst. Emmeline, bei allen Fehlern, die sie so hat, ist mit deinem Onkel Charles sehr glücklich, und ich fühle mich in meiner auch sehr wohl.«

»Was? Ich dachte, du und Großvater...«

»Ach, wir konnten einander nicht ausstehen. Mein zweiter Ehemann dagegen ist ein ganz anderes Kaliber.«

»Euer ...« Essie war undeutlich bewusst, dass ihr die Kinnlade herunterfiel. »Wer?«

»Mein zweiter Ehemann, Seamus.«

»Aber ich habe noch nie von ihm gehört.«

»Das nehme ich an. Niemand hat von ihm gehört.«

»Also ... Moment, dann warst du in der besagten Nacht bei ihm?«

Die Witwe schmunzelte. »Ich habe überlegt, ob ich sagen soll, ich sei in eine Spielhölle gegangen, aber jetzt glaube ich, mit der Wahrheit ist dir besser gedient.«

»Aber wenn ihr verheiratet seid, warum lebt ihr nicht zusammen? Warum die Geheimnistuerei?«

»Es macht Spaß. Und dein Vater und deine Tante wären niemals einverstanden. Seamus betreibt ein wunderschönes kleines Hotel mit dem Namen ›Zum Schnarchenden Leoparden‹. Und was das Zusammenleben angeht, wir wollen das gar nicht. Ich schätze meine Unabhängigkeit und er die seine.« Sie tätschelte Essies Knie. »Was ich sagen will: Es gibt mehr als nur eine Art von Ehe, aber wenn du tatsächlich eine Alternative suchst, dann biete ich dir eine.«

»Wie meinst du das?«

»Meine Freundin Mrs Willoughby möchte im Spätsommer eine Reise durch Europa antreten und sucht eine Begleiterin. Sie ist eine recht exzentrische Witwe, manche Leute würden sie als Blaustrumpf bezeichnen. Ich glaube, ihr beide würdet Euch gut verstehen.«

»Wirklich?« Essie setzte sich kerzengerade hin, ihre Augen leuchteten. »Meinst du das ernst?«

»Ja, meine ich. Und was das Schauspielerinnenleben angeht, ich wünschte, ich könnte dir sagen, die Welt steht jungen Frauen offen, die ihren eigenen Weg durchs Leben gehen wollen, aber leider ist es nicht so. Es wäre kein einfaches Leben. Dein Vater, das ahnst du vermutlich, würde dir niemals verzeihen, und du müsstest noch weitere Opfer bringen. Dir würde es niemals erlaubt sein, Caro wiederzusehen, nicht offiziell jedenfalls.«

»Aber ich kann doch nicht einfach meine Träume aufgeben.«

»Nein, niemals aufgeben, Essie. Aber denke ganz nüchtern darüber nach, was du wirklich willst, ganz tief in deinem Innersten. Willst du Schauspielerin werden oder willst du einfach fliehen? Ich möchte nicht, dass du aus den falschen Gründen einer Sache den Rücken kehrst, die dich vielleicht glücklich macht.«

»Es spielt sowieso keine Rolle mehr.« Essie senkte den Blick wieder. »Aidan hat unsere Verlobung gestern Abend gelöst.«

»Wirklich? Wegen Caro?«

»Das glaube ich nicht. Er hat es mir einfach auf dem Rückweg von Jaggers Wohnung mitgeteilt. Er hat gesagt, ich sei frei.«

»Und wie fühlst du dich?«

»Ganz ehrlich? Ich weiß nicht, ob ich müde bin oder unter Schock stehe, aber ... nicht besonders glücklich. Es ist, als wüsste ich nicht, was ich empfinden soll.«

»Ihr beide wart in letzter Zeit oft zusammen.«

»Ja.« Sie spürte, dass ihre Wangen sich röteten. »Er hat auch noch gesagt, er würde ein paar Tage warten, bis er es öffentlich macht, für den Fall, dass irgendwelche Gerüchte über uns im Umlauf sind.« Sie wusste auch nicht, wie sie darüber denken sollte. »Meinst du, es wird möglich sein, Caros Flucht geheim zu halten?«

»Ja. Überraschenderweise glaube ich das. Wir sind noch nicht aus dem Schneider, aber deine Cousine war einigermaßen vorsichtig.« Die Großmutter sah auf, als der Butler eintrat und sich mit einem Tablett näherte. »Glücklicherweise sind meine Angestellten sehr gut, wenn es darum geht, Gerüchten auf die Spur zu kommen, nicht wahr, Quill?«

»Wir tun unser Bestes, Mylady.«

»Und ich schätze Euer Bestes ungemein. Wie ich auch diese beiden Tassen Schokolade schätze.« Die Witwe leckte sich in Vorfreude die Lippen. »Nein, soweit ich das sagen kann, hat keine von euch beiden ihren Ruf ruiniert.«

»Na, das ist ja wohl schon mal was.« Essie hob ihre Tasse an den Mund, obwohl die Aussicht auf Schokolade sie zum ersten Mal im Leben kaltließ. »Nur dass Caros Herz gebrochen ist.«

»Herzen heilen auch wieder.«

»Immer?«

»Ich vermute, es kommt darauf an, wie groß die Liebe war. Irgendetwas sagt mir, dass deine Cousine sich einfach von dieser Romanze hat mitreißen lassen.«

»Sie ist nicht oberflächlich.«

»Oh, ich will sie nicht beleidigen. Sie ist ein liebes, gutherziges Mädchen. Die Vorstellung, einen Frauenhelden wie Jagger zu bekehren, spricht so einen Charakter vermutlich an. Unglücklicherweise sind das auch die Mädchen, die sich am ehesten ausnutzen lassen.« Die Großmutter schüttelte den Kopf. »Ich war immer der Meinung, wir tun den jungen Frauen keinen Gefallen damit, dass wir ihnen nicht mehr über die Welt beibringen, bevor sie aus der Schule kommen. Caro hat ihre Lektion jetzt auf die unschöne Art gelernt.«

»Ich bezweifle, dass sie in nächster Zeit bereit sein wird, wieder unter die Leute zu gehen.«

»Wahrscheinlich nicht. Und es sieht so aus, als müssten wir deinen Verlobungsball nächste Woche ebenfalls absagen. Schade. Ich habe mich schon so auf den Maskenball gefreut.«

»Es tut mir leid, Granny.«

»Ja, ihr beide habt mich ganz schön gefordert.«

»Da ist noch eine Sache, die ich dir sagen muss.« Essie holte tief Luft. »Aidan hat angekündigt, er würde Vater gleich morgens einen Brief schicken. Wie lange dauert es wohl, bis ihn die Nachricht erreicht, was meinst du?«

»Na ja, vielleicht sechs Stunden. Dann noch einmal sechs Stunden, bis er hier ist ...«

»Das heißt, er wird noch vor heute Nacht hier sein?«

»Oder gleich morgen früh.« Ihre Großmutter verdrehte die Augen nach oben. »Trink aus. Wir müssen uns wappnen.«

## Kapitel 20

Essie verschränkte die Finger über dem Bauch, ließ jeden Gedanken an Schlaf fallen und starrte auf den roten Samtvorhang über ihrem Kopf. Sie hatte ein paar Stunden gedöst, seit sie sich schlafen gelegt hatte, aber mit dem ersten Morgenlicht setzte nach und nach der Dämmerungschor vor ihrem Fenster ein, und vermutlich war es an der Zeit, das Unausweichliche zuzulassen. Sie würde kein Auge mehr zutun, bevor sie sich nicht die Frage beantwortete, die ihre Großmutter gestellt hatte.

Was wollte sie wirklich, tief im Inneren?

Theoretisch hatte sie schon alles, was sie wollte. Ihre Träume würden sich erfüllen. Aidan und ihre Großmutter gemeinsam hatten ihr eine Möglichkeit eröffnet zu reisen, Paris zu sehen, Wien, sogar Rom! Und wenn sie zurückkehrte, erwartete sie die Bühne. Noch vor zehn Wochen wäre sie von solchen Aussichten einfach nur begeistert gewesen, aber stattdessen fühlte sie sich schal wie schon in dem Moment, in dem Aidan sie auf der Schwelle ihrer Großmutter abgesetzt hatte und davongefahren war, vermutlich, um eine andere zu heiraten. Sie hatte damit gerechnet, dass das Gefühl wieder verschwinden würde, aber stattdessen wurde es immer stärker. Sie fühlte sich so platt wie noch nie in ihrem Leben. So platt wie ... Sie wandte den Kopf, suchte nach Inspiration und entdeckte ein Buch auf ihrem

Nachttisch. So platt wie ein Blatt Papier. Eines, auf das lieblos gekritzelt worden war, und dann hatte man es zu einer Kugel zusammengeknüllt, quer durch den Raum geworfen und dann unter einem dicken Wälzer wieder platt gedrückt. Also platt und zerknittert, mit Falten, die sie vielleicht nie wieder glätten konnte.

Und genau darin lag das Problem. Sie fühlte sich, als tobe eine Schlacht in ihrem Kopf, als hätten die vergangenen Tage mit Aidan ihre Gedanken irgendwie durcheinandergewirbelt und sie hatte gar nicht die Möglichkeit, ihre früheren Vorstellungen wiederzufinden oder ihren Seelenfrieden wiederherzustellen, nicht ohne dieses alte, zerknitterte und geknäulte Blatt Papier wegzuwerfen und eine neue Seite anzufangen.

Wenn sie nur wüsste, was darauf geschrieben stehen sollte!

Schließlich warf sie mit gequältem Seufzen ihre Decke zurück und ging zum Fenster, setzte sich auf den gepolsterten Fenstersitz mit Blick auf die Straße, zog die Beine unter sich und sah hinaus in die Dämmerung und auf ihr eigenes Spiegelbild.

Wenn man sich wirklich um vier Uhr morgens einer Gewissensprüfung unterzog, dann war es bestimmt besser, sich dabei in die Augen zu sehen.

*Was wollte sie wirklich?*

Ihr Kindheitstraum war die Bühne gewesen, aber vielleicht gab es andere Möglichkeiten, die sie bislang niemals zugelassen hatte. Zum Beispiel, eine Countess zu sein. Vielleicht, nur vielleicht war es an der Zeit, genauer hinzusehen, vielleicht ja nur, um sicherzugehen, dass sie das Richtige getan hatte und dass sie dies auf gar keinen Fall wollte. Vielleicht wäre es zum Beispiel möglich gewesen, die Rolle der Countess wie eine Theaterrolle zu übernehmen. Es wäre eine dauerhafte Rolle gewesen, eine lebenslange Verpflichtung, aber vielleicht war es sogar besser, eine klare Rolle zu haben und diese hervorragend zu spielen, als immer wieder unbedeutende Rollen zu übernehmen. Und wer sagte überhaupt, dass eine Countess nicht Schauspielerin sein durfte? Noch vor anderthalb Jahrhunderten waren Frauen überhaupt nicht auf Bühnen zugelassen gewesen. Wer konnte schon sagen, wie sich die Dinge in Zukunft entwickeln würden? Jemand musste doch immer die Erste sein. Und Aidan hatte versprochen, dass er sie nicht zurückhalten würde. Und sie vertraute Aidan. Alles in allem wäre es vielleicht gar nicht so schlimm gewesen, Countess zu werden?

Sie musterte ihr Spiegelbild grimmig und beobachtete dann, wie die Außenwelt sich von Indigoblau zu Saphirblau verfärbte, bis die Sterne allmählich verblassten und ein rosiger Schimmer den Himmel über den Dächern erhellte. In diesem Moment rutschte sie vom Fenstersitz auf den Boden und fragte sich, warum sie das Bedürfnis hatte, sich selbst so heftig zu quälen. Es war sinnlos, darüber nachzudenken, ob sie Countess werden wollte. Sie würde keine werden. Nicht mehr. Die Entscheidung war bereits gefallen, eine Entscheidung, die sie sich gewünscht hatte – sie hatte alles dafür getan, sie herbeizuführen. Das Beste, was sie jetzt tun konnte, war aufzustehen, die ganze Grübelei aufzugeben und nach vorne zu sehen. Nur … Sie runzelte die Stirn, denn da war so ein Gedanke, der am Rande ihres Bewusstseins herumspukte, ihr jedes Mal entglitt, wenn sie versuchte, ihn zu greifen …

*Bamm!*

Sie schrie vor Schreck leise auf, als unten eine Tür lautstark ins Schloss knallte.

Oh … Verdammter Mist.

Einen Moment lang war gar nichts zu hören, die Ruhe vor dem Sturm, aber dann brüllte im unteren Korridor eine Männerstimme los. Eine, die sie sofort wiedererkannte.

Sie warf einen Blick auf ihr Bett, war kurz versucht, sich darunter zu verstecken, dann zog sie sich an und schlich aus dem Zimmer in Richtung Treppe.

»Das ist eine Unverschämtheit! Damit kommt er nicht durch!« Die Stimme ihres Vaters hallte bis in den hintersten Winkel des Hauses, ließ praktisch jeden Kronleuchter klirren.

»Um Himmels willen, schrei nicht so!« Die Stimme der Großmutter war etwas leiser, aber ebenso streng. »Du weckst das ganze Stadtviertel!«

»Ich pfeife auf das Stadtviertel! Ich werde dafür sorgen, dass ganz London erfährt, was er getan hat.«

»Zweifellos hat man es bereits von hier aus gehört.«

Essie ging auf Zehenspitzen näher und warf einen Blick um die Salontür herum. Ihre Großmutter saß auf ihrem Stammplatz auf dem Sofa. Sie trug einen Morgenrock aus violetter Seide. Ihr Vater stand mit in die Hüften gestemmten Händen vor dem Kamin. Körperlich war er genauso schlank und scharfkantig, wie sie ihn in Erinnerung hatte, als weigere sich sein Körper, auch nur den entferntesten Anflug von Sanftheit anzunehmen. Aber sein Gesicht verriet, wie viel Zeit vergangen war: Seine Stirn war so tief durchfurcht, als verlaufe in ihrer Mitte ein richtiger Schützengraben. Außerdem war diese Stirn erschreckend tiefrot. Das Alter hatte ihn eindeutig nicht weicher gemacht.

»Ah.« Die Großmutter hatte Essie entdeckt und winkte sie herein, bevor sie dem drängenden Wunsch nachgeben konnte, einfach davonzulaufen. »Essie, sieh mal, wer hier ist.«

»Vater.« Sie rückte die Schultern gerade, als sie eintrat.

»Celeste.« Sein dunkler Blick wurde noch strenger, als er sie musterte. »Was hast du angestellt?«

Sie erstarrte auf halbem Weg durch den Raum. Offenbar war das alles an Begrüßung, was sie von ihm zu erwarten hatte. Kein Lächeln, kein Kompliment, nicht einmal eine Bemerkung darüber, wie groß sie geworden war. Nur ein strenger Blick und ein Vorwurf. Und das hätte sie wirklich nicht überraschen sollen, aber nach zehn Jahren hatte sie vergessen, wie durchdringend sein Blick sein konnte. Er schien sich tief in ihren Schädel hineinzubohren, sodass sie beinahe das Bedürfnis verspürte, ihm alles zu beichten.

»Ich weiß nicht, was du damit sagen willst.« Zum Glück kam ihr die Großmutter zu Hilfe. »Essie war eine perfekte Debütantin. Vorbildlich in jeder Hinsicht.«

»Und was stimmt dann nicht mit ihr?« Ihr Vater wandte sich um, hätte beinahe noch gesehen, wie die Witwe Essie zuzwinkerte. »Wie kommt es, dass er seine Meinung geändert hat? Ich habe vor vierzehn Tagen noch mit ihm gesprochen.«

»Ja, ich habe gehört, dass du in London warst. Wie nett von dir, dass du nicht vorbeigekommen bist. Aber was auch immer den Earl zu dieser Entscheidung bewogen hat, meine Enkelin ist in dieser Sache das Opfer. Ich werde nicht zulassen, dass du sie in meinem eigenen Salon beschuldigst.«

»Dann wird er bezahlen. Ich werde ihn dafür vor Gericht zerren.«

»Nein!« Endlich hatte Essie ihre Stimme wieder im Griff, aber sie wich instinktiv einen Schritt zurück, als ihr Vater einen säuerlichen Blick in ihre Richtung warf. »Ich meine, das könnt Ihr doch gar nicht. Es war doch nur eine Vereinbarung unter Gentlemen.«

»Wer hat dir denn das erzählt?« Der Vater kräuselte verächtlich die Lippen. »Ich habe gutes Geld für deine Verlobung bezahlt, und ich habe einen Vertrag, der das beweist.«

»Was?« Ihr wurde schwindlig, der Boden schwankte unter ihren Füßen. »Aber ich dachte, der Earl und du, ihr wart Freunde?«

»Mach dich nicht lächerlich.« Dem Gesichtsausdruck ihres Vaters nach zu urteilen, war ihm der Begriff Freundschaft vollkommen unbekannt. »Wir waren Mitglieder im selben Club, mehr nicht. Ich habe deine halbe Mitgift schon bezahlt, fünfundzwanzigtausend Pfund, um ihn aus einer finanziellen Misere zu retten, in die er sich verstrickt hatte – nicht, dass es dem alten Narren lange gereicht hätte. Wenn sein Sohn jetzt die Verlobung lösen will, dann muss er jeden Penny zurückbezahlen. Mit Zinsen.«

»Fünfundzwanzigtausend Pfund?« Die Höhe des Betrags ließ sie nach Luft schnappen. »Das wird er niemals aufbringen.«

»Darüber hätte er nachdenken sollen, bevor er mir geschrieben hat.«

»Aber er weiß bestimmt gar nichts von diesem Vertrag.«

»Dann wird er es bald wissen.« Die gekräuselten Lippen verzogen sich zu einem vollständigen, bösen Grinsen. »Ich werde ihn ruinieren. Ich werde seinen Namen vernichten, sein Zuhause, alles!«

»Das darfst du nicht tun!« Essie stürmte auf ihn zu, ließ sich diesmal von seinem wütenden Blick nicht aufhalten. »Wenn du wüsstest, was er getan hat …«

»Warum? Was hat er denn getan?«

»Ich … also, er hat …« Sie verstummte. Wenn sie ihrem Vater von Caro erzählte, dann würde in der nächsten Stunde schon ein Bote mit einer Nachricht zu Tante Emmeline unterwegs sein. »Nichts, aber er ist ein guter Mensch.«

»Pah.«

»Stell dir vor, wie das für mich aussehen wird, wenn du ihn vor Gericht bringst.« Sie versuchte es mit einer anderen Taktik. »Ich werde als Lachnummer dastehen.«

»Du erwartest von mir, auf fünfundzwanzigtausend Pfund zu verzichten?« Ihr Vater starrte sie fassungslos an. »Ich gehe jetzt zu meinen Anwälten.«

»Warte!« Sie sprang zur Seite, versperrte ihm den Weg zur Tür. »Lass mich erst mit dem Earl reden. Vielleicht kann ich ihn dazu bringen, seine Meinung zu ändern.«

»Wie kommst du darauf, dass du das schaffst?«

»Weil ich glaube … vielleicht … gab es ein kleines Missverständnis.« Sie hob das Kinn, als der Blick ihres Vaters wieder vorwurfsvoll wurde. »Aber ich kann das in Ordnung bringen, ganz sicher. Gib mir nur einen Tag.«

»Ganz bestimmt nicht. Keiner hält mich hier zum Narren.«

»Bitte.« Sie streckte abwehrend die Hände aus. »Vater, ich flehe dich an. Ich habe dich noch nie um etwas gebeten, aber gib mir nur einen Tag. Einen einzigen Tag.«

»Vielleicht solltest du deine Reisekleidung ablegen und dir etwas Eleganteres anziehen, bevor du irgendwohin gehst?« Die

Witwe ergriff das Wort, bevor ihr Vater antworten konnte. »Dir ist es vielleicht egal, wie du aussiehst, wenn du in London unterwegs bist, aber ich habe da schon gewisse Maßstäbe.«

»Quill?« Das wütende Funkeln in den Augen ihres Vaters verstärkte sich noch, während er auf den Butler wartete. »Hat man meine Taschen nach oben gebracht?«

»Ja, Sir.«

»Also gut, ich ziehe mich um, aber dann gehe ich sofort zu meinen Anwälten.«

»Wenn du glaubst, dass das am besten ist.« Die Witwe nickte seelenruhig. »Was mich angeht, ich werde jetzt frühstücken.«

Essies Vater stürmte ohne einen letzten Blick auf seine Tochter aus dem Raum und Essie wirbelte herum. »Granny! Wie kann ich ihn aufhalten?«

»Einen Augenblick. Quill?«

»Ja, Mylady?«

»Du hast doch das meiste mitgehört?«

»Habe ich, Mylady.«

»Sehr schön. In diesem Fall wäre ich sehr dankbar, wenn du dich um diese Situation kümmerst.«

»Mit Vergnügen, Mylady.«

»Um die Situation kümmern?« Essie starrte ihre Großmutter fassungslos an, als der Butler sich abwendete. »Was soll das heißen?«

»Nichts, womit du dich belasten musst, meine Liebe. Es mag genügen, wenn ich dir sage, dass ich abweichend von dem, was manche Leute glauben, mein Personal nicht einfach nach dem Aussehen auswähle. Körperliche Kraft spielt dabei auch eine gewisse Rolle. Dein Vater wird eine Weile nirgendwo hingehen.«

»Du meinst …?«

»Du solltest lieber keine Fragen stellen. Ich kann dir diesen Vormittag geben, wenn du dir sicher bist, dass du es so haben willst? Nach dem, was du mir gestern erzählt hast, erschien mir euer Missverständnis ziemlich endgültig.«

»Ich weiß, aber ich kann nicht zulassen, dass Vater das macht. Nicht nach allem, was Aidan für Caro getan hat.«

»Und was ist mit dir? Dankbarkeit ist ja gut und schön, aber du hast ja einen recht großen Aufwand betrieben, um dich zu befreien.«

Essie warf einen Blick zur Tür, dann sah sie wieder ihre Großmutter an. Wenn sie jetzt zu Aidan ging, würde sie kein zweites Mal ihre Meinung ändern können. Sie würde Countess werden, was auch immer geschah, für den Rest ihres Lebens. Aber ihre Großmutter hatte recht – Essie war nicht ihre Mutter, sie musste nicht genau das tun, was von ihr erwartet wurde, und jetzt, wo sie die Freiheit hatte, eine Entscheidung zu treffen, wusste sie, was das Richtige war.

»Ich möchte nicht, dass meine Freiheit auf Kosten seiner Freiheit geht.« Sie nickte bekräftigend. »Aidan ist genauso in diese Verlobung gedrängt worden wie ich. Wir stecken beide in dieser Situation. Wir haben in den vergangenen zehn Jahren darin gesteckt und ich lasse ihn jetzt nicht im Stich.« Sie verzog das Gesicht ein bisschen. »Auch wenn das bedeutet, dass ich Vater eine Freude mache – die Verlobung gilt wieder.«

»Na, dann sieht es so aus, als müsste ich Mrs Willoughby doch noch enttäuschen.«

»Danke, Granny.« Essie küsste die Witwe flüchtig auf die Wange und rannte dann einfach aus dem Zimmer. Sie brauchte jetzt unbedingt einen neuen Plan, einen, mit dem sie alles rückgängig machen konnte, was sie bis jetzt erreicht hatte. Einen Plan, der ihr ihren Verlobten zurückbringen würde.

D stand für Denholm.

## Plan D: Denholm

*Lieber Vater,*

*es ist zu spät für ein Gespräch zwischen uns beiden, aber es gibt Dinge, die ich einfach aussprechen muss. Ich liebe Dich, ich vermisse Dich, aber wie konntest Du uns so lange belügen? Wie konntest Du so ein Feigling sein? Ich weiß nicht, wie ich Dir verzeihen soll.*

Aidan Ravell, 13. Earl of Denholm, an seinen<br>(verstorbenen) Vater, 12. Januar 1815

# Kapitel 21

NOCH ZWEI WOCHEN BIS ZUR HOCHZEIT

»Ich muss unbedingt mit dem Earl sprechen.«

»Schon wieder?« Fothergill seufzte. Er gab sich keine Mühe, seine fehlende Begeisterung über das Wiedersehen mit Essie zu verbergen. »Ich fürchte, Seine Lordschaft ist unpässlich.«

»Es ist dringend.«

»Ich wiederhole: Schon wieder?«

»Ja, schon wieder.« Essie knirschte mit den Zähnen, kämpfte gegen das Bedürfnis, ihm etwas sehr Undamenhaftes an den Kopf zu knallen. »Ich habe letztes Mal die Wahrheit gesagt, oder nicht? Ich bin seine Verlobte.«

»Ihr wart seine Verlobte, wenn ich richtig informiert bin.«

»Also gut, ich war seine Verlobte, aber das bedeutet doch wohl auch etwas?«

»Leider nein. Ich fürchte, ich muss Euch bitten, sofort wieder zu gehen.«

»Dann fürchte ich, dass ich das hier tun muss: *Aidan*!«, brüllte sie, so laut sie konnte. »*Aidaaaan*!«

»Lasst das!« Die Hand des Butlers griff hastig nach ihr, wollte sie zurückhalten, aber sie war darauf vorbereitet, duckte sich unter seinem Arm hindurch und sauste durch die Tür in den

Korridor, auf die Freitreppe zu, wo sie allerdings von zwei Dienern mit sehr ernsten Mienen abgefangen wurde.

»*Aidaaaan*!«, rief sie wieder, als sie sie umzingelten.

»Grundgütiger.« Ihre frühere zukünftige Schwiegermutter erschien auf der Galerie. »Ihr habt eine sonderbare Art, Euch bemerkbar zu machen, Miss Craven.«

»Ich weiß.« Essie zappelte im Griff eines besonders bulligen Dieners. »Aber ich muss mit Aidan sprechen.«

»Er ist nicht hier, und selbst wenn er hier wäre, habt Ihr kein Recht mehr, ihn zu besuchen, schon gar nicht so früh am Morgen. Was mich selbst betrifft, ich bin nicht zu Hause.«

»Wartet.« Essie bearbeitete den Knöchel des Dieners mit ihrer Stiefelspitze, als sich die Countess abwandte. »Mein Vater ist in der Stadt. Er sagt, es gebe einen Vertrag.«

Aidans Mutter blieb wie angewurzelt stehen, wandte dann den Kopf und sah über ihre Schulter wie eine elegant gekleidete Eule. »Was habt Ihr gesagt?«

»Mein Vater hat für unsere Verlobung bezahlt.«

»Mein Gatte hat einen Vertrag unterschrieben?«

»Ja, und …« Essie erstarrte und wechselte einen verblüfften Blick mit dem Diener, der sie festhielt, als die Countess einen Schwall zunehmend unflätiger Schimpfworte vom Stapel ließ. »Ähm … Mylady?«

»Ich nehme an, ich hätte mit so etwas rechnen müssen.« Die Countess kam wieder zu sich, strich mit der Hand über ihr Mieder und warf dem Diener dann einen scharfen Blick zu. »Lasst sie lieber los.«

»Wohin ist Aidan gegangen?« Essie polterte sofort die Treppe hinauf. »Ich muss dringend mit ihm reden.«

»Ihr werdet wohl erst einmal mit mir vorliebnehmen.« Die Countess führte sie in einen ansprechend primelfarbenen, aber spärlich möblierten Salon und stellte sich neben eines der großen Erkerfenster. »Wie viel?«

»Ihr meint, für den Vertrag?«

»Ja.«

»Ich fürchte, es ist eine beträchtliche Summe.«

»Wie viel?«

»Ihr solltet Euch vielleicht setzen.«

»Miss Craven!«

»Fünfundzwanzigtausend Pfund. Die Hälfte meiner Mitgift.« Das linke Auge der Countess zuckte. »Dieser Narr. Dieser dumme, leichtsinnige alte Narr. Wenn er noch leben würde, dann würde ich ihn erwürgen.«

»Ich dachte, es war eine glückliche Ehe?«

»War es. Ich würde ihn erwürgen, dann küssen und dann noch einmal erwürgen. Und jetzt möchte Euer Vater das Geld wohl zurückhaben?«

»Ja, mit Zinsen, falls Aidan die Ehe nicht doch noch eingeht.«

»Ich verstehe.« Die Countess presste die Lippen so zusammen, dass sie fast vollständig in ihrem Gesicht verschwanden. »Also gut, Ihr habt Eure Nachricht überbracht und ich werde sie höchstpersönlich ausrichten. Jetzt könnt Ihr Euch verabschieden.«

»Nein.« Essie setzte sich in einen Sessel und umklammerte die Armlehnen. Sie waren ein bisschen abgewetzt, fiel ihr auf, aber sie war bereit, eine Armee von Dienern abzuwehren, um ihre Position zu verteidigen. »Ich bin nicht nur gekommen, um ihn zu warnen. Ich wollte ihm sagen, dass ich ihn doch heiraten würde.«

»Würdet Ihr?« Die Countess presste ihre Hand auf die Brust, ihre Lippen kehrten zurück, und sie sah aus, als bestehe die Gefahr, dass sie lächle. »Oh, Gott sei Dank.«

»Ja, aber wir müssen ihn finden, bevor mein Vater etwas Drastisches unternimmt. Er wird gerade für ein paar Stunden ... festgehalten, aber danach begibt er sich direkt zu seinen Anwälten.«

Die Countess läutete eine kleine Glocke, tappte ungeduldig mit dem Fuß, bis der Butler erschien. »Ah, Fothergill. Ich muss wissen, wohin sich Seine Lordschaft heute Morgen begeben hat.«

»Ich fürchte, ich besitze nicht die Freiheit, Euch das zu sagen, Mylady.« Fothergill warf Essie einen gekränkten Blick zu. »Seine Lordschaft hat ausdrückliche Anweisungen gegeben.«

»Willst du damit sagen, dass du es mir nicht verrätst?« Die Countess funkelte ihn an, ihre Schultern sanken tiefer, sie reckte den Hals so, dass sie Essie an einen erzürnten, eingekringelten Drachen erinnerte, der jeden Moment losschnellen würde.

»Ich ... ich darf es nicht sagen, Mylady!« Der Butler sah aus, als würden sich die Schlingen des Drachenleibs gerade unerbittlich um seinen Hals winden und fest zudrücken. Er war so verzweifelt, dass er sogar Essie einen Hilfe suchenden Blick zuwarf. Sie hob die Schultern und war selbst überrascht, dass sie Mitleid mit einem Mann empfand, der versucht hatte, ihr die Tür vor der Nase zuzuknallen – und das gleich zweimal! Zu seinem Pech wollte jedoch auch sie unbedingt erfahren, wo sich Aidan aufhielt.

»Ich drücke mich jetzt ganz deutlich aus.« Die Stimme der Countess war mehrere Oktaven tiefer gesunken. »Du sagst mir, wo sich mein Sohn aufhält, oder du wirst deine Anstellung in diesem Haus auf der Stelle verlassen.«

»Aber Seine Lordschaft …«

»Auf der Stelle!«

»Hampstead Heath, Mylady.«

»Was?« Die Countess fasste sich an die Kehle.

»Was ist so schlimm an Hampstead Heath?«, piepste Essie hinter ihr.

»Es ist nicht der Ort an sich. Es ist das, was sich dort abspielt … Duelle.«

»Was?« Essie sprang auf die Füße, jedes Mitleid mit dem unglücklichen Butler war verflogen. »Mit wem? Sylvester Jagger?«

»Ich weiß es nicht, Miss. Er hat es nicht gesagt.«

»Wann ist er losgefahren?«

»Direkt bei Tagesanbruch.«

»Das war vor Stunden.« Essie rannte zur Tür. »Ich muss hinter ihm her.«

»Es ist zu spät.« Die Stimme der Countess zitterte. »Was auch immer geschehen ist, es ist schon vorbei.«

»Na gut, aber ich kann jetzt doch nicht hier herumsitzen und warten!« Essie war schon mitten auf der Treppe. Sie stürmte aus der Vordertür und rief dem Fahrer ihrer Großmutter Anweisungen zu, während sie in die wartende Kutsche hechtete.

Auf den Straßen herrschte Trubel, denn viele Händler gingen bereits ihren morgendlichen Geschäften nach, doch zum Glück kam die Kutsche trotzdem gut vorwärts. Nach einer halben Stunde schon kletterte Essie wieder ins Freie, und erst in diesem Moment wurde ihr klar, dass Hampstead Heath wesentlich größer war, als sie erwartet hatte. Und was noch schlimmer war: Über der Landschaft lag eine dünne, aber undurchdringliche Schicht Morgennebel.

»Wo führen die Leute denn ihre Duelle aus?«, rief sie dem Kutscher zu.

»Ich weiß es nicht, Miss.« Der Mann wirkte etwas verblüfft. »Duelle sind ja nicht gerade legal.«

»Ach, zum Kuckuck!« Sie starrte konzentriert in den Nebel, aber es war sinnlos. Eine ganze Armee von Duellanten hätte nur zwanzig Meter vor ihr herumstehen können, ohne dass sie einen davon hätte sehen können. Und was das Losgehen und Suchen betraf – es wäre völliger Irrsinn gewesen.

Sie war kurz davor, verzweifelt aufzugeben und nach Mayfair zurückzukehren, als eine einsame Gestalt sich aus dem Dunst löste und auf sie zustolzierte, mit einer Arroganz, die auf den ersten Blick unverkennbar war.

»Jagger!« Sie ballte die Hände zu Fäusten und stürmte auf ihn zu. »Du miese Ratte!«

»Miss Craven!« Er lüftete mit einer kleinen Verbeugung den Hut. »Es ist mir immer eine Freude, Euch zu sehen!«

»Komm mir nicht mit Miss Craven!« Sie holte mit der Hand aus, zögerte, änderte ihren Plan und ließ stattdessen ihr Knie kraftvoll nach oben schnellen. Dieses Manöver hatte sie einmal beobachtet, als sie mit ihrer Tante durch Newcastle gefahren war, und bislang hatte sich ihr noch nie die Gelegenheit geboten, es auszutesten. Aber das Ergebnis erfüllte ihre Erwartungen vollkommen. Jagger fiel zu Boden und heulte vor Schmerzen auf.

»Das war für Caro!« Sie stand wie ein Racheengel über ihm. »Und jetzt sag mir, wo Aidan ist, sonst mache ich es noch mal!«

»Ich weiß nicht. Er ist weggegangen.«

»Lebt er?«

»Was interessiert es Euch?« Er zuckte zusammen, als sie den Fuß noch einmal hob. »Ja, er lebt.«

»Wenn du lügst ...«

»Ich lüge nicht.«

»Gut.« Sie spürte, wie sich ihr Körper erleichtert entspannte. »Und jetzt versprichst du mir, dass du kein Wort über Caro verlierst, sonst erzähle ich ganz London, was für ein abscheulicher Wüstling du bist.«

»Ja, diesen Vortrag habe ich von Eurem Verlobten auch schon gehört.« Jagger rappelte sich mühsam auf die Füße. »Nur zu, erzählt es doch herum. Es ist doch genau das, was jeder sowieso vermutet.« Ein Anflug seiner alten Dreistigkeit war schon wieder zu spüren. »Falls es Euch tröstet, Ihr wärt mir lieber gewesen, aber Eure Cousine war leichtere Beute.«

»Glaubst du etwa, ich bin eifersüchtig?« Essie lachte ungläubig, dann trat sie mit dem Fuß und traf ihn an derselben Stelle wie zuvor. »Ihr könnt Aidan als Mann doch nicht das Wasser reichen. Und was Caro betrifft, so verdienst du es nicht, dieselbe Luft zu atmen wie sie.«

»Au!« Jagger lag wieder auf dem Boden, die Hände abwehrend vor sich verschränkt, und schnappte nach Luft. »Ihr werdet vielleicht feststellen, dass die Londoner Gesellschaft da anderer Meinung ist.«

»So? Dann sagen wir es mal anders.« Sie musterte ihn voller Verachtung. »Wenn du ihren Namen auch nur ein weiteres Mal *denkst,* dann werde ich dafür sorgen, dass jeder Händler in London deine Schulden einfordert. Ich habe mich vor Kurzem sehr gut mit dem Butler meiner Großmutter angefreundet und bin sicher, dass er genau weiß, mit wem man sich da unterhalten muss.«

Jagger erbleichte. »Das würdet Ihr nicht tun. Ich wäre ruiniert.«

»Reiz mich lieber nicht. Und in der Zwischenzeit rate ich dir, das Land zu verlassen, bevor meine Großmutter dich in die Finger bekommt. Du wirst feststellen, dass ich noch wesentlich vernünftiger bin als sie.«

Sie warf ihm einen letzten vernichtenden Blick zu, dann kletterte sie wieder in ihre Kutsche, nickte dem Kutscher zu, der sie anerkennend musterte, dann ging es in schneller Fahrt zurück nach Mayfair. Wo es unglücklicherweise noch immer keine Spur von Aidan gab.

»Ich habe Jagger gefunden.« Sie stand schon wieder im Salon. »Er sagt, Aidan lebt.«

»Gott sei Dank!« Die Countess rang die Hände. »Aber wo könnte er sein?«

»Jemand muss ihm beim Duell sekundiert haben. Er könnte uns weiterhelfen. War es vielleicht Mr Dormer?«

Die Countess überlegte einen Moment lang, dann nickte sie. »Ja. Ich werde sofort jemanden zu ihm schicken.«

»Wen wohin schicken?«, unterbrach Aidans Stimme von der Tür her. »Guten Morgen, Mutter. Essie.« Er lächelte lässig, als überrasche es ihn nicht im Geringsten, die beiden vor dem Frühstück Händchen haltend im Salon vorzufinden. »Ihr macht beide so ernste Gesichter.«

»Natürlich machen wir ernste Gesichter!« Essie verspürte den dringenden Wunsch, ihn am Kragen zu packen und durchzuschütteln. »Ihr habt uns beinahe zu Tode erschreckt.«

»Wirklich?« Er sah über die Schulter. »Hätte ich anklopfen sollen?«

»Nein, aber Ihr hättet … Aidan, ich war in Hampstead Heath.«

»Wann?«

»Heute Morgen. Wie konntet Ihr Euch nur mit Jagger duellieren?«

»Ach, das.« Er sank lässig in einen Sessel, noch immer mit demselben sonderbaren Lächeln. »Dormer hat mich gerade nach Hause gebracht, der gute Kerl. Er wollte mit hereinkommen, aber aus irgendeinem Grund dachte ich, unsere Verabredung heute Morgen sei ein Geheimnis. Nur mal interessehalber – woher wisst Ihr denn davon?«

»Hast du getrunken?« Seine Mutter schnupperte entrüstet. »Aidan, es ist neun Uhr morgens.«

»Ja. Sie haben mir einen Schluck Whisky gegen die Schmerzen gegeben.«

»Schmerzen?« Essie kauerte sich neben ihn, nicht ganz absichtlich, denn ihre Knie gaben einfach nach. »Wurdet Ihr angeschossen?«

»Gerade so. Es ist nur ein Kratzer oben an der Schulter. Hat mich ein sehr ordentliches Hemd und eine Jacke gekostet. Seht, da ist ein Loch.« Er steckte einen Finger hindurch und zappelte damit vor ihrem Gesicht. »Ganz schön lästig.«

»Was interessiert schon eine Jacke.« Sie umklammerte seinen Finger, als wolle sie sichergehen, dass er noch intakt war.

»Wir haben gedacht, Ihr könntet, Ihr wärt vielleicht ... Ihr wisst schon.«

»Tot?« Er zog ein nachdenkliches Gesicht. »Ja, ich habe mir einen Moment lang auch so etwas gedacht. Zum Glück nicht. Und was Jagger betrifft, nicht einmal ein Kratzer. Ich bin ein furchtbar schlechter Schütze, und darüber habe ich mir eigentlich am meisten Sorgen gemacht. Ich wollte dem Kerl ja nur Angst einjagen, töten wollte ich ihn nicht, aber so gut, wie ich zielen kann ...« Er zuckte mit den Schultern und verzog schmerzlich das Gesicht. »Ich musste direkt in die Luft schießen, um sicherzugehen.«

»Aber wann habt Ihr ihn herausgefordert? Habt Ihr ihn gestern angetroffen?«

»Ehrlich gesagt ...« Er wirkte ein bisschen beschämt. »Als ich gestern Abend behauptet habe, er sei nicht in seiner Wohnung, habe ich nicht ganz die Wahrheit gesagt.«

»Ihr habt mich angelogen?«

»Ich war nicht überzeugt davon, dass er es in einem Stück zum Duell schaffen würde, wenn Ihr ihn vorher in die Finger bekämt.«

»Aber Ihr hättet ihn nicht herausfordern dürfen. Ihr hättet verletzt werden können.«

»Er hat Eure Cousine entehrt.«

»Genau. *Meine* Cousine. Wenn hier irgendjemand eine Waffe auf ihn hätte richten sollen, dann wäre ich das gewesen. Ich bin eine hervorragende Schützin.«

»Daran zweifle ich nicht.« Plötzlich schien sich sein glasiger Blick wieder zu klären. »Warum seid Ihr hier, Essie?«

»Oh ... ach ja.« Sie ließ seinen Finger los. In dem ganzen

Aufruhr hatte sie den ursprünglichen Anlass ihres Besuchs beinahe vergessen. »Es geht um meinen Vater. Er hat Euren Brief bekommen, und wie sich herausstellt, basiert unsere Verlobung doch nicht nur auf einer Absprache unter Gentlemen. Es gibt einen richtigen Vertrag. Und jetzt droht er, Euch zu verklagen, wenn wir die Sache nicht durchziehen.«

»Ah. Wie unerfreulich …« Aidan legte den Kopf in den Nacken und pfiff leise durch die Zähne, als er die Decke betrachtete. »Ehrlich gesagt – es gab schon Tage, die besser angefangen haben.«

»Es ist nicht schlimm. Wir lassen nicht zu, dass er Euch verklagt. Wir vergessen alles, was ich in den letzten zehn Wochen gesagt und getan habe, und heiraten am ersten Juni, so wie geplant.«

»War das ein Heiratsantrag?«

»Nein!« Sie zuckte zurück und setzte sich auf ihre Unterschenkel. »Aber wenn wir nicht heiraten, dann …«

»Dann kann Euer Vater tun, was er will. Inzwischen ist mir alles egal.«

»Was?« Essie sah von ihm zu seiner Mutter. Nicht ein einziges Mal auf dem Weg zu Aidans Haus oder nach Hampstead Heath war ihr der Gedanke gekommen, dass er sie womöglich abweisen würde.

»Aidan!« Die Countess erkannte, dass sie nun das Wort ergreifen musste. »Ich weiß, du hattest einen schwierigen Vormittag, aber wenn es einen Vertrag gibt …«

»Wir heiraten trotzdem nicht.«

»Doch, wir heiraten. Wir müssen.«

»Nein, wir müssen nicht. Rechtlich kann Euer Vater mich

zwar verklagen, aber er kann mich nicht zum Altar zwingen. Euch übrigens auch nicht.« Er lächelte schief. »Nichts hat sich seit gestern Abend geändert.«

»Alles hat sich geändert!«

»Das bezweifle ich. Nur falls Ihr plötzlich das drängende Verlangen entwickelt habt, Countess zu werden?«

»Nein, aber ...« Sie biss sich auf die Zunge. Hätte sie die Wahl gehabt, wäre sie immer noch lieber keine Countess geworden, aber der Gedanke, auf Aidan zu verzichten, erschien ihr plötzlich zehnmal schlimmer. Und sie konnte ihn nun einmal nicht ohne den Titel bekommen. Diese beiden Dinge waren untrennbar miteinander verbunden. Und was das drängende Verlangen anging ... na ja, darüber wollte sie lieber nicht reden, solange seine Mutter neben ihr stand.

»Du kannst noch nicht klar denken.« Jetzt redete wieder die Countess. »Denk daran, was passieren wird, wenn du nicht heiratest. Denk an Sophia.«

»Macht euch keine Gedanken um mich.«

»Lauschst du wieder?« Aidan wandte den Kopf, als seine Schwester in den Raum sprang, rotwangig und fröhlich wie ein Milchmädchen im Gemälde einer Hirtenidylle.

»Ich komme eigentlich nur zum Frühstücken nach unten.« Sophia lächelte. »Ich habe keine Ahnung, worüber ihr alle da redet, aber egal, was es ist, Aidan soll das tun, was ihn glücklich macht. Das hat er verdient.«

»Danke. Du bist eine ziemlich gute kleine Schwester, weißt du das?«

»Ja, das finde ich auch. Hallo, Essie, Ihr seid ja schon früh hier.«

»Ja. Ich bin hier, um die Hochzeitspläne zu besprechen.«

»Oh, großartig! Bleibt Ihr zum Frühstück? Darf ich Brautjungfer werden?«

»Ich würde mich sehr freuen …«

»Nein!« Aidan setzte sich ruckartig im Sessel auf. »Sophia, es wird keine Hochzeit geben.«

»Was?«

»Doch, wird es!«

»Es reicht, Ruhe!«, rief die Countess böse. »Aidan, das ist eine ernste Sache.«

»Weiß ich.« Er seufzte schwer. »Aber mir reicht es jetzt. Ich bin sicher, dass Vater damals das getan hat, was er für das Beste hielt, aber ich lasse nicht mehr zu, dass er über mein Leben bestimmt. Das ist zu viel verlangt.«

»Ich verstehe.« Die Countess sank elegant in einen Sessel. »Na gut. Wir werden gemeinsam die Folgen tragen.«

»Was stimmt denn mit Euch allen nicht?« Essie stemmte die Hände in die Hüften. »Versteht Ihr denn nicht? Ich habe meine Meinung geändert! Zum ersten Mal in meinem Leben habe ich meine Meinung geändert!«

»Und das schätze ich sehr.« Aidan stemmte sich auf die Füße. »Die Sache ist nur die, ich möchte nicht jemand sein, über den Ihr Eure Meinung ändert. Ich glaube, ich habe etwas Besseres verdient. Und ganz bestimmt möchte ich nicht, dass Ihr mich aus Mitleid heiratet. Also danke, aber nein danke.« Er griff nach ihrer Hand, küsste sie und gähnte. »Wenn Ihr mich bitte entschuldigen wollt, ich gehe jetzt wieder ins Bett.«

»Nein!« Essie umklammerte seine Finger, als er davongehen wollte. Sie würde nicht dabeistehen und das alles zulassen, zusehen, wie ihr Vater noch jemanden zerstörte, der ihr etwas bedeutete. In diesem Moment hatte sie eine solche Angst, als würde Aidan zu einem weiteren Duell aufbrechen, aber diesmal würde er sterben, an vielen Tausend Stichen, die man ihm zufügen würde. »Ihr seid nicht entschuldigt. Wir sind verlobt, und ich werde Euch nicht erlauben, mich sitzen zu lassen. Es wäre sehr unehrenhaft.«

»Unehrenhaft?« Seine Augenfarbe veränderte sich in Sekundenschnelle von Blau zu Grau, als würden sich in ihnen echte Sturmwolken zusammenballen. Große, voller Regen und Hagel und Blitzen.

»Ja, unehrenhaft.« Sie räusperte sich. Ihr war bewusst, dass es keine besonders romantische Strategie war, seinen Charakter infrage zu stellen. »Wir heiraten und Schluss.« Sie verstummte und bereitete sich darauf vor, zur Tür zu stürmen. »Und Sophia wird unsere Brautjungfer.«

※

»Ich brauche eure Hilfe!« Essie platzte durch die Tür in Caros Schlafzimmer.

»Ja, damit war zu rechnen. Gerade haben wir darüber geredet.« Ihre Großmutter saß an Caros Bettkante. Mildred hatte sich wenig elegant neben ihr ausgestreckt und hielt ihr den Bauch zum Kraulen hin. »Wie geht es dem Earl?«

»Er hat sich mit Mr Jagger duelliert.«

»Was?« Caro setzte sich auf.

»Keine Sorge, es geht beiden gut. Moment, du redest ja wieder.«

»Ich konnte nicht anders. Granny hat angefangen, mir

Gedichte vorzulesen, und es war die einzige Möglichkeit, sie davon abzuhalten.«

»Nicht wieder die Gedichte deines Verehrers Mr Nightingale?«

»Noch schlimmer. Ich habe gedacht, jeden Moment fangen meine Ohren an zu bluten.«

»Ich halte einmal im Monat eine künstlerische Soiree«, erklärte die Witwe. »Ich unterstütze die Künste gern, auch wenn einige der Gäste es mir äußerst schwer machen. Zum Glück haben sich ihre Bemühungen in diesem Fall als sehr nützlich erwiesen. Caro hat mir genau erzählt, was mit Mr Jagger passiert ist, und ich habe ihr einige der schlüpfrigsten Skandale der letzten vierzig Jahre erzählt. Ich dachte, das rückt ihr Erlebnis in ein anderes Licht.«

»Ja, hat es auch.« Caro lächelte. »Ich fühle mich schon zehnmal besser.«

»Also zu allem anderen erklärst du mir gerade auch noch, dass ich die Skandalgeschichten von vierzig Jahren verpasst habe?«

»Ich fürchte, ja. Und Granny sagt, es ist nur etwas für Notfälle, also wenn du nicht auch so etwas Dummes anstellst wie ich, verrate ich kein Wort.«

»Ich habe schon etwas Dummes angestellt!«, klagte Essie und warf sich mit dem Gesicht nach unten neben Mildred. »Ich habe Aidan davon überzeugt, dass ich ihn nicht heiraten will, und jetzt will er mich nicht mehr heiraten.«

»Na ja, das ist auch nicht so überraschend. Zuerst hast du ihm gesagt, du willst ihn nicht heiraten, dann hast du versucht, ihn in Verlegenheit zu bringen, dann bist du ihm auf die Füße getreten, dann hast du ihn in den See geschubst …«, zählte Caro an den Fingern auf.

»Und das sind nur die Dinge, von denen wir wissen«, unterbrach ihre Großmutter. »Hat er genauer gesagt, welcher Tropfen das Fass zum Überlaufen gebracht hat?«

»Nein. Er hat nur gesagt, er hat etwas Besseres verdient als jemanden, der erst seine Meinung über ihn ändern muss, und dann irgend so ein dämliches männliches Zeug über Stolz und kein Mitleid wollen und so etwas.«

»Ah.« Ihre Großmutter seufzte. »Dann gehe ich davon aus, dass die Hochzeit noch immer abgesagt ist?«

»Nein, sie ist wieder geplant.« Essie warf sich auf die Seite und erntete ein vorwurfsvolles Hundeknurren. »Zumindest glaube ich das. Ich habe es Aidan so gesagt, und er war zu sehr Gentleman, um mir zu widersprechen. Selbst halb betrunken, wie sich herausgestellt hat.« Andererseits war sie danach so schnell aus dem Haus gerannt, dass er kaum Gelegenheit gehabt hatte, ihr zu widersprechen.

»Du meinst, du hast dich einfach geweigert, eure Verlobung aufzulösen?« Caro riss die Augen auf. »Nach dem ganzen Aufwand, den du betrieben hast?«

»Ja. Mein Vater ruiniert ihn sonst.« Essie stöhnte. »Und jetzt muss ich darauf bestehen, dass er mich heiratet, zu seinem eigenen Wohl. Ich bin für ihn so etwas Ähnliches wie Lebertran.«

»Aber du musst doch gar nicht darauf bestehen, oder?« Caro beugte sich vor. »Ich meine, das ist eine dumme Sache mit deinem Vater, aber du wusstest ja nichts von diesem Vertrag, also hast du auch keine Schuld. Du musst nicht zum Lebertran werden. Du bist den Earl los.«

»Aber ich will Aidan gar nicht los sein! Jedenfalls nicht ganz!«

»Ach, wirklich?« Ihre Cousine wechselte einen raschen, leicht überheblichen Blick mit der Großmutter. »Hast du ihm das gesagt?«

»Nicht ausdrücklich.« Essie schüttelte den Kopf. »Ich habe nur gesagt, dass mein Vater ihn verklagt, wenn wir nicht heiraten, und dass wir doch alles vergessen sollen, was bis jetzt passiert ist, und wieder so tun, als wäre nichts gewesen.«

»Sehr romantisch.«

»Das stimmt doch! Außerdem war seine Mutter dabei! Was sollte ich denn sagen?«

»Das können wir dir nicht erklären, meine Liebe. Du bist die Einzige, die weiß, was du empfindest.« Ihre Großmutter hob eine Augenbraue. »Nehme ich an.«

»Was ich empfinde? Ich möchte nicht, dass mein Vater ihn ruiniert.«

»Weil …?«

»Weil er es nicht verdient.«

»Weil …?«

»Weil er nett ist und ehrenhaft und gut.« Sie setzte eine tugendhafte Miene auf. »Und er hat eine Mutter und eine Schwester, an die er denken muss.«

»Sehr edel.« Die Witwe verdrehte die Augen. »Ehrlich gesagt, es ist, als müsse man ihr nicht nur einen Zahn ziehen, sondern ein ganzes Gebiss. Caro, versuche du es.«

»Essie.« Caro legte ihr eine Hand auf den Arm. »Magst du ihn?«

»Natürlich mag ich ihn. Wir sind doch jetzt Freunde.«

»Das ist alles? Bist du dir ganz sicher, dass du nicht ein winzig kleines bisschen in ihn verliebt bist?«

»Verliebt?« Essie wedelte mit den Armen, sodass Mildred sie jetzt ernsthaft anknurrte. Konnte sie womöglich verliebt sein? Sie war so damit beschäftigt gewesen, nicht Countess werden zu wollen, dass sie an dieses spezielle Gefühl überhaupt nicht gedacht hatte. Sie hatte nie die Gelegenheit gehabt, darüber nachzudenken. Sie und Aidan waren Verbündete. Freunde. Freunde, die einander geküsst hatten, aber mehr war das nicht ... Ihre Wangen brannten, als sie sich an die Nacht auf dem Sofa im Gasthaus erinnerte. Also gut, ein bisschen mehr.

»Ich weiß nicht. Woher soll ich das wissen?«

»Wie hast du dich denn gefühlt, als du erfahren hast, dass er sich duelliert hat?«

Krank. Entsetzt. Als würde sie zum ersten Mal in ihrem Leben in Ohnmacht fallen.

»Ich hatte Angst«, flüsterte sie leise.

»Und als du erfahren hast, dass er noch lebt?«

Als würde sie am liebsten sein Gesicht in die Hände nehmen und es mit Küssen bedecken.

»Erleichtert.«

»Wie erleichtert?«

Mehr als je zuvor im Leben.

»Schon ziemlich.«

»Weil du ihn liebst?«

»Tue ich das?« Sie schluckte. Tat sie das? Es erschien ... möglich. Was auch immer sie in diesem Moment fühlte, war anders, wenn auch nicht vollkommen neu. Wenn sie genauer überlegte, dann war das Gefühl schon ein bisschen länger da gewesen und nicht erst an diesem Morgen aufgetreten ... Sie versuchte, den Zeitpunkt, an dem sie es erstmals gespürt hatte, genau festzumachen, aber es war zu unscharf, als wäre es seit einer Weile gewachsen. Möglicherweise seit dem Gartenfest der Smedley-Bullingdons, als Aidan sie zum ersten Mal beinahe geküsst hätte. Und sie ihn beinahe geküsst hätte. Oder noch früher, als er sie daran gehindert hatte, die Duchess mit Champagner zu übergießen. Als sie angefangen hatte, ihn als Freund zu betrachten, als jemanden, auf den sie sich verlassen konnte, jemanden, für den sie ihre Träume aufgeben – oder zumindest ein bisschen abändern würde.

Konnte das Liebe sein? Romantische Liebe wie jene, von der Dichter – *richtige* Dichter – *Shakespeare!* – schrieben? Konnte es sein, dass sie sich in Aidan verliebt hatte, ohne es zu bemerken? Wollte sie deswegen unbedingt an der Heirat festhalten?

Nein!

Sie schwang entschlossen ihre Beine aus dem Bett, stemmte sich von der Matratze hoch und erzeugte einen Welleneffekt, der Mildred beinahe mit ihr vom Bett katapultiert hätte. Sie wollte nicht verliebt sein und jetzt schon gar nicht. Es gab nur eines, was schlimmer war, als einen Mann zu heiraten, den sie nicht liebte, dem sie aber vertraglich zugesprochen war: sich in einen Mann zu verlieben, der ihr gerade erklärt hatte, dass er etwas Besseres verdient hatte, und dann darauf zu bestehen, dass er sie trotzdem heiratete. Sie heiratete ihn aus Freundschaft, um ihm das zu vergelten, was er für Caro getan hatte, sonst nichts. Sie war einfach nur selbstlos, selbstaufopfernd und tugendhaft, verdammt!

»Das ist das Lächerlichste, was ich jemals gehört habe!« Sie funkelte ihre Cousine und ihre Großmutter an. »Ich habe die letzten zehn Wochen damit zugebracht, Aidan abzuschütteln. Wie dämlich könnte ich denn sein, wenn ich mich jetzt in ihn verlieben würde?«

»Das ist also ein endgültiges Nein?« Caro neigte mitfühlend den Kopf.

»Ja, es ist ein Nein!«

»Na gut ...« Ihre Großmutter erhob sich. »Jetzt, wo wir das geklärt haben, sollte ich wohl mal losgehen und deinen Vater befreien. Er hat keinen derartigen Tobsuchtsanfall mehr gehabt, seit er sechs Jahre alt war. Ich fürchte, ich brauche eine neue Tür. Aber er wird sich beruhigen, wenn er hört, dass der Verlobungsball nächste Woche doch noch stattfindet.« Und nach einer kurzen Pause fügte sie hinzu: »Ich gehe jetzt davon aus, dass der Verlobungsball nächste Woche stattfindet?«

»Ja.« Essie zögerte. »Jedenfalls glaube ich das.«

»Ich schreibe der Countess und frage nach.«

Essie nickte. Plötzlich wünschte sie, sie hätten ein anderes Motto für den Abend gewählt. Ein Maskenball erschien ihr jetzt geradezu ironisch unangemessen. Wenn sie jemals eine Maske gebraucht hätte, um die Gefühle zu verbergen, die in ihr tobten, dann jetzt.

## Kapitel 22

NOCH EIN TAG BIS ZUR HOCHZEIT

»Es ist eine Katastrophe! Eine totale, vollkommene Katastrophe!« Essie betrachtete voller Entsetzen ihr Kostüm. Vor einem Monat war es ihr perfekt erschienen, mit seiner aufwendig gestalteten Goldmaske einschließlich passendem Kopfputz, aus dem ein Dutzend bösartig dreinblickende, züngelnde Schlangen ragten. Vor einem Monat war es genau die richtige Wahl gewesen, aber jetzt ... »Ich kann das nicht anziehen. Aidan sagt garantiert die Hochzeit ab, wenn ich Schlangen auf dem Kopf trage.«

»Na ja, es sieht schon dramatisch aus«, stimmte Caro zu. »Aber du wolltest doch unbedingt Medusa sein.«

»Das war vorher! Und ich hatte vergessen, was ich bestellt habe.«

»Es könnte schlimmer sein.«

»Wie denn?« Essie zerrte an einer der federnden Windungen. »Ich sehe kaltblütig aus.«

»Dann müssen wir eben die Kostüme tauschen. Du hast Glück, dass wir etwa dieselbe Größe haben.«

»Ach, würdest du das tun?« Essie wirbelte erleichtert herum. »Danke schön! Als was gehst du?«

»Rotkäppchen. Du erinnerst dich doch, das war mein Lieblingsmärchen, als ich klein war.« Caro seufzte. »Ich wünschte, ich hätte besser zugehört.«

»Warum?«

»Komm niemals vom Pfad der Tugend ab, sonst frisst dich der böse Wolf. Das ist doch die Moral, oder?«

»Entweder das oder besuche niemals deine Großmutter.« Essie schnalzte mit der Zunge. »Egal was, Rotkäppchen ist perfekt. Wenn Aidan mich dann bittet, die Verlobung aufzulösen, habe ich wenigstens eine Haube, unter der ich mich verstecken kann.«

»Das passiert schon nicht. Er ist ein Gentleman, wie du gesagt hast.«

»Meinst du, ich soll ihn kompromittieren, um sicherzugehen?«

»Essie!«

»Ich weiß.« Sie sank auf ihre Bettkante. »Es ist nur – er hat mich jetzt fast zwei Wochen nicht besucht. Das zeugt nicht von großer Begeisterung. Und wenn er mich wirklich bittet, ihn freizugeben, dann muss ich zustimmen. Es wäre heuchlerisch, es nicht zu tun, nach allem, was ich getan habe. Und dann wird mein großer, böser Wolf von einem Vater ihn in Stücke reißen.«

»Du bringst die Metaphern durcheinander. Der Vater rettet Rotkäppchen.«

»In meiner Geschichte nicht, nein.«

»Essie ...« Caro setzte sich neben sie auf die Bettkante. »Bist du dir denn ganz sicher, dass du ...?«

»Ich liebe ihn nicht! Ich darf nicht!« Sie hielt sich den Kopf mit den Händen. »Diese ganze Situation ist so verstrickt. Es macht mich ganz krank.«

»Dann sind wir ja schon zu zweit.«

»Oh ...« Sie ließ die Arme sofort sinken und griff nach einer von Caros Händen. »Es tut mir leid. Ich denke mal wieder nur an mich. Bist du sicher, dass du den Ball durchstehen wirst? Wenn nicht, können wir immer noch sagen, dass du dich nicht wohlfühlst.«

»Nein. Du musst das nicht allein aushalten. Du warst für mich da, als ich dich gebraucht habe, und jetzt werde ich dir den Gefallen erwidern.« Caro neigte den Kopf und legte ihn auf Essies Schulter. »Aber es wird für eine Weile mein letzter Ball sein. Ich habe beschlossen, dass ich nach der Hochzeit nach Hause zurückfahre, nach Cleveland.«

»Wirklich?« Essie zuckte überrascht zusammen. »Was ist mit der restlichen Ballsaison?«

»Das Letzte, was mich jetzt interessiert, ist die Suche nach einem Ehemann. Ich habe das Gefühl, ich habe mich eben erst selbst gefunden, und da gibt es so viele Dinge, die ich tun möchte, bevor ich heirate. Granny sagt, sie nimmt mich nächstes Jahr wieder unter ihre Fittiche, wenn ich meine Meinung ändern sollte.«

»Dann ist es sicher eine gute Idee, nach Hause zu fahren. Andererseits beneide ich dich nicht um den Moment, in dem du es deiner Mutter erzählst. Ihre Knöchel sind eben erst so weit verheilt, dass sie nach London kommen kann.«

»Mir fällt schon eine Ausrede ein.« Caro stand wieder auf, griff nach dem Medusakostüm und musterte es auf Armlänge. »Weißt du, das wird mir vielleicht sogar gut stehen. Ich hätte gar nichts dagegen, jetzt ein paar Männer in Stein zu verwandeln.«

»Niemand wird dich mit der Maske und der neuen Frisur erkennen.« Essie betrachtete lächelnd Caros neue, kürzere Frisur. Sie wirkte damit wie eine elegante, blauäugige Elfe.

»Gut. Dann werden sie gar nicht wissen, wie ihnen geschieht.«

Essie blinzelte. Der Gesichtsausdruck ihrer Cousine verwandelte sich einen Moment lang in etwas beinahe nicht Wiederzuerkennendes, etwas Rachsüchtiges – eindeutig mehr Gorgone als Elfe.

Ob es wirklich eine so gute Idee gewesen war, die Kostüme zu tauschen?

֎

Als Essie eine Weile später über die Freitreppe im Haus der Großmutter nach unten ging, fühlte sie sich verlegen, und ihr war übel. Es war noch schlimmer als an dem Abend, an dem sie zum ersten Mal Orange getragen hatte. Ihr geborgtes Kostüm war zweifellos wunderhübsch, mit einem roten Rock, einem weißen Seidenmieder und einer leuchtend roten Kapuze, die um ihren Hals lag. Jedoch hatte sich herausgestellt, dass sie und Caro wirklich an jeder Stelle dieselbe Größe hatten – jede Stelle bis auf eine, genauer gesagt zwei, und diese beiden wölbten sich jetzt auf eine Art, wie sie sich noch nie gewölbt hatten. Essie musste ständig an sich hinuntersehen, um sicherzugehen, dass keine davon ausgebrochen war.

Ihr einziger Trost war, dass diese freizügig dargebotene nackte Haut auch mehr Aufmerksamkeit auf die Diamantkette lenkte, die Aidan ihr zum Geburtstag geschenkt hatte. Trotz ihrer Ablehnung hatte er das Schmuckstück bei seiner Abreise auf Redcliffe zurückgelassen, und sie hatte es nach London mitgenommen, in der Absicht, es ihm ein zweites Mal entgegenzuschleudern. Jetzt jedoch sollte er unbedingt wahrnehmen, dass sie es trug. Hoffentlich würde die Botschaft bei ihm ankommen. Ehrlich gesagt – ihr Dekolleté wogte so unübersehbar, dass es ihm gar nicht entgehen konnte.

»Ihr seht beide wunderschön aus, meine Lieben.« Ihre Großmutter, ganz in Gold mit einer schwarzen Perücke und einer langen Perlenkette bekleidet, ließ die Gäste stehen, die sich vor ihr in einer Reihe angestellt hatten, um sie zu begrüßen. Ihr Vater, stellte Essie fest, tat das nicht. Er warf nur einen flüchtigen Blick in ihre Richtung und wandte sich dann einer wichtigeren Person zu. Natürlich hatte er sich nicht die Mühe gemacht, sich zu kostümieren.

»Ihr auch.« Essie reckte das Kinn. Sie war nicht bereit, sich vom Verhalten ihres Vaters noch einmal den Tag verderben zu lassen. »Kleopatra?«

»Wer sonst? Ich fühle da eine gewisse Verwandtschaft.«

»Weißt du, was mit dem Rest ihrer Familie passiert ist?«

Ihre Großmutter wedelte abfällig mit der Hand. »Ach, das ist Nebensache, meine Liebe.«

»Ist Aidan …?«

»Noch nicht, aber keine Sorge, seine Mutter hat mir versichert, dass er hier sein wird. Und was irgendwelche Gerüchte angeht …« Die Witwe tippte sich mit dem Finger gegen einen Nasenflügel. »Nichts. Ich glaube, unser Geheimnis ist sicher.«

»Es gibt nur eine Möglichkeit, ganz sicherzugehen.« Caro zupfte an Essies Ärmel.

»Einen Moment.« Ihre Großmutter legte beiden von ihnen

eine Hand auf die Schulter. »Denkt daran, egal was passiert, ihr seid meine Enkelinnen und ich bin stolz auf euch beide. Das werde ich immer sein.«

»Ach Granny.« Essie spürte, dass ihr Tränen in die Augen traten.

»Na, na, genug der Gefühlsduselei. Geht jetzt und genießt den Abend.«

»Ja, Granny«, schniefte Caro.

Als die beiden losgingen, stellten sie fest, dass die untere Etage des großmütterlichen Hauses vollkommen umgestaltet worden war. Fast alle Möbel waren ausgeräumt, die Teppiche zur Seite gerollt und die Böden so blank poliert, dass sie beinahe blendeten. Außerdem drängten sich in jedem Raum die Gäste in ihren unterschiedlichen Kostümen. Einige Verkleidungen waren nur symbolisch angedeutet, andere aber richtiggehend skurril. Von der Tür zum Speisesaal aus, der zu einem improvisierten Ballsaal umfunktioniert worden war, konnte Essie mindestens drei römische Cäsaren, ein buntes Sortiment an Königen und Königinnen einschließlich eines sehr übergewichtigen Henry VIII., mehrere Seeleute, einen Minotaurus, einen Schornsteinfeger und eine Reihe von als Schmetterlinge, Blumen oder Vögel verkleidete Damen sowie ein besonders eindrucksvolles Einhorn entdecken.

Zu ihrer unendlichen Erleichterung reagierten die Gäste auf ihr Erscheinen nicht mit strafenden Mienen, sondern mit einem Lächeln. Da es nicht sehr schwer war, sie zu erkennen – trotz des Dekolletés und der Schlangen –, bedeutete diese freundliche Begrüßung wohl, dass ihre Großmutter recht hatte und ihre jüngsten Abenteuer geheim geblieben waren.

»So weit, so gut«, flüsterte sie ihrer Cousine zu. »Wie fühlst du dich?«

»Als würde ich am liebsten die Treppe wieder hochlaufen und mich unter der Bettdecke verstecken.« Caro holte tief Luft, dann klebte sie sich ein Lächeln auf, denn der alte Marquess of Bazley, in eine Toga gekleidet und mit einer Amphore und einem Bündel Trauben ausgestattet (*Äsop?*), taumelte auf sie zu. »Aber ich schaffe das schon.«

»Natürlich schaffst du das. Viel Glück.« Essie drückte ihren Arm, dann wandte sie sich ab und ging eine Runde durch den Raum, während Caro auf die Tanzfläche trat.

Nach drei Runden durch den Raum ohne die geringste Spur ihres Verlobten war Essie beinahe selbst schon versucht, sich unter der Bettdecke zu verstecken.

Aber dann entdeckte sie Aidan in der Tür. Er war als elisabethanischer Gentleman verkleidet – ein elisabethanischer Gentleman, der sich einen Bart hatte wachsen lassen, seit sie ihn das letzte Mal gesehen hatte, einen schwarzen, leicht spitzen Bart ...

Das Atmen fiel ihr plötzlich schwer, eine Welle der Sehnsucht überkam sie. Robert Dudley? Jener Mann, der so hoch in der Gunst von Queen Elizabeth stand, den sie angeblich liebte, aber niemals heiratete, weil sie nicht bereit war, ihre Unabhängigkeit aufzugeben. Wollte Aidan ihr damit irgendetwas sagen? Falls ja, war sie von seinem Bart so abgelenkt, dass sie es nicht entschlüsseln konnte. Bestimmt hatte noch niemals ein Mann mit einer Halskrause so umwerfend ausgesehen?

Sie schlängelte sich durch die tanzende Menge, ihr Herz klopfte unregelmäßig wie eine Trommel, die nicht den richtigen

Takt finden konnte. Aus irgendeinem Grund führte das auch dazu, dass es schwierig war, geradeaus zu gehen.

»Aidan!« Sie hielt einen halben Meter vor ihm an. Allerdings schien er sie auf den ersten Blick nicht zu erkennen. Sein Blick tauchte erst einmal in ihr Dekolleté ab, bis er sich an ihrer Halskette verfing. Er war wie vom Donner gerührt – sie hätte also auch ihr Medusakostüm tragen und ihn in Stein verwandeln können. »Ich habe allmählich schon gedacht, Ihr kämt gar nicht.«

»Ich bitte um Verzeihung.« Er schüttelte den Kopf, als müsse er seine Gedanken erst sortieren. »Ich bin schon vor einer Weile angekommen, aber Euer Vater hat mich abgefangen.«

»Oje. Hat er Euch sehr beleidigt?«

»Er war nur ehrlich.« Er lächelte angespannt. »Glaubt mir, ich habe von den Gläubigern meines Vaters schon Schlimmeres gehört. Wie geht es Eurer Cousine?«

»Besser.« Essie warf einen Blick in Richtung Tanzboden. Caro tanzte jetzt mit einem anderen Verehrer, lächelte, als habe sie auf der Welt nicht die geringste Sorge, aber das Lächeln schien nicht bis in ihre Augen vorzudringen. »Wenigstens glaube ich das.«

»Gut. Rotkäppchen?«

»Ja. Robert Dudley?«

»Ich dachte, das würde Euch entgegenkommen.«

»Tut es. Das gefällt mir.« Sie deutete auf seinen Bart und fühlte eine gewisse Eifersucht auf seine Finger, mit denen er sich übers Kinn rieb.

»Danke. Es war keine Absicht, aber ich habe mich ein paar Tage nicht rasiert, und dann heute Abend ... kam es mir so in den Sinn.« Sein Blick rutschte wieder nach unten, verharrte länger auf ihrer Brust, als eigentlich höflich war. »Ihr tragt Euer Geburtstagsgeschenk.«

»Ja. Dazu habe ich ebenfalls meine Meinung geändert.« Sie hob eine Augenbraue. »Warum habt Ihr Euch nicht rasiert?«

»Ich musste viel nachdenken. Allein. In einem Sessel. Mit einer Flasche Brandy.« Seine Stimme klang heiser. »Essie, wir müssen reden.«

»Müssen wir?« Sie schluckte. »Ich dachte, wir hätten bei unserer letzten Begegnung alles geklärt, oder?«

»Jetzt bin ich nüchtern.«

»Oh.«

Er sah sich um. »Gibt es irgendwo einen Raum, in den wir uns zurückziehen können? Die Bibliothek vielleicht?«

»Die wurde für heute Abend zum Kartenspielzimmer umfunktioniert.« Sie scharrte mit den Füßen. »Mein Schlafzimmer gibt es, aber wenn Ihr die Hochzeit absagen wollt, dann ist das wahrscheinlich keine gute Idee.«

Er wandte sich ihr ruckartig wieder zu. »Ich möchte die Hochzeit nicht absagen.«

»Nein?«

»Nein. Es war richtig, was Ihr über mich gesagt habt. Es geht nicht nur um mich. Ich muss auch an Sophias Zukunft denken. Also ...« Er räusperte sich förmlich. »Danke.«

»Oh.« Ihr Herz hüpfte und sackte gleichzeitig ab. »Gern geschehen.«

»Möchtet Ihr tanzen?«

»Nein danke.« Sie schüttelte den Kopf und sagte sich, dass sie eigentlich lächeln sollte. Das hier war immerhin ihr Verlobungsball. Jeder, der sie beobachtete, hätte eher vermutet, dass sie sich auf eine Beerdigung vorbereiteten, als auf eine Zukunft voller Ehefreuden. Aber ihre Lippen taten nicht das, was sie ihnen befahl. »Mir ist nicht so danach.«

»Ah.« Er nickte, als verstehe er das, sein Blick wanderte wieder durch den Raum, als könnte er ihr nicht mehr in die Augen sehen. Wenn das so weiterging, würde er bald jeden Winkel und jede Ritze kennen. »Es war nett von Eurer Großmutter, das alles hier zu organisieren.«

»Ja.« Sie zog ein Gesicht. »Es ist nur so ein Riesenaufwand. Für uns. Wenn man bedenkt.«

»Vielleicht sollten wir doch noch nach Gretna Green durchbrennen?«

»Dann würde mein Vater Euch doch noch umbringen.«

Er stieß ein freudloses Lachen aus. »Dann bleibt es also bei St George's, wenn Ihr Euch ganz sicher seid?«

»Ja … solange Ihr es seid?«

»Ja.« Plötzlich machte er ein sehr ernstes Gesicht. »Essie, ich wünschte, es wäre anders gekommen. Ich will Euch nicht … verdammt!«

»Was?« Sie starrte ihn entsetzt an und nahm nur wie aus der Ferne war, dass es um sie herum laut wurde. Im Korridor gab es eine Art Tumult, verbunden mit einer lauten Ansage, aber sie war so vom Donner gerührt, dass sie den Worten nicht folgen konnte.

»Macht Euch bereit.« Aidan nahm sie am Arm.

»Warum?« Sie starrte jammervoll zu ihm auf, beinahe versucht, sich loszureißen.

»Die Queen.«

»Was? Sie ist wirklich gekommen?« Essie zuckte zusammen und sah in Richtung Tür, etwas überrascht, dass Aidan etwas vor sich hin murmelte, was nach Hochverrat klang.

»Das glückliche Paar!« Queen Charlotte betrat lächelnd den Ballsaal und kam auf sie zu, ihre leuchtend braunen Augen funkelten hinter einer edelsteinverzierten Maske. »Was für bezaubernde Kostüme!«

»Danke schön, Eure Majestät.« Aidan verbeugte sich und Essie sank in einen tiefen Knicks.

»Ist alles für Eure Hochzeit vorbereitet?«

»Ich glaube, ja, Eure Majestät.« Essie zwang sich zu einem Lächeln.

»Das freut mich zu hören. Ich wünsche Euch beiden viel Freude.«

Ein weiterer Knicks und die Queen ging weiter. Und jetzt, wurde Essie klar, gab es kein Zurück mehr. Sie hatten das Gütesiegel der königlichen Zustimmung erhalten. Jetzt war es so gut wie unmöglich, die Hochzeit noch abzublasen. Praktisch gesehen war das ein großer Erfolg.

Aber was ihre Gefühle anging – sie spürte, wie sich in ihrer Brust ein enger Knoten bildete, begleitet von einem schrecklichen Echo in ihrem Kopf: Aidans letzte Worte: *Ich will Euch nicht* hallten immer und immer wieder nach, bestätigten ihre schlimmsten Vermutungen. Aidan wollte sie nicht mehr, genau in dem Moment, in dem sie nicht mehr leugnen konnte, dass sie hoffnungslos und Hals über Kopf in ihn verliebt war.

# Kapitel 23

Der Hochzeitsmorgen war perfekt, genau so, wie ihn sich wohl jede Braut erträumte. Und das, obwohl es bei Tagesanbruch ohrenbetäubend gedonnert hatte und dann zwei Stunden lang ein Wolkenbruch niedergegangen war, den Essie als böses Omen wertete. Doch um sieben Uhr hatten sich die Wolken vollständig aufgelöst, hinterließen lediglich einen prächtigen doppelten Regenbogen am jetzt wieder blauen Himmel über London, der dem nassen Pflaster einen goldenen Schimmer verlieh.

Zu Essies Überraschung verlief die Zeremonie selbst ähnlich perfekt. Sie stolperte nicht, ließ ihr sorgfältig gewähltes Ringelblumenbouquet nicht fallen und vergaß auch ihren Text nicht. Na gut, es war ja auch nicht so schwer, sich zwei Wörter zu merken, aber sie ging einfach davon aus, dass auf jeden Fall irgendetwas schiefgehen würde. Doch sie und Aidan hatten im entscheidenden Moment beide mit angemessenem Ernst »Ich will« gesagt und unter den versammelten Hochzeitsgästen damit eine kleine Welle zustimmenden Gemurmels, in manchen Fällen auch erleichterte Seufzer geerntet. Felix war unter den Gästen, nebst einem sehr stolz wirkenden Onkel Charles und einer in Tränen aufgelösten Tante Emmeline, und natürlich jede einzelne der Ersatzkandidatinnen. Selina Birtwhistle hatte besonders glücklich ausgesehen; strahlend hielt sie ihren frisch anverlobten Viscount Prowse am Arm. Wie sich herausstellte, besuchte fast die gesamte Londoner Gesellschaft die Zeremonie in St George's, zu Essies großem Schrecken und zur Freude ihres Vaters (jedenfalls ging sie davon aus, dass es sich um Freude handelte – es gab Zeugen, die ihn hatten lächeln sehen, mit herausgedrückter Brust wie ein stolzer, doch vollkommen unsensibler Täuberich). Kurz, das ganze Ereignis war ein großer Erfolg.

Unglücklicherweise endete die Perfektion aber an dieser Stelle. Sie und Aidan hatten das Hochzeitsfrühstück früh verlassen, um noch vor Einbruch der Dunkelheit in Middlemount anzukommen, und der Schauer aus Rosenblättern, den Caro und Sophia über sie hatten niedergehen lassen, hatte eine Art Schleier des Schweigens über ihre Kutsche gelegt. Als sie sich darin niedergelassen hatten und losgefahren waren, hatte ironischerweise keiner von ihnen mehr etwas zu sagen. Jede Minute schien sich zu einer Ewigkeit auszudehnen, sodass die ohnehin lange Reise zehnmal so lang zu dauern schien. Essie besaß keine Uhr, aber es kam der Moment, an dem sie vermutete, dass mindestens drei Stunden vergangen waren, seit zuletzt einer von ihnen etwas gesagt hatte, und selbst da waren es nur Bemerkungen über einen anstehenden Wechsel der Pferde gewesen. Der Anfang ihres Ehelebens war nicht unbedingt vielversprechend. Innerhalb von drei Wochen waren sie von Feinden zu Verbündeten, dann zu Freunden und jetzt wieder zu vollkommen Fremden geworden, zwei Fremde, die zufällig Mann und Frau waren.

Sie unterdrückte ein Gähnen, als sie aus dem Kutschenfenster starrte. Sie hatte die Nacht zuvor schlecht geschlafen – noch schlechter als in den vergangenen zwei Wochen –, hatte versucht, sich in einem verwirrenden Nebel unterschiedlicher Gefühle zurechtzufinden, dann endlich hatte sie einen Plan entwickelt, eine Möglichkeit, die Situation, in die sie sich selbst hineinmanövriert hatte, zu überleben. Sie war schließlich ein Mensch, der eine Menge aushielt! Und nur weil sie jetzt in einer einseitigen, vermutlich zum Scheitern verurteilten Ehe mit einem Mann, der sie bereits abgelehnt hatte, gefangen war, würde sie sich noch lange nicht für den Rest ihres Lebens in Kummer und Elend suhlen, auch wenn es noch so verlockend klang. Und auch wenn sie das Versprechen vom Morgen ihres achtzehnten Geburtstags gebrochen hatte, würde sie sich von dieser Ehe noch lange nicht so zerstören lassen wie ihre Mutter. Egal, wie taub sie sich jetzt gerade fühlte, sie würde zu ihrem alten, unabhängigen Wesen zurückfinden. Und in der Zwischenzeit würde sie Zuflucht in ihrer neuen Bühnenrolle finden: Celeste Craven, Countess of Denholm. Sie würde sich auf alles stürzen, was irgendwie countesshaft war. Der Kummerknoten in ihrer Brust war zwar noch da, aber jetzt schien er im leeren Raum zu hängen, als wäre da ein Loch, wo vorher ihr Herz gewesen war.

Beim Thema Herz ... Sie warf verstohlen einen Blick auf Aidan, verglich sein jetziges Benehmen mit dem während ihrer nächtlichen Flucht auf der Suche nach Caro. Diesmal berührten sie sich überhaupt nicht. Vielmehr hatte er sein frisch rasiertes Kinn von ihr abgewendet, und in seiner Miene lag so viel Sorge, dass sie befürchtete, er würde vor Schreck aus seinem Sitz springen, wenn sie versuchte, ihm die Hand auf die Schulter zu legen. Er sah eindeutig nicht wie ein glücklicher Bräutigam aus. Im Nachhinein hätte sie darauf bestehen sollen, dass seine Mutter und seine Schwester sie begleiteten, aber ihre Schwiegermutter hatte ihr noch schnell zugeflüstert, dass sie ihnen ein bisschen Zweisamkeit gönnen wollte, und das war mit Sicherheit die Krönung der peinlichen Momente an einem Vormittag voller peinlicher Momente (und nachdem sie den Tag mit einigen wohlgemeinten, aber sehr verstörenden Ratschlägen vonseiten ihrer Tante angefangen hatte, war das schon eine Leistung). Was ihre frischgebackene Schwiegermutter ihr hatte sagen wollen, hätte nicht deutlicher sein können, wenn sie ihr gleich Vornamen für die zu erwartenden Enkel vorgeschlagen hätte.

Wieder musste sie gähnen, während sie über ein mögliches Gesprächsthema nachdachte. Sie lehnte es rundweg ab, übers Wetter zu reden, aber möglicherweise über Kunst? Hatte Aidan ihr nicht einmal erzählt, dass er gern malte? Vielleicht konnte sie ihn fragen, ob er in letzter Zeit dazu gekommen war, sich seinen Leinwänden zu widmen, also wenn er gerade nicht durchgebrannte Cousinen eingefangen oder sich duelliert hatte. Wahrscheinlich würde er ihr antworten, das sei die dämlichste Frage, die er jemals gehört hätte.

»Wir sind da.« Aidans echte Stimme riss sie wieder in die Gegenwart zurück. »Middlemount.«

»Wir sind angekommen?« Sie streckte den Kopf gerade in dem Moment aus dem Fenster, als sie die grauen Wände des Torhauses hinter sich ließen und in eine lange, eichengesäumte Auffahrt einbogen. Am Ende dieser Auffahrt erhob sich ein weitläufiges Herrenhaus im Tudorstil. In der herabsinkenden Dämmerung fühlte es sich plötzlich an, als habe die Kutsche eine Zeitreise in die Vergangenheit unternommen. Anders als die meisten Adelsfamilien hatten die Ravells ihren angestammten Herrensitz nicht abgerissen und im neoklassischen Stil neu aufgebaut, sondern das schwarz-weiße, halb in Fachwerk erbaute Originalgebäude erhalten. Sie zählte fünf sich überlappende Giebel, von denen jeder über drei Stockwerke hinweg Erkerfenster besaß, ein steil aufragendes Dach und mindestens ein Dutzend breite Schornsteine.

»Oh!« Sie sog so heftig die Luft ein, dass sie husten musste. »Das ist wunderschön! Hier hätte Anne Boleyn wohnen können!«

»Da es von dir kommt, werte ich das als Kompliment.« Aidan wirkte erfreut. »Die meisten Leute finden es altmodisch. Nicht besonders elegant.«

»Es ist besser als elegant. Es hat Charakter.«

»Ich freue mich, dass es dir gefällt, aber du musst dich auf etwas gefasst machen. So wie ich meine Haushälterin kenne, steht jetzt das ganze Personal ordentlich aufgereiht da und wartet darauf, von dir inspiziert zu werden.«

»Doch bestimmt nicht um diese Uhrzeit?«

»Doch, ich fürchte schon. Mrs Pugh ist äußerst traditionsbewusst. Sie lebt schon länger hier als meine Mutter und weiß alles über das Haus. Wenn du irgendeine Frage hast, dann wende dich an sie.«

»Mir wird schon etwas einfallen.« Essie schluckte. Am liebsten hätte sie sich im Schutze der Dunkelheit ins Haus geschlichen, möglichst noch mit einer Decke über dem Kopf, aber das war offensichtlich nicht möglich ...

Sie schloss die Augen, atmete langsamer und konzentrierte sich darauf, sich in ihre Rolle hineinzuversetzen. Sie war die Countess of Denholm und sie musste jetzt die überzeugendste

Vorstellung ihres Lebens abliefern. Sie würde verdammt noch mal die beste Countess of Denholm werden, die Middlemount jemals gesehen hatte. Es war Zeit, den Vorhang aufzuziehen und auf die Bühne zu gehen.

Es dauerte eine ganze Weile, bis man Essie jedes einzelne Mitglied des Haushalts vorgestellt hatte, und so konnte man schon die ersten Sterne erkennen, als sie das Ende der Reihe erreicht hatte. Doch sie war entschlossen, gleich richtig einzusteigen. Alle hatten so ernste Mienen aufgesetzt, dass sie versucht war, ein paar Scherze zu machen, um das Ganze aufzulockern, aber sie konnte sich nicht vorstellen, dass Aidans Mutter mit den Dienstboten herumwitzelte. Außerdem folgten ihr sowohl die grimmig dreinblickende Mrs Pugh als auch der sehr an einen Beerdigungsunternehmer erinnernde Butler Mr Rabbitt dicht auf den Fersen. Sie hätten jedes Wort mitgehört, und Essie hatte ganz deutlich den Eindruck, dass die beiden Lachen für ein Kapitalverbrechen hielten.

»Vielen Dank für diese Einführung, Mrs Pugh.« Endlich trat sie erleichtert zur Haustür, warf einen Blick über die Schulter auf Aidan, der tief in ein Gespräch mit seinem Verwalter verwickelt war. »Ich werde mir Mühe geben, mir alle Namen zu merken.«

»Das wird nicht nötig sein, Mylady.« Mrs Pugh wirkte von diesem Ansinnen richtiggehend schockiert. »Nun, wenn Ihr mir folgen möchtet, dann zeige ich Euch vor dem Abendessen Eure Räumlichkeiten.«

Essie trat ein und stellte fest, dass Middlemount von innen genauso eindrucksvoll war wie von außen. Die weitläufige Eingangshalle empfand sie zunächst als düster – die dunkle Eichentäfelung an den Wänden, die Steinplatten im Boden –, aber in einem großen Kamin am anderen Ende loderte ein einladendes Feuer, und über dem Feuer war eine Sammlung beängstigend wirkender mittelalterlicher Waffen drapiert. Die ganze Szene wirkte so, als habe sie sich seit Jahrhunderten nicht verändert. Selbst die Sessel vor dem Kamin sahen aus, als seien sie mindestens zweihundert Jahre alt, mit ihren hohen Lehnen und den aufwendigen Schnitzereien. Überall, wohin sie sah, waren diese Schnitzereien. Abbilder von Früchten, Disteln, Drachen und vor allem Eichenbäumen. Sie erkannte sogar Eichen auf den Teppichen, die über die zwei Wände an jedem Ende gespannt waren, Eichen, in deren Ästen eine Vielzahl kleiner Vögel und Eichhörnchen wohnten. Keines der kleinen Tiere wirkte auch nur im Geringsten beeindruckt von der Tatsache, dass über ihnen einige erhaben wirkende Greifvögel kreisten.

»Das hast du sehr gut gemacht.«

Sie wirbelte herum, überrascht, Aidans Stimme hinter sich zu hören. »Ja?«

»Ja. Es war nett, dass du mit jedem ein paar Worte geredet hast. Die Küchenmädchen haben ein Gesicht gemacht, als wärst du die Queen persönlich.«

»Du meinst Kitty und Anna?« Sie grinste zufrieden. »Wenn ich eine Rolle spiele, dann mache ich es richtig.«

»Eine Rolle?«

Sie nickte, erschrocken darüber, dass er die Stirn runzelte, als habe sie ihn beleidigt. »Ich muss mir vorstellen, dass ich auf der Bühne stehe. Es ist die einzige Möglichkeit, jemals halbwegs überzeugend als anständige Countess aufzutreten.«

»Du musst überhaupt keine Rolle spielen. Mir ist völlig egal, was andere denken.«

»Mir aber nicht.« Essie presste die Lippen zusammen. Sie sehnte sich schon nach dem Schweigen in der Kutsche. Er funkelte sie immer noch böse an. »Also … bist du froh, wieder hier zu sein?«

»Ja. Mehr als erwartet.«

»Du möchtest bestimmt so schnell wie möglich mit deinen Plänen für deine Ländereien loslegen?«

»O ja. Es gibt jede Menge zu tun. Wo wir gerade davon reden, ich werde Mrs Pugh bitten, dir dein Abendessen in dein Zimmer zu bringen. Ich möchte noch einiges mit meinem Verwalter besprechen.« Er fixierte einen Punkt direkt hinter ihrer Schulter. »Es wird vermutlich spät werden.«

»Gut«, antwortete sie knapp. Es würde spät werden! In ihrer Hochzeitsnacht! Nach ihrem Gespräch mit Tante Emmeline hatte sie dieser Nacht teilweise neugierig, teilweise auch etwas ängstlich entgegengesehen, aber nun schien es, als würde überhaupt nichts passieren.

»Natürlich nur, wenn du keine Einwände hast?« Aidan hob eine Augenbraue.

»Warum sollte ich?« Sie ging auf die Treppe zu, vor der Mrs Pugh bereits wartete, und beschloss, dass sie selbst ja auch nicht noch mehr Zeit mit ihm verbringen wollte. Wenigstens war es ein Trost zu wissen, dass dann auch ihr Liebeskummer nicht so lange anhalten würde. Wenn er sich weiterhin so benahm, würde es ein Leichtes sein, sich wieder zu entlieben. Der nächste Morgen würde wahrscheinlich schon reichen. »Es war ein langer Tag. Ich wünsche eine gute Nacht.«

»Essie?«

»Was?« Sie wandte sich um und entdeckte zu ihrer Überraschung einen Anflug von Unsicherheit in seinem Gesicht. Einen flüchtigen Moment lang schien es, als wollte er noch etwas anderes sagen, aber dann verschränkte er die Hände hinter dem Rücken und setzte eine strengere, distanziertere, hochmütigere Miene auf als je zuvor.

»Nichts. Gute Nacht.«

# Kapitel 24

Dieser unerträgliche, eingebildete, kaltherzige Schnösel!

Essie rannte auf und ab, schlug sich mit dem Rücken ihrer Haarbürste mehrmals in die Handfläche, dann murmelte sie ein Schimpfwort, das sie erst vor Kurzem von ihrer Schwiegermutter gelernt hatte, und schleuderte die Bürste gegen die Wand ihres neuen Schlafzimmers. Sie hatte ihre Zofe nach dem Abendessen fortgeschickt, damit sie in Ruhe und ohne Zeugen wütend sein konnte, und jetzt, nach einer Stunde, in der sie wenig mehr getan hatte, als sich bis auf das Unterhemd auszuziehen, war sie eine zornschäumende, Haarbürsten zerschmetternde Furie.

Wie konnte er es wagen! Wie konnte er wagen, sie so zu verletzen, so zu kränken! So zu tun, als sei er in diesem Spiel das Opfer! Als wäre es so ein Unglück, sie zu heiraten, als hätte er nicht soeben die Hälfte ihrer großzügigen Mitgift erhalten! Wo er doch derjenige gewesen war, der darauf bestanden hatte, dass sie sich an das lächerliche Abkommen ihrer Väter halten mussten. Er, der so zum Verzweifeln ehrlich und hilfsbereit und anständig gewesen war, dass sie sich schließlich, ohne es zu wollen, in ihn verliebt und dann ihre Unabhängigkeit aufgegeben hatte, um ihn vor der vernichtenden Vergeltung ihres Vaters zu beschützen! Er musste ihr ja nicht unbedingt vor Dankbarkeit die Füße küssen, aber die einfachsten Regeln der Höflichkeit konnte er doch wenigstens beachten!

Nun, ihr Auftritt als Countess mochte ja für heute zu Ende sein, aber sie würde sich nicht ins Bett legen wie jede fügsame Gattin oder schmollen wie jede Frau mit Liebeskummer. Ihre Selbstachtung ließ sie sich nicht nehmen. Und da sie sich sowieso nicht elender und unerwünschter fühlen konnte als eben jetzt, würde sie ihren Ehemann sofort zu seinem Verhalten zur Rede stellen – und dabei das eine oder andere klarstellen.

Sie machte sich gar nicht die Mühe, einen Morgenmantel überzuziehen, sondern strich lediglich ihren Zopf über die Schulter und stürmte durch die Verbindungstür ins Schlafzimmer ihres frischgebackenen Ehemanns. Und das war leer.

Mist! Sie fing wieder an, auf und ab zu gehen. Hätte sie wenigstens eine Haarbürste, an der sie ihre Wut auslassen könnte! Offenbar hatte Aidan mit seiner Ankündigung, dass es spät werden könne, nicht übertrieben, aber sie konnte warten. In diesem Moment war sie viel zu erbost, um wegzugehen.

Sie wusste nicht, wie lange sie auf und ab gegangen war, nur dass sie die gesamte Länge des Schlafzimmers sechzehneinviertelmal durchmessen hatte, als sie endlich hörte, dass sich Schritte durch den Flur näherten.

Ohne nachzudenken, schoss sie aufs Fenster zu und verbarg sich hinter einem erbsengrünen Samtvorhang – gerade nur den Bruchteil einer Sekunde, bevor die Tür aufging. Das hatte sie eigentlich gar nicht geplant! Verzweifelt schloss sie die Augen. Sie war hereingekommen, weil sie ihn sehen wollte, nicht um sich zu verstecken. Und wie sollte sie jetzt wieder herauskommen, ohne sich lächerlich zu machen? Aber vielleicht …

»Essie?« Aidan sprach sie an, bevor ihr eine gute Lösung einfallen konnte. »Wie gut, dass ich deine Zehen erkenne.«

»Du erkennst meine Zehen?« Sie warf ihren Füßen einen ratlosen Blick zu. »Wie das?«

»Du warst schon an dem Abend barfuß, als du das erste Mal zu mir gekommen bist.« Er hielt den Kopf schräg, als sie aus ihrem Versteck herauskam. »Und deine Knöchel sind unverwechselbar. Nur um das zu klären: Du musst dich nicht mehr verstecken. Du hast jetzt das volle Recht, mein Schlafzimmer zu betreten.«

»Ich weiß. Ich habe es vergessen.«

Sein Blick flackerte über ihr Nachthemd. »Also, was kann ich für dich tun?«

»Ich bin hier, weil ich dir etwas sagen will.« Sie verschränkte die Arme. »Nein, das stimmt gar nicht. Ich bin hier, weil ich dich anschreien will.«

»Verstehe.« Er nickte, als habe er diese Worte erwartet.

»Ja! Ich möchte nicht so leben, schweigend, wie Fremde. Wir waren doch vorher schon Freunde, oder?«

»Sind wir immer noch.«

»Nein, so wie du dich benimmst, sind wir das nicht.«

Er wandte so rasch das Gesicht ab, als hätte sie ihn geohrfeigt. »Es tut mir leid. Um ehrlich zu sein, ich wusste nicht, wie ich mich heute verhalten sollte.«

»Ein Lächeln ab und zu wäre nett gewesen. Oder wenn du nicht so deutlich gezeigt hättest, wie wütend du auf mich bist. Wenn es so ausgeht, dann würde ich ehrlich gesagt lieber schon morgen zu meiner Großmutter zurückkehren. Oder zu meiner Tante. So weit weg wie möglich.«

»Ich? Wütend auf dich?« Er sah sie an, als würden ihm ihre Worte ernsthaft Schmerzen bereiten. »Essie, ich bin doch nicht wütend auf dich. Wie könnte ich denn?«

»Was?« Sie runzelte die Stirn und fühlte, dass ihr gerade der Wind aus den Segeln genommen wurde. »Dann verstehe ich gar nichts mehr. Wenn du nicht wütend auf mich bist, warum benimmst du dich dann so eiskalt? Warum redest du nicht so mit mir wie früher?«

»Weil ich nicht weiß, was ich sagen soll … Ich kann mich doch nur entschuldigen. Und dann noch einmal. Und noch einmal.« Er setzte sich auf eine Holztruhe, die vor seinem Bett stand, und schlang die Arme um seine Knie. »Ich dachte, nichts kann schlimmer sein, als nur wegen des Geldes zu heiraten, aber ich habe mich getäuscht. Sich in die Frau zu verlieben, die man wegen des Geldes heiratet, und dann zuzusehen, wie sie alle ihre Hoffnungen und Träume begräbt, nur um dich zu schützen, das ist eine Million Mal schlimmer.« Er biss die Zähne zusammen. »Wenn es nur um mich gegangen wäre, dann hätte ich dich gehen lassen. Wenn es nicht um Sophia ginge, hätte ich das Gerichtsverfahren riskiert.«

»Sich verlieben?« Im Zimmer war plötzlich nicht mehr genügend Luft. Das war die einzige Erklärung dafür, warum ihre Stimme plötzlich so piepsig war. »Du liebst mich?«

»Ist das nicht offensichtlich?« Er sah sie an, als sei es das. »Ich mochte dich schon am ersten Abend, als du dich in mein Zimmer geschlichen hast. Damals dachte ich, du bist vielleicht ein bisschen … speziell, und dann merkte ich, dass du wirklich speziell bist, vor allem an dem Tag, als wir wegen dir auf diesen Baum klettern mussten, aber dann habe ich mich in dich verliebt. Es ist mir irgendwo unterwegs nach Gretna Green klar geworden, und nachdem ich es einmal gedacht hatte, konnte ich den Gedanken nicht mehr auslöschen, egal wie viel Mühe ich mir gegeben habe. Aber dann haben wir deine Cousine gefunden, und du hast über all die Dinge geredet, die ihr zusammen machen wollt – reisen, Schauspielerei, ein Landhaus mit Geißblattranken um die Tür –, und mir wurde klar, dass ich dich nicht weiter aufhalten durfte. Du solltest das bekommen, was du wolltest, und ich konnte den Gedanken nicht mehr ertragen, noch mehr Zeit mit einem Menschen zu verbringen, der meine Liebe nicht erwiderte. Mir war klar, dass ich dich sofort gehen lassen musste.«

»Also deswegen hast du unsere Verlobung aufgelöst?« Sie starrte ihn an. »Wegen der Dinge, die ich zu Caro gesagt habe? Ich habe doch nur versucht, sie aufzumuntern.«

»Das hat sich sehr überzeugend angehört. Alles, was du getan hast, um mich von der Heirat mit dir abzubringen, war sehr überzeugend. Du hast dir all das gewünscht, wovon du ihr erzählt hast. Ich konnte es dir ansehen.«

»Ja, habe ich.« Irgendwie schaffte sie es, gleichzeitig zu nicken und den Kopf zu schütteln. »Aber es ist nicht so einseitig. Es ist nicht mehr das Einzige, was ich will.«

»Nein?« Es klang hoffnungsvoll.

»Nein. Ich meine, es kann doch sein, dass man sich mehrere Dinge gleichzeitig wünscht, oder? Manchmal sogar Dinge, die einander widersprechen?« Sie runzelte die Stirn. »Aber du hast doch gesagt, du hast etwas Besseres verdient. Du hast gesagt, du willst mich nicht.«

»Ich habe damit gemeint, dass wir beide etwas Besseres verdient haben als einfach einen Vertrag.« Er erhob sich und ging auf sie zu. »Essie, ich wünschte, wir wären uns ganz normal begegnet, und ich hätte um dich werben können, wie es sich gehört. Ich wünschte, unsere Väter hätten nie etwas mit dieser Sache zu tun gehabt. Und wie kommst du darauf, dass ich dich nicht will? Das habe ich nie gesagt.«

»Doch, hast du! In dem Moment, in dem die Queen zu unserem Verlobungsball gekommen ist, hast du genau das gesagt.«

Seine Miene hellte sich auf. »Nur, weil ich keine Zeit mehr hatte, meinen Satz zu beenden. Ich wollte eigentlich sagen: Ich will nicht, dass du das Gefühl hast, in der Falle zu sitzen. Ich hätte niemals gesagt, dass ich dich nicht will, Essie. Ich will dich mehr, als ich jemals irgendetwas in meinem Leben wollte.«

»Wirklich?« Sie schluckte. »Ehrlich?«

»Wirklich und ehrlich.« Er griff nach ihren Händen und drückte sie an seine Brust. »Und deswegen werde ich alles tun, was in meiner Macht steht, um es wiedergutzumachen. Um dich glücklich zu machen.«

Sie blinzelte wild, wütend auf sich selbst, weil ihr Blick verschwamm. Wenn er die Wahrheit sagte, hatte sie die Ereignisse der vergangenen zwei Wochen vollkommen falsch gedeutet. Er hatte sie nicht abgelehnt. Er wollte sie noch immer. Und sie wollte ihn.

»Du musst nichts wiedergutmachen. Ich habe mich für diese Hochzeit entschieden. Für dich.« Sie holte geräuschvoll Luft, dann reckte sie das Kinn, nicht bereit, ihn nach all ihrem Kummer so leicht davonkommen zu lassen. »Du hättest mir sagen müssen, dass du in mich verliebt bist.«

»Hättest du das hören wollen?«

»Ja, das hätte ich tatsächlich! Denn ganz zufällig bin ich auch in dich verliebt.«

»Du musst jetzt nicht ...«

»Bin ich!«

Sein Blick verschleierte sich, eine Mischung aus Misstrauen und Hoffnung lag darin.

»Seit wann denn?«

»Ich habe nicht die leiseste Ahnung. Ich wollte mich nicht in dich verlieben, und dann habe ich mich nicht getraut, es mir einzugestehen, weil ich gedacht habe, du willst mich nicht, aber dann hast du dir einen Bart wachsen lassen, und mir wurde klar, dass es einfach so ist.«

»Wegen meines Barts?«

»Er stand dir wirklich sehr gut.«

Er bewegte sich so schnell, dass sie kaum Gelegenheit hatte, nach Luft zu schnappen. Schon berührten seine Lippen die ihren, küssten sie so leidenschaftlich, dass sie die Arme um seine Taille legen musste, um nicht umzufallen. »Also deswegen hast du mich geheiratet?«, murmelte er mit heiserer Stimme.

»Weil du mich liebst?«

»Nein.« Sie schüttelte den Kopf, kämpfte darum, wieder Luft zu bekommen. »Ich konnte den Gedanken auch nicht ertragen, jemanden zu heiraten, der mich nicht mag, aber ich wusste, dass mein Vater dich andernfalls ruinieren würde. Wenn überhaupt, dann habe ich dich geheiratet, obwohl ich in dich verliebt bin. Ich war so sehr verliebt in dich, dass ich sogar bereit war, meinem Vater eine Freude zu bereiten. Das ist ungefähr das größte Kompliment, das ich dir machen kann.«

»Auf diese Idee bin ich nie gekommen.« Aidans Mund verzog sich zu einem reuevollen Lächeln. »Während der ganzen Zeremonie habe ich mich gefühlt wie der übelste Schurke.«

»Ich mich auch. Ich war selten so deprimiert.« Sie lachte zustimmend. »Und alle um uns herum waren so glücklich.«

»Für alle war es schön, nur für uns nicht.«

»Und dabei sollte es der glücklichste Tag in unserem Leben sein.«

»Du hast so wunderschön ausgesehen.« Er legte ihr eine Hand auf die Wange. »Am besten haben mir die Ringelblumen gefallen.«

»Du hättest doch gleich etwas sagen können. Du hättest irgendetwas sagen können.«

»Ich wusste einfach nicht wie. Ich hatte so ein schlechtes Gewissen, weil ich dich in die Falle gelockt habe.«

»Das ist lächerlich! Ich war diejenige, die darauf bestanden hat, dass wir das durchziehen. Ich dachte sogar daran, dich zu kompromittieren, um sicherzugehen, dass du keinen Rückzieher machst.« Sie verstummte, als seine Augenbrauen nach oben schnellten. »Es war nur so ein kurzer Gedanke.«

»Na, klingt aber interessant.« Sein Blick wurde feuriger. »Nur mal so aus Interesse, wie hättest du das angestellt?«

»Irgendetwas Ähnliches wie das, was in Vauxhall passiert ist.« Sie lächelte verschlagen. »Ich hätte dir vielleicht auch die Halskrause abgenommen.«

»Im Haus deiner Großmutter? In Anwesenheit der Queen?«

»Du musst zugeben, es wäre sehr schwierig gewesen, deine Meinung danach noch einmal zu ändern.«

»Absolut. Ich wünsche mir allmählich, ich hätte ein bisschen länger Widerstand geleistet.«

»Dann wäre alles noch verspannter gewesen.«

»Oh, zweifellos.« Er beugte den Kopf und ließ seine Lippen an ihrem Hals entlanggleiten, sodass ein Schauer der Erregung ihren Körper überlief. »Obwohl …« Sein Mund erreichte jetzt ihre Schulter, »wahrscheinlich nicht verspannter als heute.«

»Nei…in«, gab sie zu, während der Schauer sich in ein deutliches Pulsieren verwandelte.

»Weißt du, der Tag ist noch nicht vorbei. Bis Mitternacht sind es noch ein paar Minuten. Vielleicht könnten wir bis dahin noch etwas wiedergutmachen?«

»Was meinst du?«

»Na ja.« Er hob den Kopf. »Was hättest du getan, nachdem du mir die Halskrause abgenommen hättest?«

»Ehrlich gesagt weiß ich nicht einmal, wie das geht. Hat sie Knöpfe?«

»Bänder. Aber jetzt rein theoretisch … was hättest du noch gemacht?«

Sie räusperte sich, als ihre Fantasie in alle möglichen sehr undamenhaften Richtungen ausschwirrte.

»Ich hätte da nämlich ein paar Vorschläge.« Er zog sie dichter an sich heran, strich mit den Händen lässig ihre Wirbelsäule entlang. »Ich könnte es dir jetzt zeigen, wenn du möchtest?«

»Jetzt?«

»Oder bist du zu müde?«

»Nein!« Sie hatte sich noch nie in ihrem Leben so wach gefühlt.

»Gut.« Er küsste sie noch einmal, drängte ihre Lippen auseinander, und seine Zunge glitt in ihren Mund. Einen Moment lang stutzte sie, und all ihre Bedenken stürzten panikartig über ihr zusammen, aber im nächsten Moment befahl sie ihnen deutlich, sie sollten sich verziehen, und erwiderte seinen Kuss. Jeder einzelne Nerv, jede Sehne kribbelte vor gespannter Erwartung, als seine Finger bis zu ihrem Kreuz hinunterrutschten, ihr Nachthemd zusammenballten und es sanft nach oben zogen.

»Essie ...« Er stöhnte ihren Namen und unterbrach seinen Kuss gerade so lang, dass er ihr das Kleidungsstück über den Kopf ziehen konnte.

»Nein, schau weg!« Sie verlor die Nerven, als die kalte Luft ihre Haut berührte, warf sich an seine Brust und vergrub das Gesicht an seiner Schulter.

»Warum darf ich nicht hinsehen?« Er wankte leicht unter der Gewalt ihrer Umarmung. »Du bist wunderschön.«

»Ich bin nackt.«

»Genau das habe ich gemeint. Ich habe nur einen kurzen Blick erhascht, aber vertrau mir. Wunderschön.«

»Ich möchte trotzdem nicht, dass du hinsiehst.«

»Wäre es einfacher, wenn ich auch nackt wäre?«

Sie sah neugierig zu ihm auf. »Vielleicht.«

»In diesem Fall müsstest du einen Schritt zurücktreten.« Er lächelte schief, umfing ihr Gesicht mit den Händen, als sie zögerte. »Ich mache die Augen zu, wenn du willst.«

»Und du blinzelst nicht?«

»Ehrenwort.«

»Was ist mit deinem Kammerdiener?« Sie warf einen misstrauischen Blick in Richtung Tür, als sie zurücktrat und die Arme vor sich verschränkte, für alle Fälle.

»Nein.« Aidan löste seine Krawatte und warf sie beiseite.

»Ich habe einen Mann, der sich um meine Kleidung kümmert, aber ich war immer der Meinung, dass ich absolut in der Lage bin, mich selbstständig an- und auszuziehen.« Er hielt inne, als er die Hälfte seiner Westenknöpfe geöffnet hatte, und hob eine Augenbraue, obwohl er die Augen selbst weiterhin geschlossen hielt. »Es sei denn, du möchtest mir vielleicht helfen?«

Sie ließ sich nicht zweimal bitten, schob seine Finger zur Seite und biss sich in die Unterlippe, als sie die letzten Knöpfe öffnete. »So.« Sie streifte die Weste über seine Schultern und ließ sie in einem Haufen auf den Boden fallen. »Und jetzt?«

»Hemd.«

»Hemd.« Sie machte sich an die nächste Knopfreihe, fing oben an und arbeitete sich rasch bis nach unten durch, unterdrückte dabei den Drang, einfach beide Seiten zu packen und den Stoff zu zerreißen. Sie wäre sogar bereit gewesen, die Knöpfe danach wieder anzunähen – und dabei nähte sie äußerst ungern.

Sie fühlte sich wie berauscht, als sie die beiden Seiten seines Hemds von seinem Körper löste und die Wärme spürte, die seine Haut ausströmte, dazu den leisen Duft von Bergamotte. Sie atmete ihn ein, den Blick auf das Pulsieren einer Ader in seinem Hals geheftet. Es ließ ihr eigenes Herz heftiger und schneller schlagen, ein heftiges Trommeln, das sie vom Scheitel bis zu ihren Zehenspitzen spüren konnte.

Instinktiv neigte sie sich dichter über ihn, hörte, wie er zischend Luft zwischen den Zähnen ausstieß, als ihre Brustwarzen leicht seine Brust streiften. Nur noch wenige Knöpfe … Endlich zerrte sie das Hemd über seine Arme und warf es grob in die Richtung, in der seine Weste lag.

»Essie …« Es war ein kehliger Laut, etwas zwischen Husten und Knurren, als zwinge er die Worte hervor. »Willst du das wirklich?«

Sie überlegte etwa eine halbe Sekunde, dann nickte sie. Ihr fiel ein, dass er die Augen noch immer geschlossen hielt, und so berührte sie anstelle einer Antwort seine Brust mit den Lippen.

»War das ein Ja?« Seine Stimme war praktisch nicht wiederzuerkennen.

»Es war ein ›Und wie!‹.« Sie grinste, dann schoss sie davon, machte einen Satz aufs Bett und tauchte unter die Bettdecke. »Jetzt kannst du die Augen aufmachen.«

»Es wird aber auch Zeit, verdammt.« Er gehorchte sofort, sprang ihr hinterher unter die Bettdecke.

»Warte!«, kreischte sie erschrocken. »Du solltest dich doch ausziehen!«

»Gleich. Ich muss nur vorher einiges erledigen.«

»Was denn?«

»Das hier.« Er packte ihre Beine, sodass sie sich nicht freizappeln konnte, zog sie aufs Bett hinunter, auf sich zu und zog eine Spur von Küssen über ihren Bauch.

»Aidan!« Sie versteifte sich, dann gab sie nach, denn ihr Inneres verflüssigte sich, alle ihre inneren Organe zitterten, und etwas, das sich wie ein Strom geschmolzener Lava anfühlte, schoss durch ihre Adern. Sie streckte sich aus, fühlte sich gleichzeitig schwer und schwerelos und hatte dabei das undeutliche Gefühl, als versinke sie in der Matratze.

»Essie …« Er hielt auf halber Strecke bis zu ihrem Nabel inne. »Wenn ich irgendetwas tue, was du nicht willst, dann sag es mir.«

»Das tue ich.« Sie ließ ihre Hände über seine Schulterblätter gleiten und stieß einen tiefen Seufzer aus, der sich in ein Wimmern verwandelte, als sich seine Lippen um eine ihrer Brüste schlossen. »Ist das jetzt Verführung? Verführen wir uns gerade?«

»Genau das tun wir.« Er zeichnete mit der Zunge einen Kreis um ihre Brustwarze, dann hob er den Kopf und grinste sie von seiner Position unter der Bettdecke an. »Ich muss gestehen, bis jetzt macht es mir Spaß.«

»Mir auch.« Sie stemmte sich überrascht auf die Ellbogen. »Heißt das, du hast es auch noch nie gemacht?«

»Wir waren doch verlobt!« Er sah ein bisschen verlegen aus. »Es hätte sich angefühlt, als wäre ich dir untreu.«

»Du hast recht, das wärst du auch gewesen.« Sie nickte bekräftigend. »Und außerdem, jetzt, wo ich weiß, was es ist, gefällt mir der Gedanke gar nicht, dass du es mit jemand anderem machen könntest.«

»Dann musst du dir keine Sorgen machen.« Er rückte höher aufs Bett, balancierte seinen Körper über dem ihren. »Weißt du, warum ich keine deiner Kandidatinnen wählen konnte? Weil du einfach unersetzlich bist, Essie.«

Anstelle einer Antwort umschlang sie seine Taille mit den Armen, zog ihn auf sich hinunter und küsste ihn inniger und drängender denn je, inniger als bei all ihren vorherigen Küssen zusammengenommen. Er erwiderte genauso begierig, verlagerte sein Gewicht auf die Seite, um sie nicht zu quetschen, während eine seiner Hände tiefer glitt, über die Rundung ihrer Hüfte und dann nach innen, mitten in die gekräuselten Haare zwischen ihren Beinen. Sie protestierte nicht einmal anstandshalber, sondern schlang die Beine um ihn und presste ihren

Körper gegen seine Hand. Und dann berührte er sie noch tiefer, und die geschmolzene Lava in ihren Adern loderte auf und strömte schneller, als stünde der Vulkanausbruch kurz bevor.

»Warte einen Moment.«

»Was?« Sie heulte vor Enttäuschung auf, kam wieder zu sich, als er sich auf die Seite rollte. »Wohin gehst du?«

»Nicht weit.« Er stieg aus dem Bett und begann, seinen Hosenlatz aufzuknöpfen. »Ich bin sofort wieder da. Versprochen.«

Sie stemmte sich auf einen Ellbogen und sah ihm zu. Jetzt kümmerte sie ihre eigene Nacktheit überhaupt nicht mehr – die seine war viel interessanter. Ihre Haut kribbelte immer noch von seiner letzten Berührung, und als sie beobachtete, wie er sich auszog, wurde das Gefühl noch prickelnder. Ihr gefiel, wie seine Brustmuskeln spielten, wenn er sich bewegte. Ihr gefiel, wie er seine Hosen durch den Raum schleuderte, als könne er es gar nicht erwarten, sie loszuwerden, ihr gefiel ... Oh.

Ihr Arm gab nach, und sie taumelte seitlich aufs Bett, als er seine Unterhose auszog.

»Essie?« Er kam sofort zu ihr zurück. »Du kannst dich immer noch umentscheiden, wenn du nicht so weit bist.«

Sie hob den Blick, sah ihm in die Augen und spürte, wie die Liebe sie übermannte. Er sah so ernsthaft aus, so ehrlich, und gleichzeitig so, als verbrenne er vor ihren Augen. Sie hatte nicht die entfernteste Absicht, Nein zu sagen, aber sie wusste sein Angebot zu schätzen. Ironischerweise hatte es zur Folge, dass sie ihn noch drängender begehrte. Genau genommen machte es ihn unwiderstehlich.

»Du weißt doch, dass ich mich so gut wie nie umentscheide.«

Sie hob die Hände, wühlte in seinen Haaren, als er wieder neben sie ins Bett glitt. »Ich bin da ziemlich hartnäckig.«

»Das ist mir aufgefallen. Es gehört zu den Dingen, die ich am meisten an dir liebe.«

»Dass ich hartnäckig bin?«

»Zielstrebig.«

»Dickköpfig und aufsässig? So hat meine Tante das genannt.«

»Weißt du …« Er lächelte gegen ihre Lippen. »Ich habe inzwischen endlich darüber nachgedacht, welche Eigenschaften mir an einer Ehefrau wichtig wären, und diese beiden Worte standen ganz oben auf meiner Liste.«

Sie küsste ihn.

Und als sie fertig waren, wusste Essie ganz genau, was Verführung war.

# Kapitel 25

Essie erwachte sehr langsam, wälzte sich auf den Rücken und streckte die Hand aus, nur um festzustellen, dass der Platz neben ihr im Bett kalt und leer war. Und das war merkwürdig, denn als sie sich in dieser Nacht zum letzten Mal gerührt hatte, hatte Aidan dicht an sie geschmiegt dagelegen, einen Arm unter ihrem Hals, den anderen um ihre Taille geschlungen, sein Atem warm und beruhigend in ihrem Nacken.

Sie öffnete die Augen und stellte fest, dass die Leere in ihrer Brust sich offenbar wieder gefüllt hatte. Dann setzte sie sich auf, konnte Aidan aber nirgendwo im Zimmer entdecken, sondern nur eine fremde Frau, die am Kamin die Kohlen schürte. Nein, nicht irgendeine Fremde …

»Hallo.« Sie rieb sich schlaftrunken die Augen und gähnte dann laut und absolut undamenhaft. »Du bist Beth, oder?«

»Ja, Mylady. Es tut mir leid, dass ich Euch gestört habe.« Das Mädchen lächelte scheu.

»Hast du nicht. Weißt du denn, wo Ai… wo mein Mann ist?«

»Er ist ausgeritten, Mylady.«

Essie runzelte die Stirn. Warum hatte er sie nicht geweckt, sie gebeten, ihn zu begleiten? Hätte er das getan, dann hätte sie sofort zugestimmt, aber vielleicht hatte er sie nicht stören wollen? Oder vielleicht dachte er, sie habe sich in der Nacht schon ausreichend körperlich verausgabt, was ja auch irgendwie stimmte? Oder vielleicht wusste er gar nicht, wie gern sie ausritt? Hatte sie ihm das jemals erzählt? Sie erinnerte sich nicht daran, aber abgesehen von Dingen wie Dickköpfigkeit und Aufsässigkeit mussten sie noch viel über einander lernen. Und das bedeutete, dass es jetzt am besten war, gleich loszugehen und ihm alles zu erzählen.

»Wie lang ist das her?«

»Etwa eine Stunde, Mylady.«

»Danke.« Sie schwang die Beine über die Bettkante, hielt schamhaft das Laken um ihren Körper, als sie hinüber in ihr eigenes Schlafzimmer tappte. Die meisten ihrer Koffer waren noch nicht ausgepackt, aber zum Glück wusste sie genau, wo ihr Reitkostüm steckte. Sie schlüpfte hastig hinein, band sich das Haar mit einem Band zurück und sauste dann die Treppe hinunter, am Frühstücksraum vorbei und aus der Haustür, bevor ein entsetzt dreinblickender Mr Rabbitt sie aufhalten konnte.

Auf dem Weg zu den Stallungen sog sie mehrmals tief die Luft ein. Der Morgen war genauso wunderschön wie der zuvor: Die frühe Morgensonne legte ihr goldenes Licht über den Park, sodass das Gras orange zu schimmern schien. Orange. Wie passend. Ein Ausritt wäre jetzt der Gipfel der Seligkeit. Wenn sie Glück hatte, konnte einer der Stallburschen ihr sagen, in welche Richtung Aidan geritten war. Dann konnte sie sich ein Pferd leihen und ihm folgen.

Als sie um die Ecke der Stallungen bog, blieb sie ruckartig stehen. Sie hatte einen nackten Mann entdeckt. Genau genommen war er nicht vollständig nackt, wie sie nach einigen Sekunden der Verwirrung erkannte, auch wenn seine hautfarbenen

Hosen zunächst den entsprechenden Eindruck erweckt hatten. In Wirklichkeit war nur sein Oberkörper entblößt, seine Rückenmuskeln spielten und glänzten vor Schweiß, als er immer wieder die Axt hob und sie auf einen großen Hackklotz hinunterfallen ließ. Der ansehnliche Berg von Holzscheiten neben ihm verriet, dass er schon seit einiger Zeit bei der Arbeit war.

Sie machte den Mund wieder zu und wollte sich gerade zurückziehen, als ihr klar wurde, dass es sich hier nicht um irgendeinen Mann handelte. Es war ihr Gatte.

»Aidan?« Sie ließ sich Zeit mit der Überquerung des Hofs, um den Anblick so lange wie möglich auskosten zu können. »Was machst du denn da? Ich dachte, du wolltest ausreiten?«

Beim Klang ihrer Stimme wandte er sich um, ließ die Axt sofort fallen und griff zu ihrer Enttäuschung nach einem Hemd.

»Guten Morgen, Essie.« Er nickte ihr in einer merkwürdig formellen Geste zu. »Ja, das wollte ich ursprünglich, aber dann habe ich das hier entdeckt.«

»Hast du denn keine Gärtner, die diese Arbeit erledigen?«

»Ich habe mehrere, aber ich mache mir gern die Hände schmutzig.«

»Und ich reite am frühen Morgen gern aus.« Sie zeigte auf ihr Reitkostüm. »Ich wollte losziehen und dich suchen.«

»Ah. Entschuldige bitte. Ich konnte nicht schlafen.« Er musterte sie auf eine Art, die den grotesken Eindruck erweckte, er überprüfe sie auf irgendwelche Verletzungen. »Wie fühlst du dich?«

»Sehr gut.« Sie betrachtete sein Gesicht und fing an, sich unwohl zu fühlen. Er war wieder distanziert, als hätte es die letzte Nacht nicht gegeben. Als hätte er sie nicht an Stellen berührt, gestreichelt oder geküsst, die ihren Puls auf das Zehnfache beschleunigt hatten, sodass sie jetzt schon mit großer Ungeduld den nächsten Abend erwartete, um wieder von vorne anfangen zu können. Anders als im Gasthaus gab es jetzt keinen Zweifel, dass das zwischen ihnen Geschehene Wirklichkeit war und kein Traum. Ihre Fantasie hätte nie so weit gereicht. Sie hatte nicht einmal gewusst, dass solche Gefühle möglich waren. »Aidan, was ist los? Was machst du wirklich hier draußen?«

Er wandte sein Gesicht ab und starrte in die Ferne. »Ich wollte eine Weile nachdenken.«

»Worüber? Über letzte Nacht?«

Er nickte schnell, mit zusammengebissenen Zähnen. »Willst du immer noch ausreiten?«

»Ja.«

»Dann warte hier.«

Sie runzelte die Stirn, tappte ungeduldig mit dem Fuß, während er die Stallungen betrat und nach gefühlt einer Stunde – in Wirklichkeit waren es wahrscheinlich nur fünf Minuten – mit zwei Pferden zurückkehrte, einem Fuchs und einem Braunen.

»Das sind Merlin und Nimue.« Er ließ seine Hand über den Hals des Fuchses gleiten, dann reichte er ihr die Zügel. »Deine Tante hat mir im März schon erzählt, wie gern du reitest. Ich dachte, Nimue wäre bei deiner Ankunft hier eine schöne Überraschung für dich.«

»Das ist sie wirklich. Sie ist wunderschön.« Essie kraulte Nimue hinter den Ohren. »Schade, dass ich keinen Leckerbissen für sie dabeihabe.«

»Du kannst sie später noch verwöhnen. Jetzt möchte ich dir erst einmal etwas zeigen.« Er hielt die Stute fest, damit sie in den Damensattel steigen konnte, dann bestieg er selbst einen Braunen. »Folge mir. Es ist nicht weit.«

Vorsichtig trottete sie hinter ihm aus dem Hof, dann erreichten sie das offene Parkland und galoppierten los. Normalerweise hätte sie das Rauschen des Windes in ihren Haaren und die beißend kalte Luft an ihren Wangen genossen, aber heute Morgen konnte sie das wachsende Gefühl der Unsicherheit nicht abschütteln.

Nach wenigen Minuten zügelte Aidan sein Pferd und stieg ab. Sie waren einen sanften Hang hinaufgeritten, auf dessen Kuppe eine kleine Baumgruppe stand. Essie stieg ebenfalls vom Pferd und hielt vor Begeisterung den Atem an. Auf der Rückseite war der Hang steiler und voller leuchtender Farben, eine Wiese voller hoher Gräser und lebhaft bunter Blumen: Lichtnelken, Wicken, Klee, Ochsenauge, Kornraden, sogar ein bisschen Hahnenfuß und einige Schlüsselblumen waren noch vom Frühling übrig geblieben, und jede Blüte wetteiferte mit den anderen in ihrer Pracht. Und egal, wohin sie sah, schienen Schmetterlinge in der Luft zu gaukeln. Das tiefe Summen von Insekten und der süße Duft der Blüten begleitete ihren flatternden Tanz. Die ganze Szene war ein Fest für die Sinne, so wunderschön, dass sie versucht war, sich hinzulegen, Arme und Beine zu spreizen und das alles in sich aufzunehmen.

»Es ist unglaublich schön.« Endlich stieß sie die angehaltene Luft wieder aus.

»Ja, ist es …« Aidan band die beiden Zügelpaare an einem Eichenast fest. »Aber eigentlich wollte ich dir das hier zeigen.«

»Den Baum?« Sie legte den Kopf in den Nacken und sah nach oben. Und noch weiter nach oben. Die Eiche war riesig, mehr als fünfundzwanzig Meter hoch und so dick, dass sowohl sie als auch Nimue sich hätten hinter dem Stamm verbergen können. Sie hatte außerdem so ein Gefühl, als habe sie den Baum schon einmal irgendwo gesehen, obwohl sie doch nie zuvor hier gewesen war. »Klettern wir hoch? Ich sehe keine Katze.«

Er stieß ein kurzes, verhalten klingendes Lachen aus. »Keine Katzen heute. Dieser Baum steht seit über dreihundert Jahren hier. Einer Familienlegende zufolge hat der erste Earl of Denholm die Eichel gepflanzt, und unsere Familie wird ihren Sitz hier behalten, solange der Baum gedeiht.«

Sie schnipste mit den Fingern. »Er ist auf den Wandteppichen zu sehen, nicht wahr?«

»Und auf dem Wappen.«

»Und auf diesen Gemälden in deinem Londoner Büro.«

»Sie sind dir aufgefallen?« Er wirkte überrascht.

»Natürlich. Sie waren gut. Ein bisschen deprimierend vielleicht, aber sehr stimmungsvoll.«

»Ich war deprimiert, als ich sie gemalt habe.« Er seufzte, sah sie aber immer noch nicht an. »Mein Vater hat mich mindestens einmal in der Woche hierhergebracht. Hier hat er mir von unserer Verlobung erzählt. Ich erinnere mich, dass er gesagt hat, es sei wichtig für unseren Stammsitz, auch wenn ich damals nicht verstand, warum. Erst ...« Er schlug mit der Handfläche gegen den Stamm, dann wirbelte er herum und sah sie an. »Du hast mich einmal gefragt, warum ich nicht wütend war über unsere Verlobung. Die Wahrheit ist: Ich war wütend. Ich habe mich genauso gefühlt wie du. In der Falle. Machtlos. Ich wusste schon, dass ich die Grafschaft einmal übernehmen würde, und hatte das Gefühl, alles in meinem Leben würde über meinen Kopf hinweg entschieden. Du hast mich einmal schicksalsergeben genannt, aber das war nicht der Grund, warum ich zugestimmt habe. Es war Pflichtgefühl. Das war die andere Sache, über die mein Vater hier mit mir geredet hat. Darüber, wie es ist, Earl zu sein. Über unsere Familiengeschichte, über all unsere Verpflichtungen, unsere Verantwortung. Woche für Woche, Jahr für Jahr. Es war ermüdend. Und es war alles gelogen. Während er mir Vorträge über Pflichtgefühl gehalten hat, war er fleißig damit beschäftigt, alles zu ruinieren. Nicht mit Absicht, aber wenn er mir wenigstens gesagt hätte, wie schlecht es um unser Vermögen bestellt war, dann hätte ich verstanden. Dann hätte ich geholfen. Stattdessen hat er weitergelogen und mir Vorträge gehalten.« Er hob die Hände an den Kopf und fuhr sich mit den Fingern durch die Haare. »Ich dachte lange Zeit, ich wüsste, wer mein Vater war, aber ich hatte keine Ahnung. Er hat mir etwas vorgespielt.«

»Vielleicht wusste er einfach nicht, wie er dir die Wahrheit sagen sollte.«

»Er hätte es versuchen müssen. Nachdem ich sein Erbe angetreten hatte, habe ich ein ganzes Jahr gebraucht, um damit klarzukommen. Wenn wir uns damals in Redcliffe getroffen hätten, wäre die Sache vielleicht anders ausgegangen.«

»Dann bin ich froh, dass es nicht so war.« Essie streckte ihre Hand aus.

»Bist du?« Er sah ihr in die Augen. »Ich kann das nämlich nicht noch einmal ertragen.«

»Was heißt das?«

»Das heißt, ich kann nicht noch einmal jemanden lieben und dabei nicht wissen, wer er wirklich ist. Ich muss wissen, dass wir vollkommen ehrlich zueinander sind, Essie. Ich muss die Wahrheit kennen. Kein Vormachen. Nur unser wahres Ich.«

Sie ließ gekränkt die Hand sinken. »Was glaubst du denn, wer ich bin?«

Seine Augen blitzten, ein heftiges Gefühl flackerte darin. »Gestern Abend hast du gesagt, du spielst eine Rolle.«

»Die Rolle der Countess, ja. Was für eine Wahl hatte ich denn, nachdem du gesagt hast, dass du mich nicht willst? Ich habe mich zu elend gefühlt, um nicht so zu tun, als wäre ich eine andere. Davon abgesehen, dass ich nicht die geringste Ahnung hatte, was ich tue.«

»Ich habe nie gesagt, dass ich dich nicht will.«

»Aber ich habe gedacht, du hättest es gesagt.«

»Essie.« Sein Tonfall war flehend. »Wenn du bei mir bist, muss ich wissen, dass ich mit deinem wahren Ich zusammen bin, dass du nicht gerade das Beste aus einer Situation machst, weil du denkst, du hast keine andere Wahl.«

»O ja, das ist mein wahres Ich!«, platzte sie wütend heraus. »Und wann bitte hast du mich nicht durchschaut, wenn ich dir etwas vorgespielt habe? Beim ersten Ball, als ich Orange getragen habe? Oder beim zweiten, als ich die Duchess mit Champagner übergießen wollte? Offensichtlich bin ich keine besonders gute Schauspielerin, du hast ja beide Male sofort durchschaut, was ich da tat!« Sie presste die Hände auf seine Brust und schubste ihn so heftig, dass er nach hinten in die Wildblumen fiel. »Ich habe dir gestern Abend gesagt, was ich fühle. Ich liebe dich. Das ist die Wahrheit. Und wenn du jetzt andeuten willst, dass alles, was danach geschah, nur Theater war, dann kannst du direkt zur Hölle fahren und für immer dort bleiben!«

»Warte!« Er sprang wieder auf die Füße und lief ihr nach, packte sie um die Taille, als sie nach den Zügeln ihrer Stute griff. »Es tut mir leid. So habe ich es nicht gemeint, aber als ich heute Morgen aufgewacht bin, fühlte es sich so an, als sei alles zu gut, um wahr zu sein. Vor drei Monaten in Redcliffe habe ich bestenfalls darauf gehofft, jemanden anzutreffen, den ich vielleicht mögen würde. Ich hätte mir nicht träumen lassen, dass du jemand bist, den ich tatsächlich lieben könnte, der mich ebenfalls liebt.«

Sie wandte sich in seinen Armen um, funkelte ihn an. »Weißt du, was mir an der Schauspielerei immer am besten gefallen hat? Es gab mir eine Fluchtmöglichkeit, eine Chance, jemand anders zu sein, einen völligen Neubeginn, aber gestern Abend wollte ich ungefähr zum ersten Mal in meinem Leben nicht flüchten. Ich wollte ich selbst sein. Und ich hatte schon einen Neubeginn. Jedenfalls habe ich das geglaubt.« Sie schob ihn von sich. »Was du mir da vorgeworfen hast, ist absolut schrecklich.«

»Du hast recht. Es ist einfach so schwer, dem Glück zu trauen, wenn in deinem Leben so viel schiefgelaufen ist.«

»Also ist deine Lösung, Holz zu hacken, dich hochnäsig zu benehmen und auf deinen eigenen Gefühlen herumzutrampeln, damit dir keiner mehr wehtun kann?«

Er sah sie etwas verblüfft an. »Du hast recht. Ja, das tue ich.«

»Ich weiß. Es macht mich rasend.«

»Dann lass uns neu anfangen. Jetzt, von diesem Moment an.« Er trat näher, sein Blick wurde sehr ernst. »Essie, willst du mich heiraten?«

»Falls du es nicht bemerkt hast – wir sind schon verheiratet!«

»Aber ich habe dir nie einen Antrag gemacht.«

»Du machst mir also nach der Hochzeit einen Heiratsantrag?«
»Besser spät als nie. Willst du meine Frau werden?«
»Nicht nach dem, was du mir gerade vorgeworfen hast, nein. Und glaub nicht, dass ich in absehbarer Zeit noch einmal das Bett mit dir teile.«

»Es tut mir wirklich, wirklich leid. Sag mir, was ich tun muss, um es zu beweisen.«

Sie presste die Lippen zusammen und dachte nach. »Also gut. Zunächst mal möchte ich, dass ich in die Planungen mit deinem Verwalter einbezogen werde. Es ist meine Mitgift, die hier alles retten soll, nicht wahr? Also sollte ich mitreden können, wenn es darum geht, wofür sie verwendet wird.«

»Du hast absolut recht. Daran hätte ich denken müssen.«

»Zweitens möchte ich, dass du um mich wirbst, wie es sich gehört. Das haben wir übersprungen und ich wünsche mir etwas richtig, richtig Romantisches. Blumen und Musik und Champagner. Ich möchte, dass du Gedichte über meine Fußknöchel schreibst, und Lieder über meine teefarbenen Augen, und sie dann vor meinem Fenster singst und all die anderen Dinge, die Verehrer so tun müssen.«

Er nickte voller Überzeugung. »Das kann ich alles machen.«

»Gut. Und danach kannst du mir dann noch mal einen Antrag machen, und zwar den romantischsten, den du dir nur vorstellen kannst – mit Ring!« Sie reckte das Kinn. »Und dann überlege ich es mir vielleicht.«

»Ich werde überzeugend sein.« Er schob sie rückwärts, bis er sie mit dem Rücken gegen den Baumstamm presste. »Wenn ich fertig bin, wirst du die Nase gestrichen voll haben von dieser ganzen Romantik.«

»Und du bist nicht mehr hochnäsig und distanziert?«

»Versprochen. Und wenn ich es vergesse, hast du die Erlaubnis, mich den ganzen Hügel hier hinunterzuschubsen.«

»Das ist nicht weit genug.«

»Dann suchen wir einen größeren Hügel. Einen Berg.«

»Hier im flachen Hampshire?«

»Wir fahren nach Wales. Und was deine Rolle als Countess angeht – du musst niemand anders sein als du selbst.«

»Das sagst du jetzt ...«

»Weil ich es so meine. Die meiste Zeit weiß ich doch selbst nicht, wie man sich als Earl benimmt, aber wir finden es gemeinsam schon heraus.« Er berührte ihre Stirn mit der seinen. »Wie lang dauert denn diese Brautwerbung, von der wir hier reden? Eine kluge Frau hat nämlich einmal behauptet, eine Woche würde ausreichen.«

»Ganz offensichtlich wusste sie nicht, wovon sie redet. Um richtig um mich zu werben? Drei Monate.«

»Drei?« Es klang erstickt. »Zwei.«

»Zweieinhalb. Das ist mein letztes Angebot.«

»Zehn Wochen«, ächzte Aidan. »Das wird eine Tortur.«

»So lang ist das gar nicht.« Essie rieb ihre Nase sanft an seiner. Sie ahnte schon, dass es für sie selbst auch eine Tortur sein würde, aber jetzt, wo die Idee nun einmal im Raum stand, freute sie sich darauf, umworben zu werden. »Ich habe zehn Wochen gebraucht, um dich loszuwerden. Also passt es doch, dass wir zehn Wochen brauchen, um uns wiederzufinden. Und danach, wenn dein Antrag mir gut genug erscheint, werden wir zusammenleben, bis dass der Tod uns scheidet.« Sie grinste. »Das nenne ich Plan E.«

## Plan E:
## Essie für immer und ewig/Epilog

*Dies über alles: Sei dir selber treu,*
*Und daraus folgt, so wie die Nacht dem Tage,*
*Du kannst nicht falsch sein gegen irgendwen.*
*Leb wohl! Mein Segen fördre dies an dir!*

Hamlet, 1. Aufzug, 3. Szene

Unterstrichen und mit Lesezeichen gekennzeichnet
von Anne Craven, Lady Makepeace, 7. März 1806

## Kapitel 26

ZEHN WOCHEN NACH DER HOCHZEIT VON
MISS ESSIE CRAVEN UND DEM EARL OF DENHOLM

Essie ließ den Brief in ihren Schoß fallen. Sie saß auf der Steinterrasse, die an einer Seite des Knotengartens hinter Middlemount entlangführte. Nach zehnwöchigen Erkundungstouren war dies einer ihrer drei Lieblingsplätze in ihrem neuen Zuhause. Die niedrigen Hecken waren in raffinierten, rosenblütenförmigen Wirbeln angelegt, unterbrochen von sehr gepflegten Kieswegen, die zu einem mehrstöckigen Brunnen in der Mitte führten. Die Schönheit, die Symmetrie in Verbindung mit dem sanften Wasserplätschern hatten eine beruhigende, befriedigende Wirkung auf sie. Ihrem Mann zufolge war dies einer der wenigen Orte, an dem sie tatsächlich länger als zehn Minuten still saß, und deswegen nutzte er immer wieder die Gelegenheit, seine Staffelei vor ihr aufzustellen und sie intensiv zu betrachten, während er auf der Leinwand herumtupfte und sich anschließend weigerte, ihr das Ergebnis zu zeigen. Heute allerdings war sie allein, sah vor sich hin, ohne etwas wahrzunehmen, lauschte, ohne etwas zu hören, denn ihre Gedanken waren mit dem beschäftigt, was sie gerade gelesen hatte.

»Warum machst du so ein ernstes Gesicht?«

Sie war also doch nicht ganz allein, wurde ihr klar, als Aidans Stimme sie aus ihren Träumen riss. Seine Finger strichen sanft über Essies Nacken. Sie machte ein leises, schnurrendes Geräusch, als seine Lippen die Finger ablösten und eine Gänsehaut hinterließen. Sie hatte bis vor einigen Wochen niemals geschnurrt, aber jetzt war sie darin Expertin. Sie und Aidan mochten ihre Ehe seit der Hochzeitsnacht nicht im eigentlichen Sinn erneut vollzogen haben, aber sie hatten jede Menge andere Möglichkeiten gefunden, sich miteinander zu beschäftigen. Die letzten zehn Wochen waren äußerst lehrreich gewesen.

»Nur ein Brief von Granny.« Sie lächelte, als seine Lippen weiter über ihren Hals nach vorne wanderten. Er hatte sich wieder einen Bart wachsen lassen und die Stoppeln scheuerten sanft über ihre Haut. »Sie sagt, Mildred ist ein dreistes Flittchen.«

»Bitte?«

»Welpen. Granny ist äußerst unerfreut.«

»Aha.«

»Sie schreibt auch, dass sie uns einen schicken wird.«

»Haben wir denn da eine Wahl?«

»Es ist Granny.«

»Na schön.«

Aidan rieb seine Nase an ihrem Nacken, als sie fortfuhr: »Sie macht sich auch Sorgen um Caro.«

»Warum?« Er erstarrte. »Jagger?«

»O nein. Grannys Spione haben berichtet, dass er sich irgendwo in Skandinavien aufhält, aber offensichtlich hat Caro schon wieder einen Antrag abgelehnt, diesmal von einem von Felix' Freunden. Wenigstens war der schon in Cleveland und ist ihr nicht die ganze Strecke von London nachgereist wie der Marquess of Bazley oder der arme Mr Dormer oder einer von den anderen, deren Namen ich vergessen habe, aber das sind jetzt zwölf abgelehnte Anträge. Granny vermutet, dass Caro eine Art Rekord aufstellen will.«

»Wenn sie in keinen ihrer Verehrer verliebt ist, dann ist das doch gut so.« Aidan legte wieder sein Gesicht in ihren Nacken. »Außerdem habe ich gestern einen Brief von Dormer bekommen. Es klang, als sei er wieder viel besserer Dinge.«

»Gott sei Dank.« Essie kuschelte sich an ihn, als er sich neben sie setzte. »Ist es nicht sonderbar, wie sich die Dinge entwickeln? Wenn mich jemand zu Beginn der Ballsaison gefragt hätte, dann hätte ich gesagt, dass Caro jetzt schon Duchess ist.«

»Und du …?«

»Ich würde die Elektra spielen.«

»Mhm. Einerseits würdest du der Rolle einer rachedurstigen griechischen Prinzessin bestimmt ganz großartig gerecht werden, aber andererseits ist es mir lieber, wenn du meine Countess bist.«

»Glücklicherweise bin ich selbst auch ziemlich gern hier.« Sie wandte den Kopf und lächelte ihm zu. »Wo warst du eigentlich den ganzen Tag? Ich musste ganz allein zu Mittag essen.«

»Das tut mir leid. Die neuen Dreschmaschinen sind angekommen, da musste ich überprüfen, ob alles in Ordnung ist. Und dann habe ich nachgesehen, wie weit die Reparaturen an den Dorfhäusern gediehen sind.«

»Und?«

»Ende des Monats sind sie fertig. Wir kommen sogar schneller vorwärts, als ich gehofft hatte.« Er drückte ihr einen Kuss auf die Haare. »Übrigens, du weißt nicht zufällig, welcher Tag heute ist?«

Essie erstarrte, spürte, wie ihr Puls in einem Sekundenbruchteil nach oben schnellte. Sie hatte die Tage und Wochen mit wachsender Spannung gezählt, aber Aidan hatte ihr nicht schon beim Frühstück einen Antrag gemacht, wie sie es erwartet hatte. Stattdessen hatte er während der ganzen Mahlzeit über Fruchtwechsel geredet und war dann für den größten Teil des Tages verschwunden. Sie hatte schon befürchtet, er habe vergessen, dass ihre zehn Wochen um waren.

»Keine Ahnung.« Sie setzte eine ratlose Miene auf. »Warum?«

»Ach, aus keinem besonderen Grund.« Er griff nach ihrer linken Hand und spielte sanft mit ihrem Ringfinger. »Auch wenn du mich zum glücklichsten Mann der Welt machen würdest, wenn du mir die überaus große Ehre erweisen würdest …« Er verstummte.

»Ja?«, hakte sie nach.

»Die ungemeine Ehre …«

»Ja?«

»… mit mir zu tanzen.«

»Was?« Sie wandte ruckartig den Kopf, als eine einzelne Geige zu spielen begann. »Was ist das?«

»Du wolltest doch etwas Romantisches.«

Noch eine Sekunde verging, und weitere Geigen setzten ein, begleitet von den tieferen Tönen eines Cellos.

»Das klingt wie ein Orchester!« Sie starrte ihn verwundert an.

»Ist es auch.«

»Wo ist es denn?«

»Auf der anderen Seite der Mauer. Soweit ich mich erinnere, hast du meine letzte Aufforderung zum Tanzen abgelehnt. Also …?«

»Jetzt?« Sie lachte, dann nickte sie und ließ zu, dass er sie auf die Füße und in seine Arme zog. Einen Moment später tanzten sie auf der Terrasse einen Walzer, so wie damals in Vauxhall.

»Du weißt schon, dass ich nie die Genehmigung für den Walzer bekommen habe.« Sie legte den Kopf nach hinten und sah in den Himmel. Die Sonne war noch nicht hinter dem Horizont verschwunden, aber der Mond stand schon hoch am Himmel, fast rund und leuchtend hell.

»Ich sage es nicht weiter.« Aidans Augenbrauen zuckten. »Also, wie mache ich mich? Romantisch gesehen?«

»Das ist wunderschön.«

»Auf einer Skala von eins bis zehn?«

»Acht.«

»Acht?« Er wirkte gekränkt. »Wo büße ich denn Punkte ein?«

»Nichts Spezielles.« Sie hob die Schultern und lächelte spitzbübisch. »Ich bin nur sehr anspruchsvoll.«

»Ich weiß. Es waren zehn sehr lange Wochen.« Seine Stimme klang rau, als er sie im Kreis herumwirbelte, dann eine ihrer Hände packte und sie zu einem Tor in der Mauer zog. »Und deswegen müssen wir uns beeilen.«

»Warum? Wohin gehen wir?« Sie hob ihre Röcke und bemühte sich, mit ihm mitzuhalten, als er sie rasch über eine von hohen Tannen gesäumte Allee schob.

»An einen romantischen Ort, versprochen.«

»Ich bedauere beinahe schon, dass ich dieses Wort benutzt habe.«

»Dabei fange ich gerade erst an.«

»Ich will mich ja nicht beschweren.« Sie zerrte an seiner Hand. »Aber wir entfernen uns gerade von der Musik.«

»Das ist richtig.« Er behielt sein Tempo unbeirrt bei. »Keine Sorge, du wirst sie immer noch hören können.«

»Aber ...«

»Vertrau mir.«

»Tue ich, aber du machst das alles sehr spannend.« Sie sah sich neugierig um, als sie einen Weg um den kleinen See herum nahmen und dann einen Hang auf der gegenüberliegenden Seite emporstiegen. »Hast du nicht gesagt, ich soll diesen Weg lieber nicht entlanggehen, weil hier Bäume gefällt werden?«

»Na ja, Bäume fällen ist nicht der richtige Ausdruck. Es wird eher etwas gebaut.«

»Was denn?«

»Das wirst du gleich sehen.« Er blieb plötzlich stehen, dann stellte er sich hinter sie und legte ihr die Hände über die Augen. »Daraus machen wir aber eine Zehn, ja?«

»Wenn du glaubst, du könntest ...« Sie tastete sich lachend vorwärts. Nach ein paar Schritten hatten sie offenbar die höchste Stelle des Hangs erreicht, denn ihre Füße bewegten sich jetzt auf ebenem Boden, und sie konnte wieder leichter atmen. Und dann nahm Aidan seine Hände weg und sie stieß einen kurzen, verblüfften Schrei aus:

Auf dem direkt vor ihnen abfallenden Gelände waren ein Dutzend Bankreihen aufgebaut, die vor einer Holzbühne mit einem angeschlossenen niedrigen Steingebäude endeten.

»Es ist ein Freilufttheater«, verkündete Aidan triumphierend. »Ich gebe zu, es ist ein gewisses Glücksspiel angesichts des englischen Wetters, aber ich neige in letzter Zeit ja zu Optimismus.«

»Es ist fantastisch.« Essie schlug die Hände vor den Mund. »Ich weiß nicht, was ich sagen soll. Es ist die vollkommenste romantische Geste, die ich mir hätte vorstellen können.«

»Ich habe sogar einige der Bretter selbst festgenagelt. Und deine erste Vorstellung kannst du nächsten Monat bei unserem Sommerfest geben. Ich erwarte von dir, dass du mich völlig in deinen Bann schlägst.«

»Nächsten...?« Sie wollte protestieren, aber dann verstummte sie. Angesichts des Geschenks, das er ihr gerade gemacht hatte, war es das Mindeste, was sie tun konnte. »Herausforderung angenommen.«

»Gut. Dann wollen wir jetzt essen.« Er zeigte auf einen Korb, der seitlich auf der Bühne stand. »Ich habe auch Kerzen und Champagner dabei.«

»Sieht so aus, als hättest du an alles gedacht.« Sie hatte das Gefühl, ihr Gesicht würde durch ihr Lächeln jeden Moment in zwei Teile gespalten. »Weißt du was, du bekommst das mit der Romantik wirklich sehr gut hin.«

»Ich hatte zehn Wochen für die Planung.«

»Ich dachte allmählich schon, du hättest es vergessen.«

»Ich weiß. Ich dachte, das würde die Wirkung steigern. Und ich bin noch nicht fertig.« Er griff hinter den Korb und hielt eine Leinwand hoch. Es war ein Porträt von ihr in einem zitronengelben Kleid. Sie stand in einem Baum und hielt eine kleine Tigerkatze in den Armen.

»Sir Schnurrviel?«

»Der einzige und wahre. Nach einigem Nachdenken kam ich zu dem Schluss, dass das der Tag war, an dem ich angefangen habe, mich in dich zu verlieben. Allerdings kann es sein, dass der Anblick deiner Unterwäsche ein wenig dazu beigetragen hat.«

»Und du sagst, du bist nicht begabt? Das ist ja noch besser als das andere.«

»Welches andere?«

»Diese Skizze von mir, die du in Redcliffe gemacht hast.«

»Oh.« Er sah ein bisschen verlegen aus. »Das war vielleicht nur die erste Skizze, aber seither habe ich so viele andere angefertigt. Du hast dich ganz schnell zu meinem Lieblingsmotiv entwickelt.«

»Wirklich?« Sie spürte, wie sie errötete. »Ich fühle mich geschmeichelt.«

»Ich sage dir doch immer, wie wunderschön du bist. Vielleicht glaubst du es so endlich.« Er strich ihr mit der Handfläche über eine Wange, dann zwinkerte er. »Du bietest außerdem eine erfrischende Abwechslung von der Landschaftsmalerei. Also, was kommt jetzt?« Er legte die Leinwand auf den Boden und zog einen Zettel aus seiner Jackentasche. »Ein Sonett. Ich gebe zu, ich hatte einige Schwierigkeiten, Worte zu finden, die sich auf Celeste reimen … Das Einzige, was sich mir aufgedrängt hat, war ›durchnässt‹.«

»Vielleicht können wir mit dem Gedicht bis nach dem Antrag warten.« Sie schnappte sich den Zettel, faltete ihn zusammen und steckte ihn säuberlich in ihr Mieder. »Nur für den Fall.«

»Ich habe sechs Stunden dafür gebraucht!«, protestierte er.

»Und ich weiß es zu schätzen, aber weißt du, was Jane Austen in *Stolz und Vorurteil* über Dichtkunst und Liebe gesagt hat?«

»Nein.« Er schüttelte bedauernd den Kopf. »Der Titel gefällt mir, aber ich habe es nicht gelesen.«

»Du hast es *nicht* gelesen?« Sie schüttelte ungläubig den Kopf. »Von jetzt an, werde ich dir jeden Abend im Bett ein Kapitel daraus vorlesen.«

»Ach, wenn es ums Bett geht, dann lasse ich mir inzwischen alles von dir gefallen.« Er breitete die Arme aus. »Jetzt bitte, bitte sag, dass das wenigstens eine Neun ist.«

»Es ist eine Zehn. Eine glatte Zehn.«

»Dann fehlt jetzt nur noch ein Punkt.« Er sank auf ein Knie und hielt ihr ein Kästchen hin, öffnete den Deckel, sodass ein goldener Ring mit einem einzelnen funkelnden Diamanten erschien.

»Essie, willst du …«

»Ja!« Sie kletterte auf seinen Schoß, sodass sie beide auf die Bühne purzelten. »Ja, natürlich! Ich dachte schon, du würdest niemals fragen!«

### Autorin

Jenni Fletcher, Autorin historischer Liebesromane, ist in Schottland geboren und lebt in Yorkshire. Sie hat Englisch in Cambridge und Hull studiert. Für ihre Romane wurde sie mehrfach für die britischen Romantic Novelists' Association Awards nominiert und hat 2020 den Rose Award für die beste Liebesgeschichte des Jahres gewonnen. Ihre Freizeit verbringt sie am liebsten mit Backen – und natürlich mit Lesen.

### Übersetzerin

Bettina Obrecht wurde 1964 in Lörrach geboren und studierte Englisch und Spanisch. Sie arbeitet als Autorin, Übersetzerin und Rundfunkautorin und wurde für ihre Kurzprosa und Lyrik mehrfach ausgezeichnet. Schon lange hat sie sich in die »Garde wichtiger Kinderbuchautorinnen hineingeschrieben« (Eselsohr).

Mehr zu unseren Büchern auch auf Instagram